ROBYN CARR
De repente, un verano

Editado por Harlequin Ibérica.
Una división de HarperCollins Ibérica, S.A.
Núñez de Balboa, 56
28001 Madrid

© 2011 Robyn Carr. Todos los derechos reservados.
DE REPENTE, UN VERANO, N° 161 - 1.10.13
Título original: Wild Man Creek
Publicada originalmente por Mira Books, Ontario, Canadá.
Traducido por Victoria Horrillo Ledesma

Todos los derechos están reservados incluidos los de reproducción, total o parcial. Esta edición ha sido publicada con permiso de Harlequin Enterprises II BV.
Todos los personajes de este libro son ficticios. Cualquier parecido con alguna persona, viva o muerta, es pura coincidencia.
™ TOP NOVEL es marca registrada por Harlequin Enterprises Ltd.
® y ™ son marcas registradas por Harlequin Enterprises Limited y sus filiales, utilizadas con licencia. Las marcas que lleven ® están registradas en la Oficina Española de Patentes y Marcas y en otros países.

I.S.B.N.: 978-84-687-3561-0
Depósito legal: M-19246-2013

Para Martha Gould, en los primerísimos puestos de mi lista de mujeres más admiradas, en agradecimiento por su apoyo leal y su afecto inagotable.

PRÓLOGO

Jillian Matlock tenía talento natural para los negocios y una gran capacidad para anticiparse a sorpresas y contratiempos. Llevaba muchos años trabajando en el mundo de las comunicaciones y jamás se le había ocurrido que pudieran engañarla. Tenderle una trampa. Dársela con queso.

Una ajetreada mañana de lunes, Jillian se preguntó fugazmente por qué no había ido Kurt Conroy a trabajar. Kurt trabajaba para ella en el departamento de Comunicación Corporativa, en la empresa de fabricación de softwate Benedict Software Systems, con sede en San José. Era el director de Relaciones Públicas, y también su novio, aunque eso no lo sabía nadie dentro de la empresa. Jillian había hablado con él la noche anterior, pero Kurt no le había dicho nada de que se encontrara mal o fuera a tomarse un día libre.

Pero de momento Jillian tenía cosas más urgentes de las que ocuparse, pues acababa de recibir una llamada de su jefe, Harry Benedict, presidente y consejero delegado de la compañía. Como vicepresidenta de Comunicación Corporativa, llamadas como aquella eran casi el pan de cada día en su agenda. Tenía varios encuentros cara a cara con Harry cada semana. Era su jefe, su mentor y su amigo.

Tocó un par de veces a la puerta por cortesía antes de entrar en su despacho. Su duda acerca de por qué no se había presentado Kurt se despejó al instante: su novio estaba sentado delante de la mesa del presidente.

—Vaya, buenos días —le dijo—. Me preguntaba dónde estabas. No me habías dicho que pensabas tomarte la mañana libre.

Tardó unos segundos en darse cuenta de que Kurt no la miraba a los ojos y Harry tenía el ceño severamente fruncido. Se sentó en la otra silla de visitas, sin percatarse todavía de que algo iba mal. Muy mal.

—Tenemos un problema —dijo Harry, mirando primero a Kurt y luego a ella—. El señor Conroy me ha informado de que piensa presentar una denuncia por acoso sexual, ha contratado los servicios de un abogado y está aquí para proponer los términos de un acuerdo que nos permita a todos evitar un proceso judicial —Harry tragó saliva y frunció aún más el ceño.

Jillian seguía aún en otro planeta. ¿Alguien estaba acosando sexualmente a su novio?

—Dios mío —dijo, atónita—. ¿Por qué no me has dicho nada, Kurt? ¿Quién te está haciendo algo así?

Kurt la miró por fin a los ojos y esbozó una sonrisa desdeñosa.

—Muy graciosa, Jillian —dijo—. Muy graciosa.

Ella arrugó el entrecejo sin darse cuenta.

—¿Qué está pasando aquí? —preguntó, mirándolos a ambos.

Harry carraspeó, visiblemente incómodo.

—El señor Conroy afirma que tú eres la responsable, Jillian.

—¿Qué? —preguntó, levantándose automáticamente—. ¿Qué demonios...? —clavó la mirada en Kurt—. ¿Es que te has vuelto loco?

—Por favor, Jillian, siéntate —dijo Harry. Volvió a mirar a Kurt y dijo—: Tómate el resto del día libre, Kurt. Luego te llamaré.

Sin decir una palabra ni mirar atrás, Kurt se levantó, salió del despacho del presidente de la compañía y cerró la puerta sin hacer ruido.

Jill miró a Harry.

—¿Es una broma pesada o qué?

—Ojalá —dijo Harry—. Estoy deseando oír tu versión de esta historia, Jill.

Ella soltó una risa, incrédula.

—¿Mi versión? ¡Pensaba que éramos novios! ¡Harry, Kurt y yo llevamos meses saliendo juntos! Ha sido absolutamente de mutuo acuerdo y hace muy poco que... —buscó la palabra adecuada— que llegamos a mayores. ¡Fue él quien me persiguió! Y, créeme, nuestra relación personal no tiene nada que ver con el trabajo. A Kurt lo ascendieron mucho antes de que empezáramos a salir juntos.

—¿Has estado viéndote con él en secreto? —preguntó Harry.

—«Discretamente» sería un término más preciso, en mi opinión. Ayudé a Recursos Humanos a crear la política corporativa hace años, cuando la empresa era aún muy joven. No hay problema por salir o casarse con alguien de la empresa, siempre y cuando no sea del mismo departamento. Según esa política, uno de los dos tendría que haber cambiado de departamento. Obviamente tenía que ser Kurt puesto que ocupa un puesto más bajo en el escalafón, pero solo tiene experiencia en relaciones públicas y no podía encontrar hueco en otro departamento. ¡Trabajábamos bien juntos! O eso pensaba yo...

Harry meneó la cabeza.

—Tú fuiste decisiva a la hora de poner en marcha esa política, Jillian. De hecho, si no recuerdo mal, fue idea tuya desde el principio.

Jill se desplazó hasta el borde del asiento.

—Sí, pero no la desarrollamos por el peligro del acoso sexual. El acoso sexual nunca es de mutuo acuerdo y nunca se confunde con una relación estable. Siempre media una extorsión de alguna clase. A nosotros, y me refiero al equipo de Recursos Humanos, nos preocupaba que hubiera quejas de favoritismo dentro de los departamentos respecto a los ascensos. Por eso era mala idea permitir que hubiera parejas dentro de un mismo departamento. ¡También estipulamos que los empleados no debían llegar tarde, ni vestir inadecuadamente ni aparcar en el sitio del presidente!

Consiguió arrancar una sonrisa a Harry, pero fue una sonrisa muy tenue.

—Pensaba que, con el tiempo y la práctica, Kurt podía ser un buen sucesor mío. Y, antes de que lo preguntes, mi opinión no se basaba en que me gustara, sino en que no había nadie mejor cualificado. Sé que detestas buscar fuera de la compañía para ocupar un puesto vacante si cabe la posibilidad de que lo ocupe alguien que ya está en nómina —la gravedad de la situación empezaba a hacerse brutalmente evidente, y Jill se tomó un momento para pasarse la mano por la frente. Luego miró al otro extremo de la habitación.

—Vaya, qué coincidencia —comentó Harry al pasarle una carpeta—. Kurt también se ve como tu sucesor. Échale un vistazo a esto.

Le temblaron un poco las manos cuando abrió la carpeta y vio un conjunto de informes, correos electrónicos, mensajes de texto impresos y notas diversas. El primer e-mail que leyó era suyo y decía: *¿Que cómo estoy? ¡Me vendría de perlas un masaje en los hombros!*

—¡Harry, esto no tiene nada que ver con una relación íntima! Después de una reunión agotadora, me mandó un correo preguntándome cómo estaba. De hecho... —miró la fecha detenidamente y sacudió la cabeza—. ¡En aquel momento ni siquiera salíamos juntos! —tendría que revisar meses y meses de correos antiguos. Meses y meses de e-mails borrados. De mensajes triviales e insignificantes.

Después había una página con diversos mensajes intercambiados y, subrayado en amarillo, uno enviado desde su móvil que decía: *¡Te echo de menos!*

—Pero esto es completamente inocente —dijo, mostrándoselo a Harry—. Tendría que revisar mi agenda, pero creo que estaba de viaje. Y era verdad. ¡Lo echaba de menos!

En ese instante comprendió lo que había hecho Kurt: le había tendido una trampa.

—Dios —masculló—. Mensajes juguetones entre dos personas que trabajan en la misma empresa. ¿Cómo no me lo olí? ¿Cómo he podido equivocarme así?

Al echar una ojeada a las páginas, vio un sinfín de mensajes parecidos, mensajes cariñosos que cualquier mujer podría haber mandado a su pareja. No había modo de saber si se habían enviado en horario laboral o fuera de él. A su modo de ver no eran más que inocentes detalles románticos que no entrañaban ningún peligro. Pero entre ellos no encontró ni uno solo que procediera de Kurt.

El seductor había sido él, pero era más que probable que todas sus respuestas hubieran sido de viva voz e imposibles de rastrear.

—Harry, Kurt me decía cosas seductoras, coqueteaba conmigo. La diferencia está en que él no ha dejado rastro por escrito. Nunca me dio miedo enviarle un e-mail o mensajes como estos. Confiaba en él —sacudió la cabeza—. ¿Ves lo delgado que es este dossier, Harry? Lo lógico sería que, dado que llevábamos meses saliendo, hubiera muchos más mensajes, ¿no crees? Pero en la oficina éramos muy profesionales. Tendré que revisar mis archivos de e-mail y mis mensajes de texto, pero no me cabe duda de que encontraré lo necesario para demostrar que él era quien más coqueteaba, quien más insinuaciones hacía, y que yo respondía porque estaba convencida de que éramos pareja.

—Supongo que no recordarás nada importante ahora —dijo Harry levantando las pobladas y canosas cejas.

—Bueno, al encargado de una joyería seguramente no le importará declarar que Kurt se mostró muy atento y cariñoso cuando me convenció para que entráramos a mirar anillos una noche después de cenar. Pero eso no está por escrito, ¿no es cierto? —comentó con una risa amarga—. Habíamos acordado ser discretos sobre nuestra relación hasta que uno de los dos encontrara otro departamento al que trasladarse. Yo sería la primera, probablemente, aunque Kurt fuera mi subordinado. Hace ya un año que me estás tentando con el puesto de vicepresidenta de Marketing y le había advertido a Kurt que, si llegabas a ofrecérmelo en firme, tal vez no estuviera preparado para hacerse cargo de Comunicación Corporativa, o tú no estuvieras dispuesto a ofrecerle el cargo. Me contestó que nuestra relación de pareja era mucho más importante para él que su próximo ascenso —bajó la barbilla y se contuvo para no llorar—. No puedo creer que esté pasando esto —levantó los ojos—. ¡Le creí, Harry!

—También tiene compañeros de oficina que han presenciado... contactos inapropiados. Y ha guardado un registro de los hechos. Un registro muy detallado.

Al pensar en los meses anteriores, Jillian tuvo que reconocer que Kurt había engatusado a un montón de gente. Todas las mujeres de la oficina lo adoraban: era tan simpático, tan mono, tan servicial... Jillian creía haberse comportado irreprochablemente en la oficina; era muy consciente de lo necesario que era mantener bien alto el listón de la profesionalidad. Pero ¿le había dado alguna vez una palmadita cariñosa en el hombro? ¿Le había tocado la espalda en una rápida caricia cariñosa? ¿Había sonreído mirándolo a los ojos? Kurt era un par de años más joven que ella, guapo, sexy y muy inteligente. Jillian no se había dado cuenta de hasta qué punto. Tramar algo tan complejo exigía grandes dosis de astucia y previsión. ¡Debería haber invertido aquellas capacidades en su trabajo!

¡Ah, cómo habría deseado poder prolongar su ignorancia un poco más! Conteniendo las lágrimas, se mordió el labio para impedir que le temblara la barbilla.

—¿En ese registro dice que tuvo que invitarme a salir una docena de veces para que accediera a tomar una copa con él después del trabajo, algo que es completamente normal entre compañeros de trabajo? ¿O que hace unas cuantas noches, cuando me preparó un baño le...?

Harry levantó una mano.

—Basta. No soy idiota y no estoy enfadado contigo. Sé lo que está pasando. Tú has estado conmigo desde el principio, Jill. Me has ayudado a levantar esta empresa. Sé que no harías una cosa así. Pero a menos que tengas pruebas concluyentes en las que apoyarte, tenemos un problema muy serio. Y, por favor, ten presente que, si su objetivo fuera únicamente acusarte de algo así, no habría sido necesario que saliera contigo. Podría haberte convertido en su víctima sin tu cooperación.

—Pero ¿por qué? —preguntó angustiada.

—No lo sé —contestó Harry muy serio—. Puede que eso nos lo aclare una investigación.

Jill tuvo que apretar los dientes para no echarse a llorar. Nunca había llorado delante de Harry. Era su brazo derecho, su pupila, su protegida. Nunca se había puesto a lloriquear, a pesar de haber empezado muy joven con Harry en una empresa recién fundada, y estaba orgullosa de ello. Sus productos entraban dentro de la categoría del software contable: de todo, desde sistemas de contabilidad hechos a medida para empresas a programas de facturación y control de gastos domésticos. Algunos de sus clientes eran grandes compañías que aportaban gran cantidad de dinero a la empresa, además de plantearle numerosos retos. Jillian, sin embargo, era dura y lo afrontaba todo con valentía y franqueza. En el trabajo podían ocurrir cosas horribles: que fallara un programa, por ejemplo, o que un competidor amenazara con quitarles a un cliente importante. En el campo de las relaciones públicas, la labor de Jillian consistía en mostrar lo mejor del producto y mantener contentos a los clientes. Se habían visto en apuros de vez en cuando, hasta el extremo de que el futuro de la empresa había estado en entredicho, pero Jill nunca lloraba. Ella luchaba.

El hecho de que su jefe afirmara que todavía tenía confianza en ella casi le hizo perder la compostura. Casi la hizo llorar. Estiró la espalda.

—¿Qué es lo que quiere? —preguntó débilmente.

—Algún tipo de acuerdo. Y tu dimisión.

Jill levantó la carpeta.

—¿Este tipo de cosas son admisibles como pruebas?

—En derecho civil, muy probablemente. En los periódicos, sin duda.

—Creía que me quería, Harry. Primero coqueteó conmigo mucho, mucho tiempo. ¿Vamos a dejar que se salga con la suya?

Harry se inclinó hacia delante y juntó las manos sobre la mesa.

—Nada me gustaría más que dar la cara y luchar, Jill. Llevamos diez años trabajando juntos y nunca he visto una sola conducta reprobable por tu parte. Siempre has sido una profesional honrada y sincera. Nunca he tenido un empleado que dedicara tantas horas al trabajo, que se esforzara tanto o con el que haya tenido una relación más personal que contigo. Te has convertido en parte de mi familia. Si alguna vez te has aprovechado de tus subordinados, nunca he visto ningún indicio de ello. O soy muy malo juzgando a la gente, o ese malnacido nos ha estafado a todos.

»Así que nuestra situación es la siguiente: al parecer tiene todos los ases en la manga. Nos hemos enfrentado a cosas parecidas en otras ocasiones y siempre hemos conseguido solucionarlas de puertas para dentro. Nuestro departamento jurídico echará un vistazo a la queja y a las pruebas y se reunirá con él. Si consideran que es un peligro potencial, haré todo lo que esté en mi poder para que esto no llegue a los tribunales, por tu bien y por el de la empresa. Ten en cuenta que tenemos dos mil quinientos empleados que no tienen por qué verse implicados en este asunto. Por más que me enfurezca, tal vez tengamos que dar nuestro brazo a torcer.

—¿Qué quieres decir? —preguntó Jill.

—De momento, quiero que te tomes el resto de la semana libre. Quiero que te vayas a casa sabiendo que haré todo lo que esté en mi mano para protegerte a ti y proteger a la empresa. Si tenemos que hacer un sacrificio, no te dejaré en la estacada, Jill.

No voy a arrojarte a las fieras. Como mínimo, me aseguraré de que cualquier posible acuerdo incluya una cláusula de confidencialidad para que tus perspectivas de futuro no se vean dañadas por este embrollo. De todos modos, hace cinco años que la mitad de mis competidores andan detrás de ti.

—Pero yo me decidí hace mucho. Elegí BSS.

—Lo sé —contestó—. Búscate un abogado, Jill, solo por si fuera necesario. No pases por esto sola y no cuentes conmigo a ciegas, porque tengo toda una empresa que proteger.

—¿Vas a darle un montón de dinero?

—No, si puedo evitarlo.

Jillian se rio de mala gana y se pasó una mano por la nariz.

—Tú me has hecho rica —dijo—. Le habría convenido más casarse conmigo. Además, no tiene tanto talento para las relaciones públicas. Se defiende, pero tiene mucho que aprender. Vas a salir perdiendo en el trato.

—Aunque se salga con la suya, no se quedará aquí —afirmó Harry en tono confidencial—. Nosotros no somos más que un escalón en el camino. Apuesto a que se jactará de su cargo, presumirá de méritos que no son suyos y se buscará un cargo más importante en Microsoft o Intel. Donde sin duda caerá con todo el equipo.

—A menos que encuentre una mujer a la que seducir —repuso Jill en voz baja.

—Sé que ahora no te lo parece, pero superarás todo esto. Eres lista, eres buena en lo tuyo y saldrás de esto indemne. Intenta tener paciencia mientras lo solucionamos. No pierdas la cabeza.

«Ni el corazón», pensó ella.

—Tómate la semana libre por el momento —añadió Harry—. Créeme, si hay un modo de salir de esta, lo encontraremos. Solo quiero que estés preparada para lo peor. Por si acaso. Evidentemente, no puedes hablar de esto con nadie, habiendo una demanda en el aire —se levantó. La reunión había acabado. Le tendió la mano—. Siento que haya ocurrido esto. Ojalá me hubieras contado hace tiempo que salías con él. Salir con un compañero de oficina no es para tanto. Podríamos haberlo arreglado. No habría sido el primer caso, ni será el último. Pero al mantenerlo en secreto por motivos laborales, le has dado la oportunidad que andaba buscando.

—Creía estar protegiéndote —dijo ella—. No quería ponerte en una situación delicada por culpa de una elección personal.

Harry retuvo su mano al estrechársela.

—Esto es muy impropio de ti. Lo que más me preocupaba era que no tuvieras vida privada, que te dedicaras en cuerpo y alma al trabajo. ¿Qué tiene ese hombre, Jill? —preguntó en voz baja—. ¿Cómo consiguió que te arriesgaras tanto por él?

Ella se rio desganadamente. Kurt tenía defectos evidentes, pero ella los había pasado por alto porque nadie era perfecto. Era mono y parecía considerado, pero no era el tipo más listo del mundo. Si no se hubiera empeñado en perseguirla, quizá ni siquiera se hubiera fijado en él. Sacudió la cabeza patéticamente. ¿Era acaso porque Kurt era el único hombre para el que había tenido tiempo? No era de extrañar que los idilios de oficina fueran tan frecuentes. ¡Resultaban tan prácticos!

—Puede que no lo creas, Harry, pero tuvo que invertir mucho tiempo para convencerme de que le diera una oportunidad. Y puede que se reduzca todo a eso: a que él no cejó y a que yo estaba sola. Si gana esta batalla, vas a quedarte con un ejecutivo de Comunicación Corporativa lamentable. Apenas puede atarse los zapatos o hacer una llamada telefónica sin que le digan cómo tiene que hacerlo. Vas a tener que despedirlo.

—Estoy seguro de que eso también lo ha previsto —dijo Harry.

—Dios mío, lo siento, Harry —repuso Jill—. Lo siento. ¡Me siento tan idiota!

A pesar de que sabía que no debía hacerlo, intentó contactar con Kurt. Él no respondió a su móvil ni le abrió la puerta y, después de dejarle unos catorce mensajes en el buzón de voz en tono moderado, se dio cuenta de que solo estaba empeorando su situación. ¿Acaso no estaba claro lo que pretendía? Se aprovecharía de su histerismo y ella parecería aún más culpable. Se obligó a parar.

Se reunió con un abogado que a su vez se puso en contacto con Harry, con el jefe de Recursos Humanos y el Consejo General de BSS. Entregó una copia del disco duro de su ordenador personal, además de su ordenador corporativo, su móvil y el contenido de su mesa. Puesto que no había intentado tender una trampa a nadie, sus pruebas contra Kurt no podían estar allí. Pero al menos su abogado podría mantener la investigación dentro del ámbito de la empresa y no dejar que llegara a la Comisión de Igualdad de Oportunidades para el Empleo o a un tribunal de justicia.

Pasó una semana, luego otra, y Jill empezó a perder la paciencia. Encerrada en su casa de San José, sin nada que hacer salvo navegar por Internet en su nuevo ordenador portátil, se subía por las paredes.

Y entonces llamó Harry.

—Parece que vamos por buen camino —le dijo—. De momento, lo que más puede perjudicarte es el testimonio de dos empleados que creen haber visto señales de acoso. Dos empleados cuyos nombres van a permanecer en el anonimato. Y para ser justos, si Kurt ha sabido manipularlos, sin duda creen que eso fue lo que vieron.

—Ya —contestó ella con sarcasmo.

Solo había quince empleados en el departamento de Comunicación Corporativa. Sabía perfectamente quiénes eran aquellos dos empleados, o empleadas, mejor dicho. Ambas unos quince años mayores que ella, solían ponerse como locas cuando Kurt andaba cerca.

—Quiero que abandones la pelea, Jillian. En lugar de presentar tu dimisión, me gustaría que te tomaras una excedencia. De al menos tres meses. Voy a poner a otra persona en tu puesto.

A un asesor externo. Kurt obtendrá lo que le corresponde legalmente y, como era de esperar, ha accedido a la cláusula de confidencialidad.

—¿Como era de esperar?

Harry se rio.

—No quiere que su queja contra su superior lo persiga. Ya te he dicho que piensa marcharse. Y aún no he acabado de hacer averiguaciones sobre su pasado —bajó la voz y añadió—: Nunca le dijiste cuánto ganas, ¿verdad?

—No sé —contestó con franqueza—. Creo que no. No suelo hablar de eso. ¿Por qué?

—Porque, si lo hubieras hecho, no se habría conformado tan fácilmente. Va a recibir un paquete de opciones interesante, pero nada comparado con lo que has ganado tú estos diez años. Debería haberse tomado la molestia de leer antiguos informes financieros, o de echar un vistazo a tu cartera de acciones.

Jillian tenía una asesora financiera muy eficiente. Había contratado sus servicios después de recibir su primera y modesta bonificación. Ya dedicaba todo su tiempo a una sola compañía y era absurdo mantener inmovilizados los valores y las acciones, así que Jillian las movía o las vendía e invertía el dinero en otra parte. Mientras ella ganaba cada vez más dinero en BSS, su asesora financiera multiplicaba sus beneficios en otras inversiones.

El dinero le había importado siempre menos que el trabajo... o que la confianza y la fe que Harry tenía en ella.

—¿Qué se supone que voy a hacer esos tres meses? —exclamó.

—No sé. Date un respiro. Tienes dinero de sobra. Haz un viaje, apúntate a unas clases o algo así. Relájate y deja que esto vaya quedando atrás. Tómate algún tiempo para pensar qué camino quieres seguir. Y no te precipites. Sé que te encanta ser espontánea. Procura aprender a relajarte y a disfrutar de la vida. Recupera tus fuerzas. Estoy seguro de que dentro de un par de meses Kurt se habrá largado de aquí. Y no hay nada en nuestro acuerdo que te impida volver, si te apetece. Tampoco hay nada que te impida cambiar de rumbo. Has recuperado tu vida, Jillian. Piénsalo.

Ya lo había pensado, y le aterrorizaba. Añoraba los tiempos en que trabajaba hasta las cuatro de la madrugada y se mantenía a base de pizza fría y Red Bull para seguir tirando mientras preparaba una campaña o una reunión ejecutiva de importancia crucial. Le encantaban los plazos de entrega, la emoción de hacer subir los beneficios de la empresa antes del informe trimestral, el temor y la excitación de las auditorías, las reuniones de la plana mayor para preparar el plan de acción corporativa. La gurú de las relaciones públicas era ella; ella quien presentaba las perspectivas de desarrollo de la compañía ante la junta directiva, ante la Comisión del Mercado de Valores, los corredores de bolsa y el público en general. Ella quien se esforzaba denodadamente por hacer realidad las ideas de Harry, por cumplir sus objetivos.

No estaba segura de cómo echar el freno, ni quería hacerlo.

A pesar de que Harry le había pedido total discreción respecto a aquel asunto, Jill se lo contó a Kelly, su hermana y mejor amiga. Kelly era la atareada ayudante del chef de un restaurante de cinco tenedores de San Francisco y tenían pocas oportunidades de verse, pero todos los días hablaban por teléfono o se enviaban algún mensaje de texto. Lo que más la consolaba de haber confiado en su hermana era que Kelly quería matar a Kurt. Metafóricamente, al menos.

—Más le vale no venir a comer a mi restaurante —dijo con odio.

—Sabe lo que le conviene, seguro que no irá —contestó Jill—. Lo tiene todo previsto.

—Yo solo digo que sé cómo hacer que parezca un accidente...

—¡Calla! ¡Puede que me haya pinchado el teléfono! —Jill respiró hondo—. Y ahora que lo pienso, como cabe la posibilidad de que sea así, tienes que dejar que siga viviendo.

—Qué rabia —contestó Kelly—. Es un cerdo. Nunca me gustó. ¿No te lo había dicho?

—No, ¡claro que te gustaba! A ti también te engatusó, lo cual nos convierte a las dos en tontas. Ay, Dios, ¿qué me ha pasado? Porque no soy ningún Einstein, pero nunca había sido tan ingenua. ¿Quieres que te diga la verdad? No pensaba que fuera lo bastante listo para hacer algo así.

—Eres muy impulsiva —dijo Kelly—. Siempre lo has sido. Ves algo que quieres y vas a por ello.

—En este caso no fue así —contestó Jill—. Estuvo mucho tiempo cortejándome antes de que... En fin, da igual. Harry tiene razón. Aunque luchara y ganara, esto saldría a la luz y su acusación pesaría sobre mí muchísimo tiempo.

—Lo que yo me pregunto —dijo Kelly— es cómo es posible que haya dado gato por liebre a todo el mundo y sea tan torpe en su trabajo. ¿No es eso en lo que consisten las relaciones públicas? ¿En saber cómo presentar el lado positivo de las cosas, en vender un producto, en convencer a la gente de que quiere lo que ni siquiera sabía que quería?

—En resumidas cuentas —dijo Jill cansinamente—, que debería haber invertido toda esa energía en su trabajo.

—Bueno, tú ayudaste a construir ese pequeño imperio que es BSS —comentó Kelly—. Las cosas no han salido como esperabas, pero has ganado un montón de dinero y has conseguido multiplicar tus beneficios. Ha habido un montón de empresas de software e Internet que han quebrado, pero a la tuya le ha ido a las mil maravillas. Deberías poder conseguir lo que quieras. Vamos a pensar un segundo en el futuro. ¿Cuál es tu primera opción?

—Voy a seguir el consejo de Harry. A tomarme un tiempo libre —dijo—. Y luego me pensaré lo del trabajo...

—Me sorprendes. Normalmente, mi hermanita no tendría ninguna duda. A pesar de los esfuerzos de Kurt por hundirte, tu reputación sigue siendo impecable. Si alguien llama a Harry pidiéndole referencias, obtendrá las mejores. Puedes ir a donde se te antoje...

La voz de Jillian sonó tan baja que Kelly apenas la oyó:
—Pero sigo estando demasiado dolida.
Su hermana se quedó callada un momento.
—Ay, nena...
—¿Sabes que cuando salía con Kurt me sentía culpable? ¡Me preocupaba que él me quisiera más de lo que yo lo quería a él! Y mientras tanto él estaba maquinando cómo hundirme.
—Es un sinvergüenza.
—Nunca antes había dudado de mí misma —dijo Jillian con un hilo de voz—. Siempre he sabido instintivamente en quién podía confiar y en quién no. En cuanto conocía a alguien, sabía si podía fiarme de esa persona o no, y rara vez me equivocaba. Pero ahora...
—Solo necesitas un poco de tiempo —afirmó Kelly.
—Nunca volveré a fiarme de un hombre. Si lo consigo, será un milagro.
Se hizo un silencio entre ellas.
—Voy a irme una temporada, Kell —anunció Jillian—. A tomarme unas vacaciones en un sitio tranquilo, a hacer un paréntesis. Harry tiene razón: tengo que reflexionar, me lo debo a mí misma.
—¿Adónde vas a ir? —preguntó Kelly—. ¿Quieres que vaya contigo?
Jillian se rio.
—Sé que no puedes marcharte del trabajo. No, voy a ir sola. Aún no sé adónde, pero no te preocupes, estaré bien. Solo necesito un poco de tiempo para asimilar todo esto. Un poco de tiempo para recuperarme de mis heridas.
Kelly lanzó un suspiro. Luego dijo:
—En serio, más le vale no aparecer por mi restaurante porque me encantaría verlo muerto. ¡Y espero que lo esté grabando!

CAPÍTULO 1

Fue un alivio para ella llenar un par de bolsas de viaje, cerrar su casita en San José y salir de viaje en coche. Nada daba más ganas de huir a una mujer que saberse utilizada y traicionada por un hombre.

Para tranquilizar a Kelly, condujo solo hasta San Francisco, como primera etapa de su viaje hacia lo desconocido. Esa noche cenó en el restaurante de su hermana. Era tan difícil conseguir mesa en el restaurante de cinco tenedores en el que Kelly era ayudante del chef, que los que estaban dispuestos a esperar solían pasarse dos horas en el bar después de consultar al maître, y eso si tenían reserva. El chef era un tal Durant, conocido solo por ese nombre y famoso en toda la región. Jillian, sin embargo, se sentó enseguida y en una mesa excelente, casi un reservado. Después, los mejores camareros le sirvieron todas las especialidades del restaurante. Kelly debía de haber pedido un montón de favores para conseguirlo.

Después de cenar, Jill se fue en coche al pisito que Kelly tenía en la ciudad, donde pensaba quedarse a pasar la noche. Kelly no llegó a casa hasta pasada la una, de modo que no pudieron hablar hasta al día siguiente, mientras desayunaban, ya tarde.

—¿Y ahora qué? —preguntó Kelly.

—Hay múltiples posibilidades —dijo Jill—. Quizás el lago

Tahoe. Y nunca he estado en Sun Valley, Idaho. Lo que importa no es tanto el destino, sino el simple hecho de conducir. Ver acumularse los kilómetros por el espejo retrovisor. Dejar todo esto atrás, en sentido figurado y literal. Me alojaré en hoteles grandes, cómodos e impersonales, me relajaré, comeré bien, veré todas las películas que me he perdido estos últimos diez años y visitaré muchas, muchas librerías. Antes de volver a la refriega, voy a ver si consigo recordar lo que es tener una vida propia.

—Llevas tu móvil, claro.

Jillian se rio.

—Sí. Lo mantendré cargado en el coche, pero no pienso contestar a ninguna llamada, salvo a las tuyas y a las de Harry.

—¿Puedes hacerme un favor? —preguntó Kelly—. ¿Puedes mandarme un mensaje todas las mañanas diciéndome dónde estás? ¿Y podemos hablar antes de que empiece a trabajar en la cocina? Solo para saber que estás bien.

Jillian distaba tanto de estar bien que casi le dieron ganas de reír. Tenía la impresión de estar como una cabra. Estaba tan descentrada, le costaba tanto concentrarse, que seguramente no era buena idea conducir, pero le apetecía tan poco volar a un lugar turístico como Hawái o Cancún o sentirse atrapada en un crucero que había descartado ambas cosas casi inmediatamente. Quería tener los pies en la tierra. Quería volver a centrarse. Se sentía casi como si ya no se conociera a sí misma. Solo el interior de su coche tenía absoluto sentido para ella. Allí podría pensar sin que nadie le molestara e intentar ver todo aquello con perspectiva.

Sin embargo, puso una expresión resuelta.

—Claro que sí —contestó, y sonrió—. Si llamas y hay cobertura, contestaré.

Se despidieron, Kelly se marchó a trabajar y ella montó en su coche y puso enseguida rumbo al Este. Estaba a medio camino del lago Tahoe cuando se acordó de las vacaciones que se había tomado con Kelly y dos amigas el otoño anterior. Habían ido en coche hasta Vancouver (una opción excelente), pero en el camino de vuelta habían parado en un pueblecito de las montañas, no recordaba su nombre. Estando allí, habían entrado por casualidad en una subasta y la vieja casona donde se celebraba le había recordado a la casa en la que habían crecido su hermana y ella en compañía de su bisabuela. Embargada por la nostalgia, casi se había echado a llorar por el recuerdo, a pesar de que las dos casas tenían muy poco en común. La otra imagen que se le vino a la cabeza fue la de unas pequeñas cabañas a la orilla de un río, donde se habían alojado un par de días. Unas cabañas bonitas, apartadas pero muy cómodas. Por la noche habían dejado las ventanas abiertas y dormido oyendo los sonidos de la naturaleza, el rumor del río, el viento que susurraba entre los enormes pinos, los cantos, voces y graznidos de los animales del monte. Habían metido los pies en el agua helada y habían visto brincar a las truchas y cómo caían las hojas girando en el agua. Había sido precioso. Sedante y tranquilizador.

Con esa idea en mente, Jill tomó un desvío y se dirigió hacia el Norte. Cruzaría Napa, así enfilaría el camino correcto. Aquellas cabañas no estaban en un motel de carretera, ni en un camping para caravanas. No era la clase de sitio en el que uno podía presentarse a media noche pidiendo habitación. Los dueños y encargados del negocio eran un tal Luke y su joven esposa. Vivían en la finca.

Pasó la segunda noche en la carretera, en un pequeño hostal de Windsor, más o menos a medio camino de su destino. A primera hora de la mañana se puso de nuevo en marcha. Ni siquiera llamando a Kelly había logrado averiguar el nombre exacto del pueblo, pero sabía aproximadamente dónde estaba.

Después de recorrer unos cuatrocientos kilómetros y tomar unos cuantos desvíos equivocados, acabó en un remoto cruce del Norte de California, donde vio a un par de tipos que habían aparcado sus camionetas en la cuneta. Saltaba a la vista que estaban pasando el rato. Paró junto a ellos.

—Hola, chicos —dijo—. Estoy buscando un pueblecito que hay por aquí cerca. Una vez cené allí en un restaurante que se llamaba Jack's, creo, y hay unas cabañas a la orilla del río. El dueño es un tal...

Uno de los hombres se quitó el sombrero y se alisó el escaso pelo sobre la calva pecosa.

—Luke Riordan es el dueño de esas cabañas en Virgin River. Luke y Shelby.

—¡Sí! —exclamó—. ¡Eso es! ¡Virgin River! Debo de haberme pasado el desvío, no he visto la señal.

El otro se rio.

—No hay señal. Y no te lo has pasado por mucho —dijo—. Por la treinta y seis, a unos cuatrocientos metros de aquí. El desvío está a la izquierda, pero para llegar donde Luke tienes que torcer otra vez a la izquierda a unos dos kilómetros, subiendo por aquel monte. Luego vuelves a bajar y doblas una curva al pie de la montaña. El segundo desvío no está indicado, pero hay una secuoya seca en la cuneta, justo donde está el desvío. Es enorme. Luego verás el río, seguramente. Sigue el camino del río hasta llegar a las cabañas. No queda lejos.

Jill sonrió. Hacía semanas que no sonreía con tantas ganas. Sí, se acordaba del árbol seco, de las subidas y las bajadas y de la curva que describía la carretera.

—Ahora me acuerdo. Me acuerdo del árbol seco. Gracias. ¡Muchísimas gracias!

Puso rumbo al primer desvío y luego hacia el árbol muerto, sin dejar de sonreírse. Se reía de lo distinto que era todo aquello. Parecía haber viajado a otro país. Aquella gente sabía tan poco de iPhones y iPads, de informes bursátiles y de juntas directivas como ella de pesca con mosca y acampadas al aire libre. De pronto cayó en la cuenta de que casi nada de lo que llevaba en el equipaje iba a servirle para pasar unos días en Virgin River. Creyendo que acabaría en algún complejo hotelero de un lugar como Sun Valley, había metido en la maleta su ropa de club de campo, la que solía ponerse para ir a eventos corporativos o a meriendas campestres organizadas por la empresa. Pantalones de lino, un par de vestidos elegantes pero desenfadados, faldas, sudaderas, esa clase de cosas. Y tacones bajos, montones de tacones bajos. Tenía exactamente un par de deportivas Nike y dos chándales, ambos de diseño.

Que ella recordara, Virgin River era un lugar muy agreste, además de fresco. ¡Y qué humedad, santo cielo! Era principios de marzo y no había parado de lloviznar intermitentemente durante todo el día. Se veía todo un poco lúgubre, de no ser por las yemas verdes que empezaban a asomar en los árboles y por la vegetación que despuntaba a lo largo de la carretera.

Había además muchísimo barro. Su precioso Lexus híbrido estaba sucio y lleno de salpicaduras.

Siguió la carretera del río y al llegar al complejo de cabañas vio que Luke estaba subido al tejado de una de ellas, haciendo reparaciones. Se volvió hacia ella al oírla llegar. Jill detuvo el coche, salió y lo saludó con la mano.

Él sonrió antes de bajar de la escalera.

—Hola —dijo cuando llegó abajo. Sacó un trapo del bolsillo de atrás del pantalón para limpiarse las manos.

—Supongo que no te acordarás de mí, Luke —dijo ella—. Estuve aquí el otoño pasado con mi hermana y unas amigas. Pasamos un par de días en una de las cabañas. Nos invitaste a una subasta en casa de una señora mayor.

Luke se rio.

—Claro que me acuerdo de ti, pero no de tu nombre.

—Ah, perdona. Soy Jill. Jillian Matlock. Perdona, ni siquiera he llamado por adelantado. Se me ocurrió que a lo mejor tenías alguna cabaña libre y...

—En esta época del año suele haber sitio libre —repuso él con una sonrisa—. Es el mejor momento para hacer reparaciones. Cuando la lluvia lo permite, claro. Puedes elegir la cabaña que quieras. Las llaves están colgadas de un gancho, al lado de la puerta.

—Gracias, ya me acuerdo. Oye, ¿puedo quedarme unos días?

—En esta época no hay cazadores, muy pocos pescadores y los veraneantes no aparecen hasta junio. Entre junio y enero tengo mucho trabajo, pero a principios de primavera esto está muy tranquilo. ¿Qué piensas hacer por aquí unos días?

—No sé —se encogió de hombros—. Descansar, dormir hasta tarde, explorar un poco. Se puede explorar sin peligro, ¿verdad?

—Si evitas las plantaciones de marihuana, sí. Pero suelen estar bien escondidas. Y los osos aún no están del todo despiertos. ¿Pescas?

—No, desde que tenía siete u ocho años —contestó.

—Art puede enseñarte —propuso Luke—. En el cobertizo hay una caña de sobra y sedal. Art sabe dónde. De hecho, si necesitas algo, seguramente podremos prestártelo. Pero recuerda que el río está muy crecido. Se está derritiendo la nieve de las montañas. Y llueve dos de cada tres días. Avísanos si necesitas algo —la miró de arriba abajo.

Jill llevaba vaqueros, tacones altos, blusa de seda y americana de ante.

—Um. Shelby tiene unas botas de agua que puede prestarte. Si no, te estropearás los zapatos en un abrir y cerrar de ojos.

—Eres muy amable, Luke.

—Solo quiero que te diviertas y que estés cómoda, Jillian.

Jillian sabía que tendría que comprarse ropa más cómoda, algo que pudiera ponerse para dar largas caminatas, ir a pescar o sentarse bajo un árbol con un libro. Al día siguiente fue en coche hasta Eureka, la ciudad más cercana, y envió un mensaje a su hermana desde el aparcamiento de una tienda de ropa: *Seguro que no adivinas dónde estoy. ¡En Virgin River! ¿Te acuerdas de Virgin River?*

Se estaba probando unos vaqueros cuando llegó la respuesta. *¿Por qué?*, preguntaba Kelly. *Para descansar, relajarme y reflexionar*, respondió Jillian.

Compró unas botas de cordones por si salía a la montaña, unos vaqueros, unos pantalones de loneta, sudaderas y pantalones de chándal sin etiquetas de marca, un chubasquero y una chaqueta con capucha, dos pijamas abrigados y un montón de calcetines. Iba a relajarse en plena naturaleza, en aquellas húmedas, bellas y frías montañas. Pero no iba a renunciar del todo a la civilización: seguía teniendo su ordenador, su DVD portátil, su iPad, su iPhone y varios DVDs que quería ver.

Relajarse, sin embargo, no era tan sencillo. Llevaba años fantaseando con tomarse unas vacaciones, con darse un descanso, pero con el paso del tiempo había tenido que reconocer que no era eso en absoluto lo que quería. ¡Quería trabajar! ¡Actuar! ¡Competir! ¡Superarse! ¡Ganar! Lo que más la estimulaba era el éxito, los elogios de su personal y de su jefe.

Acababa de salir de la universidad con una flamante licenciatura en publicidad y un montón de créditos para obtener un máster en administración de empresas cuando Harry Benedict le había ofrecido un trabajo mal pagado en una empresa recién fundada. El capital inicial era muy limitado, pero Harry necesitaba pocos empleados: un CPA, un ingeniero informático y alguien que se ocupara del marketing de sus productos de software. Jillian podía encargarse del marketing, y le gustaba el riesgo. Harry tenía buenos antecedentes: había fundado con éxito varias empresas que había vendido posteriormente. Lo que le ofrecía era una oportunidad: la oportunidad de aprender de él, de ver levantarse desde la nada una empresa de alta tecnología y de crecer profesionalmente.

Kelly tenía razón: era muy impulsiva. Había aceptado de inmediato el ofrecimiento. Además, Harry le había caído bien. Le gustaba su actitud un poco gruñona y seria. Le gustaban su aplomo y su experiencia. Su energía era contagiosa. Recordaba que una noche, cuando todavía estaban trabajando a las cuatro de la madrugada, había dicho «Cuando dejemos de divertirnos, nos vamos, ¿de acuerdo?». Jillian había apostado por él en la misma medida que él por ella. Y ahora lo echaba muchísimo de menos.

No había nada más divertido que ayudar a levantar una empresa. Había llegado a tener una relación muy estrecha con la familia Benedict, había ascendido y, de hecho, había ayudado a organizar la empresa desde sus inicios hasta el día en que salió a bolsa. A la edad de veintinueve años había sido nombrada vicepresidenta de Comunicación Corporativa, con un montón de empleados a su cargo, y se había convertido en una de las ejecutivas más próximas a Harry. Por el camino había cobrado bonificaciones y paquetes de acciones, y su sueldo había ido creciendo en proporción a sus responsabilidades. Sus cuidadosas inversiones le habían permitido tener una cartera bursátil bien nutrida y diversificada.

En los diez años anteriores, solo se había ido de vacaciones con su hermana y sus dos mejores amigas del instituto. Cuatro mujeres de profesiones muy distintas, pero todas ellas competitivas, ambiciosas, trabajadoras y solteras. Lograban escaparse una vez al año por espacio de una semana o diez días. Aparte de esas vacaciones, Jillian no sabía qué hacer con su tiempo libre.

Kelly y ella siempre habían trabajado duro para convertir en realidad sus grandes sueños. Kelly había tenido claro lo que quería hacer casi desde el principio: primero había estudiado cocina, después había trabajado de pinche y de ayudante de cocina cada vez en mejores restaurantes, más tarde había pasado a ser ayudante del chef, y confiaba en llegar a ser algún día la chef de su propio restaurante. Jillian, por su parte, tampoco había dudado mucho al escoger su camino. Después de la universidad, había aprovechado la primera oportunidad idónea que se le había presentado. El camino elegido por cada una de ellas había resultado el acertado. Kelly iba derecha hacia su objetivo y Jill había extraído de sus diez años en BSS un mullido colchón en el que apoyarse.

De momento, sus días estaban siendo muy sencillos. Disfrutaba pescando con Art, el ayudante de Luke, un hombre de treinta y pocos años que tenía síndrome de Down. No hablaban mucho, pero Jill notaba que Art disfrutaba enormemente. Dormía la siesta todas las tardes, leía o veía películas hasta muy tarde, paseaba por el río a primera hora de la mañana o al atardecer y conducía por el condado de Humboldt, observando el paisaje, los pueblos y a la gente, tan distinta a la que poblaba Silicon Valley. Aunque agradecía las invitaciones a cenar de Luke y Shelby, siempre rehusaba. Prefería estar sola.

Costaba deshacerse de rutinas y costumbres que había mantenido durante diez años: compraba platos precocinados fáciles de calentar y comer como si siguiera trabajando hasta tarde todos los días. Se alegraba muchísimo de tener otra vez tiempo para leer, de disfrutar de unas cuantas novelas de amor, pero las escenas románticas solo la hacían llorar.

Yendo en coche hasta una zona despejada, podía hablar con Kelly al menos una vez al día.

—¿Estás bien? —preguntó su hermana—. ¿Tienes idea de qué vas a hacer después?

—Estoy barajando posibilidades —respondió Jillian. La verdad era que no se le ocurría ni una sola—. Pero no quiero decir nada hasta que me lo haya pensado mejor.

—¿Qué tal tu pobre y maltrecho corazón?

—Bah, mi corazón está perfectamente. Odio a Kurt y tengo ganas de matarlo.

—¡Así se habla! —exclamó Kelly en tono de aprobación.

Lo cierto era que tenía el corazón hecho pedazos. Aún le costaba creer que el hombre que la había apoyado, que la había reconfortado y alabado, la hubiera traicionado después. Hacía mucho tiempo que no le dolía tanto el corazón... ¿Desde el instituto, quizá? ¿Desde la universidad? No había sido una perfecta adicta al trabajo mientras había trabajado en BSS. Había salido con hombres de vez en cuando. Pero el único que de verdad la había «pescado» había sido Kurt.

Había, además, otra cosa que le estaba costando asumir: no estaba segura de qué lamentaba más, si haber perdido a su novio o haber perdido el trabajo.

Por irónico que pareciera, había sido aquella extraña y vieja casona y los recuerdos que había evocado en ella lo que la había impulsado a ir a Virgin River, y sin embargo, tardó tres días en decidir que quería volver a ver aquella casa.

Pero la casa había cambiado mucho durante aquellos seis meses, desde la última vez que la había visto. Ahora era sencillamente preciosa. Y tan distinta a aquella primera vez... Estaba pintada de blanco, con ribetes marrones y ocres. Las contraventanas eran oscuras. Los ribetes, más claros. Los aleros estaban decorados y las torrecillas de la parte delantera se erguían tan airosamente como las de un castillo. El porche se había reforzado y estaba pintado de blanco y ocre. Se habían instalado ventanas y puertas nuevas. Era una casa remodelada preciosa que, aunque quizá tuviera cien años, parecía tan nueva y sólida como el día de su construcción.

Como si la casa no fuera por sí sola suficientemente bonita, el terreno que la rodeaba era tan fabuloso como recordaba Jillian: arbustos bien recortados, flores que empezaban a despuntar junto al zócalo de la casa y el camino y árboles rebosantes de verdes yemas. Vio hortensias y rododendros, además de otros muchos matorrales que al cabo de un mes estarían repletos de flores. Rodeó sin prisa la casa y el jardín, fijándose en todo y suspirando llena de admiración. Subió al porche y, al mirar por una ventana, confirmó lo que sospechaba: que la casa estaba vacía. Nadie vivía en ella.

En realidad, se parecía muy poco a la casa en la que habían crecido Kelly y ella: la de su nana era mucho más pequeña, una casita de tres habitaciones, con el dormitorio de abajo, del tamaño de un armario grande, pegado a la cocina. Tenía, sin embargo, aquel mismo recubrimiento victoriano de tablones de chilla con gabletes, un jardín grande y porches delante y detrás.

Jillian y Kelly llevaban varios años solas. Cuando tenían apenas cinco y seis años de edad, sus padres habían sufrido un accidente de tráfico. Su padre había muerto y su madre había quedado inválida. Su bisabuela, ya anciana, se había hecho cargo de ellas y de su madre, que necesitaba constantemente alguien que la ayudara. Las niñas habían crecido en aquella casita de un barrio antiguo de Modesto, California. Como su madre estaba en silla de ruedas y tenía muy poca movilidad, dormía en la planta baja, en una anticuada cama de hospital, mientras que las niñas compartían uno de los cuartos del piso de arriba y la abuela ocupaba el otro. Su madre había muerto primero, cuando las niñas iban al instituto. Su bisabuela había fallecido cuando ambas estaban ya en la veintena. Tenía casi noventa años.

Al rodear el porche trasero, recordó que cuando había estado allí anteriormente se había sentado en la oxidada silla de exterior en la que había muerto la anciana señora propietaria de la casa. Ahora se sentó en los escalones del porche, se apoyó contra el poste de la barandilla y contempló el inmenso terreno, casi tan grande como un campo de fútbol. Estaba ocupado casi en su totalidad por el huerto, que necesitaba un buen desbroce antes de la siembra de primavera.

Había tanto silencio que casi se oyó pensar. Y lo que pensó fue: «¿Cómo podía tocarme como me tocaba, sabiendo que iba a robarme mi trabajo, a destruir mi reputación y a partirme el corazón? ¿Cómo es posible que un ser humano le haga eso a otro?». Empezó a llorar otra vez, lo cual solo se permitía hacer cuando estaba sola. ¿Cómo le había podido decir todas las cosas que le había dicho?, se preguntó. «Jillian, cásate conmigo. Jillian, eres lo mejor que me ha pasado nunca. Jillian, no puedo vivir sin ti, lo digo en serio. Me importas mucho más que mi trabajo».

Era la premeditación de aquellas mentiras lo que le resultaba más incomprensible. Ella era capaz de contar pequeños embustes, claro; podía decirle a una gorda con un vestido rojo que aquel color la favorecía; podía echarle la culpa al tráfico cuando llegaba tarde, o decir que acababa de recibir el mensaje. Esa clase de cosas. Pero ¿cómo podía alguien abrazar a otra persona desnuda y susurrarle palabras de amor cuando desde el principio pensaba destruirla? Ella jamás podría hacerle eso a otro ser humano.

Las lágrimas le corrían por las mejillas cuando rodeó el jardín trasero y se acercó a una caseta grande, construida en aluminio. Sollozando todavía, abrió las puertas de doble hoja, que no estaban cerradas con llave, y encontró una segadora de césped junto con todos los útiles de horticultura de una señora mayor. No quería desordenar nada, pero pensó que no hacía ningún mal si sacaba una azada. Se puso a trabajar en el jardín de atrás, labrando el suelo embarrado. Le habían dicho que la última ocupante de la casa había muerto a los ochenta y seis años. Y a pesar de su edad siempre se había ocupado ella misma de aquel huerto, tan grande como una pequeña explotación agrícola. Su nana había sido igual.

Cuando Kelly y ella eran pequeñas, las hacía trabajar en el huerto y en la cocina y, aunque apenas había recibido educación formal, les había enseñado a leer para que pudieran turnarse para leerle en voz alta a su madre inválida. Habían hecho labores en el jardín, en la cocina y en el resto de la casa hasta que se habían independizado. Habían trabajado mucho durante su infancia, pero el trabajo siempre les había sentado bien. Seguramente por eso nunca habían temido el trabajo duro. Su nana solía decir: «¡Gracias a Dios que tengo trabajo!». Y vaya si lo tenía: ella lavaba la ropa, planchaba, hacía conservas de hortalizas y frutas, salsas y dulces y los vendía, además de ayudar a sus vecinos. Tenía una pensión, al igual que las niñas por haber perdido a su padre, pero todas ellas trabajaban con denuedo y apenas les alcanzaba para vivir.

Lo que más entristecía a Jill era la falta de trabajo y de amor. Mientras cavaba en el jardín, siguió llorando sin pensar en sus lágrimas y se embarró por completo. Cuando no conseguía arrancar un hierbajo con la azada, se ponía de rodillas y lo arrancaba a tirones.

En la caseta había bulbos y semillas y, a juzgar por la vegetación que comenzaba a despuntar por todas partes, era época de siembra. Unas tres horas después de haber llegado, tenía gran parte del huerto labrado y desbrozado y hasta había plantado algunos bulbos de especie desconocida que encontró en la caseta. Llevada por un impulso, se arrodilló, agarró un puñado de tierra y la olfateó: tenía la nariz un poco taponada, pero no detectó ni rastro de productos químicos. No había visto pesticidas en la caseta y dedujo que la difunta propietaria de la casa había practicado la agricultura orgánica. Siguió cavando y arrancando malas hierbas, sin dejar de llorar en silencio y de limpiarse las lágrimas.

—Um, disculpe —dijo un hombre.

Estaba de rodillas, con el barro hasta los codos. Sofocó un gemido de sorpresa, se echó hacia atrás y se limpió rápidamente las lágrimas de las mejillas. Al mirar hacia arriba, vio a un hombre muy alto. Su cara le sonaba un poco, pero no sabía de qué.

—¿Va todo bien? —preguntó él.

—Eh, claro. Es solo que estaba... eh... acordándome del jardín de mi bisabuela y... en fin, creo que me he emocionado un poco —se levantó y se sacudió las rodillas, pero no sirvió de nada.

Él le sonrió.

—Debía de ser un jardín impresionante. Hope se ponía a trabajar en el huerto como una loca todos los veranos. Regalaba casi todo lo que recogía y se quejaba de que los insectos y los animales del monte eran una lata. Pero debía de encantarle, por el ímpetu que le ponía —ladeó la cabeza—. ¿Echa de menos a su abuela o algo así?

—¿Cómo?

—Bueno, espero que no le moleste que se lo diga, pero da la impresión de que ha estado llorando. O algo así.

—¡Ah! —exclamó, y volvió a limpiarse los ojos—. Sí, estaba pensando en ella.

—Con las manos tan sucias no va a conseguir gran cosa —comentó él, y sacó un pañuelo de su bolsillo—. Tenga. Salga del barro y límpiese la cara o se le meterá tierra en los ojos.

Jill sorbió y agarró el pañuelo limpio y blanco.

—¿Esta casa es suya ahora? —preguntó mientras se limpiaba la cara, y le asombró lo manchado de barro que acabó el pañuelo.

Él se rio.

—No. Trabajo en ella, nada más —le tendió la mano y luego levantó las cejas: una costra de barro cubría la mano de Jillian. Se lo pensó mejor y retiró la mano—. Paul Haggerty, constructor. Construyo, reformo y restauro casas por esta zona.

—Jillian Matlock —miró sus manos de ejecutiva, antes perfectamente cuidadas. Estaban en un estado lamentable. Se las limpió en los vaqueros—. ¿De quién es la casa, entonces? —inquirió.

—Del pueblo. Hope dejó la casa, el terreno y todos sus bienes al pueblo.

—¡Ah, claro! Estuve aquí el otoño pasado. Vine a la subasta y alguien me lo contó. Entonces, ¿qué va a pasar con la casa?

Paul Haggerty se metió las manos en los bolsillos y miró hacia el cielo.

—Se ha hablado mucho sobre ese asunto. Podían convertirla en un museo, en un hotel, o en el ayuntamiento. O simplemente dejarla así una temporada. O venderla. Pero estando la situación económica como está, seguramente no podría venderse por un buen precio.

—Entonces, ¿no es de nadie? —preguntó Jillian.

—Sí, del municipio. El tipo que se ocupa de ella es Jack Sheridan, el dueño del bar del pueblo.

—¿No hay ningún propietario?

—No, ninguno.

—Vaya, me encantaría ver lo que han hecho con el interior.

Paul Haggerty sonrió.

—Y a mí me encantaría que lo viera, pero está hecha un desastre.

Jillian se miró.

—Sí. No sé qué me ha pasado. Me he puesto a limpiar el jardín y a prepararlo para sembrar, y he perdido la noción del tiempo. Aunque no tengo ni idea de para qué lo he hecho.

—No está cerrada con llave —dijo él—. Pero le pediría por favor que no entrara sin limpiarse los pies.

Ella se quedó de piedra.

—¿No está cerrada?

—No —Haggerty se encogió de hombros.

—Entonces... ¿todavía no la han dejado en manos de ninguna agencia inmobiliaria?

—No, que yo sepa. Claro que acabo de terminar las reformas. Tendría usted que hablar con Jack.

—¿Sabe qué le digo? Que voy a irme a casa... Eh, me alojo en una cabaña junto al río...

—Donde los Riordan —dijo él con una sonrisa.

Caramba, allí se conocían todos, pensó Jillian.

—Sí. Si no le importa, volveré mañana por la mañana para dar una vuelta por la casa. Vendré perfectamente limpia y no dejaré ni una mota de polvo.

La sonrisa de Haggerty era enorme.

—Y yo se lo agradezco de todo corazón. Yo mismo he pintado y encerado esos suelos —luego se sonrojó un poco—. Bueno, mis empleados, quiero decir.

Jillian le devolvió la sonrisa.

—Sé lo que hace un constructor. Entonces, ¿cuánto puede valer una casa como esta por aquí?

—¿Quién sabe? —contestó él—. Si estuviera en Fortuna, unos setecientos cincuenta mil, seguramente. Restaurada, quizá un millón. Tiene un montón de habitaciones, pero solo un par de baños. He añadido uno pequeño, con ducha, para que fueran tres. En un sitio como Menlo Park o San José... tres millones. El problema de las viviendas ahora mismo es que valen lo que puedas conseguir por ellas.

—Eso he oído —repuso ella—. Bueno, me voy —miró su pañuelo—. Eh... Le lavaré esto.

—No se preocupe. Tengo más.

—Me asearé y volveré mañana a echar un vistazo a la casa, si está seguro de que no hay problema.

—Claro. La mitad del pueblo ha pasado por aquí. Se portan muy bien, procuran no dejar ni rastro, y se lo agradezco.

—Entendido —dijo Jillian, riendo.

—Puede que me pase por aquí, por si tiene alguna pregunta —añadió él—. ¿A qué hora piensa venir?

Ella levantó las cejas inquisitivamente.

—¿A las nueve?

—Por mí, bien. Quizá me pase primero por el bar de Jack para pedirle al Reverendo que me prepare unos huevos.

—Ah, sí, me acuerdo de él, es el cocinero. Puede que nos veamos en el desayuno.

—Será un placer.

A la mañana siguiente, Jillian se levantó y se puso ropa de ciudad, en vez de los vaqueros y las sudaderas nuevas que solía ponerse para ir al río. Hasta ella tenía que reconocer que, sin barro y lágrimas, la diferencia era muy notable. Eligió unos pantalones de pinzas, una camiseta de seda y una chaqueta de lino, con tacones bajos. Por lo que sabía de aquel pueblecito no hacía falta ponerse de punta en blanco, pero aun así prefirió arreglarse.

Y en parte estaba deseando volver a su trabajo, a un mundo en el que la buena presencia era casi tan importante como la eficiencia. Sonrió al mirarse al espejo y pensó: «No está mal. No está nada mal».

Mientras desayunaban, Paul le explicó que aún quedaban varias cosas por terminar en casa de Hope, pero que las obras habían avanzado mucho durante los seis meses anteriores.

—Nos la encontramos llena hasta el techo de cachivaches, pero aun así estaba asombrosamente bien conservada para los años que tiene. No han hecho falta muchas reformas. Más que nada, trabajo cosmético. Es una casa muy grande. Ojalá tuviera acciones en la empresa de pinturas.

—¿Qué interés tiene en esa vieja casa? —le preguntó Jack mientras volvía a llenarles las tazas de café—. ¿Quiere abrir un hotel o algo así?

—¡Santo cielo, no! —contestó ella, riendo—. ¿Limpiar lo

que otros ensucian? ¿Hacerles la comida? ¡No, qué va! Solo tengo curiosidad. Me crie en una casa antigua, con un gran jardín en la parte de atrás... aunque la casa era mucho más pequeña. Pero tenía dos porches, y un huerto grande, y una cocina muy amplia... Cuando murió mi bisabuela, mi hermana y yo la vendimos. Las dos vivíamos y trabajábamos lejos de allí. Era absurdo quedársela, pero de todos modos siempre he lamentado haberla vendido. Mi bisabuela vivió en esa casa desde que era una adolescente, cuando llegó de Francia para casarse con un hombre al que no conocía. Era medio francesa, medio rusa, y así se hacían las cosas en aquellos tiempos. Luego ella y su marido, que murió mucho antes de que yo naciera, vivieron allí juntos. Fue su único hogar en este país y lo cuidaba con mimo.

Estuvieron charlando unos minutos más y, cuando llegó el momento de marcharse, Jack decidió que le apetecía acompañarlos. Hacía más de una semana que no iba a echar un vistazo a la casa.

A pesar de que ya se veía que la casa era enorme por fuera, a Jillian la sorprendió lo grande y bonita que era por dentro. Era la segunda vez que entraba en ella, pero esta vez estaba vacía de muebles y gente.

Justo al lado de la puerta de entrada estaba el salón. Más allá, el comedor. A la izquierda había una escalera y, más allá, al otro lado de la escalera, un cuarto de estar. Las paredes estaban pintadas de amarillo claro, con ribetes blancos. Arriba había tres dormitorios, un cuarto de baño grande con bañera con patas de garra y lavabo de pedestal, y un solario que se extendía a lo largo de la fachada, justo encima del porche trasero. En el segundo piso había dos dormitorios, un baño de tamaño mediano y un altillo: un espacio grande y diáfano entre los dormitorios, en lo alto de la escalera.

—Esta zona era el desván y los dos dormitorios estaban hechos solo a medias. Había tabiques, pero nada más. De todos modos, no ha costado mucho acabarlos —explicó Paul.

Las habitaciones de la segunda planta tenían asientos junto

a las ventanas de las torrecillas, y había una escalera de caracol metálica para subir al tejado y un mirador con cúpula de los que abundaban en la costa y de los que se decía que eran para vigilar los barcos.

—¿Un mirador con cúpula en un bosque? —preguntó Jillian.

—No sé de dónde era Percival, el marido de Hope, pero apuesto a que nació cerca del mar. Esta es una casa típica de un marino, con su atalaya y todo. Y la vista es impresionante.

En efecto, Jillian vio, más allá de las copas de los árboles, el valle y sus viñedos. Muy al Oeste le pareció ver la bruma del mar. Desde el otro lado de la casa vio un par de granjas, algunas carreteras y un tramo del río Virgin.

—¿Hasta dónde llegaban las tierras de Hope? —preguntó.

—Gran parte de las tierras del pueblo eran propiedad de Percival, pero después de su muerte Hope fue vendiéndolas. Solo se quedó con cuatro hectáreas —explicó Jack—. Decía que cuando era más joven tenía un par de huertos tan grandes que era una agricultora en toda regla. Cuando yo llegué al pueblo ella tenía ya más de ochenta años, pero seguía trabajando en ese terreno grande que hay detrás de la casa.

Jillian miró hacia abajo y, efectivamente, vio el huerto, que ocupaba casi la totalidad del terreno de atrás, y un denso seto de árboles que incluía un par de pinos muy altos, pero también piceas, arizónicas, arces y cedros. Había además matorrales y helechos a montones. Aquella exuberante y larga arboleda separaba el terreno de atrás de otro prado de buen tamaño que podía transformarse fácilmente en un enorme huerto, pero no había modo visible de llegar hasta él como no fuera atravesando los árboles. No parecía haber un sendero, ni una carretera.

—¿Cómo se llega allí? —preguntó, señalando el prado—. ¿A ese prado grande de detrás de los árboles?

—Hay que dar toda la vuelta en coche —contestó Jack—. Atravesar el pueblo y cruzar varias fincas de labor y viñedos. Hope abandonó ese segundo huerto y dejó que los árboles y la maleza taparan el camino de acceso. Esos árboles tienen unos treinta años y están muy crecidos. Imagino que pensaba vender también el prado, pero al final no se decidió, o nadie lo quiso.

—Es increíble. Esta casa debería ser un hotel. O una comuna, quizá. O la casa de una familia muy numerosa. Y una ancianita vivía aquí sola.

—Durante cincuenta años —añadió Jack—. Percival se casó con una muchachita de dieciséis años cuando tenía casi cincuenta. Apuesto a que confiaba en tener familia numerosa.

—Me pregunto si estaban enamorados —comentó Jillian ociosamente mientras volvían a bajar.

—Que yo sepa, estuvieron juntos hasta que él murió, pero nadie sabe gran cosa de ellos. Por lo menos, sobre su vida privada. Por aquí ya nadie se acuerda de Percival McCrea, y eso que no cabe duda de que fue él quien fundó este pueblo. Fue el primer terrateniente de por aquí y, si no se lo hubiera dejado todo a su viuda y ella no hubiera repartido las tierras entre amigos y vecinos, hoy en día no existiría Virgin River.

Había algo extraño en la casa, pero Jillian no se dio cuenta de lo que era hasta que llegaron a la espaciosa cocina. Entonces vio que no solo no había electrodomésticos, sino que ni siquiera había grifos.

—¡No dejan la casa abierta porque no haya ladrones por aquí —exclamó de pronto—, sino porque aquí no hay nada que robar!

Paul se encogió de hombros.

—No quería que alguien abriera la puerta de una patada o rompiera una ventana para echar un vistazo y ver si podía llevarse algo. A no ser que encuentren un modo de bajar la bañera por la escalera, no pueden llevarse nada. Supongo que podrían robar los picaportes, pero tendrían que ponerle mucho empeño. En mi garaje tengo una puerta mejor, con una ventana de cristal emplomado, para cuando la casa esté habitada. El cristal emplomado es caro. También tengo todos los grifos, para instalarlos más adelante. Aun así esta zona es bastante segura. Yo nunca cierro con llave la puerta de mi casa, pero Valenzuela, el policía local, dice que hay robos de vez en cuando y que cualquiera con dos dedos de frente cerraría la dichosa puerta.

Jillian dio vueltas a la amplia cocina mientras los hombres hablaban. Además de un montón de armarios y encimeras, había sitio para un frigorífico de dos cuerpos y una placa de tamaño industrial, dos hornos dobles y un par de lavaplatos...

—Y esto me encanta —dijo Paul, abriendo dos cajones de la isleta del centro—. Es idea mía. Refrigeración extra, muy útil para verduras frescas o carne marinada. En el otro lado hay bandejas para mantener la comida caliente.

En el otro extremo de la cocina había una zona de comedor con sitio para instalar una mesa de doce comensales. Más allá, junto a la puerta de atrás, había una chimenea grande de ladrillo. Toda la pared del fondo era de ventanas altas que daban al porche y al jardín. Debajo de las ventanas había cajones y armarios empotrados. En la parte del comedor había un hermoso escritorio empotrado.

Mientras continuaban la visita, Paul dijo:

—Aquí hay una habitación pequeña y hemos añadido un aseo. Ha sido fácil, porque había acceso a las tuberías de la cocina. Creo que estaba pensado para ser el cuarto de la criada. Pero que nosotros sepamos Hope vivió en esta pequeña zona de la cocina al menos durante los últimos años. Aquí tenía un sillón reclinable grande, sus armarios archivadores, su televisión y su ordenador. La estufa funciona bastante bien, pero creo que Hope se calentaba con el fuego de la chimenea y, que sepamos, cortaba ella misma la leña. Si la casa fuera mía, cambiaría esa chimenea de leña por una de gas...

—Yo no —dijo Jack—. Me gusta el olor de la madera. Y cortar leña.

—El fuego le va mal a la chimenea y a las paredes interiores, y las chispas son peligrosas en bosques secos —arguyó Paul.

Jillian apenas les oía. Estaba mirando el jardín de atrás por la ventana. El día anterior se había sentido transportada durante tres largas horas. Quizás hubiera llorado mientras cavaba en el huerto, pero por primera vez desde que se había marchado de San José volvía a sentirse la de siempre. En aquella tierra se sentía como en casa. No le costaba ningún trabajo imaginarse viviendo en aquella cocina. Era un lugar fantástico para vivir, con todas aquellas ventanas que miraban al jardín. Habría sido feliz durmiendo en un sillón reclinable.

Su nana había pasado muchas noches durmiendo sentada. Se quedaba dormida con un libro en el regazo y a veces ni se molestaba en irse a la cama. Y luego, claro, estaba su madre: a veces la abuela tenía que quedarse abajo toda la noche porque necesitaba que la atendieran.

«Debería recordar mis primeros años como muy traumáticos y problemáticos», se dijo Jillian. «¿Por qué no los recuerdo así, ni Kelly tampoco?».

—Mira, Jillian —dijo Paul. Puso una mano sobre su hombro y señaló por la ventana. Justo en el lindero de la arboleda, una cierva y su cría iban adentrándose con cuidado en el jardín—. ¡Caray! Ese cervatillo es casi recién nacido. ¡Apenas se tiene en pie!

Entonces apareció otro cervatillo y la cierva lo empujó suavemente hacia delante con el hocico. No se apartaron mucho de los árboles.

Jillian estaba boquiabierta.

—Dios mío —dijo casi sin aliento.

—Seguramente habrán venido en busca de las lechugas de Hope —comentó Jack con una risa—. Los ciervos solían sacarla de quicio.

—Tenía la costumbre de ir al bar a tomarse una copa todas las noches, cubierta de barro del huerto, y decía que cualquier día se liaría a tiros con ellos —añadió Paul—. ¿Crees que ese huerto estará repleto de esqueletos de ciervos, Jack?

—¿Sabes qué? Ahora que lo dices, no encontramos ningún arma cuando limpiamos la casa. ¡Esa vieja granujilla hablaba por hablar! —exclamó Jack.

Jillian se volvió hacia él.

—¡Alquílamela! —dijo.

—¿Qué? —contestaron los dos a la vez.

—¡Alquílamela! La casa. Y el terreno, claro.

—Espera un momento —dijo Jack—. Ni siquiera había pensado...

—Pues piénsalo. Porque, aunque la casa esté pagada, habrá impuestos, ¿no? Y facturas. El agua, la luz, etcétera. Seguramente no querréis intentar venderla estando tan mal el mercado inmobiliario. Además, la casa está en medio del monte. Podéis alquilármela hasta que decidáis qué hacer con ella.

—¿Por cuánto tiempo? —preguntó Jack.

—No sé —Jillian sacudió la cabeza—. ¿Qué te parece una temporada? ¿Hasta después del verano, por ejemplo?

—¿No tienes que volver al trabajo ni nada por el estilo? —preguntó Jack con los brazos en jarras.

—No —dijo con una sonrisa—. Me he tomado una excedencia. Necesito pasar una temporada tranquila antes de volver o cambiar de rumbo. Y ayer empecé a trabajar en el huerto. Me recordó a mi infancia, al huerto de mi bisabuela. Y me pareció mucho mejor que esforzarme por aprender a relajarme o que pasarme el día preguntándome qué voy a hacer a continuación. Así que...

Jack respiró hondo.

—Jillian, puedes venir al huerto cuando te apetezca. No hay problema. Alquila algo más pequeño y ven aquí todos los días a cavar todo lo que quieras...

—Pero si alquilo la casa puedo poner aquí una mesa o una tumbona y verlo por la mañana. Venga. Al menos, hasta qué se os ocurra una idea mejor.

—¿Estás segura de que quieres comprometerte a algo así? Porque esta casa es muy grande y puede que esté fuera de tus posibilidades.

—Bueno, ¿cuánto tendría que pagar?

Jack puso los ojos en blanco y luego la miró.

—No tengo ni idea. Ni siquiera he pedido aún que vengan a tasar la finca —contestó.

Ella se rio.

—¿Por qué no investigas un poco y hablamos después? Podríamos llegar a un acuerdo para que yo no me quede de pronto sin techo ni vosotros perdáis una buena oferta por la casa. En serio, podemos resolverlo fácilmente —volvió a mirar a los ciervos por la ventana—. Sí, creo que me convendría vivir aquí una temporada.

Pensó en lo que le había dicho Harry. Su sugerencia de que intentara aprender a relajarse le había parecido muy vaga e inabarcable desde el principio, pero de pronto la idea de acercarse a la naturaleza no solo le parecía llena de sentido, sino enormemente atractiva. Después de pasar una década en falda y tacones, correteando por las inmaculadas oficinas de BSS, quería cavar la tierra, disfrutar del sol, el monte y la belleza de aquel lugar remoto. «Y mientras cavo, planto y quito malas hierbas, pensaré en las alternativas que tengo. Tengo muchas cosas en las que pensar, y tengo que esperar un tiempo para regresar a BSS o empezar de nuevo. Y tengo que intentar entender cómo pude dejarme engañar por un cretino como Kurt».

No era del todo una ingenua: sabía que, a pesar del acuerdo de confidencialidad, se habría filtrado la noticia y su honradez estaría en entredicho.

—No sé —masculló Jack.

—Piénsalo —insistió ella—. Pide consejo si tienes alguien que te asesore. Tengo muy buenas referencias. Y algunos ahorrillos. Mañana iré al bar por si tienes más preguntas o se te ocurre alguna idea. ¿A qué hora te viene bien?

—Por la tarde. Entre las dos y las tres y media.

Jill le tendió la mano, que estaba muy limpia.

—Allí estaré —le estrechó también la mano a Paul, dio las gracias a ambos y salió casi corriendo de la casa.

CAPÍTULO 2

Colin Riordan llegó a casa de su hermano preguntándose aún si había tomado la decisión correcta. Los meses anteriores habían sido agotadores y, dado que tenía que estar en algún sitio, aquel lugar le serviría de momento. Llevaba tanto tiempo en tratamiento que apenas se acordaba ya de los tiempos en que se consideraba un hombre duro y con perfecto equilibrio. De hecho, si la pierna y el brazo izquierdos no le hubieran dolido tan a menudo, apenas se habría acordado del accidente.

De vez en cuando también se lo recordaba alguna pesadilla. Se veía tendido en medio del ardiente amasijo de hierros en que había quedado convertido su Black Hawk, o soñaba que sus chicos lo sacaban antes de que muriera abrasado. Sí, ese era el principio del fin. Se frotó la barba corta y bien recortada y notó las cicatrices de su mejilla izquierda. Las tenía en el pómulo, en el cuello y en el hombro, en la espalda, en el antebrazo y en el costado izquierdos.

Había cambiado su deportivo por un Jeep Rubicon. Se apeó del coche contento de poder estirar las piernas. No pensaba alojarse allí, con Luke y Shelby. Un mes antes había ido a Virgin River con su hermano Aiden y había conseguido encontrar una cabaña de dos habitaciones perdida en lo profundo del bosque, junto a un arroyo de montaña, y la había alquilado hasta el comienzo de la temporada de caza, en otoño.

Luke salió al porche delantero de su casa con Brett, de ocho meses, apoyado en la cadera.

—Hola —dijo—. ¿Qué tal el viaje?

«Fatal», pensó Colin, refrenando las ganas de frotarse la pierna, la espalda y el brazo.

—Estupendamente. Más rápido de lo que pensaba —no pudo disimular su leve cojera cuando se acercó al porche y vio que Luke miraba su pierna—. Solo la tengo un poco agarrotada, Luke —dijo. Subió los escalones y tendió los brazos al bebé—. Ven aquí, pequeñajo. ¿Recuerdas ese truco que te enseñé?

Brett estiró los brazos con una húmeda sonrisa. De todas las sorpresas que se había llevado Colin esos últimos seis meses, aquella era la mayor de todas: haberse encariñado con un bebé. Nunca le habían gustado mucho los niños, no quería tenerlos y tendía a evitarlos, pero en cambio estaba loco por Brett. En sus ocho meses de vida, solo lo había visto unos pocas veces: justo después de que naciera, una vez cuando Luke fue a visitarlo cuando estaba recibiendo tratamiento en Tucson, y el mes anterior. O sea, tres en total. Y aun así...

El bebé lo agarró por la nariz, Colin hizo un ruido y una mueca. Brett se rio a carcajadas y lo hizo otra vez. Y otra. Y otra. Por fin Colin dijo:

—Igual que su padre: se entretiene con cualquier cosa.

—Vamos dentro —dijo Luke.

—No voy a quedarme. Solo quería pasarme un momento, deciros hola y avisaros de que estoy por aquí. Me voy a la cabaña.

Luke pareció molesto.

—¿Es que no puedes quedarte aunque solo sea una noche?

—Dame un respiro, ¿quieres? Llevo seis meses viviendo con gente y estoy harto.

Shelby salió secándose las manos con un paño de cocina.

—Hola, cielo —dijo Colin, repentinamente de mejor humor—. Dile a tu marido que quiero estar solo un tiempo y que me lo he ganado a pulso.

—Tienes toda la razón. Entra a tomar un refresco o un café. Quince minutos y así Luke te dejará en paz.

—Has ido a ver a mamá —dijo Luke en tono de reproche—. Te has quedado con ella unos días. ¿Por qué no puedes quedarte una noche aquí, hasta que te aclimates?

—¡Ya me he aclimatado! Y solo fui a ver a mamá para tranquilizarla y que no viniera a verme.

—Pero Colin... Es normal en una madre —comentó Shelby—. Ojalá yo sea tan buena madre como lo es Maureen.

Colin miró a Brett.

—¿Oyes eso, amiguito? Más vale que te andes con ojo.

Shelby le hizo una mueca.

—Eso va a costarte cinco minutos más. Vamos, entra y deja al menos que te dé algo de beber. Y deberíamos prepararte una paquetito para que te lo lleves: unos bocadillos, o leche y unos huevos, algo que puedas echarte a la boca hasta que vayas a hacer la compra.

Colin ladeó la cabeza.

—No es mala idea —dijo. Eso era algo que siempre le había gustado de las mujeres: sus ganas de dar de comer a los demás. Las demás cosas que le gustaban seguramente no iba a encontrarlas allí, en medio del monte.

Luke sostuvo la puerta abierta para que pasara.

—¿No has tenido ya soledad suficiente estos tres días de viaje? —preguntó a su espalda.

—Quiero estar solo sin conducir.

—¿Y qué vas a hacer?

—Descargar unas cuantas cosas, instalarme y escuchar un rato lo de dentro de mi cabeza.

—¡Menuda mierda! —comentó Luke.

—¿No deberías dejar de decir «mierda» delante del niño?

—Ay, a veces se me olvida —dijo Luke.

Colin se sentó a la mesa de la cocina y sentó a Brett sobre su regazo. Aceptó una taza de café y se aseguró de que estuviera fuera del alcance del pequeño.

De pronto, como de costumbre, se sintió culpable por mostrarse tan hosco. Cuando las cosas se habían puesto feas, sus hermanos habían acudido corriendo y no se habían separado de él durante seis meses, mientras intentaba recuperarse. Y allí estaba él, comportándose como un capullo. Intentó aplacar a Luke:

—Oye, ¿no tendrás un rato libre esta semana? Tengo permiso para instalar una antena parabólica en la cabaña. Puedo ir a comprarla, pero para instalarla va a hacer falta trepar un poco.

—Y no conviene que trepes —dijo Luke.

—No —repuso Colin sacudiendo la cabeza—. Tengo entendido que solo hay una cosa peor que llevar una pieza de titanio en el fémur: que te pongan dos, una en cada pierna —sonrió—. Pero creo que voy a necesitar Internet. Atrapado en estos bosques, es el modo más fácil de seguir en contacto con el mundo y comprar las cosas que necesito.

—Claro. Solo tienes que decirme cuándo —contestó su hermano, visiblemente aliviado por poder ayudarlo en algo.

—Y otra cosa, ¿no tendrás un arma de sobra? Las mías están con mis cosas de casa, en el almacén.

—¿Te preocupan los osos? —preguntó Luke.

—No necesariamente. Pero puede que un poco sí los plantadores de marihuana. He oído que hay algunos por aquí.

—Hace mucho tiempo que no tenemos problemas con plantadores de marihuana. Suelen mantenerse alejados de Virgin River, más cerca de Clear River. Pero deberías tener un arma. En esta época salen las osas con sus cachorros. Y si te metes entre una osa y su cría, estás perdido. Tengo un rifle que no uso nunca.

—Eh, ¿no tendrás una pistola de calibre grueso, por casualidad? —preguntó Colin mientras intentaba estirar el brazo izquierdo y hacía una mueca de dolor.

—Todavía tienes problemas con ese brazo, ¿eh? —preguntó Luke.

—Va mejor. Es el codo. Puede que no se recupere del todo nunca. Las fracturas del húmero parece que ya están bien, pero tuve un problema en el hombro por culpa de... En fin, da igual. Me llevaré el rifle si no tienes otra cosa.

—Tengo una Magnum guardada, pero el caso es que si disparas a un oso con ella puede que solo consigas cabrearlo.

—Pero el ruido podría ahuyentarlo —sugirió Colin.

—Um, sí —contestó Luke, ladeando la cabeza—. Hace tiempo que no uso la pistola. Tendrás que limpiarla, disparar y asegurarte de que...

—Genial, gracias. ¡Uy! —dijo su hermano. Luego sonrió un poco compungido y añadió—: Parece que mi amigo Brett está muy relajado sentado sobre mis rodillas. Creo que vas a tener que armarte de valor y cambiarle el pañal.

La cabaña que había alquilado era pequeña, pero muy bonita. Estaba amueblada, pero sin ningún lujo. Tenía electricidad y agua corriente, pero le faltaban algunas cosas: para empezar, buena luz natural. Al ir a verla el mes anterior, con Aiden, había lamentado que fuera tan oscura, pero eso podía soportarlo. Había llevado lámparas potentes para alumbrar la casa los días en que lloviera y no pudiera salir a pintar fuera. Estaba deseando llevar su caballete, sus lienzos y sus pinturas a un lugar situado a más altura, a la intemperie, a un prado, quizá, y aprovechar la luz natural cuando lo permitiera el tiempo. La cabaña tenía una ventaja, en cambio: estaba situada en un lugar tranquilo y remoto, en el bosque, junto a un arroyo. O un regato. O como quiera que se llamase un río pequeño. Eso equivalía a animales salvajes. Y eso era lo que buscaba Colin.

Siempre había tenido talento para la pintura, pero nunca le había interesado tanto como los deportes, o como volar. Siempre había sido muy vago para pintar. En el instituto siempre le encargaban a él hacer los carteles, los indicadores, los rótulos; hasta escribir en la pizarra la alineación de los jugadores del equipo. Los profesores de Plástica y los orientadores habían querido que estudiara Bellas Artes en la universidad, pero él había querido dedicarse a algo más emocionante.

Resultaba irónico que él hubiera querido volar desde la primera vez que había visto un avión en el cielo y que, sin embargo, hubiera sido Luke el primero de la familia en hacerlo. Luke comentaba siempre que Colin lo había emulado al hacerse piloto de Black Hawks, pero no era cierto. Luke había ingresado en el Ejército dispuesto a aceptar cualquier destino, pero le habían ofrecido la oportunidad de entrar en la Academia de Oficiales y, desde allí, en la escuela de vuelo. Luke se había hecho piloto por casualidad. Colin, en cambio, había soñado con pilotar aviones o helicópteros desde que tenía unos seis años de edad. Se había alistado en el Ejército con ese único objetivo. ¡Se moría de ganas de despegar!

La pintura era su afición, como lo había sido en el instituto. Se le daban bien las caricaturas, y a sus compañeros del Ejército les divertían sus dibujos. Había hecho un retrato al óleo de los cinco hermanos Riordan, entre diez y dieciocho años. Lo había copiado de una fotografía y se lo había regalado a su madre. Había pintado un Black Hawk en un enorme mural, en una casa que había tenido unos diez años antes, y cuando la había vendido el comprador le había asegurado que no lo quitaría nunca de la pared. Pero todo eso lo había hecho por diversión. Mientras estaba en tratamiento, se había dedicado a pintar y dibujar. A fin de cuentas, estaba en rehabilitación: no podía dedicarse a los bailes de salón o al squash.

Las heridas causadas por el accidente le habían conducido a una adicción al Oxycontin por culpa de la cual había sido detenido por comprar el fármaco a un médico que se dedicaba a traficar con él, lo cual a su vez lo había llevado a recibir tratamiento contra la adicción, lo que a su vez había desembocado en una depresión que lo había llevado a... En total, habían sido seis meses de terapia de una u otra clase. Llevaba ya varios meses pintando al óleo, con acuarela y pintura acrílica. Aquella era una de las pocas cosas de su pasado a las que había podido aferrarse y había pasado a formar parte de su terapia. Lo relajaba lo suficiente para permitir que sus pensamientos fluyeran con facilidad y no atropelladamente. Estaba harto de pintar fruteros y paisajes, pero pintar animales salvajes le entusiasmaba.

Se le daba extraordinariamente bien para no tener formación artística. Era capaz de copiar los mejores cuadros de animales salvajes que encontraba, y más tarde había empezado a captar sus propias imágenes a través de la lente de una cámara.

Después del instituto, solo había recibido un curso de pintura en su vida, y había sido en el manicomio. Había pasado del hospital a la rehabilitación física, y de allí al tratamiento de desintoxicación, y más tarde a tratamiento psicológico por depresión... Fue entonces cuando un psicólogo avezado le sugirió que diera clases con un profesor de pintura, puesto que pintar se había vuelto tan crucial en su recuperación.

El profesor le había dicho:

—Lo más difícil de enseñar a un pintor es mostrarle cómo reflejar las emociones en su obra, y tú lo haces de manera natural.

Colin había respondido:

—No seas ridículo. Yo ya no tengo emociones.

Tras repetirle aquello a su psicólogo de cabecera, habían decidido reducir poco a poco su ingesta de antidepresivos hasta eliminarla del todo y aumentar sus sesiones de terapia de grupo.

—En vez de eso, ¿no podrían pegarme un tiro? —había contestado Colin cuando se lo propusieron.

El plan había funcionado, pese al desagrado que sentía Colin por aquellas sesiones lacrimógenas. Ahora se alegraba. Ya no había fármacos de ninguna clase que embotaran sus sentidos.

Nunca se le había pasado por la cabeza ganarse la vida pintando, pero ¿por qué iba a pensar siquiera en ello? Le gustaba vivir al límite, a toda prisa. Era un piloto de Black Hawk entrenado para el combate. Conducía un coche deportivo a demasiada velocidad, a veces salía demasiado de juerga, jugaba al rugby, se acostaba con demasiadas mujeres e iba demasiado a la guerra. Después, todo se había venido abajo, literalmente. Mientras aprendía lentamente a recomponer su vida perdida, había recuperado su arte. La pintura avanzaba despacio y ejercitaba sentimientos que había podido ignorar durante mucho tiempo.

Por fin, después de muchos meses, le habían dado el alta para que siguiera recuperándose y pintando. Tenía una buena cámara digital, con un zoom excelente. Evidentemente, los animales salvajes no iban a posar para él, pero podía captarlos en plena naturaleza, hacer varias fotografías y trabajar a partir de ellas.

Aunque no quisiera reconocerlo ante nadie, estaba deseando meterse de lleno en la pintura y recuperar la vida que había estado a punto de perder.

Como le había prometido, Luke ayudó a Colin a montar la conexión a Internet, y hasta habló un poco más de lo que solía. Seguramente era el resultado de vivir con una mujer. Colin sabía que la mayoría de las mujeres tenían bien arraigado el gen de la conversación.

Pasó los dos días siguientes paseando por el bosque con cautela y constató que había elegido bien. Le gustaba la tranquilidad y disfrutaba de los sonidos del bosque. Le encantaba sentarse en su tosco porche al amanecer y durante la puesta de sol, con la cámara lista, y observar a los animales que se reunían en el arroyo. Los había casi de todas clases, desde un oso negro que pescaba truchas hasta un puma que iba a beber allí. Consiguió hacer una buena foto de un zorro, y otra de un gamo, aunque desde muy lejos. En otra se veía asomar la cabeza de un cervatillo entre la maleza. Y en otra aparecía un águila magnífica en vuelo.

Salía a explorar todos los días, lloviera o brillara el sol, pero tenía mucho cuidado con dónde pisaba y desde que había visto al oso pescando en el riachuelo nunca salía sin su arma. Pisaba con cautela y avanzaba despacio. Lo de la segunda pieza de titanio no era ninguna broma. No le apetecía romperse más huesos.

Estar al aire libre en pleno marzo lo llenaba de energías. Lloviznaba dos de cada tres días, pero aunque no podía pintar fuera cuando llovía, no le importaba en absoluto estar a la intemperie. Y ver cómo empezaba a manifestarse la primavera era una experiencia nueva para él. Hasta entonces nunca se había fijado en los brotes nuevos, en la calidad del aire y en la perfecta quietud del bosque. Nunca se había movido con la suficiente lentitud como para notarlo.

Un raro día de sol agarró su caballete y sus pinturas y fue en coche hasta un antiguo camino de tierra, más allá de un viñedo y varias explotaciones agrícolas. Se instaló en un prado y se puso a trabajar en el águila que había empezado unos días atrás. Sujetó la fotografía en lo alto del lienzo y se descubrió preguntándose: «¿Qué se siente al estar allá arriba? Dime cómo es saber que puedes lanzarte de una rama y levantar el vuelo».

Justo en ese momento oyó un ruido entre los árboles, no muy lejos de allí. Dejó la paleta y el pincel y sacó la Magnum, que llevaba debajo del cinturón, a la altura de los riñones. Se volvió hacia el lugar de donde procedía el ruido, se le aceleró el pulso y apuntó hacia allí. Pero el ser que salió de entre los árboles no era un oso negro. Era una chica vestida con chándal, botas de agua rojas, camiseta sucia y gorra de béisbol por cuya parte de atrás sobresalía una coleta. Colin supo que era una chica por su figura vagamente femenina y por el chillido ensordecedor que soltó al arrojarse al suelo boca abajo con las manos sobre la cabeza.

Colin puso tranquilamente el seguro del arma y volvió a guardarla bajo el cinturón.

—Tranquila —dijo—. No voy a dispararte. Puedes levantarte.

Ella levantó la cabeza y lo miró.

—¿Estás loco o qué?

Tenía unos ojos marrones muy bonitos, pensó él. Realmente bonitos.

—No, qué va. Creía que eras un oso.

La chica se incorporó lentamente, poniéndose en cuclillas.

—¿Y se puede saber por qué creías que era un oso? —preguntó.

—Porque en esta época del año empiezan a salir de su letargo invernal, con sus cachorros. He visto un par de ellos. De lejos, por suerte.

Ella soltó un bufido.

—¿Es que no sabes que les damos más miedo nosotros que al revés?

Colin sonrió lánguidamente.

—Más vale ir preparado, por si acaso no doy tanto miedo —se encogió de hombros y luego se agachó para recoger la paleta y el pincel.

—Es increíble —dijo ella, irritada—. ¡Todavía no he oído nada que suene a disculpa!

Estaba muy enfadada y, sin saber por qué, aquello hizo sonreír a Colin. Intentó disimular su sonrisa y se preguntó por qué le hacía tanta gracia aquella mujer. Se inclinó a medias, en parte para ocultar su sonrisa.

—Siento haberte asustado —dijo—. Y siento que tú me hayas asustado a mí. Pero no corrías ningún peligro. No dispararía sin asegurarme primero de a qué estoy disparando.

—Menudo consuelo —masculló ella—. ¿Qué haces aquí?

Estaba delante de un caballete, sosteniendo una paleta de pintor y un pincel.

—¿Taxidermia? —respondió con un deje de sarcasmo.

—Muy gracioso —contestó ella—. Me refería a qué haces en mi finca.

—Ah, ¿esto es tuyo? Los caminos estaban abiertos y no había señales. Hay buena luz. Mi casa está en medio del bosque y allí es todo muy oscuro y solo tengo luz artificial. Pero si hay algún problema, me voy a...

—Pero ¿cómo has llegado aquí? ¿Dónde está el camino? Porque este prado es mío. Bueno, no es que sea la propietaria, pero tengo alquilada esa casa de ahí —señaló hacia lo alto de una gran mansión victoriana que se veía por encima de los árboles—. Y como no fuera talando unos árboles, no veía forma de llegar hasta este claro. Lo veía desde la terraza del tejado, pero no parecía haber ningún acceso.

—Y sin embargo aquí estás —señaló él con una sonrisa—. Posando como un oso.

Ella se limpió el polvo de las mejillas, con lo que solo consiguió mancharse las manos. Pero, al mirarla más atentamente, Colin empezó a ver cosas que al principio le habían pasado desapercibidas. Como que tenía una figura deliciosamente femenina: esbelta y sensual, con curvas allí donde debía tenerlas, y una gran melena castaña que escapaba de la gorra y se agitaba en torno a su cara. Sus labios eran carnosos y sonrosados; su tez como el marfil, con algunas pecas ligeras sobre la nariz, y sus ojos increíblemente grandes y enmarcados por densas pestañas. De pronto sintió el impulso de saborear aquella boca.

—No ha sido fácil —comentó ella—. He tenido que cruzar entre toda esa maleza para preguntarte cómo has llegado hasta aquí con todas tus cosas —levantó la palma de la mano. Estaba sangrando—. Verás, la antigua propietaria dejó crecer los árboles y los matorrales entre su jardín trasero y este prado, y yo quería venir aquí con las herramientas de jardinería, pero no veía cómo...

Colin miró su palma, la miró a ella de arriba abajo y preguntó:

—¿Tanto barro hay por el camino?

—¿Qué? ¡Ah! —se rio—. Es que he estado trabajando en el jardín. Labrando el huerto, quiero decir, porque es un huerto, más que un jardín. Me he vuelto un poco loca. Ya están empezando a brotar las plantas, ¿sabes? He buscado en Internet el ciclo de siembra y si me doy prisa todavía estoy a tiempo de plantar. Tengo que plantar todas las semillas y los plantones antes de abril, así que voy un poco retrasada. Las hortalizas hay que plantarlas a principios de marzo. A estas alturas, los tomates ya tendrían que haber despuntado. Menos los melones y los calabacines, para esos todavía hay tiempo. Y ya han venido pájaros, ciervos y conejos a...

Colin dio un paso hacia ella.

—¿Qué haces para ahuyentarlos? —preguntó.

La chica se encogió de hombros.

—Tengo una bocina. Una bocina que imita el mugido de una vaca. Suena muy fuerte. Los pájaros se asustan y los ciervos salen corriendo. Pero yo lo odio. Espantar a los pájaros no me importa tanto, pero las ciervas vienen con sus crías y en realidad no me apetece que se vayan, pero, si no los asusto y empiezan a escarbar en el huerto, todo mi trabajo no servirá para nada. Y la única razón para plantar hortalizas es verlas crecer. Si los ciervos pisotean las plantas, no podré...

—¿No siembras para comer o para vender las verduras? —preguntó Colin.

—La verdad es que todavía no lo he pensado. Ahora mismo solo siembro por sembrar.

Colin dio otro paso hacia ella. Le tendió la mano.

—Colin Riordan —dijo.

Ella se miró la mano manchada de sangre.

—Vaya, deja que yo me ocupe de eso —dijo él. Se acercó al portón de su todoterreno, que estaba abierto, y sacó un paño limpio. Volvió junto a ella y le envolvió la mano con él. Luego volvió a tenderle la mano.

—Jillian —dijo ella mientras se la estrechaba con cautela—. ¿Eres familia de Luke y Shelby?

—¿Les conoces?

—Me alojé en una de sus cabañas hasta que encontré este sitio y lo alquilé.

—Soy hermano de Luke, también conocido como «tío Colin».

—Encantada —dijo ella—. Bueno, ¿cómo has llegado hasta aquí?

Colin se volvió y Jillian echó una rápida ojeada a su espalda y otra a la enorme pistola que llevaba bajo la cinturilla del pantalón. No tuvo más remedio que admirar sus hombros anchos y musculosos, su estrecha cintura y sus largas piernas.

—¿Ves ese camino? —preguntó él, señalando con el dedo—. Está hecho un asco, todo lleno de piedras y de maleza por falta de uso, pero el todoterreno puede pasar sin problemas. El camino seguía hacia arriba, pasaba por un viñedo y por un par de granjas, y lo seguí. Mi objetivo era ir hacia arriba. Hacia el sol.

—¿Cuánto tiempo has tenido que seguir el camino? —preguntó ella.

—No estoy seguro. ¿Media hora, quizá?

Jillian suspiró.

—Bueno, tío Colin, pues podrías haber tenido sol mucho más fácilmente. Mi casa, al otro lado de esos árboles, está a un par de desvíos de la 36. Puedes pintar en mi jardín trasero o en el delantero. A mí no me molesta y así te ahorrarías molestias. No necesitarás pistola y yo no tendré que arrojarme al suelo. Pero he plantado bulbos alrededor de la casa y por el camino de entrada, así que intenta no pisar las plantas.

—¿Cuándo suelen venir los animales a husmear en tu huerto, Jillian? —preguntó él.

—Al amanecer. Hasta las ocho de la mañana. Y luego vuelven al anochecer. Seguramente se quedan esperando por aquí. Estoy segura de que están por estos árboles. Cuando salen, son muy cautos.

—Enséñame tu huerto —dijo él.

—No es fácil —contestó Jillian—. Será mejor que vuelvas por ese camino, des la vuelta por la 36 y entres por el camino delantero.

—Si tú puedes, yo también —repuso él—. ¿Y bien? Adelante.

Jillian suspiró, se encogió de hombros y se volvió para internarse de nuevo entre los árboles. Con la mano envuelta en el paño, apartó con cuidado la maleza. La arboleda era densa, no había sendero y como aún no conocía del todo la finca no estaba segura de cuál era la ruta más directa para llegar a la casa.

Llevaba poco tiempo allí y solo se había familiarizado con el terreno que rodeaba la casa.

Por fin cruzaron los árboles y llegaron a la zona del huerto. Había un gran rectángulo de tierra labrada en surcos y sembrada. Era enorme. A lo largo de algunos surcos había estacas que señalaban el lugar de las plantas. Y luego estaba la casa. Era asombrosa.

Colin se quitó el sombrero de paja y se pasó una mano por la cabeza.

—Caray —dijo—. ¡Fíjate en esa casa! ¿La has alquilado?

—Principalmente por las ventanas de la cocina, por el porche de atrás y por el huerto. Me recuerda a la casa en la que crecí.

Colin se fijó en el huerto.

—Menudo campo tienes aquí. ¿Llevas mucho trabajando en el huerto?

—Como te decía, estoy intentando ponerme al día...

Colin la miró. Le levantó la visera de la gorra de béisbol.

—¿Cuánto tiempo?

Jillian se encogió de hombros.

—Unos diez días. Puede que un poco menos. Una semana.

—¿Empezaste desde cero?

—No, qué va. Creo que el huerto existe desde hace medio siglo, más o menos, pero no sé cuánto terreno solía sembrar la señora que vivía antes aquí. Si tenía experiencia en horticultura orgánica, seguramente plantaba en franjas alternas para que se regenerara el suelo. Los surcos se notaban aún. Quité las malas hierbas, cavé y empecé a plantar. He sembrado menos de una cuarta parte del terreno, pero quiero plantar más.

Colin soltó un silbido.

—No me extraña que estés toda manchada de barro.

Ella se rio.

—Hay un arado mecánico en la caseta, pero me gusta usar la azada y la pala. Me gusta estar cerca de la tierra. Mi bisabuela solía decir que el secreto de un buen huerto era estar siempre cerca de la tierra y de las plantas. Además, el barro se quita con agua.

—¿Llevas haciendo esto una semana? —preguntó él—. Madre mía, ¿te va la vida en ello o qué?

—Puede que un poco —dijo ella con una sonrisa—. Cuando me meto en una cosa, me meto de verdad. Apuesto a que a ti te pasa lo mismo con la pintura.

Colin sacudió la cabeza.

—No, nada de eso. Yo no me obsesiono.

—Pues, bueno yo no estoy obsesionada —repuso ella, ofendida—. Es solo que, cuando me pongo a hacer algo, me gusta hacerlo bien.

—Sí —contestó él distraídamente mientras se acercaba al huerto: los surcos largos y perfectos, los tutores, los plantones aquí y allá—. ¿Has plantado sobre todo semillas?

—Y algunos plantones —contestó Jillian—. Por los bordes he plantado también unos cuantos bulbos. Había algunos en la caseta de la antigua dueña. No tengo ni idea de qué son, pero ya lo averiguaremos. Sospecho que son tulipanes, lirios, iris y narcisos. También he puesto algunos delante de la casa. Tengo algunas plantas en el porche, así que voy a preparar los parterres. Y tengo unas cuantas cestas para colgarlas por el porche. Es una cosa nueva: tomates cherry que brotan del fondo de las cestas colgadas —le sonrió—. Muy a mano para la cena: «Ve a recoger unos tomates al porche». Quería probar. ¿Y ves esos arbustos que rodean el costado de la casa, hasta los árboles? Son rododendros y hortensias. También hay montones de lilas. Adoro las lilas.

Colin se fijó en la casa: era enorme, tenía un porche muy ancho y tres plantas. La señaló con la cabeza.

—Es una casa gigantesca. ¿Vives ahí sola?

Jillian puso una mano sobre la cadera y le lanzó una mirada.

—En el lugar de donde vengo, los caballeros no hacen preguntas como esa. Estoy bien protegida y tengo unas cerraduras enormes.

Él le sonrió.

—Rara vez me acusan de ser un caballero, pero no soy peligroso. Además, no te lo preguntaba porque pensara entrar a robarte las herramientas de jardinería, sino porque es una casa muy grande. ¿De dónde eres?

—De San José.

—Entonces, ¿qué haces aquí, en esta casa tan grande?

Jillian le enseñó las palmas de las manos, una envuelta en un trapo.

—Taxidermia —contestó.

Él se rio. «Qué listilla», pensó.

—Ya lo veo. Y antes de dedicarte a la horticultura, ¿cómo matabas el tiempo?

—Trabajaba en una empresa. En la industria del software. Era muy estresante, así que me he tomado una temporada libre. Yo... eh... En fin, da igual.

—¿Qué? —preguntó él.

—Hacía mucho tiempo que no me tomaba unas vacaciones como es debido, así que me estoy relajando y pensando en qué quiero hacer a partir de ahora. Pienso mientras trabajo en el huerto.

—¡Qué polifacética! —comentó él con una sonrisa—. ¿Y qué haces cuando llueve?

—Lo mismo, solo que mojándome —repuso Jillian.

—Bueno, pues, si ves a alguien merodeando por aquí al amanecer de un día despejado, no te asustes. Y no hagas sonar la bocina, ¿de acuerdo? Si hay ciervos, me gustaría hacerles unas fotos.

—¿Unas fotos? —preguntó ella.

—Exacto.

—¿Por qué?

Colin dio media vuelta y empezó a alejarse.

—Porque los animales se niegan a posar para mí. Hasta luego, Jillian.

Jillian lo vio desaparecer en la espesa arboleda de detrás del huerto. Y aunque parecía un poco fastidioso, lamentó que se marchara.

Entró en la casa, se limpió la herida de la mano, se la vendó y se puso un guante de látex. Luego volvió al huerto y pasó la tarde trabajando. Pero no fue lo mismo. La aparición del pintor le había dejado muy buen sabor de boca, y de pronto se daba cuenta de lo agradable que era hacer un pequeño descanso durante el día y tener a alguien con quien hablar. Entonces se acordó de que, según le habían dicho, Hope McCrea iba todos los días al bar de Jack a tomarse un whisky al final del día. A ella no le entusiasmaba el whisky, pero tal vez fuera agradable tomar una copa de vino y cenar algo. Y tener un poco de compañía.

Dejando el huerto a merced de los animales salvajes, entró a darse una ducha. Limpia, con el pelo chorreando y cubierta con una bata, subió al segundo piso y miró por las ventanas del dormitorio. Apenas podía ver por encima de los árboles, pero pudo distinguir a Colin guardando sus cosas en el todoterreno. El sol empezaba a declinar. Evidentemente, ya no había luz para pintar.

Se secó el pelo, se puso uno de sus pantalones más bonitos, se pintó las uñas con brillo y salió de casa.

Colin estaba sentado a la barra, pasando el rato con una cerveza y un nuevo conocido, Dan Brady. Se enteró de que Brady trabajaba como albañil para Paul Haggerty y se pasaba una o dos veces por semana por el bar de Jack a tomar una cerveza. En cuanto a él, aquella era la tercera cerveza que se permitía tomar desde que había acabado el tratamiento. De hecho, aunque no sentía una especial tentación de darse a la bebida, procuraba no tener cerveza en la cabaña. Había cambiado mucho últimamente.

Estaba dándose mentalmente una palmadita en la espalda por lo bien que se estaba portando cuando entró ella. Dan Brady estaba hablando todavía, pero Colin dejó de escuchar lo que decía. Al principio ni siquiera la reconoció. Simplemente la miró y pensó que era muy atractiva. Entonces cayó en la cuenta de que era Jillian, la hortelana. Ella le sonrió. De hecho, le sonrió como si se alegrara de verlo. Colin estuvo a punto de mirar hacia atrás, por si acaso no le estaba sonriendo a él. Salvo por lo sonrosadas que tenía la nariz y las mejillas y las pecas de la cara, casi parecía otra.

En primer lugar, no solo tenía formas, sino que tenía unas formas alucinantes. Un pecho precioso, ni demasiado grande, ni demasiado pequeño. Era alta para ser una chica, pero aun así parecía pequeña a su lado. A fin de cuentas, él medía casi un metro noventa. El pelo castaño le caía sobre los hombros formando una sedosa cortina que parecía pedir a gritos unas manos masculinas que la acariciaran. Tenía la cintura estrecha, el trasero firme, los muslos delgados. Sus labios rosas tenían forma de corazón y su sonrisa le caló hasta lo más hondo. Casi le hizo ponerse de rodillas. Tenía un aspecto limpio y formal, como de vecinita de la puerta de al lado. No era su tipo, pero aun así Colin sintió un cosquilleo físico que parecía dar a entender que tal vez debiera cambiar de tipo.

Ella se sentó en el taburete de al lado.

—No esperaba volver a verte tan pronto —dijo, y saludó a Dan inclinando la cabeza.

—Caramba —dijo Colin—. Sí que cambias con una buena ducha. No pareces la misma.

Ella frunció el ceño antes de echarse a reír.

—¿Las mujeres suelen darte las gracias cuando les dices cosas así?

Jack apareció enseguida ante ella, sacudiendo una servilleta.

—¿Qué tal va eso, Jillian? —preguntó.

—Genial, Jack. ¿Tienes un buen chardonnay por ahí?

—¿Tapón de rosca o de corcho?

—Bueno, echemos la casa por la ventana: de corcho.

Jack hurgó en su nevera, sacó una botella de Mondavi abierta y se la enseñó.

—Perfecto —dijo ella.

—¿Ya os conocéis? —preguntó Jack mientras servía el vino.

—Lo pillé esta tarde pintando en la finca, detrás de esa arboleda.

—Este es Dan Brady —dijo Jack—. Dan, Jillian Matlock. Ha alquilado la casa de Hope. Tú trabajaste en la casa, ¿no?

Dan saludó a Jillian con una inclinación de cabeza.

—No he pintado más en toda mi vida. ¿Cuánta gente vive contigo allí? —preguntó.

—Solo yo —repuso ella antes de tomar un sorbo de vino.

Dan se acodó en la barra.

—¿Y qué demonios haces allí?

—Trabajar en el huerto y pensar —contestó Colin en su lugar.

—¿Trabajar en el huerto? —preguntó Dan—. ¿Por qué?

Ella se encogió de hombros.

—Porque sé hacerlo. Aprendí de pequeña. Se me da muy bien. Creo que en mi familia hay un cromosoma de agricultor.

—¿Qué estás plantando? —inquirió Dan.

—Ensalada —contestó con una sonrisa—. Primero planté los tubérculos y luego las lechugas, de tres clases. Acelgas. Puerros, chalotas, pepinos y judías verdes. Más adelante plantaré los calabacines, y estoy cuidando unos plantones de tomateras en el porche. Mi bisabuela lo cultivaba todo desde la simiente, pero algunas cosas, como los tomates, las sembraba en pequeñas bandejas en el porche de atrás y luego, cuando ya eran lo bastante fuertes, las plantaba en el huerto.

—Qué bien —dijo Dan—. ¿Y en qué estás pensando que has acabado aquí?

—Pues me he tomado una excedencia en el trabajo, trabajaba en una empresa, en publicidad, y quería pensar en lo que quiero hacer a partir de ahora, en dónde me gustaría trabajar. Pero solo pienso en el huerto —puso una expresión melancólica—. Yo estoy cultivando las cosas normales, pero deberíais haber visto las cosas que plantaba mi bisabuela. Espárragos blancos, pimientos enanos, coles de Bruselas moradas, tomatillos, lechuga romana roja... ¡Hasta coliflor morada y berenjenas enanas! Cultivaba unos tomates que se llamaban Russian Rose, tan ricos que nos los comíamos como si fueran manzanas. Podían pesar casi un kilo cada uno. Los que no nos comíamos, los freía y los ponía en conserva. Era medio rusa, medio francesa, pero sabía hacer la salsa italiana más rica del mundo. Los vecinos venían a comprarla a veces.

Colin hizo una mueca y se estremeció.

—¡Coles de Bruselas moradas! Tienen que saber aún peor que las verdes.

—Y yo jamás había visto una coliflor morada —intervino Dan.

—Mi madre trabajaba en el huerto como una loca, nos hacía quitar las malas hierbas a todos, pero que yo sepa a ninguno de sus hijos le entró el gusanillo —comentó Colin—. Ni siquiera he visto esas verduras de las que hablas.

Jillian sacudió la cabeza.

—No se ven todos los días, eso seguro. Pueden verse algunas en restaurantes de cinco tenedores, para aderezar los platos. Se cultivan en huertos comerciales pequeños, muy específicos, y son muy caras. Son siempre orgánicas, como las del huerto de mi bisabuela, y cualquier cliente que coma en un restaurante donde las sirvan puede estar seguro de que el chef sabe lo que se hace, tiene destreza, creatividad y estilo. Daría cualquier cosa por cultivar algunas de esas verduras.

—¿Y por qué no lo haces? —preguntó Dan.

Ella se rio.

—Porque en el vivero de Eureka no venden semillas de ese tipo. Solo tienen las cosas normales. Mi bisabuela trajo sus primeras semillas del huerto que tenía en Francia y guardaba la simiente de los frutos y las hortalizas año tras año.

—Eso es que no has buscado lo suficiente —le informó Dan—. ¿Sabes usar un ordenador?

—¿Que si sé usar un ordenador? —preguntó ella, riendo—. ¡Trabajaba en las oficinas de una empresa de software!

—Pues investiga sobre esas semillas —propuso él—. Seguro que alguien las tiene. Y si por estos contornos puede plantarse marihuana todo el año, seguro que también se pueden plantar esos tomates tan especiales. Un ayudante del sheriff me dijo una vez que, si se dedicara tanto esfuerzo a plantar hortalizas como a plantar marihuana, tendríamos sandías de veinte kilos.

—¿Marihuana? —preguntó ella—. ¿Por aquí se planta marihuana todo el año?

—A resguardo —contestó Dan, asintiendo con la cabeza—, con riego y lámparas alimentadas por generador, y con mierda de pollo como abono —sonrió—. Muy orgánica.

—Vaya, sabes mucho sobre el cultivo de la marihuana.

—Pues sí. Y además estuve en la cárcel —añadió él—. Pero no me dedicaba al cultivo. Yo era estrictamente un hombre de negocios —apuró su cerveza—. Ojalá hubiera oído hablar de esas verduras de altos vuelos. Habría salido mejor parado. Hasta venden invernaderos por Internet, pero la marihuana no conviene cultivarla en invernadero —sonrió. Saltaba a la vista que no le avergonzaba lo más mínimo su conocimiento del cultivo de drogas ilegales.

Jillian se quedó un momento absorta y no prestó atención al resto de la conversación. Sabía que tenía los ojos como platos y quizá la boca abierta. Estrechó distraídamente la mano de Dan y dijo que era un placer haberlo conocido, pero no escuchó lo que le dijo Colin. Una avalancha de ideas cruzaba su cabeza, tan deprisa que casi puso los ojos en blanco. ¿De veras podría encontrar las semillas de su bisabuela y cultivar aquellas verduras tan raras?

—Oye —dijo Colin, zarandeándola un poco—, ¿estás bien?

Jillian se espabiló y volvió al presente.

—Sí, estoy bien. ¿Jack? —llamó.

Él se acercó enseguida.

—Ese tipo, Dan —dijo ella casi susurrando—, ¿estuvo en la cárcel por cultivar marihuana?

Jack se puso a limpiar la barra.

—Sí. Hubo una emergencia en su familia, necesitó dinero y me metió de cabeza en eso. Debió de ser algo muy gordo para que se metiera en algo así, porque es un tío muy formal. La verdad es que es admirable: cumplió condena, salió de la cárcel y ahora lleva una vida normal. Por aquí se le tiene mucho aprecio.

—Vaya, ¿qué te parece?

—En este pueblecito hay montones de historias.

—No parece que le cueste hablar de ello.

—Bueno, en primer lugar todo el mundo lo sabe, así que no tiene sentido fingir. Y en segundo lugar, creo que en parte disfruta haciéndose el interesante —Jack sonrió—. Pero en el fondo es un tipo estupendo. Muchos de nosotros hemos pasado por baches parecidos que nos han empujado a hacer cosas que no haríamos normalmente.

—Dímelo a mí —repuso ella, pensativa—. Um, escucha, voy a necesitar un poco de ayuda. Hay que hacer unos trabajillos en la casa...

—Bueno, verás, Jillian, me encantaría ayudarte, pero...

—No —contestó ella, riendo—. Quiero contratar a alguien. No te estoy pidiendo un favor.

—Ah. Bueno, en ese caso... —Jack se acercó a un extremo de la barra, habló un momento con un joven muy guapo de poco más de veinte años que estaba sentado allí y le hizo acercarse adonde estaba Jillian. Lo presentó como Denny Cutler—. Denny está buscando algo fijo por aquí. Es amigo mío y respondo por él.

—Encantada de conocerte, Denny —dijo Jill al tenderle la mano.

—Señora —contestó el chico.

—Necesito ayuda para un par de cosas. En primer lugar, tengo que comprar una camioneta, preferiblemente una camioneta de segunda mano que funcione bien. Voy a tener que traer cosas para el jardín y el huerto. ¿Sabes algo de camionetas? —preguntó.

—Algo —contestó Denny, lanzándole una sonrisa encantadora.

—Espero que eso signifique que sabes lo suficiente. También estoy pensando en talar algunos árboles y en abrir un camino hasta el prado de atrás. Ah, y tengo que levantar una valla para mantener a los ciervos y los conejos alejados de mis lechugas. Será una valla muy larga.

—Bueno —dijo el chico—, creo que todo eso puedo hacerlo, pero no tengo herramientas.

—¿Pueden alquilarse? —preguntó ella.

—Puedo averiguarlo, claro. Trabajé para un paisajista un verano, en el instituto. Me mató a trabajar, pero aprendí un par de cosas. Pero de eso hace mucho tiempo, así que quizá no vaya muy rápido.

—¿Trabajas duro?

—Eso sí —contestó él con una inclinación de cabeza—. Además, hay otra cosa. Tendría que ser temporal. Como ha dicho Jack, estoy buscando un trabajo a jornada completa. Estoy mandando currículums y presentando solicitudes, pero hay poco trabajo. Me vendría bien tener un proyecto, pero si me llaman...

—Entendido —dijo ella—. ¿Cuánto cobras?

Pareció un poco perplejo.

—No tengo ni idea, señora.

—Vale, dejemos una cosa clara: puedes llamarme Jillian, Jill o «señorita Matlock» si tienes ganas de ponerte ceremonioso, pero tengo treinta y dos años y lo de «señora» me produce cierta urticaria. ¿Qué te parece dieciséis dólares la hora? Es el doble del salario mínimo.

—¡Caray! —exclamaron Colin y Denny al mismo tiempo.

—¿Qué? —preguntó ella.

Denny sonrió de oreja a oreja.

—Sí. Digo, sí, señora. Me parece bien.

—Jillian, me llamo Jillian. Te veré mañana a las ocho. Jack puede darte indicaciones. ¿Y te importaría decirle que necesito algo de cena para llevar?

—Claro que sí, se... Jillian. Gracias. Pondré todo mi empeño —se alejó para hablar con Jack.

Al volver, Jillian vio a Colin con la cabeza apoyada en la mano y el brazo sobre la barra.

—Ha sido casi increíble.

—Se me da bien delegar —comentó ella al levantar su copa de vino. Luego sacudió la cabeza—. ¿Cómo es posible que no se me haya ocurrido antes? ¿Semillas por Internet? ¿Por qué no?

—Puede que estuvieras muy ocupada cavando —sugirió él.

—No, no es eso. Tenía la cabeza en el pasado, no en el futuro. Estaba pensando en el huerto de antes, no en el de ahora.

—¿Y va siendo hora de poner una valla? —preguntó él.

—No me importa mucho que los animales se metan entre mis lechugas y mis rábanos. ¡Pero no pienso sacrificar la coliflor morada, el tomatillo o los Russian Rose! Además, hay un par de manzanos en la finca. Los ciervos no pasarán hambre. Estarán muy bien alimentados, en realidad.

—¿Y los conejos?

—Me temo que tendrán que buscarse la vida.

—Treinta y dos, ¿eh? —preguntó él—. Yo te habría echado veinticinco.

Jillian se rio.

—Supongo que eso es mejor que me si hubieras echado cuarenta y cinco.

Jack se acercó y Jillian le preguntó:

—¿Puedo pedir algo para llevar, Jack? Lo que sea. Tengo que irme a casa.

—¿Se está quemando la casa, Jillian? —preguntó él.

—Espero que no, pero acabo de recibir un buen consejo de Dan, vuestro experto local, y estoy deseando sentarme delante del ordenador.

—Voy a prepararte algo —dijo Jack, y se dirigió a la cocina.
Ella tomó otro sorbo de vino, sonriendo.

—¿Por cuánto tiempo has alquilado la casa? —inquirió Colin.

Jillian se volvió hacia él, entusiasmada.

—¿Es que no lo ves? Si puedo encontrar las semillas y cultivarlas, está todo resuelto. Eso puedo hacerlo en un par de meses, pero tengo alquilada la casa para todo el verano. Y no te puedes imaginar lo feliz que me haría cultivar esas hortalizas tan raras que cultivaba mi bisabuela.

Colin dejó la cerveza a medio beber sobre la barra y se levantó para marcharse.

—Buena suerte con eso —dijo, y le sonrió—, señora.

CAPÍTULO 3

Jillian convenció a Jack para que le vendiera lo que quedaba de la botella de chardonnay y se la llevó a casa junto con la deliciosa cena que le había preparado el Reverendo: empanada de carne, puré de patata con ajo, judías verdes, pan, un pequeño recipiente con salsa de tomate y una porción de tarta de chocolate. Se comió primero la tarta con otra copa de chardonnay mientras navegaba por Internet, buscando plantas y semillas. Dan Brady tenía razón, ¡vaya si la tenía! ¡Había catálogos de semillas a montones! No tenía ni idea de hasta qué punto eran auténticas las semillas, claro, ni de cómo sabrían las frutas y las verduras que salieran de ellas, pero era el primer paso. Había semillas disponibles. Y aunque eran un poco más caras que las semillas que se compraban en los viveros normales, seguían siendo baratas.

Esa noche fue la primera de muchas noches parecidas. Jillian, al igual que Hope McCrae antes que ella, vivía en la cocina, con la chimenea, el ordenador y el escritorio. En su sillón reclinable podía comer en una bandeja, navegar por Internet y ver el enorme huerto por las ventanas de la cocina.

Esa primera noche apenas pegó ojo. Se pasó la noche investigando, comprando, haciendo pedidos, leyendo blogs de horticultura. Por fin se quedó dormida en el sillón a eso de las cuatro de la madrugada y se despertó sobre las seis, antes de que saliera el sol. Aunque, al fijarse mejor, comprendió que esa mañana no saldría el sol: estaba lloviznando. «¡Perfecto!», pensó. Tenía muchos recados que hacer.

Lo mejor de aquel clima era que la llovizna no le impedía trabajar en el huerto. Rara vez llovía a mares, pero el clima era tan deliciosamente húmedo que saciaría a la perfección la sed de toda una plantación.

Denny llegó a las ocho menos cuarto, y a Jillian le encantó que llegara temprano y dispuesto a trabajar. Ella también estaba lista para ponerse manos a la obra. Denny se acercó a la puerta principal y Jillian lo invitó a pasar y lo condujo a la cocina.

—¿Quieres una taza de café para el camino? —preguntó.

—Claro, gracias. ¿Adónde vamos?

—Primero, a comprar la camioneta. La necesito para acarrear cosas demasiado grandes para mi coche. ¿Cómo tomas el café?

Al ver que no contestaba inmediatamente, levantó los ojos y lo vio mirando a su alrededor. Había una colcha sobre el sillón reclinable, y al lado una bandeja para comer, una almohada para dormir, un televisor pequeño recién comprado, un ordenador y algunas otras cosas imprescindibles.

—¿Denny?

El muchacho la miró. Aunque frunció el ceño, un poco confuso, Jillian notó que era un chico alto y guapo. Llevaba el pelo cortado casi al rape y tenía unas cejas castañas, muy expresivas, y unos ojos de intenso color chocolate. Unos ojos que en ese momento expresaban preocupación.

—Espero que tenga una cama en alguna parte, señorita Matlock. Eso no parece muy cómodo.

—¿Bromeas? ¡Es fantástico! Creo que nunca había estado tan cómoda. Y seguramente es mejor para mi espalda, mi cuello y todo eso. ¿El café?

—Solo —contestó él. Luego sacudió la cabeza y se echó a reír.

A mediodía tenían ya una camioneta: una Ford del 2002, con una parte trasera muy amplia. Habían ido juntos a una empresa de cerramientos para encargar la alambrada del huerto. Cargaron los postes en la camioneta, pero la malla metálica se la entregarían a domicilio un par de días después. Jillian mandó a Denny que se llevara la camioneta y se encargara de alquilar herramientas y de buscar a una cuadrilla de trabajadores que talara algunos árboles y abriera un camino hasta el prado de atrás. Ella se fue en su coche a comprar suministros para el huerto. Había encontrado en Internet una empresa que podía analizar el suelo del huerto en busca de productos químicos y compró los recipientes adecuados para enviar las muestras. Con suerte, aquella tierra llevaría muchos años libre de pesticidas. Necesitaba conocer el pH y qué nutrientes estaban presentes o faltaban, todo lo cual podía procurárselo aquella empresa.

Visitó varios viveros y preguntó por abono puro de aves de corral para agricultura orgánica, y le sorprendió ver que la miraban con sonrisillas y cara de sorpresa.

—Voy a plantar tomates, no marihuana —informó a los dependientes que la atendieron.

—Algunos lo hacen —le contestaron.

Cuando dio con un buen precio, compró varios sacos grandes y pidió que los dejaran apartados para que Denny fuera a recogerlos en la camioneta. Compró un arado mecánico y lo puso en la parte de atrás de su Lexus, junto con una lata de gasolina que podía llenar de camino a casa.

Antes de regresar, se pasó por el bar de Jack. Cuando entró, Jack estaba saliendo por la parte de atrás.

—Vaya, ahí está mi casero —dijo con una sonrisa—. Quería consultarte un par de cosas.

—¿Te apetece beber algo, mientras tanto? —preguntó él.

—Una Coca-Cola.

—Marchando.

—Creo que deberías venir a casa cuando tengas un rato. Quiero que subamos a la terraza para tener una panorámica de la finca. ¿Te acuerdas de que el camino que lleva a la casa se bifurca en la esquina sureste de la parte delantera? Una parte tuerce a la izquierda, delante de la casa, y la otra sigue en línea recta el lado oriental de la casa, hasta la parte de atrás.

—Siempre me ha parecido que ese era el lugar perfecto para construir un garaje, detrás de la casa —comentó Jack.

—No es más que un camino de grava, así que tengo una duda: si lo alargara a través de la arboleda para tener acceso al prado de atrás, ¿tendrías alguna objeción?

—Es buena idea —contestó él—. Pero lamento decir que no creo que fuera muy prudente por mi parte invertir más dinero en esa casa. Eso tendría que hacerlo el propietario, algún día.

—Bien, lo que te propongo es esto —añadió Jill—: quiero poner un par de invernaderos portátiles en ese prado, un lugar resguardado para sembrar plantones. Voy a vallar el terreno de atrás para impedir que entren los animales, pero me gustaría poner los invernaderos en el prado. Los he encontrado en Internet por unos doscientos dólares cada uno y son muy fáciles de mover.

Jack apoyó las manos en la barra y la miró inquisitivamente.

—Jillian, ¿no crees que te estás tomando muy a pecho esa manía tuya por la horticultura?

—Desde luego que sí. Y pienso tomármela aún más a pecho. Voy a intentar cultivar algunas frutas y hortalizas raras. Denny está pidiendo presupuestos para contratar una cuadrilla de obreros y alquilar maquinaria. No me refiero a hacer una carretera asfaltada, sino más bien un camino ancho, lo bastante ancho para que pueda pasar un vehículo. Naturalmente, los gastos corren de mi cuenta. Además, no va a ser tan caro. No habrá que talar más de diez árboles. Probablemente lo más costoso sea traer grava para pavimentar el camino.

—Eh, Jillian, ¿has pensado en la posibilidad de ir un poco más despacio? ¿De hacer algo más modesto? Quiero decir que en realidad estás experimentando, y parece un experimento muy aparatoso y muy caro.

Ella sonrió.

—Dicen que soy impulsiva, pero normalmente me da resultado hacer lo que me dicta el instinto. Naturalmente, el camino agrandado se quedará cuando se acabe mi contrato de alquiler, así que será una mejora para la finca. De momento, es lo que necesito para acceder al prado. Ah, y gracias por Denny: es un chico estupendo. Me cae bien. Piensa que estoy un poco loca, pero es un encanto, muy educado y hace exactamente lo que le pido. Entonces... ¿irás a la casa a echar un vistazo a mis planes y a darme tu aprobación?

—Iré después del desayuno —contestó Jack—. Mañana nos vemos.

—¡Estupendo! —Jillian dio una palmada a la barra.

Jack no pudo evitar echarse a reír.

—Jillian, ¿de dónde te viene todo este entusiasmo?

—De mi bisabuela —contestó antes de beber un sorbo de refresco—. Cuando nos enseñaba a cuidar el huerto, a cocinar, a leer, a limpiar, a coser, decía que nos estaba preparando para la vida. Bien, la vida ha cambiado mucho desde que ella tenía mi edad, pero lo que nos enseñó no ha cambiado tanto. Ha evolucionado. Y yo quiero formar parte de todo eso.

Jillian volvió a casa y estaba llenando unos pequeños recipientes de plástico con tierra de diversas partes del huerto y poniéndoles etiquetas cuando llegó Denny.

—No hay mucho trabajo últimamente —le informó el chico—, así que no me ha costado conseguir una cuadrilla de leñadores. Vendrán mañana a primera hora para darle un presupuesto definitivo. Espero que le parezca bien. Tardarán dos días en talar esos árboles. He encontrado a un tipo que puede nivelar el terreno. Después habrá que pensar en la grava. Y he alquilado una perforadora para hacer los agujeros, para los postes de la alambrada. Así podré ponerme con la valla mientras tanto.

Jillian sonrió, muy contenta.

—Perfecto —dijo, en cuclillas sobre la tierra—. ¿Vendrán aunque esté lloviendo?

Denny asintió.

—Como le decía, no hay mucho trabajo por aquí últimamente. Creo que por eso me han hecho un buen precio. Y le harán un descuento si deja que se queden con los árboles. Pueden procesarlos y hacer madera con ellos.

—¿En serio? —preguntó al levantarse.

—No es gran cosa, pero aun así...

—¿Has comparado presupuestos?

—He estado en tres empresas —respondió él—. Todas ofrecían más o menos lo mismo. He optado por la que estaba disponible enseguida —de pronto pareció preocupado—. ¿He hecho bien? ¿Al decidir, quiero decir? ¿Y al alquilar la perforadora?

—Era lo que esperaba que hicieras, que te ocuparas de ello —contestó Jill mientras ponía en equilibrio sus pequeños recipientes para llevarlos a la casa—. ¿Puedes ir a la empresa de mensajería del pueblo, o quieres marcharte ya? Necesito mandar estas muestras de tierra.

—Me quedo hasta que se harte de mí —contestó Denny con una sonrisa.

Jill se detuvo, le sonrió y dijo:

—Así me gustan a mí los empleados, Denny.

—Y a mí las jefas, señorita Matlock.

Jillian reflexionaba a menudo sobre el hecho de que su mejor amiga fuera su hermana y lo hubiera sido desde que eran muy niñas, y que sin embargo fueran tan opuestas en todos los sentidos. Ni siquiera se parecían físicamente: Jillian era alta, morena y esbelta y Kelly era más baja, rubia y con más curvas. La piel de Jill se bronceaba agradablemente, mientras que la de Kelly tendía a quemarse. Jill siempre se había inclinado por los estudios formales, mientras que Kelly, la cocinera, tenía una vena más artística. Y mientras que Jill era muy impetuosa (ella misma lo reconocía), Kelly planificaba cuidadosamente cada detalle de su vida.

Jill siempre se había apoyado en su hermana, que tenía una personalidad muy maternal. A los doce años, cuando Jill tuvo su primera regla, fue Kelly quien le enseñó lo que había que hacer. Y cada vez que se le rompía el corazón, ya fuera por un novio o por una simple decepción, era Kelly, la más estable de las dos, quien la animaba y le ofrecía consuelo.

Incluso estando en Virgin River, atareada con su nuevo huerto, Jillian hablaba con su hermana todos los días, normalmente por la tarde, antes de que Kelly entrara a trabajar. Le gustaba subir al tejado y sentarse en el mirador, donde tenía mejor cobertura, hablar con Kelly e informarle de sus planes de cultivo día a día. A finales de la tercera semana, le dijo:

—Hay un montón de herramientas de construcción junto a la casa, un gran montón de troncos cortados esperando a que venga un trailer y el camino para llegar al prado de atrás está casi acabado. Por fin ha llegado la valla y Denny está colocando los postes. Hay dos invernaderos de camino y he empezado a labrar la tierra donde voy a montarlos. Puedo plantar tanto en la tierra como en bandejas de plantones, debajo de las carpas protectoras. Creo que voy a poner dos ringleras. Y —añadió— he puesto en venta mi casa de San José.

—¿Qué? —dijo Kelly casi chillando.

—He mandado la llave a una agencia inmobiliaria junto con un cheque para que vaya un equipo de limpieza a dejarla en perfecto estado. Me he dado cuenta de que ya no quiero vivir allí, Kelly —explicó—. No me siento apegada a ella.

—Pero ¿vas a quedarte allí, en Virgin River? ¿Ese es el nuevo plan?

—¿La verdad? No lo sé.

—Pero ¿y si te llama Harry y te pide que vuelvas a BSS? —preguntó su hermana.

—Cruzaré ese puente cuando llegue a él. De momento, me lo estoy pasando en grande aquí. Creo que nunca me había divertido tanto.

—Pero, Jill, ¿no has pensado qué vas a hacer?

—Más o menos. Quiero pasar el verano trabajando en el huerto. Tengo que ver qué puedo plantar. Si ahora mismo tuviera que dejarlo y marcharme, se me rompería el corazón. Además, aunque acabe volviendo a San José en otoño, me gustaría vivir un tiempo de alquiler. Cuando pienso en esa casa, me doy cuenta de que no la siento como mi hogar. En este momento, esta me parece mucho más mi casa que aquella, y ni siquiera se trata de la casa, sino más bien de la finca.

—Pero ¿te estás relajando? —preguntó Kelly—. ¿Estás reflexionando, pensando en qué vas a hacer a partir de ahora?

Jillian se rio.

—Me estoy relajando como esa gente que se dedica a correr maratones —contestó—. Estoy todo el día ocupada, y luego estoy hasta las tantas documentándome sobre horticultura en Internet.

—¿Y se puede saber cómo piensas ganarte la vida? —quiso saber Kelly, siempre tan pragmática.

—Gracias a los diez años que he pasado en BSS, a una estupenda indemnización y a una asesora financiera muy eficiente, ahora mismo no tengo que preocuparme por eso. Pero he estado pensando en vender verduras.

—Suena muy lucrativo —contestó Kelly con sorna—. Yo me refería a algo un poco más a largo plazo.

Jillian se rio.

—¿Estás celosa?

—¡Me muero de envidia! —exclamó Kelly.

Las dos sabían que, pese a que Jill solía arrojarse a la piscina sin reparar en lo profunda que era y Kelly se lo pensaba todo cuidadosamente, Jill había ganado un montón de dinero en BSS y Kelly seguía siendo una ayudante de chef relativamente pobre.

—Estoy pensando en vender frutas y verduras muy especiales, de las que compran tu restaurante y otros de cinco tenedores. Pero no nos precipitemos. Ahora mismo solo quiero saber si soy capaz de hacerlas crecer. Luego pensaré en el siguiente paso.

—Más vale que vaya a hacerte una visita —dijo Kelly—. Me parece que te has vuelto loca.

Jill se rio.

—Al contrario, Kell. De repente tengo la impresión de estar más cuerda que nunca. ¿Sabes cuándo fue la última vez que estuve tan ilusionada? Seguramente cuando Harry me ofreció la oportunidad de trabajar con él para poner en marcha BSS. No sabía nada de la industria informática, pero sabía que podía hacerlo. Y esto... Kelly, de esto sé. Nana nos enseñó en su huerto a cultivar algunas de estas cosas. ¡Tomates Russian Rose! ¡Espárragos blancos! ¡Calabaza morada! Y he encontrado las semillas. Ya tengo preparadas las sementeras. ¡He comprado un camión entero de abono de pollo!

—Una plantación de espárragos tarda unos tres años en dar fruto...

—Entonces conviene que empiece cuanto antes —dijo Jillian.

—¿No te estás gastando muchísimo dinero?

—No. El mayor gasto que tengo ahora mismo es Denny, mi nuevo ayudante. Pero es un chico estupendo y trabaja muy bien. Me está ayudando a acelerar todo el proceso, así que cada centavo que me gasto en él vale la pena.

—Puede que te metas en un terreno del que no sabes nada, como permisos, licencias, normativa agrícola, ese tipo de cosas. Yo no compraría frutas o verduras orgánicas a un productor que no hubiera pasado todas las inspecciones agrícolas.

—Anímate, Kelly. Soy una experta en contratar asesores. Lo he hecho cientos de veces en una industria que no conocía ni la mitad de bien que conozco esta. ¿No puedes ser un poco más positiva?

—Quizá cuando deje de temblar.

—Ay, Señor. Más vale que ponga esto en marcha antes de que compres tu restaurante, porque te pondrás tantas trabas a ti misma que no lo abrirás nunca. Sin mí, no habrá forma de que lo inaugures.

—En serio, puede que tenga que ir a verte, para asegurarme de que no has perdido por completo la cabeza.

—Serás bienvenida, claro, pero tendrás que traerte una tumbona.

Colin aparcó su todoterreno cerca del desvío que llevaba a casa de Jill para que el ruido del motor no espantara a los animales más madrugadores. Subió andando por el camino y enseguida notó varias cosas. En primer lugar, el camino estaba lleno de barro y tenía profundos surcos dejados por las ruedas de camiones de gran tamaño. Al acercarse a la casa vio que había una carretilla elevadora, una trituradora de madera y una pequeña excavadora aparcados en fila junto a la arboleda del lado este, y al rodear la casa vio que habían abierto un ancho camino entre los árboles, hasta el prado de atrás. Los enormes árboles talados estaban apilados y listos para su transporte.

—Buenos días —dijo Jillian.

Colin se volvió, sorprendido, y la vio sentada en los escalones del porche de atrás, envuelta en una colcha, calzada con unas peludas pantuflas de color malva y una taza de café humeante entre las manos. No eran ni las seis de la mañana.

—Buenos días. ¿Qué está pasando aquí?

—Estoy haciendo unas obrillas. Necesitaba acceso a ese prado de atrás. Y acabamos de recibir la valla para el huerto. Me temo que de momento hemos espantado a los animales, pero estoy segura de que volverán cuando las cosas vuelvan a tranquilizarse.

—¿Y van a volver a tranquilizarse?

—Desde luego. La horticultura es una ocupación muy apacible. Pero de momento hay bastante ruido. Voy a levantar un par de invernaderos allí, detrás de los árboles. Debería estar todo acabado dentro de una semana, a no ser que Denny tenga problemas para montar los invernaderos. Si tenemos que reclutar más ayuda, podría tardar más. ¿Quieres un café, ya que has venido hasta aquí?

Colin apartó su cámara hacia un lado y la miró. Ya no iba a servirle de nada, pensó.

—Claro.

—Voy a traértelo. Dentro no hay donde sentarse. ¿Cómo lo tomas?

—Con un poco de leche.

—¿Te sirve leche desnatada? —preguntó ella.

Él le lanzó una tenue sonrisa.

—Sí, me sirve.

Jill se arrebujó en la colcha y entró en la cocina. Sirvió el café y le añadió leche.

—Aquí no hay muebles —comentó Colin a su espalda. La había seguido dentro.

Ella se volvió, todavía removiendo el café.

—Claro que sí. Tengo un sillón reclinable y todo lo que necesito: el ordenador, la impresora y la tele. Tuve que pedirle a Jack que trajera una placa de cocina y una nevera, aunque estoy segura de que si alguien compra la casa querrá electrodomésticos a medida que encajen en el espacio que dejó el constructor. Hay un montón de sitio para todo tipo de aparatos de última generación. Yo solo necesitaba un fuego para cocinar de vez en cuando y una nevera pequeña. Casi siempre uso el microondas.

—¿Tienes una cama en alguna parte?

—¿Importa eso? Estoy muy cómoda en el sillón y, como no espero compañía, me arreglo estupendamente por ahora... A no ser que venga mi hermana para cerciorarse de que no me he vuelto del todo loca —sonrió y añadió—. Le dije que se trajera una tumbona.

Colin agarró la taza de café.

—¿Tu hermana está preocupada? Qué raro. ¿Solo porque vives en una cocina y te pasas la vida trabajando en un huerto?

Jill se rio.

—No tienes idea de lo perfecto que es esto. Cuando apago la luz y la tele, puedo ver las estrellas desde esa silla. Si está despejado, claro. Y en verano estará despejado mucho más a menudo. Monto guardia para intentar convencer a los ciervos y a los conejos de que se trasladen a la finca de al lado. Por la mañana temprano, cuando empieza a levantarse la niebla, veo cómo se despereza el campo. No suelo salir antes de las siete, pero hoy hacía una mañana tan agradable... La verdad es que esperaba a medias que aparecieras.

Colin bebió un sorbo de café.

—¿Dónde está tu ropa?

Ella se ciñó la colcha alrededor del cuerpo. Todavía tenía el pelo revuelto por el sueño y las mejillas sonrosadas. Colin sintió el impulso de estrecharla en sus brazos. Solo para tocarla un poco. Para saborearla una pizca.

—Me vestiré dentro de un rato —contestó.

Él se rio.

—No, me refería a tu armario. A tu equipaje. Está claro que no lo guardas en la cocina.

—Ah, eso. Hay un armario en el dormitorio. Solo hay dos en toda la casa.

—Ah —contestó Colin—. Entonces, supongo que esto significa que vas a seguir adelante, a lanzarte a tumba abierta.

—¿Con el huerto? Sí. Estoy tan entusiasmada que casi no pego ojo por las noches. ¿Quieres que salgamos? ¿Nos sentamos en el porche? Porque puede que haya por ahí algún ciervo chiflado al que no haya espantado el ruido de las máquinas.

—Claro. Así podrás contarme tus grandes planes.

—Creo —añadió ella cuando salieron— que voy a probar suerte, a intentar dedicarme a la agricultura comercial. No sé si saldrá bien hasta que sepa si soy capaz de cultivar, pero podría cultivar frutas y verduras exóticas o raras. De las que son difíciles de cultivar. Las enviaría a restaurantes de alto nivel que buscan materias primas novedosas y exclusivas.

Colin bebió otro sorbo de café.

—¿Vas a comprar una flota de camiones para llevarlas a las grandes ciudades?

Ella se rio.

—No. Llamaré a un servicio de mensajería urgente para entregarlas de un día para otro. Son muy delicadas, se estropean pronto. Y no se emplean en grandes cantidades. Normalmente, se usan como guarnición o condimento.

—¿Y cómo se gana dinero con eso?

Jill se encogió de hombros.

—Pues siendo el mejor y teniendo la mejor campaña de marketing. Y empezando modestamente y a nivel regional, claro. Ya he identificado las ciudades con restaurantes de cinco tenedores en las que podría colocar mis productos. No los enviaría a Nueva York, está demasiado lejos. Pero no habría problema para hacer envíos a Portland, a Sun Valley, Seattle, Vancouver o San Francisco.

Colin se rio.

—Tengo que admitir que es una idea muy valiente, y que parece muy razonable.

—¡Es completamente razonable! Pero hay una incógnita: si seré capaz de hacer crecer esas semillas raras y antiguas. He comprado simientes a varias empresas agrícolas y voy a probar con todas. Mi bisabuela hacía conservas con algunas y otras las vendía frescas en el porche de casa. En aquella época teníamos dificultades económicas y ella tenía un montón de maneras de complementar sus ingresos. Esto es completamente distinto. Si funciona, los clientes tendrán que hacer los pedidos por anticipado, antes del inicio de la temporada, para que sepa si puedo servirles. Tardaré entre seis meses y un año y medio en organizarlo, en tenerlo todo claro.

—Pero ¿por cuánto tiempo has alquilado la casa?

—Para todo el verano, pero eso puede arreglarse. Ahora mismo, lo que me preocupa es si puedo o no cultivar esas verduras.

—Entonces, ¿también vas a tener árboles frutales? —inquirió él.

—Árboles, no —ella sacudió la cabeza—. Hay unos cuantos manzanos en la finca, pero no voy a plantar árboles.

—Pero has hablado de frutas...

—Los tomates, los tomatillos, los melones, etcétera, se consideran frutas —sonrió.

Colin sintió una leve punzada. Una especie de sacudida. Jill era monísima. Increíblemene lista y muy mona.

Se sobresaltó un poco. «Mona» no era una palabra que figurara en su vocabulario. Solía sentir aquellas sacudidas, aquel chisporroteo, cuando estaba con mujeres a las que podía describir como «sexis», «voluptuosas» o «despampanantes», pero nunca había sentido ni el más leve cosquilleo por una a la que pudiera calificarse de «monísima». Se dijo que seguramente se debía a que hacía mucho tiempo que no estaba con una mujer y a que seguramente tardaría mucho en volver a estar con una. Y desde luego no con aquella. Aunque era más lista que el hambre, era demasiado modosita para él, que se sentía atraído por mujeres con grandes escotes, generoso canalillo, faldas muy cortas y tacones de un palmo de alto. Mujeres de esas que uno no presentaba a su madre.

—¿Ya has terminado el cuadro del águila? —preguntó ella.

—¿Que si lo he terminado? No, qué va —contestó—. Tardaré todavía bastante tiempo en acabarlo. Un par de semanas más, seguramente.

—Vaya. ¿No te aburres, invirtiendo tanto tiempo en un solo cuadro?

—Voy pintando varios a la vez. Los retomo de vez en cuando, los mejoro, los cambio, los retoco, los corrijo. Cuesta saber cuándo están de verdad acabados. A veces, cuando crees que lo están, no lo están y, cuando crees que no lo están, lo están. A menudo es más importante saber cuándo parar que cuándo seguir trabajando en un cuadro.

—¿Y luego los vendes?

Colin negó con la cabeza.

—Nunca he vendido uno.

Jill se sentó más erguida y la colcha resbaló por su hombro, dejando ver su pijama a rayas. Era casi un pijama de niña pequeña.

—¿Nunca? ¿Y cómo te ganas la vida?

Él se rio de nuevo.

—Soy rico.

—Qué suerte la tuya. ¿Piensas vender alguno alguna vez o solo lo haces por diversión?

—Ahora mismo, pintar cuadros es más importante para mí que venderlos.

—¿Qué clase de mercado hay para un... águila?

Colin le sonrió. Siempre derecha al grano.

—Un mercado inmenso —contestó—. No lo sabía cuando empecé a pintar animales. Animales salvajes, no gatitos, ni perritos. Me gustaban más que los fruteros.

Ella sonrió, burlona.

—¿Más que los desnudos?

Colin le devolvió la sonrisa.

—Nunca he pintado desnudos —levantó una ceja—. ¿Eso era una proposición?

Jill rompió a reír y Colin pensó que aquel sonido era perfectamente encantador. ¿Encantador? Otra palabra que nunca había usado antes, pero a Jill le iba como anillo al dedo. A él, desde luego, le estaba encantando.

—Te aseguro que, en cuestión de modelos, podrías encontrarlas mucho mejores. Podría desnudarme, ponerme los guantes de jardinera, el sombrero de paja y unas botas de goma. ¡Seguro que *Playboy* te haría un encargo de los grandes! —se rio otra vez mientras Colin se la imaginaba tal y como se había descrito.

De pronto sintió el deseo de pintar aquella imagen.

—No, en serio, ¿quién compra cuadros de animales?

—Ilustraciones de fauna salvaje —puntualizó él—. Búscalo en Google alguna vez. Yo me llevé una sorpresa.

—Entonces —preguntó ella antes de beber un sorbo de café—, ¿llevas mucho dedicándote a eso?

«Qué demonios», pensó Colin. Seguramente lo sabía todo el mundo, dado que su hermano vivía allí.

—Antes estaba en el Ejército. Era piloto y me estrellé con un helicóptero. Me rompí un montón de huesos, tuve algunas quemaduras, estuve seis meses en tratamiento intentando recuperarme, y me puse a pintar —se encogió de hombros—. Siempre me ha gustado pintar y dibujar, pero por lo visto ahora voy a tener que dedicarme a ello por entero. Al menos, de momento. El Ejército me jubiló, así que —inclinó la barbilla— estoy intentando recomponerme.

—Ah —dijo ella, muy seria—. Siento lo del accidente. ¿Ya estás bien?

—Voy mejorando. A veces me encuentro un poco rígido y dolorido, pero por lo demás estoy estupendamente.

—¿Y qué haces aquí?

—Vine porque mi hermano vive aquí y porque hay fauna salvaje en abundancia. Tengo otro hermano en Chico, pero allí no hay ciervos, ni zorros, ni águilas. He alquilado una cabaña hasta que empiece la temporada de caza en septiembre. Creo que para entonces estaré listo para marcharme. Mientras tanto, puedo pintar. Mi cabaña está en un valle, junto a un arroyo, muy aislada. Estoy haciendo algunas fotos de animales muy buenas.

Ella se enderezó un poco más.

—¿Qué pasará cuando empiece la temporada de caza?

—Que me iré a otra parte. Vendré de vez en cuando, claro, pero antes de decidir dónde voy a vivir quiero pasar seis meses en África. En el Serengueti. Quizás incluso ir al Amazonas.

—Caza mayor —comentó ella. Cerró suavemente los ojos y Colin se preguntó si estaría imaginándoselo tal y como se lo imaginaba él: grandes lienzos con elefantes, leones, tigres, ñus...

—Sí, caza mayor para mí, y hortalizas raras y diminutas para ti. ¿Qué tal crees que nos irá?

—No sé cómo te irá a ti, Colin, pero a mí me va a ir a las mil maravillas. Soy experta en marketing y relaciones públicas y me enseñó a cultivar la mejor hortelana de todas, mi bisabuela. Podía lanzar un diamante al suelo y que creciera una mata de diamantes —sonrió—. Tú no me conoces, pero, créeme, hacía mucho, mucho tiempo que no estaba tan ilusionada con algo.

CAPÍTULO 4

Colin procuraba ir a cenar a casa de Luke solamente una vez por semana. Estaba acostumbrado a estar solo. Le molestaba disfrutar de aquellas cenas y ello le hacía preguntarse si no estaría perdiendo su gusto por la independencia. Le tenía mucho cariño a Shelby. Aquella jovencita era un tesoro que Luke no se merecía. Pero con quien más disfrutaba era con Brett. El bebé había empezado a gatear y a intentar ponerse de pie agarrándose a los muebles.

Colin seguía teniendo un problema con Luke, y seguramente lo tendría siempre. Quizá porque era el mayor de los hermanos Riordan, Luke siempre adoptaba una actitud paternalista, al menos con él. Se comportaba como si fuera su padre, y a Colin aquello lo sacaba de quicio.

Debería haber un reglamento que limitara los derechos de los hermanos mayores. A fin de cuentas, solo se llevaban dos años, y Luke no era más listo, ni tenía más experiencia. Colin estaba convencido de que, pasados los treinta años, los hermanos de todas las edades se convertían en iguales.

Cuando llegó a casa de Luke, su hermano salió a recibirlo al porche.

—Qué bien, llegas un poco temprano. Necesito hablar contigo. Voy a traerte una Coca-Cola.

—No, déjalo —dijo Colin—. ¿Qué ocurre?

Luke respiró hondo.

—Jack me dijo que te habías pasado por allí a tomar una cerveza. Le pregunté si estaba seguro de que pediste cerveza y me dijo que sí.

Colin puso los brazos en jarras.

—A ver, déjame adivinar. ¿Le informaste de que no debe servirme cerveza?

Luke sacudió la cabeza.

—No, pero cuento con que no vuelvas a pedirla.

—¿Por qué no te mantienes al margen, Luke? Soy muy capaz de controlar mi vida.

Su hermano meneó de nuevo la cabeza.

—Colin, no deberías beber, tú lo sabes. ¡El alcohol es una droga!

Colin rechinó los dientes.

—No he venido aquí para que me controles. Créeme, sé más de rehabilitación de lo que sabrás nunca tú. Quiero que me dejes decidir por mí mismo. Estoy bien.

—Escucha —dijo Luke, esforzándose visiblemente por conservar la paciencia—, sé que todavía estás intentando hacer frente a muchas cosas. Solo intento mantenerme al tanto por si puedo echarte una mano y...

—Eso es lo que no quiero, ¿es que no lo entiendes? ¡No quiero que te mantengas al tanto de nada!

—¡La cerveza no soluciona nada! —contestó Luke casi gritando.

—He bebido tres cervezas en seis meses, no creo que a eso pueda llamársele buscar soluciones. Creo que deberías mantenerte al margen antes de que me enfade de veras —replicó Colin, alzando también la voz.

—Sé que has tenido algunos problemas, pero...

—¿Algunos problemas? —preguntó Colin con vehemencia—. ¡He perdido mi vida entera! He perdido mi trabajo, la única cosa para la que de verdad vivía: ¡volar! Perdí mi cuerpo y durante una temporada también mi cerebro. ¡Déjame en paz de una puñetera vez!

—¡No quiero que vuelvas a perderlo todo otra vez! ¡Santo cielo, tío, tienes tus cuadros! ¡Te va bien!

—¿A esto lo llamas tú «irme bien»? ¿Crees que esto es lo que quiero?

—Colin, las cosas irán mejorando, solo tienes que...

—¡Tengo que intentar mantenerme en pie y tú tienes que dejarme en paz! —gritó Colin.

De pronto dio media vuelta, bajó casi de un salto los escalones del porche, montó en su todoterreno y se alejó de allí antes de enfurecerse aún más o hacer alguna estupidez. Luke siempre lo había sacado de sus casillas, o viceversa, no estaba seguro. Pero había tenido ganas de darle un puñetazo. Lo cual habría sido ridículo: Luke no le habría devuelto el golpe y, aunque físicamente se encontraba mucho mejor, él aún no estaba listo para una pelea. Cinco años antes le habría dado una paliza, pero ahora... Todavía estaba recuperándose, se sentía débil y descolocado. Seguramente acabaría rompiéndose más huesos.

Se fue a casa. ¡Y ojalá hubiera tenido alguna cerveza allí!

Había perdido el apetito. Encendió su foco y sacó el lienzo en el que estaba pintando un gamo. Sujetó dos fotografías en lo alto del lienzo, una del animal bebiendo junto al río y otra de un fondo más bonito. Normalmente pintar lo distraía, pero esta vez no fue así. Y cuando media hora después oyó el ruido de un coche o una camioneta, volvió a enfurecerse. ¡Qué propio de Luke, ir a darle la lata otra vez!

Pero no era Luke.

—Será mejor que hablemos —dijo Shelby al entrar.

Colin se volvió con la paleta y el pincel en la mano.

—Pensaba que eras Luke.

Su cuñada cerró la puerta y entró en la cabaña bien iluminada.

—Un consejo —dijo—: si quieres que no entre Luke, más vale que eches la llave.

Colin dejó la paleta y el pincel. Shelby estaba tan guapa con sus vaqueros y sus botas, su chaqueta de ante y el pelo suelto cayéndole hasta el trasero... Tenía veintisiete años pero parecía aún más joven.

—¿No te asusta que me ponga a gritar como un energúmeno, como solemos hacer los Riordan? —preguntó él.

—No te atreverías —repuso ella—. Los Riordan tenéis un montón de defectos, pero siempre sois respetuosos con las mujeres. Vamos a hablar. Esto tiene que parar.

—Shelby, Luke no tiene motivos para agobiarme. No he tomado drogas de ninguna clase. Solo me he tomado un par de cervezas en otras tantas semanas.

—No es eso. Eso me da igual. Se trata del conflicto que tienes con Luke y él contigo. Luke dice que no tiene ni idea de cómo empezó, pero eso no importa. Es tu hermano, se preocupa por ti. De alguna manera tenéis que llegar a un acuerdo. El resto de la familia no tiene por qué soportar esto.

—El resto de la familia aprendió a convivir con ello cuando yo tenía ocho años y Luke diez —contestó Colin.

—Yo no he aprendido —dijo Shelby—. Ni Brett tampoco.

Colin guardó silencio un momento, avergonzado.

—Eh, Shelby...

—Entiendo que te crispe sentir que siempre hay alguien vigilándote. Si no hubiéramos estado a punto de perderte, quizá Luke pudiera tomárselo con más calma...

—Lo dudo —contestó Colin—. Tiene tendencia a tomar el control. Le divierte. Y a mí no tanto.

—Luke te quiere. Está preocupado por ti.

—Luke siempre quiere estar al mando de todo —repuso Colin.

—Eso también es cierto —dijo ella—. Pero a ti te pasa lo mismo. Si no, no te pondrías furioso cada vez que se preocupa por ti.

Colin se desinfló de pronto y se dejó caer en la silla más cercana, con la cabeza gacha. Cuando la levantó, sus ojos tenían una expresión triste.

—Por favor, siéntate un segundo —le dijo.

Shelby se sentó en otra silla y se inclinó hacia él con las manos en las rodillas.

Colin respiró hondo.

—Me han alertado sobre los posibles problemas de adicciones sobrevenidas. Durante unos meses ni siquiera me atrevía a hacer gárgaras con colutorios que tuvieran cantidades microscópicas de alcohol. Nunca he bebido mucho. Bueno, a veces me tomaba una copa de más con mis compañeros, pero no era un irresponsable. Nunca me han puesto una multa por conducir bebido, ni me he peleado en un bar, ni esas cosas. No creo que vaya a tener problemas por tomarme una cerveza una vez a la semana o al mes, pero aun así... en esta cabaña no hay alcohol de ninguna clase. Adelante —dijo—, compruébalo.

—No voy a comprobar nada.

—Nunca he tenido problemas con las drogas o con la bebida, pero después del accidente pasé más de un mes tomando Oxycontin en grandes cantidades. Eso es muy distinto. Es un fármaco muy potente, y yo tenía muchos dolores. Creo que es posible que, si en su momento me hubieran cambiado la medicación y me hubieran dado un fármaco no narcótico, pasadas un par de semanas no hubiera tenido que afrontar ya ningún problema posterior. Pero eso lo digo ahora. Tengo que asumir que me daba tanto miedo que se me acabara el fármaco que intenté comprarlo en la calle. Así es como piensa un adicto. Soy consciente de ello, te lo aseguro.

—¿Por qué no puedes hablar así con Luke? —preguntó ella.

—Es complicado. En primer lugar, Luke nunca escucha. Siempre se mete donde no lo llaman. Juzga a los demás como si lo supiera todo. Y yo tengo problemas más graves. Me estoy esforzando mucho por recuperar mi vida. Esto no es lo que tenía planeado.

—Los cuadros, Colin —dijo ella, señalando con un gesto los lienzos casi acabados apoyados contra las paredes o en caballetes—. Son buenísimos. Increíbles.

—Pero esto no es lo que yo había planeado. Me gusta dibujar, pintar, construir... ¡Pero volar me encanta! No iba a parar. Pensaba seguir volando. Sabía que el Ejército terminaría jubilándome, pero tenía previsto seguir pilotando helicópteros de rescate, o de cadenas de televisión, o de empresas. Y ahora, habiendo pasado por una clínica de desintoxicación y habiendo estado hospitalizado por depresión, ya puedo olvidarme de eso. Ni yo mismo me contrataría.

—Lo siento, Colin, pero creo que pasar por la clínica de desintoxicación fue la decisión correcta.

—En eso tienes razón. Solo tomé Oxycontin un mes, pero en el hospital estuve con gente que era adicta desde hacía años. A eso y a cosas aún peores. A un montón de cosas. Puede que me esté engañando a mí mismo, ya veremos, pero creo que es esa gente, la que tiene adicciones prolongadas a sustancias múltiples, la que no debe arriesgarse a tomar ni siquiera una cerveza de vez en cuando. Yo tomé Oxycontin un mes y en realidad no sé cuánto habría durado mi adicción. Por suerte me pillaron la primera vez que intenté comprar el fármaco en la calle. ¿Qué posibilidades tengo de superarlo? Yo diría que muchas. Si te digo la verdad, eso es lo que menos me preocupa. Ni siquiera quiero tomarme un analgésico. Tengo dolores y molestias, pero lo que me importa es que la vida que tengo ahora no es la que yo quería. Y tengo un hermano mayor que no para de agobiarme y que no me deja resolver las cosas por mí mismo.

—Debe de ser muy difícil para ti que tu vida haya cambiado hasta ese punto.

—No sabes cuánto —repuso él—. Por si no bastara con tener que empezar de cero, tengo cuarenta años y un historial de drogadicción, aunque sea pequeño. Y ahí fuera hay un montón de chavales de veinticinco años dispuestos a ocupar mi puesto. Mira, no voy a hundirme. No voy a lamentarme, ni a consumir drogas, ni a emborracharme como una cuba, pero, si Luke no deja de agobiarme, si no me deja tranquilo, puede que pierda los nervios de verdad. O que le dé una paliza. O que me mude. A fin de cuentas... esto es culpa suya, en gran parte.

Shelby se enderezó un poco.

—¿Culpa de Luke?

—Me he pasado la vida esforzándome por estar a su altura. Lo admiraba tanto que me fijaba en cada uno de sus gestos. Pero yo quise ser piloto de helicópteros desde la primera vez que vi uno volando por el cielo. Luego Luke empezó casi por casualidad a pilotar helicópteros en el Ejército, y de pronto pareció que había sido idea suya desde el principio. Que era algo sencillo y divertido. Pero para mí era mucho más que eso —se inclinó hacia ella—. Shelby, era lo mejor que me había pasado nunca. Volar se convirtió en mi pasión. Sé que Luke odia todo esto, pero yo era bueno. Era un piloto nato. Si Luke era bueno, y lo era, yo era increíble. Esa máquina estaba hecha para mí. Amo volar.

—Luke me ha dicho que, cuando recuperaste la consciencia después del accidente, lo primero que dijiste fue que ibas a volver a volar.

—Eso no lo he conseguido —contestó él.

—No estoy segura de que debas resignarte a ello —dijo Shelby—. Quizá sí por un tiempo, mientras te recuperas física y anímicamente, pero no para siempre. No te des por vencido aún.

—Bah, no te esfuerces. Hay un montón de ex pilotos del Ejército buscando trabajo, Shelby.

—Entonces, ¿qué?

—Puede que más adelante encuentre un trabajo como piloto un poco arriesgado, de esos que no aceptaría un padre de familia. Vuelos a plataformas petrolíferas, o algo relacionado con la naturaleza, no sé. Eso queda en el futuro. Ahora mismo voy a pasar una temporada pintando, a ver cómo me siento. Me gusta. Siempre me ha gustado pintar. Mi madre y mis profesores del instituto querían que estudiara Bellas Artes, pero yo buscaba la aventura. Ahora me tomo las cosas con más calma, pero no sé si me va a bastar con eso. Si he venido aquí en vez de ir a Montgomery, a casa de Sean, o a Chico, a casa de Aiden, es porque aquí hay monte virgen. Necesito un poco más de tiempo para recuperar fuerzas. Estoy haciendo pesas. Me esfuerzo, pero no voy a instalarme aquí de manera permanente. Esto es temporal.

—Eso lo sabemos.

—Vendré a veros más que antes —añadió Colin—. Creo que ese pequeñajo me necesita para librarse un poco de su padre...

—No seas malo —dijo Shelby con una sonrisa—. Estás hablando del hombre al que quiero.

—Figúrate —contestó él, riendo—. No me explico cómo te pescó.

Shelby se levantó.

—Fui yo quien lo pescó a él. Se resistió a brazo partido.

Colin también se puso en pie.

—¿Lo ves? Es un cabeza hueca.

—Bueno, ya que veo que estás bien aunque vayas a perderte una cena estupenda, me marcho.

—Cuéntale lo que te he dicho. Dile que siento haber perdido los nervios. No lo odio. Solo quiero que me deje respirar.

Shelby volvió la cabeza para mirarlo.

—Le diré de qué hemos hablado. Pero pedirle perdón y decirle lo que necesitas, eso tendrás que hacerlo tú. Sois adultos. A estas alturas ya deberíais ser capaces de hablar.

—Pues parece que no lo somos —repuso Colin.

—Esforzaos más —sugirió ella.

—¿Le has echado a Luke este sermón? —preguntó él.

—Este, no —contestó Shelby—. Otro peor.

Y salió por la puerta.

Una hora después, llamaron a la puerta de la cabaña y Colin masculló un improperio. Abrió bruscamente y allí estaba Luke, con una bolsa de papel marrón en la mano.

—Espero que este sea el final del show de Luke y Shelby —dijo Colin.

Luke no le hizo caso.

—Shelby no es muy buena cocinera —dijo—. No le digas que te lo he dicho. Pero hay un par de cosas que nunca le salen mal, como la empanada de carne. Creo que es la receta del Reverendo. No te conviene perdértela.

—Ya he cenado —mintió Colin.

—Pues guárdala en la nevera para mañana. Yo, por mi parte, voy a dejarte tranquilo.

Colin levantó una ceja.

—¿Eso era una disculpa?

—No. Creo que para eso no estoy preparado aún porque, aunque acepto mi parte de culpa, eres un capullo. Ten —dijo, tendiéndole la bolsa.

Colin la agarró.

—Te ha echado una buena bronca, ¿eh?

Luke sacudió la cabeza.

—Peor aún. Se ha puesto a llorar.

—¿Shelby? —preguntó Colin—. Vaya por Dios. Pasa, anda.

—No me apetece. No has sido tú quien la ha hecho llorar, he sido yo. Y no volverá a pasar. No soporto que esté triste. Sé que eso me convierte en un auténtico pelele a tus ojos de machote, pero esa mujer... —se encogió de hombros con aire de impotencia—. Mi vida era un desastre hasta que llegó ella y la puso en orden. Así que, ya ves, no soy tan duro.

—¿Qué demonios has dicho para hacerla llorar? —preguntó Colin con cierta aspereza.

—No es por lo que le he dicho a ella, idiota. Es por lo que te he dicho a ti.

Colin sacudió la cabeza.

—Me he perdido, tío.

—No me extraña, no eres muy listo. Después de nuestra discusión, Shelby me dijo que era un cretino, que si por mi culpa vuelves a enfadarte o te mudas antes de lo previsto le iba a costar mucho trabajo perdonarme.

—¿Y entonces se echó a llorar? —preguntó Colin.

Luke meneó la cabeza.

—Dijo que le importa un carajo lo que tú sientas por mí o lo que yo sienta por ti, pero que ella te quiere. Y sí, la dulce y pequeña Shelby dijo literalmente «un carajo». Dijo que ella te quiere y que Brett también, y que quiere que formes parte de nuestras vidas y que más me valía arreglar las cosas contigo o no me perdonaría nunca.

Colin se quedó pasmado un segundo. No le costaba imaginarse a Shelby gritando a Luke o echándole la bronca. Tampoco le costaba imaginársela enfadada porque ellos hubieran vuelto a pelearse. Las mujeres se cansaban muy pronto de esas cosas. Que se lo preguntaran a su madre. Pero ¿quererlo? ¿Y decir que Brett también lo quería? ¿Que todos ellos lo querían, cuando era tan poco amable? ¿Cómo era posible?

—Doy por sentado que se refiere a que te quiere como a un hermano —añadió Luke—. Más vale que sea así, o tendremos pelea para rato.

Colin sonrió a su pesar.

—Y entonces imagino que se puso a llorar.

—Adelante, ríete, pero es una buena mujer. Demasiado buena para mí, eso seguro. Tengo que esforzarme muchísimo para estar a su altura, pero estoy dispuesto a hacerlo. Así que cómete la dichosa empanada, ven a cenar la próxima semana o antes y yo prometo dejarte en paz.

—De acuerdo —contestó Colin.

—De acuerdo —añadió Luke, tendiéndole la mano.

Colin se la estrechó.

—Gracias por la empanada. Estará riquísima mañana por la noche.

—De nada —contestó su hermano, y se volvió para marcharse.

—Luke —dijo Colin.

Luke se volvió.

—Dile que nos hemos dado un beso y hemos hecho las paces y que no volveremos a hacerla llorar.

—Eso pienso hacer —y con esas, se marchó.

Colin cerró la puerta, pero esta vez con llave. Ya había tenido suficientes discusiones familiares por esa noche. Formar parte del clan Riordan era un deporte violento.

Puso la bolsa sobre la mesa y sacó los pequeños recipientes que había dentro: empanada, puré de patatas, guisantes y salsa. Sacó un plato y se sirvió en abundancia de cada cosa. Había más que suficiente para dos cenas. Comió con apetito. Luke tenía razón en una cosa: la empanada era excelente. También tenía razón en que Shelby no era una gran cocinera, pero se defendía. Y tenía otras cualidades mucho más importantes.

¿Lo querían?, se preguntó mientras comía con ansia. Sabía que lo aceptaban; sabía que Brett estaba encariñado con él. Pero nunca se le había ocurrido que Shelby lo quisiera lo suficiente como para echarse a llorar, lanzar un ultimátum a Luke y discutir con él porque quería que siguiera formando parte de sus vidas. Debía de estar muy segura del amor de Luke para hacer algo así. El suyo era un cariño de familia, no romántico, de eso no había duda. Colin nunca había sentido por ella un interés romántico. Sencillamente, le parecía impensable, estando ella tan locamente enamorada de Luke y viceversa.

Una o dos chicas también habían estado locamente enamoradas de él, pero nunca había conocido a una mujer por la que sintiera lo mismo, a la que amara tanto que estuviera dispuesto a hacer cualquier cosa por verla feliz.

De pronto y sin previo aviso se sintió satisfecho, y no por la empanada de carne. Se puso sentimental y pensó: «Es por el maldito accidente, por las pastillas y por mis coqueteos con la depresión». Él nunca había sido así antes. No se emocionaba fácilmente.

Sin embargo, se sentía profundamente conmovido. Quizá durante todos esos años en los que el helicóptero había sido su único amor, había habido dentro de él un vacío que solo podían llenar otras personas. Gente dispuesta a arriesgarse, a exponerse, a apostar por él, convencida de su valía.

Sí, decididamente sentía un vacío que no podía llenar con aventuras, desafíos o simple temeridad. Lo sentía: había dentro de él un anhelo.

Un lágrima rodó por su mejilla, y no se la limpió. Pero no estaba seguro de por qué no lo hizo.

No volvieron a hablar del asunto. Colin fue a cenar con Luke y su familia unos días después. Rodó por el suelo con Brett, aunque con el brazo izquierdo aún no podía levantar al orondo bebé por encima de su cabeza. Estuvo echando un vistazo a los planes de Luke para montar un pequeño estacionamiento para caravanas detrás de la casa y las cabañas. Había contratado a un electricista y un fontanero. Habría que excavar un poco para hacer un pozo negro, instalar una tubería para el enganche de agua potable, montar un nuevo generador eléctrico, verter un poco de cemento y, por último, ajardinarlo un poco. Cada aparcamiento tendría un pequeño patio rodeado de arbustos y flores y un sendero que llevaría hasta el río. Con el tiempo, Luke tendría una instalación completa para quienes pasaban sus vacaciones en caravanas, como su madre y George.

Colin dedujo que había sido una velada agradable: no había discutido con Luke y estaba listo para desearles buenas noches. Dio las gracias a Shelby por una cena fantástica con un tierno beso en la mejilla.

Unos días más tarde, entró en el bar de Jack y vio a su hermano tomándose una cerveza. Parecía cosa del destino. No se sentaron juntos, sino en ángulo recto, acodados en la barra. Colin pensó en pedir una Coca-Cola, pero le apetecía tomarse su cerveza semanal y eso pensaba hacer.

Luke levantó su jarra en señal de brindis, a pesar de que sus ojos parecían arder, llenos de interrogantes: ¿cuántas tomaba? ¿Desde hacía cuánto tiempo? ¿Deberían hablar de ello? ¿Se avecinaba una crisis? Al final, sin embargo, no dijo nada. Colin sabía que le había costado un enorme esfuerzo. Cuando Luke se levantó para marcharse, le hizo señas de que se acercara y le dijo para tranquilizarlo:

—Solo voy a tomarme una cerveza y a cenar, pero dile a Shelby que hemos estado hablando y que nos hemos portado bien.

—Eso haré.

El día siguiente amaneció soleado. El sol salía cada vez más temprano a medida que la primavera se enseñoreaba del campo. Colin salió en busca de animales y a última hora de la mañana llegó en coche a la mansión victoriana por el camino antiguo, pasando las granjas y los viñedos, subió por la ladera del monte y llegó al prado que había descubierto un par de semanas antes. Pero algo había cambiado: el camino, que antes era de tierra, estaba ahora cubierto de gravilla. Al atravesar los árboles vio que habían levantado un pequeño invernadero y que estaban montando el armazón de otro. Los paneles de plexiglás estaban en el suelo.

Era asombroso, la cantidad de cosas que se atrevía a hacer Jillian movida por un impulso. No la vio por ninguna parte, pero sintió curiosidad por ver qué había dentro del invernadero. La puerta estaba abierta y se asomó. Jillian estaba tendida en el suelo, de espaldas, mirando hacia arriba. Tenía las manos cruzadas sobre la tripa y los ojos abiertos.

Colin entró y se acercó a ella.

—¿Se puede saber qué estás haciendo? —preguntó.

Ella ni siquiera lo miró.

—Quiero ver y sentir lo que verán y sentirán las plantas. Mi bisabuela tenía la costumbre de probar la tierra.

—Pero tú no irás tan lejos —repuso él.

Jill se sentó y le sonrió.

—Sabe muy bien —contestó.

Colin se agachó para mirarla a los ojos.

—No es verdad que hayas comido tierra. Me estás tomando el pelo.

—Piensa lo que quieras. ¿Qué haces aquí? ¿Estás buscando ciervos?

—Quería ver lo que has hecho. Has estado muy atareada —se levantó y la miró desde su altura—. ¿Por qué está sin terminar el otro invernadero?

Jill le tendió la mano para que la ayudara a levantarse.

—Denny, mi socio, tenía una entrevista de trabajo y no hemos podido terminarlo aún. En eso quedamos, ¿recuerdas? Él está buscando un trabajo fijo, y yo lo sabía desde el principio —se sacudió el trasero con las manos—. Espero que no acepte el trabajo. Aquí lo está haciendo de maravilla. Aunque, por otro lado, si se queda mucho más, tendré que hacer algunos ajustes, pagar la seguridad social, darle alguna bonificación, chantajearlo quizá con subirle el sueldo y buscarle cosas que hacer.

—Estoy impresionado por cómo te has lanzado. Tuviste la idea y no hizo falta nada más. Yo lo vi, estaba allí. Cuando Dan te dijo que se podían encontrar esas semillas especiales y que por aquí se plantaba marihuana, vi cómo se te iluminaban los ojos, ¡y ahora la finca está llena de máquinas y estás a punto de despegar! Es increíble. Impresionante, y muy valiente. Tienes agallas, no hay duda. Admiro eso en una mujer.

Jillian sintió que todo su cuerpo se esponjaba. De pronto miró a Colin con nuevos ojos. Le encantaba que los hombres la admiraran. Ya encontraba atractivo a Colin, lo cual era fácil, puesto que lo era. Pero de repente le parecía, además, deseable. Todo el mundo, incluida su hermana, decía que estaba loca por haber llevado tan lejos las cosas. Colin, en cambio, estaba impresionado. Le dieron ganas de pasar los dedos por su barba pulcramente recortada y por su pelo rizado, recogido en una coleta corta. Vio en el lado izquierdo de su cuello una leve cicatriz que desaparecía bajo el cuello de la camisa, pero no le pareció desagradable. Sus ojos marrones tenían una expresión sensual. Sus brazos parecían muy fuertes y capaces, y sus manos eran enormes. Y o bien llevaba un calcetín dentro de los calzoncillos, o tenía un paquete admirable. Volvió a mirar su cara y lo descubrió sonriendo.

—Vaya, gracias —dijo, dándole a entender que la había pillado—. Pero ¿por qué no me dejas que primero te invite a comer?

Ella se pasó una mano por el pelo.

—¿Primero? —era mejor hacerse la tonta.

—Antes de entregarnos al sexo salvaje.

—Creo que será mejor que te vayas.

—Venga, olvídalo. ¿Qué te parece si te llevo a comer a algún sitio, sin obligaciones? Estoy hambriento y es la hora de comer.

Jillian suspiró.

—Estoy hecha un asco. No voy a ir a ninguna parte.

—Jill, hasta cuando estás hecha un asco eres un auténtico bombón.

—Umm, «un auténtico bombón» —dijo, imitándolo—. Apuesto a que las mujeres se desmayan cuando les dices eso.

Colin se rio y ella se fijó en sus preciosos dientes blancos.

—He dejado algo de comer descongelándose —dijo—. Si te portas bien, puedes comerte la ración de Denny, en vista de que no ha venido.

—Y luego...

—No te pases —echó a andar hacia el camino nuevo que llevaba a la casa.

—Vamos en coche —dijo él—. Así podré aparcar el todoterreno en el porche de atrás.

Jillian se paró y le lanzó una mirada de fastidio.

—Estoy loca por dejar que te acerques siquiera a mi porche de atrás —dijo.

Él se acercó al lado del conductor.

—Pensaba que tenías más sentido del humor. Vamos, alegra esa cara. Sube.

Jillian tenía buenas razones para desconfiar un poco cuando bromeaban con ella en aquellos términos, dada su experiencia reciente, pero se recordó que Colin no podía demandarla, ni ella a él, así que ¿por qué se estaba poniendo tan nerviosa?

En realidad estaba excitada, aunque se esforzaba por disimular y procuraba no mirar el cuerpo de Colin. Era un hombre grande y atractivo y, cuando sonreía y bromeaba, ella notaba que le flaqueaban un poco las piernas. Se sentía como una adolescente, y no era una sensación desagradable.

Subió al todoterreno y dijo:

—Podría enseñarte a labrar...

—Y yo a ti a pintar, pero al final ni yo sería hortelano, ni tú pintora.

—Creo que tienes razón —comentó ella—. Pero ojalá pudiera hacer yo lo que haces tú. Esa águila era impresionante.

Colin le lanzó una mirada mientras cruzaban la arboleda.

—¿En serio? Entonces puede que, si te portas muy bien, te enseñe un oso, un zorro, un puma y un ciervo. Y también los que he hecho sin fijarme en fotografías —se detuvo junto a la casa y apagó el motor del todoterreno.

Jill desmontó y mientras subía los escalones del porche trasero dijo:

—¿Por qué tengo que ganármelo siendo buena? ¿No te apetece presumir un poco?

—Es mejor cuando me lo suplican —contestó él en voz baja—. Siempre es mejor cuando me lo suplican.

Jill sabía que sus palabras contenían alguna insinuación sexual, pero hizo como que no se daba cuenta. Cruzó el porche, entró en la cocina, se lavó las manos y se dirigió a la nevera. Empezó a sacar cosas: un plato de salchichas italianas, un cuenco de plástico con cebollas y pimientos, una bolsa de pan de molde.

—¿Salchichas con pimientos? —preguntó.

—¿Lo dices en serio? Suena genial. Y fíjate —dijo al sentarse en un taburete, junto a la isleta—. ¡Muebles!

Ella metió los pimientos y las salchichas en el microondas.

—No quería tirar la casa por la ventana —dijo, sonriendo a su pesar.

Colin se rio.

—Descuida —dijo—, nadie te acusará de pasarte con la decoración —la vio sacar los platos y las rebanadas de pan, extraer las salchichas y los pimientos calientes del microondas y preparar los sándwiches. El de él era mucho más grueso que el de ella y tenía más relleno.

Jillian puso un par de latas de Coca-Cola sobre la isleta y se sentó en otro taburete, frente a él.

—¿Qué haremos si Denny viene a comer? —preguntó Colin.

—No te preocupes —dijo ella—. Hay queso y mortadela —dio un mordisco a su sándwich.

—Bueno, ¿cómo es que una chica joven como tú tiene la ambición necesaria para hacer algo así? —preguntó él—. A una escala tan grande.

Jill masticó y tragó.

—En primer lugar, ya no soy una chica joven. Treinta y dos años es una edad muy respetable, y no mucho menor que la tuya.

—Ah, ya entiendo. ¿Te ofende que te llame «chica»?

—No, siempre y cuando añadas que soy una adulta.

—Lo eres, no hay duda —reconoció él, riendo—. ¿Qué me dices de tu ambición? ¿De tu seguridad en ti misma?

—Seguramente proceden de mi bisabuela, de mi nana —Jillian dejó su sándwich—. Solo tuvo una hija. Mi bisabuelo era ya mayor cuando se casaron y murió antes de que su hija llegara a adulta. Esa hija, mi abuela, tuvo un hijo de soltera, lo cual era todavía un escándalo en los años cincuenta, una vergüenza terrible —dio otro mordisco, dejó el sándwich y masticó—. El caso es —añadió mientras se limpiaba la boca— que mi abuela era muy joven y dejó al niño con nana para poder ir en busca de su novio, el padre del niño. Nana decía que se fue en su busca y nunca volvió. Puede que le ocurriera algo, o sencillamente se largó para siempre. Así que nana crio sola a su nieto y luego, como la pobre había nacido con mala estrella, hubo un accidente de tráfico, mi padre murió y nuestra madre quedó inválida, y nana se hizo cargo de nosotras: de mi madre inválida, de Kelly y de mí, que teníamos seis y cinco años. En aquella época ya era una anciana —agregó, sacudiendo la cabeza—. No sé cómo se las arreglaba, pero era asombrosa. Por feas que se pusieran las cosas, siempre conservaba su optimismo. Y era valiente. ¡Dios mío, qué temeraria era! Puede que fuera la mujer más inteligente que he conocido, pero ella no se consideraba lista. Apenas había estudiado ¡y hablaba cinco idiomas! No tenía dinero, claro, pero siempre nos animó a estudiar y a conseguir becas para que fuéramos algo en la vida —dio otro mordisco, masticó lentamente, tragó y dijo—: Y eso hicimos.

Colin llevaba un rato sin comer; la estaba escuchando embobado. Su infancia también había sido difícil por momentos: en casa había poco dinero, el huerto de su madre era importante para el sostén de la familia, habían ido a un colegio católico subvencionado y había sido imposible mandar a cinco hijos a la universidad. Aun así, su infancia no se parecía ni de lejos a la de Jillian.

Intentó reaccionar. Comió un poco más de sándwich.

—Conseguiste una beca, ¿no?

—Sí. Kelly lo tuvo más difícil. Quería ser chef, estudiar cocina, pero conseguir una beca para una escuela de gastronomía, sobre todo en el extranjero, era casi imposible. Aun así, nos las arreglamos. A mí me fue bastante bien. Acababa de terminar la carrera de publicidad y de ponerme a buscar trabajo cuando me llamó un tipo que acababa de fundar una empresa de fabricación de software. Me encontró en las referencias biográficas de la facultad. Yo tenía muy buen expediente. Pero no sabía nada sobre la fabricación de software. Me ofreció trabajo, un sueldo bajo para empezar, un horario de locos, bonificaciones razonables y, si la empresa despegaba, acciones y reparto de beneficios. Le dije que no sabía nada de ese sector y me contestó: «Pues investiga, aprende». Y eso hice. Él había fundado con éxito varias compañías y antes de aceptar el trabajo averigüé todo lo que pude sobre él. ¡Sabía hasta cuánto había pesado al nacer! Harry Benedict... Lo quiero muchísimo. No solo me dio una oportunidad; también me enseñó, me dejó hacer, me dio alas, y ayudé a crear uno de los mayores éxitos empresariales de los que se tiene noticia. Llevaba diez años con ellos cuando llegó el momento de cambiar de rumbo, de pasar página —le sonrió—. Pensaba aprovechar la excedencia para relajarme, para reflexionar un poco, pero hundí las manos en esta tierra, me acordé de mi nana y ¡zas! —se encogió de hombros—. Aquí estoy, en el huerto. Y lo último que quiero ahora es relajarme.

—¿Y eres feliz? —preguntó él.

Jillian se rio.

—No creo que fuera infeliz en BSS, con Harry, mientras hacíamos crecer la compañía, pero esto es mejor, por sorprendente que parezca.

—¿Tu bisabuela te enseñó a cuidar un huerto?

—Sí —contestó Jillian—. A la antigua usanza. Un huerto pequeño. Ahora estoy aprendiendo con Internet —añadió con un ademán que abarcó su «despacho», formado por una silla, un ordenador, etcétera—. Obviamente, las cosas han cambiado. ¿A ti quién te enseñó a pintar?

—No sé —se encogió de hombros—. Mis garabatos no eran tan confusos como los de los otros niños, y los maestros me animaron a seguir. Y se aprovecharon de mí, de paso: me encargaban hacer todos los dibujos, todos los cárteles y los rótulos. Cuando llegué al instituto, hacía murales. Querían que fuera a la universidad a estudiar Bellas Artes, pero yo preferí entrar en el Ejército.

—¿En serio? ¿Y qué tenía el Ejército de interesante? —preguntó ella.

—Helicópteros de combate. Yo quería volar. Al principio pensé que quería pilotar Cobras, pero empecé con Hueys y luego pasé a los Black Hawks y descubrí que me encantaban. Estuve veinte años en el Ejército. Oye, ¿por qué no te has casado? —preguntó.

Jillian rompió a reír.

—Porque no tenía ni un fin de semana libre. Harry hacía que me matara a trabajar.

—No, en serio —insistió él.

—¡En serio! Bueno, a veces salía con algunos chicos.

Colin se puso muy serio.

—Está bien, salía muy poco. Tuve un novio un par de meses, pero lo dejamos.

—¿Por qué?

—Qué más da. De eso hace mucho tiempo.

—Pero ¿por qué rompisteis? ¿Te maltrataba?

—No, jamás me pegó, ni me habló mal. Déjalo, no voy a contártelo y jamás lo adivinarías.

—¿Te engañó? —insistió Colin.

—Seguramente, pero no fue por eso por lo que rompimos. En serio, no te estrujes las neuronas. Fue una tontería.

Colin la observó un momento.

—Umm —dijo—. A simple vista, eras una chica cubierta de barro. Pero, si uno se fija mejor, eres una mujer muy complicada.

—Estoy segura de que ahí había un cumplido, en alguna parte.

—Además de preciosa —añadió Colin con una sonrisa, y le alegró comprobar por su expresión que la había sorprendido.

—Me parece que debes de estar muy solo. La que es guapa de verdad es mi hermana Kelly, tú no la conoces. Yo soy corriente. Ella, en cambio, es una belleza.

—¿Ella es una belleza? —preguntó Colin, enderezándose de repente, con los ojos muy abiertos—. ¡Jillian, tú estás como un tren! Bueno, solo te he visto arreglada una vez, pero destacas hasta sin arreglarte. Además, te pareces a esa actriz, ¿cómo se llama?

—Sí —dijo ella, apoyando la barbilla en la mano, como si aquello le aburriera—. Recuerdo haberla visto.

—En serio. Le dieron un Oscar. Sandra no sé qué. Y me gusta que no te arregles demasiado. Nunca me han gustado las mujeres muy arregladas —mintió. Siempre le habían atraído, aunque no recordara por qué—. Además, estás intentando cultivar verduras —y parecía tan sana, tan espontánea, tan naturalmente bella... Y tan sexy... El modo en que su trasero llenaba aquellos pantalones de loneta con bolsillos le hacía babear. Le pareció que llevaba una camiseta de tirantes debajo de otra con mangas, sin sujetador, y que sus pechos eran del tamaño justo. Tenía un físico delicioso.

—No te va a servir de nada —comentó ella—. Me doy cuenta de que este es un pueblo pequeño y no hay muchas mujeres solteras por aquí, pero no estoy buscando una aventura. Tengo muchas cosas que hacer.

—Lo digo de verdad, no intento liarte —insistió él.

Ella rompió a reír otra vez.

—Ah, Colin, vas a tener que practicar más si quieres mentir. Lo haces fatal.

—No estoy mintiendo —dijo, muy serio—. Eres una mujer preciosa.

—Ya —Jill sacudió una mano—. En fin, da igual. Tú eres un encanto de hombre, pero tengo semillas esperando —levantó una ceja—. ¿Has acabado?

Colin se metió en la boca el último pedazo de su sándwich, masticó y tragó.

—Por ahora, sí —contestó todavía con la boca llena.

Por ahora, pensó.

CAPÍTULO 5

Denny se quitó la gorra al entrar en el bar de Jack.
—Bueno —dijo Jack alegremente—, ¿qué tal va tu búsqueda de fama y fortuna?
—¿De fama? —preguntó el chico, riendo—. ¡Espero que no!
—Tu búsqueda de trabajo. ¿No tenías entrevistas hoy? —le sirvió una cerveza sin preguntar.
—Dos. Para un puesto de reponedor en un supermercado, y en un rancho, al otro lado del valle, en Ferndale, donde hay seiscientos vecinos y sesenta mil vacas.
Jack se rio.
—¿Le ves potencial a alguno de ellos?
—Bueno, en el supermercado me harán presidente de la empresa bastante deprisa si acepto el puesto y me mato a trabajar por el salario mínimo —bebió un trago de cerveza—. Lo que hay que oír. La verdad es que estoy bastante contento.
—¿Contento?
Denny se encogió de hombros.
—Sé que es temporal, pero me gusta lo que estoy haciendo para Jillian. No paro ni un momento, la paga es buena y ¿sabías que habla sin parar?
Jack se rio.
—¿Por qué será que no me sorprende?

—No es que parlotee exactamente. Habla de horticultura, de variedades de frutas y verduras que se ven muy poco y que solía plantar su bisabuela. Según parece, las trajo de su país. Además, hago cosas muy distintas: a veces talo árboles o monto un invernadero, y otras veces entierro semillas minúsculas en vasitos de tierra. Y luego Jillian me cuenta lo que pasará con esas semillas, paso a paso, me habla de la acidez del suelo, de la temperatura de la tierra, de la altitud, de cómo influye todo eso... y la verdad es que odiaría perdérmelo.

—¿Cuánto tiempo crees que seguirá dándote trabajo? —preguntó Jack.

—Ni idea —se encogió de hombros—. De momento ya casi nos hemos puesto al día con el trabajo, pero quiere plantar muchas cosas y creo que va a poner un par de invernaderos más. Ya lo ha dicho. En el prado hay sitio. Tendrá que ponerles calefacción, riego, y cuando lleguen el otoño y el invierno... quién sabe qué más. Está hablando de instalar lámparas más adelante —tomó otro sorbo de cerveza—. Da la impresión de que va a tener alquilada la casa una buena temporada. ¿A ti no te importa?

Jack se encogió de hombros.

—No voy a encontrar un comprador este invierno, a no ser que cambien mucho las cosas económicamente. Y Jillian está manteniendo estupendamente la casa y paga las facturas.

—Qué bien —dijo Denny—, porque la verdad es que me estoy metiendo mucho en esto.

—¿Se lo has dicho a ella, hijo? —preguntó Jack.

Denny pareció sorprenderse un poco. Luego contestó con sencillez:

—No.

—Pues deberías decírselo. Dile que disfrutas del trabajo. Mal no puede hacerte. Y quizá te ayude.

—Sí... quizá —carraspeó—. De todos modos hoy me han dado una buena noticia. El Departamento del Sheriff contratará a gente en un plazo de tres a seis meses. He presentado solicitudes en todos los cuerpos de policía y los departamentos de bomberos.

—¡Estupendo!

—Por cierto, como hoy no tenía que ir donde Jillian, me he pasado por tu casa y he hecho un par de cosas en el jardín. He recogido las cacas de perro y he pasado la segadora de césped. He cortado la hierba debajo de los columpios y alrededor del tobogán.

Jack soltó un silbido.

—Habrás tardado una eternidad.

—Despacio, pero sin pausa —contestó Denny.

Jack pasó la bayeta por la barra.

—Ya sabes que no tienes que hacerlo, Denny. Te lo agradezco mucho, pero no espero que lo hagas.

—Dejaste que me quedara allí sin pagar alquiler dos meses, hasta Navidad. Voy a tardar mucho en saldar esa deuda.

—No hay deuda que valga —repuso Jack—. Por lo visto es lo más ventajoso que he hecho nunca: no paras de hacer trabajos gratis. ¿Qué tal te va en casa de los Fitch?

—Genial. La habitación de encima del garaje es perfecta, tengo toda la intimidad que quiero, nadie me controla los horarios y los Fitch son gente estupenda. La señora Fitch está intentando cambiar todas esas florecitas y esas cosas de chica que hay en la habitación por otras más masculinas —dijo con una sonrisa—. Le he dicho que no importa. Debe de estar preocupada por mi tendencia sexual.

—A mí me preocupa —bromeó Jack—. ¿Tienes vida sexual?

—Bueno, he salido un par de veces con una chica que se llama Mindy. Es camarera en un restaurante de Arcata. Muy simpática. Nos los pasábamos bien, pero entonces apareció su ex novio. Ahora estoy otra vez en el mercado.

—Pues ten cuidado, amigo mío —dijo Jack, y luego miró a su alrededor para asegurarse de que nadie les oía—. ¿Y qué hay de ese otro asunto? ¿Del que te trajo aquí? La búsqueda de tu padre biológico.

—Umm —dijo Denny—. Estoy seguro de que lo he encontrado. Pero voy muy despacio. Es lógico, claro: tiene familia. No quiero complicarle la vida.

—¿Es un buen tipo? Sé que eso era una de las cosas que más te preocupaba.

—Muy buen tipo, que yo sepa. He tenido oportunidad de conocerlo un poco. No tiene ni idea de quién soy, así que por ese lado no se siente presionado. Pero hay una cosa con la que no contaba: me he encariñado con este sitio. Al margen de cómo reaccione él, me apetece quedarme aquí.

—Eso no tendría por qué ser problema, hijo. Aquí hay sitio para todos. Entonces, a lo mejor no os volvéis uña y carne, pero ¿de verdad te basta con que al menos os conozcáis, os aceptéis, os llevéis bien? Qué demonios, ¿y si alguna vez necesita un riñón?

Denny se rio.

—Tienes una faceta muy práctica, Jack. Confío en que no me pida un órgano justo después de que le dé la noticia.

Jack sonrió.

—Nunca se sabe. Puede que haya estado esperando pacientemente ese día. ¿Quieres cenar?

—Esta noche no. Voy a ir a Fortuna, a cenar con una posible sustituta de Mindy —levantó una ceja—. Lo primero que voy a preguntarle es si tiene un ex novio reciente.

—Buena suerte.

Denny apuró su cerveza y salió, y Jack se quedó pensando: «Qué buen chaval». Y pensó, no por primera vez, lo mucho que se alegraba de que Denny hubiera entrado en su bar. Se habían hecho buenos amigos. Desde que Rick, su joven protegido, se había casado con Liz, su novia de la adolescencia, y vivía en Oregón, donde estudiaba en la universidad, Jack solo lo veía cuando tenía tiempo para volver al pueblo a hacerle una visita a su anciana abuela. Se escribían por e-mail y hablaban por teléfono con regularidad, pero Jack echaba de menos tener cerca un joven amable y de buen carácter. Después de haber acogido a tantos jóvenes marines, era para él algo natural. De hecho, Denny era solo un par de años mayor que Rick, y le recordaba a él en muchos sentidos.

Había mucho trasiego en el bar para una noche de finales de marzo. Parecía que muchos de sus amigos habían elegido aquella noche para cenar y que casi todos los vecinos del pueblo se habían pasado por allí. Jack pudo cenar con Mel y con los niños, yendo y viniendo mientras servía mesas y tomaba pedidos. Su cuñado Mike pasó un rato detrás de la barra para servir cervezas y copas. Era un camarero estupendo, y además trabajaba gratis. Como el pueblo se dedicaba principalmente a la agricultura y la ganadería, la gente se levantaba temprano y a las ocho y media quedaban solo un par de rezagados y Jack pudo entrar a echar una mano en la cocina. A las nueve comenzó a imaginarse su casa: los niños estarían en la cama, reinaría el silencio y su mujer estaría relajada, sentada delante del ordenador, escribiendo e-mails o navegando por Internet, investigando o leyendo blogs de Medicina. Le encantaba volver con su familia por las noches.

Se abrió la puerta y entró Denny. El chico se quitó enseguida la gorra de la cabeza.

—Oh, oh —dijo Jack—. ¿No me digas que la posible sustituta de Mindy tenía un ex novio reciente?

—No, eso ha ido bien. Se llama Crystal, por cierto —se encogió de hombros—. Es bastante simpática. Pero no ha habido chispa entre nosotros.

—Estaba a punto de servirme una copa de final de jornada —dijo Jack—. ¿Te pongo algo?

—A lo mejor te acompaño —contestó Denny—. Sé que te gusta el whisky escocés. A mí ponme uno canadiense, ¿quieres?

Jack preparó los vasos.

—Da la impresión de que la cita no te ha ido muy bien —fue a buscar la botella y, como era Denny, escogió un buen whisky canadiense.

—No, la cita ha ido bien, pero yo tenía la cabeza en otra parte, así que no ha sido perfecta. La culpa ha sido mía.

—¿Qué ocurre? —preguntó Jack.

Denny respiró hondo.

—Hace tiempo que quería hablar contigo de esto. Te lo conté en parte cuando llegué, el otoño pasado. Lo de que estaba buscando a mi padre. Y que el nombre del novio de mi madre figura en mi partida de nacimiento, solo que él se largó cuando yo tenía unos siete años. Se marchó y regresó varias veces antes de irse definitivamente y, después de la última vez, solo volvimos a hablar si yo me ponía en contacto con él. Mi madre y yo... no lamentamos mucho que se marchara. Pero todo eso ya lo sabes...

—¿Qué ocurre, hijo?

El chico respiró hondo otra vez.

—Mi madre se llamaba Susan Cutler. ¿Te suena de algo, Jack?

—¿La conocía? —preguntó él.

—Solo la conociste una temporada. Saliste con ella un par de meses, cuando estabas en Fort Pendleton. Tenías unos veinte años.

—Si tenía veinte años y estaba en Fort Pendleton y salí con tu madre, no debí de verla mucho —repuso Jack—. Imagino que estaba allí haciendo algún curso de entrenamiento.

—Sí, creo que sí. Erais un par de críos, más jóvenes que yo —sacó un sobre viejo y manoseado del bolsillo interior de su chaqueta—. Le costaba mucho hablar de su juventud. Sentía que me había fallado. No se casó, su pareja, mi única figura paterna, era un capullo, y acabó criándome sola. No me falló: mi madre era asombrosa. Pero como le costaba mirarme a los ojos y hablar de ello, me escribió esta carta. Después hablamos de ello. ¿Quieres leerla?

Jack levantó una ceja.

—¿De veras quieres que la lea?

—No es muy larga. Sí, me gustaría que la leyeras —la puso sobre la barra y la empujó hacia él.

Jack lo miró a los ojos mientras agarraba el sobre. No estaba seguro de que le gustara adónde parecía conducir todo aquello. Abrió el sobre y leyó:

Debby, cariño mío:

Los dos sabemos que este cáncer no va a desaparecer, que solo es cuestión de tiempo, y hay algo que quiero decirte, pero me cuesta tanto hacerlo que prefiero escribirte esta carta. Después, si quieres, podemos hablar de ello.

Cuando tenía veinte años, me enamoré. Me enamoré de verdad, pero cometí el error de enamorarme de un marine de veintiún años que iba a marcharse un par de meses después y no quería ataduras. Se portó bien conmigo, era un chico estupendo, de buena familia, y nos lo pasamos muy bien juntos. ¡Nos reíamos tanto! Era muy amable y muy tierno, pero también fuerte y valiente. Y, tal y como me había advertido, se marchó. Me dijo desde el primer día que me agarró de la mano que nuestro idilio tenía fecha de caducidad.

Se me rompió el corazón, pero empecé a salir con Bob, que en aquella época también era marine, aunque no fuera el mejor hombre del mundo. Pasadas unas semanas me di cuenta de que estaba embarazada, pero sabía que Bob no era el padre. Lo siento, Denny, te he mentido todos estos años porque me sentía avergonzada, y porque me daba miedo lo que podía hacer Bob si sabía que le había mentido. El mejor hombre que he conocido se marchó y nunca he intentado buscarlo porque teníamos un acuerdo: nada de ataduras, ni de compromisos. Dejé que Bob y tú creyerais que Bob era tu padre. Así que... Los dos sabemos cómo se ha portado Bob. No solo ha sido un mal ejemplo. Su conducta no tiene excusa: ha sido mezquino, infiel, maltratador. El día en que se marchó para siempre fue posiblemente el mejor de nuestras vidas. Y ahora siento que te estoy fallando otra vez con este maldito cáncer. Denny, no me da miedo morir, solo temo dejarte con interrogantes, convencido de que eres hijo de un hombre del que jamás podrás sentirte orgulloso. La verdad es que Bob no era tu padre. Tu padre se llama Jack Sheridan. No sé dónde acabó, ni qué fue de él, pero puedes creer que tienes un padre del que podrías estar orgulloso.

La carta decía más cosas, pero Jack dejó caer la mano sobre la barra mientras miraba a Denny con los ojos como platos, boquiabierto de asombro.

—¿Me estás tomando el pelo? —preguntó, mirándolo fijamente.

Denny palideció.

—No, señor. Usted es el hombre al que vine a buscar.

—¿Estás seguro? —insistió Jack.

—Después de la carta —contestó Denny—, hablamos sobre ese asunto. Ella era muy joven, pero a esa edad las chicas se creen que lo saben todo. Palabras suyas, no mías. Trabajaba en Camp Pendleton. Me dijo que se buscó ese trabajo para conocer chicos, pero acabó trabajando allí unos diez años, como empleada civil. Pero no iba de cama en cama, me dijo. Le gustaba salir, ir a bailar, al cine, a fiestas, esas cosas. Tengo algunas fotografías —añadió, rebuscando otra vez en su bolsillo—. Era muy guapa —le pasó las fotografías por encima de la barra.

Jack arrugó el ceño. En las fotos, no parecía tener veinte años, sino alguno más. No dijo nada, esperó a que Denny siguiera hablando.

—Me contó que, cuando te conoció, fue un flechazo. Se enamoró de ti locamente, pero tú tenías un destino pendiente y le dijiste que solo podíais salir si comprendía que...

Jack sacudió la cabeza tristemente.

—Sí, no hay duda, parece muy propio de Jack Sheridan —miró las fotografías.

Eran retratos de estudio tomados cuando Denny era niño. La madre era una morena atractiva, con una sonrisa dulce y un hijo muy guapo. Jack sintió deseos de darse de cabezazos contra la barra. La mujer le resultaba vagamente familiar, pero no se acordaba de ella. Sentía de pronto tantos deseos de recordarla que le dolía el corazón.

—Me habló de tus padres. Dijo que tu padre era corredor de bolsa, o algo así. Y que tenías cuatro hermanas: dos mayores y dos más pequeñas, y que la pequeña iba todavía al colegio. Pero lo que le avergonzaba y lo que le impedía decirme la verdad era que empezó a salir con Bob nada más marcharte tú, porque se sentía muy sola y muy triste. Entonces se dio cuenta de que estaba embarazada y de que Bob no podía ser el padre por un mes —sacudió la cabeza—. Me dijo que no había habido nadie más, Jack. Y sé que era mi madre, pero de todos modos la creo.

—Denny, cuando tenía veinte años estuve en Pendleton unos meses. Recuerdo que salí un tiempo con una tal Ginger, pero estaba muy centrado en mi carrera. Ginger me dejó porque según ella no me tomaba la relación en serio —se encogió de hombros—. Puede que saliera con un par de chicas más, pero no recuerdo a ninguna que pudiera estar enamorada de mí...

—Sé cómo es tener veinte años y estar en los marines, Jack.

Jack no leyó el resto de la carta. La deslizó por la barra, hacia Denny.

—Llevas meses aquí —dijo.

—Sí. Tardé un tiempo en conocerte, y luego tuve que asegurarme de que saber la verdad no te complicaría la vida. Y después... después, he tardado algún tiempo en armarme de valor. Porque, una vez dicho, no podía retirarlo, ¿sabes?

Jack levantó su vaso y lo apuró de un trago. Con él en la mano, señaló la bebida de Denny.

—Más vale que te bebas eso, hijo.

Denny levantó el vaso, pero se detuvo.

—Mira, comprendo que este no sea el día más feliz de tu vida.

Jack arrugó el entrecejo.

—Bebe —dijo.

Cuando Denny bebió y dejó el vaso, él añadió:

—Cualquier hombre se sentiría orgulloso de tenerte por hijo. Cualquiera, incluido yo. Pero me está costando reconocer la clase de hombre que era. Que una chica no quiso decirme que estaba embarazada porque sabía que yo huía de responsabilidades. Y me cuesta aceptar que tuve una relación con una chica de la que nació un hijo y... y no me acuerde de ella.

Se apoyó en la barra.

—Hay accidentes continuamente, Denny, pero tengo que ser sincero contigo: yo tenía cuidado. Siempre usaba preservativos. Cuando hablaste con tu madre, ¿te dijo ella si sabíamos que había habido algún problema? ¿Que se rompiera el preservativo o algo así?

—No podía hablar de eso con ella, Jack. Era mi madre. Y estaba enferma.

Jack sintió una opresión en el pecho. Allí estaba él, pensando en sí mismo, en si se había roto un preservativo, mientras que aquel chaval había descubierto que su supuesto padre no lo era, y todo ello mientras su madre se moría.

—¿Qué clase de cáncer era, Denny?

—De mama, pero se extendió. Era tan joven que no se hacía revisiones. No tuvo buena atención médica. Fue un cáncer muy agresivo. Pasamos cinco años luchando con él, pero luego volvía a aparecer en otra parte, mi madre volvía a la quimioterapia, pasaba unos cuantos meses buenos, nos hacíamos ilusiones y luego... En fin, que no pudo vencerlo. Y quería contarme la verdad antes de morir —tragó saliva—. No hace falta que se lo digamos a nadie, Jack.

Jack sacudió la cabeza.

—Eso no es lo importante, Denny. No se trata de guardar el secreto —meneó la cabeza otra vez—. Tengo que reconocer algunas cosas, hijo. Una de ellas es que, hasta que apareció Mel, no había conocido a ninguna mujer con la que sintiera la tentación de sentar la cabeza, de fundar una familia. Pero nunca me consideré cruel. Puede que en ese sentido me haya estado engañando a mí mismo. Seguramente tu madre tenía motivos fundados para no buscarme, para no hablarme de ti.

—Montones de motivos —contestó Denny—. Pero ella nunca te culpó. Estaba con un tipo que creía que yo era hijo suyo, y no era un buen tipo. Ni siquiera se casó con ella. No se me ocurre nada que mi madre hiciera mal, en lo que metiera la pata, pero él le pegaba de todos modos. Le tenía tanto miedo que no se atrevió a decirle la verdad, a liberarse y a intentar encontrarte. Y cuando Bob se largó por fin, habían pasado demasiados años.

—Jamás se me ocurrió decirle a una mujer que, aunque no me apeteciera casarme, aceptaría mi responsabilidad —su voz se apagó.

—Los militares, los marines, hacen esas cosas —dijo Denny—. Yo también lo hice. Estuve con una chica antes de marcharme a Afganistán y le dije que no quería calentarme la cabeza con preocupaciones mientras estaba...

Jack puso una mano sobre su antebrazo.

—Denny, aunque no hubiera podido casarme con ella, podría haber sido tu padre. Debería haberte mantenido, haberte conocido, haberte enseñado. No es fácil para un marine, y menos aún para un marine soltero, pero me habría gustado intentarlo. Al menos podría haber estado ahí cuando perdiste a tu madre. Podría haber estado esperándote cuando volviste de la guerra —sacudió la cabeza—. Lo siento, hijo. Siento no haberlo sabido. Pero ahora lo sé.

Denny sonrió.

—Oye, no espero nada. Solo quería conocerte, nada más. En serio, no pensaba que tendría tanta suerte, descubrir que ibas a caerme bien, que ibas a ser un tipo al que querría como amigo, aunque no fuéramos familia. Pero no tienes que hacer nada, Jack. Me gustan las cosas tal y como están —esbozó una sonrisa juvenil—. No necesito un riñón, ni nada por el estilo. Y puedo valerme solo bastante bien.

Jack sirvió otros dos whiskys.

—Suelo limitarme a uno, pero esta es una gran noche. Deberías volver a la casa de invitados si quieres. Gratis, por supuesto.

—Lo que quiero es independencia. Es lo que habría querido aunque hubieras estado a mi lado estos últimos veinticuatro años. De hecho, por lo que sé de ti, estoy seguro de que me habrías educado para eso.

Jack levantó su vaso.

—En eso seguramente tienes razón.

En ese momento el Reverendo salió de la cocina.

—Voy a tener que aprender a fregar los platos más deprisa si quiero tener compañía para beberme esa copa —comentó—. Me lleváis ventaja.

—Deja que te sirva una —dijo Jack—. Y espera a oír las noticias, tío Reverendo.

Mel estaba sentada con las piernas cruzadas sobre la cama de matrimonio, con el ordenador portátil a un lado, mientras Jack se paseaba por la habitación contándole la historia que le había referido Denny. De vez en cuando se paraba, se doblaba por la cintura y apoyaba las manos en la cama para hacer hincapié en algo. Luego seguía paseando de un lado a otro.

—Es increíble —dijo Mel por fin—. O no, en realidad. Hasta hay cierto parecido. Claro que, cuando lo conocí, pensé que Rick era hijo tuyo. ¿Cuántos más crees que habrá por ahí? —preguntó.

—¿Te crees muy graciosa?

—Pues no, la verdad —repuso ella—. Pensaba que estaba más bien un poco preocupada.

—Escucha, te digo la pura verdad cuando afirmo que esto era lo último que esperaba oír. En serio, tenía mucho, mucho cuidado. Sacaba sobresaliente en Biología. No me arriesgaba.

—¿Hasta que me conociste a mí? —preguntó ella.

—¡Pues sí, francamente! Contigo era completamente distinto. ¡Estaba loco por ti! Quería estar contigo para siempre. ¡Perdí la cabeza por completo!

—¿Te importaría no alzar la voz? En primer lugar, la culpa de esto no es mía, y además los niños están durmiendo.

Jack se pasó una mano por la cara.

—Perdona. Perdona.

—Jack, los preservativos no son seguros al cien por cien. A

veces hay algún fallo, un agujerito, una raja, una filtración. Y ya hemos demostrado que eres muy fértil. ¿No te preocupa recibir más noticias como esta?

—No es eso lo que más me preocupa —se sentó en la cama—. Mel, reconozco que de joven era un poco cabeza loca y que tuve más de una relación pasajera... aunque no tantas como podría pensarse. Pero o me estoy haciendo viejo y estoy perdiendo la memoria, o solo estuve con la madre de Denny una o dos veces. Mel, puede que mis novias no fueran siempre memorables, pero de la madre de Denny no me acuerdo en absoluto. Su cara me resulta un poco familiar, pero no puedo conectarla con una sola fecha, un hecho, una conversación, nada. ¡Y sin embargo le habló a Denny de mi familia! Y yo no hablaba de esa clase de cosas con chicas con las que salía una o dos veces.

—Denny estuvo aquí en Navidad, Jack. Estoy seguro de que hablaste sin parar de tu familia.

Jack sacudió la cabeza.

—Le dijo que tenía una hermana pequeña que todavía iba al colegio. Tuvimos que conocernos bien. Cuando yo tenía veinte años, Brie solo tenía diez. Y se tomó muy mal que yo ingresara en los marines.

—Puede que estuvieras borracho —Mel se encogió de hombros.

Él se incorporó.

—Como tú bien sabes, cuando me emborrachaba no derrochaba precisamente potencia sexual. En cambio, y por suerte, perdía la memoria.

—Puede que acabes por recordarlo. Pero, Jack, ¿estás seguro de que esa información es exacta? Porque quizá quien no lo recordaba muy bien era la madre de Denny. Aunque...

—¿Aunque qué?

—La verdad que sé por experiencia es que las mujeres normalmente saben de quién se han quedado embarazadas, a no ser que tengan múltiples parejas en un plazo muy corto. Los hombres tendéis más a olvidaros de un ligue pasajero, mientras que la mayoría de las mujeres nos tomamos estas cosas más en serio.

—Lo sé —contestó él—. Sé que los hombres y las mujeres ven el sexo de manera muy distinta y reconozco que no me acuerdo del número de teléfono de todas las mujeres con las que me he acostado, pero esa carta decía que la madre de Denny estaba enamorada de mí. Que estaba locamente enamorada de mí. Pasó una o dos veces que una mujer se encariñara conmigo más que yo con ella, y cuando eso pasaba procuraba largarme pitando antes de que alguien saliera malparado. Tengo cuatro hermanas. Las oía llorar y lamentarse por culpa de capullos que las hacían ilusionarse y luego desaparecían, que se aprovechaban de ellas todo lo que podían y luego no volvían a llamar. No quería hacerle eso a una chica, así que rompía inmediatamente y daba la cara. Y cuando tenía que hacerlo no era fácil. Me acuerdo de todas y cada una de esas chicas.

Mel hizo una mueca.

—Eso tengo que reconocerlo, Jack: es muy raro. La mayoría de los tíos preferirían abandonar el país antes que hablar sinceramente de sus sentimientos.

—No me halagues. No estoy seguro de que lo hiciera bien, pero siempre confesaba que no sería un buen novio y no podían esperar nada de mí. Demonios, adoraba ser un marine. En mi vida no había sitio para ninguna mujer.

—Excepto para tus hermanas —señaló ella.

—Sí, bueno, de ellas no podía desentenderme —repuso Jack—. ¿Tienes idea de la vergüenza que me da contarle esto a mi padre? —se tapó la cara con las manos y apoyó los codos en las rodillas.

—Bueno, Jack, teniendo en cuenta que no te acuerdas de la madre de Denny ni del momento en que fue concebido, antes de decírselo a toda la familia y al pueblo entero, te recomiendo que obtengas alguna prueba más concreta que una carta póstuma. Tenéis que haceros un análisis de sangre. Aseguraros de que sois familia.

Jack pareció abatido.

—Pero, Mel, no puedo hacerle eso al chico. Piensa en lo que ha sufrido. Y hace ya seis meses que lo conozco. Es un buen chico. ¿De veras crees que puedo poner en duda la confesión de su madre moribunda sin hacerle daño?

—Si hubieras recibido esa carta un año después de que Denny fuera concebido, pidiéndote que reconocieras al niño y participaras en su manutención, y no te hubieras acordado de la madre, ¿no le habrías dicho con el mayor tacto posible que estabas dispuesto a asumir tu responsabilidad, pero que habría que hacer una prueba de paternidad por el bien de todos los interesados?

—Evidentemente, si solo hubiera pasado un año —repuso Jack—. Pero Denny tiene veinticuatro. Ya lo he defraudado durante un par de décadas. No quiero cuestionarlo más.

—Valoro lo que sientes y me cae muy bien Denny, pero, Jack, no solo se trata de él. También estás tú. Y David y Emma...

—A David y Emma no les importa si me hago un análisis o no...

—Puede que sí, si alguna vez necesitan un transplante de médula.

—Si hay alguna emergencia de salud, nos haremos el análisis enseguida, créeme.

—Bueno, esto es asunto tuyo —dijo Mel—. Yo solo te acompaño, y no me cuesta en absoluto aceptar a Denny como hijo tuyo. Francamente, no tengo ningún problema en aceptar a Rick, a pesar de que no compartáis ni un solo cromosoma. También en él pienso como en un hijo. Estaba dispuesta a adoptar a un niño que no sería hijo biológico nuestro y nunca dudé de que lo querríamos tanto como a nuestros hijos biológicos. Jack, no te cierres en banda. Tu relación con Denny no tiene por qué cambiar. Aunque no le hayas criado, está claro que te preocupas por él. Una prueba de paternidad no va a cambiar eso, pero daría credibilidad a su historia —se encogió de hombros—. Los dos os quedaríais más tranquilos.

Jack se quedó callado un rato. Por fin dijo:
—Lo tendré en cuenta, pero ahora mismo sé que no es el momento.

CAPÍTULO 6

Jillian sabía que no tardaría en ver a Colin. Había estado pensando en él, sabía que sentía mucha curiosidad por ella, al igual que ella por él, pero no esperaba que se presentara en la puerta trasera de su casa a las seis y media de la mañana. Estaba de pie frente al fregadero de la cocina, en pijama, llenando cartones de huevos con tierra de un gran saco de mantillo. Su pijama no era muy sexy, pero dejaba ver más de lo necesario. No llevaba sujetador y la curva de sus pechos se veía claramente. De lo cual se alegró un poquito.

—Buenos días —dijo—. ¿Nunca llamas?

Él levantó los brazos: llevaba una bolsa de la compra en cada uno.

—No tengo manos libres.

—Aun así podrías haber llamado. Con la puntera de la bota.

—Me esforzaré por recordarlo. ¿Has desayunado?

—Estaba a punto de comerme unos cereales.

—Puaj —gruñó él—. Eso es veneno. Yo me encargo del desayuno. ¿Qué estás haciendo?

—Vasitos para plantar semillas. El Reverendo me ha estado guardando los cartones de huevos. Son perfectos para esto —se sacudió la tierra de las manos dentro del saco—. Voy a llevarme este saco de tierra y a vestirme.

—Por mí no te molestes. Estás perfecta —dejó las bolsas

sobre la isleta de la cocina—.Yo llevaré el saco al porche. ¿Cómo te gustan los huevos?

—¿A la benedictina?
—¿Y después?
—Cocidos. No muy hechos, pero con la clara bien firme.
Colin le sonrió.

—Estás intentando tenderme una trampa. Crees que no soy capaz de hacerlos. Pero soy muy buen cocinero. Y el desayuno es mi especialidad —miró sus pechos y pareció tambalearse ligeramente. Casi gimió—. Adelante, ve a vestirte. Yo voy a ponerme manos a la obra en la cocina.

Jillian iba sonriendo cuando entró en el cuartito que había junto a la cocina y cerró la puerta. Bien, ya estaban empatados: Colin la había pillado mirándole la bragueta, y ella lo había pillado a él mirándole los pechos. Su reacción no dejaba lugar a dudas: se había puesto pálido y, si Jillian no se equivocaba, hasta había tenido que refrenar un estremecimiento. Puesto que sus pechos no tenían nada que objetar y seguían estando bastante erguidos, dedujo que le habían gustado bastante. A ella nunca le habían parecido nada del otro mundo, pero a decir verdad tenían una forma bonita y eran lo bastante grandes para las manos de un hombre.

Últimamente había pensado mucho en Colin porque se sentía atraída hacia él, eso era innegable. Aquello no habría ocurrido en su vida anterior. Mientras trabajaba en BSS había estado demasiado ocupada, había trabajado entre sesenta y ochenta horas semanales. Su trabajo resultaba tan absorbente que casi no podía concentrarse en otra cosa. Seguramente, si Kurt había conseguido que se interesara por él, había sido porque pasaban mucho tiempo trabajando juntos.

Allí, en cambio, sola en aquel entorno completamente desconocido, no solo se sentía atraída por Colin de una manera muy terrenal y elemental, sino que la convicción de que los dos estaban allí de paso y se marcharían a los pocos meses, cada uno por su lado, le parecía una ventaja indudable. Tardaría aún mucho tiempo en volver a confiar en un hombre, pero desde que conocía a Colin había descubierto que podía desear a alguno.

Cuando acabó de ponerse unos vaqueros, el sujetador y una camiseta y de cepillarse el pelo y ponerse un poco de brillo labial, empezó a notar un olor delicioso procedente de la cocina. Se dejó llevar por su olfato y se sentó en uno de los dos taburetes de la isleta. Colin estaba ocupado con el fogón y cuando miró hacia atrás ella le sonrió y dijo:

—¿Crees que podríamos probar a hacer algo muy anticuado? ¿Como por ejemplo planear estas cosas con antelación?

—Podríamos intentarlo —repuso él—. Pero si esa fuera la norma, yo no estaría aquí ahora. Y a ti eso no te gustaría nada. ¿Los platos?

Jillian señaló el armario que había sobre la placa. Luego lo observó fascinada mientras se movía por la cocina. Le gustaba cómo su trasero llenaba los pantalones. Tenía las piernas larguísimas. Y también los brazos. Sus manos eran grandes, pero sorprendentemente ágiles. Frió juntos el beicon y las salchichas, coció los huevos, calentó los cruasanes, sacó un paquete de salmón ahumado de una de las bolsas junto con un frasco de alcaparras y un recipiente de queso cremoso y lo puso todo en el centro de la isleta. Abrió los cajones hasta que encontró cubiertos. Dobló dos trozos de papel de cocina para que sirvieran de servilletas. Y justo antes de servir los huevos y la carne en los platos cortó rápidamente una cebolla morada sobre un platillo, en rodajas muy finas. ¡Y *voilà*! Se sentó delante de ella.

—No está mal —comentó Jillian.

—¿Que no está mal? ¡Eres cruel! Teniendo en cuenta las herramientas de que dispongo, esto es un festín. Estilo picnic, pero un festín.

Ella se rio.

—Tienes razón. Y es mucho más apetitoso que los cereales.

—¿De verdad comes esas cosas?

—Me encantan —contestó con entusiasmo infantil y la boca

llena de salmón ahumado, queso cremoso y alcaparras—. Has olvidado los tomates.

—Estoy esperando los Russian Rose —contestó él, y le guiñó un ojo—. Si quieres que te sea sincero, esto es lo único que cocino bien, el desayuno. También hago una tortilla de muerte. Y puedo dar la vuelta a un filete o una hamburguesa en la parrilla, pero ¿lo demás? Es un completo misterio para mí.

—¿Y por qué precisamente el desayuno? —preguntó ella.

—Porque me encanta.

Ella bajó su tenedor.

—¿Has estado casado?

—No, ¿por qué?

Jillian tomó otra vez el tenedor y comenzó a pinchar los huevos.

—Me estaba imaginando a una mujercita ideal levantándose a las cuatro de la madrugada para prepararte unos huevos perfectos antes de que te fueras a volar en tu helicóptero. Y no me ha gustado nada imaginármelo.

—He buscado durante años y no he encontrado ni una sola mujer dispuesta a hacer eso por mí, así que al final he tenido que hacerlo solo. ¿Y por qué no te ha gustado nada?

Ella se encogió de hombros.

—Siempre he trabajado mucho. Me habría gustado tener a alguien que hiciera las tareas domésticas.

Colin se inclinó hacia ella.

—Jillian, cielo, todo el mundo quiere eso, pero vamos a tener que conformarnos con lo que tenemos. Bueno, ¿qué planes tienes para hoy?

—¡Llevar todos los recipientes con semillas del porche a los invernaderos! Dan Brady, nuestro amigo del bar, va a venir luego a enseñarnos a instalar las luces. No voy a usar fertilizantes químicos, pero estoy dispuesta a aceptar luz artificial si ayuda a que crezcan las plantas. He encargado una especie de cochecito de golf, de esos que usan los jardineros y los paisajistas. Debería llegar hoy o mañana. Así podré desplazarme entre los huertos, los invernaderos y la casa. Y si echas un vistazo al jardín delantero, verás que están empezando a brotar las plantas. Tengo brotes de zanahorias, de puerros y de chalotas, y cogollitos de lechuga. Hay mucho que hacer —pinchó un trozo de salchicha, de huevo y de cruasán y añadió—: ¿Sabes?, puede que este sea tu único talento, pero se te da muy bien.

Él levantó una comisura de la boca. Luego, la otra. Y finalmente le enseñó sus dientes rectos y preciosos y dijo:

—No es mi único talento, Jilly.

Ah, sí, no había duda: lo deseaba. No quería quedárselo necesariamente, pero lo deseaba. Se puso un poco colorada y notó que le ardían las mejillas.

—Ah, ya —dijo—. También está la pintura, y volar.

Colin se puso serio de repente. Y se quedó callado.

—Oh, oh —dijo ella—. Creo que he puesto el dedo en la llaga sin querer.

Él masticó, tragó y dijo:

—Aún no estaba preparado para dejar de pilotar. Y el accidente me obligó a abandonar el Ejército.

—¿Qué me dices de la aviación civil?

—Ahora mismo no pasaría los exámenes físicos —dijo—. Pero mientras esté en África pienso echar un vistazo al trabajo que hay por allí. Quizá merezca la pena intentarlo —se encogió de hombros—. A lo mejor allí no se fijan tanto en las piezas de titanio y los tornillos para los codos —no quiso mencionar que no eran solamente las prótesis las que le impedían pasar el examen físico en Estados Unidos. También estaba ese asuntillo de las drogas y la depresión...

—No es la caza mayor lo que te impulsa a ir a África —observó ella pensativamente—. Echas de menos la aventura.

Colin se encogió de hombros y siguió comiendo.

—No sé —dijo—. Un poco de acción, quizá. Algo un poco más arriesgado que limpiar los pinceles.

—¿Estás aburrido?

—A veces sí.

—¿Por eso merodeas por mi porche trasero?

Colin esbozó una sonrisa.

—No, eso es porque me gustas un montón.

—¿Estás seguro de que no es porque soy la única mujer soltera en varios kilómetros a la redonda? —preguntó ella levantando una de sus bonitas cejas.

—No, no es por eso —contestó Colin—. De hecho, no lo eres. Hay montones de mujeres solteras por esta zona. Puede que no en este monte, pero tengo coche. Y me gusta salir a comer por ahí.

—Apuesto a que no eres consciente de lo mucho que tenemos en común.

—Pues explícamelo —dijo Colin.

—Bien —comenzó a decir Jill, dejando su tenedor y limpiándose la boca con la servilleta—, yo también me vi obligada a dejar mi trabajo, más o menos. Fue un golpe de mano en toda regla por parte de uno de mis subordinados. Seguro que has visto cosas parecidas en el Ejército. Debe de haber mucha competencia para ascender.

Colin se quedó sin habla un momento.

—¿Te despidieron?

—No, me sustituyeron. Me tomé una excedencia. Éramos él o yo, y quise quedarme y presentar batalla, pero mi jefe, mentor y excelente amigo me recomendó que me tomara una temporada de descanso en vez de presentar mi dimisión o afrontar el riesgo de despido. Contraté a un abogado para negociar mi salida —ladeó la cabeza—. Gajes de la vida del ejecutivo.

—La verdad es que me cuesta entenderlo.

—Sí, seguramente es difícil de entender. Harry, mi jefe y mentor, me ha enseñado muchas cosas a lo largo de los años. Como por ejemplo a pensar siempre en tu siguiente destino, a enseñar a la persona que va a reemplazarte, a saber cuándo has tocado techo, y que a veces las necesidades de la empresa deben imponerse a las del empleado individual, aunque dicho empleado las esté pasando canutas. Seguramente fue ese principio el que aplicó cuando me aconsejó que me tomara una excedencia.

—¿Y te parece un buen consejo? ¿Marcharse sin hacer ruido cuando las estás pasando canutas?

—No, Colin. Te marchas airosamente. Y si hubiera estado preparada y hubiera hecho caso de los consejos de Harry, habría sabido exactamente lo que quería hacer a continuación. Ese consejo no me lo tomé en serio. Siempre había jugueteado con la idea de montar una consultora de marketing, pero en realidad no me había puesto a pensar seriamente en ello. Pensé en tomarme unas semanas de descanso para sopesar mis alternativas, pero luego me despisté con otra cosa —sonrió.

—¿Qué hizo ese subordinado para obligarte a marcharte? —inquirió él.

Jill sacudió la cabeza.

—El acuerdo al que llegué con la empresa incluía una cláusula de confidencialidad.

—No voy a decírselo a nadie.

—Ni yo tampoco. Harry, mi ex jefe, fundó varias compañías con éxito y todas salieron a bolsa. Una vez lo obligaron a abandonar el puesto de presidente y consejero delegado, pero él nunca se tomaba esas cosas como algo personal. Decía que uno sabe que es importante cuando toda una junta directiva te da la patada. Su respuesta a esa situación fue conseguir una suculenta indemnización y fundar otra compañía, más fuerte y más grande. Si te arriesgas a nadar con tiburones para ganar pasta a lo grande, tu puesto está siempre en el aire.

—Bueno, esto es algo que no tenemos en común: la pasta.

—Dijiste que eras rico.

—No tanto como tú, por lo visto. Soy un oficial retirado del Ejército. Mis ingresos nunca han sido gran cosa, ni parece que vayan a serlo, pero recibo un cheque cada mes y me las arreglo con eso.

—Deberías replantearte tus posibilidades. Estuve echando un vistazo a las ilustraciones de animales salvajes, buscando en

Internet. Algunas ilustraciones y algunos cuadros alcanzan precios impresionantes. Así que... puedes enfurecerte por lo del accidente, empuñar un pincel y ganar mucho más dinero del que ganabas en el Ejército.

—¿Crees que la mejor venganza es vivir bien?

—Sí. Y yo... El caso es que no había previsto nada de esto. Aunque no consiga sacarlo adelante, me estoy divirtiendo un montón —levantó un momento la mirada—. No empecé con idea de pasármelo bien. Solo quería tener un huerto. Pero ahora mismo me siento muy a gusto.

Colin recogió los platos y los llevó al fregadero.

—Eso es lo que me falta a mí. Volar hacía que me sintiera realmente bien, y pintar a tiempo completo no es un buen sustituto —dijo—. Necesitas muebles, Jillian —añadió, pensando en lo agradable que sería pasar un par de horas sentado con ella en un sofá.

Jill se puso a fregar los platos con él. A veces sus manos se tocaban un instante cuando se pasaban los platos.

—Necesito un cochecito de golf, unas cuantas lámparas y, dentro de poco, un buen sistema de riego para los invernaderos.

—¿Qué harás cuando te marches de aquí? —preguntó él.

—Eso está totalmente en el aire —repuso—. Pero, si consigo una buena cosecha, buscaré una finca a buen precio con las mejores condiciones de suelo y climáticas. Todo puede cambiarse, Colin. Las plantas pueden trasplantarse. Jack me prometió seis meses de alquiler, pero quizá me dé un poco más de tiempo si las cosas van bien. Veremos qué pasa este verano.

Colin se volvió hacia ella mientras se secaba las manos con un paño.

—Yo ya tengo mi billete para África —dijo—. Lo compré con mucha antelación para conseguir un buen precio en primera clase. Soy demasiado alto para hacer un viaje largo en turista. Me voy el uno de septiembre.

Ella le sonrió.

—Entonces esto es algo que también tenemos en común:

tenemos que aprovechar a tope el verano. Y Colin... No le he dicho a nadie más que me vi obligada a dejar mi trabajo. No es que importe, pero mucha gente no lo entendería. Pensarían que soy una fracasada.

—Pues en eso también estamos empatados: Luke no sabe que tengo un billete de avión.

Colin no se lo explicaba. Jillian no era su tipo en absoluto. Siempre se había sentido atraído por mujeres que parecieran ansiosas de sexo. Mujeres que se vestían para llamar la atención, para exhibir sus pechos, sus piernas, sus caderas o sus traseros. No que parecieran zorras (aunque en realidad tampoco discriminaba: esas también le gustaban), sino más bien el tipo de mamá joven que se vestía para sacar el mayor partido a su cuerpo, con la ropa bien ceñida y un montón de accesorios y maquillaje. Su estilo para conquistar a una mujer lo había desarrollado durante sus primeros tiempos como piloto: era siempre amable y educado, coqueto y sexy, y al final siempre conseguía lo que quería. Nunca le había faltado compañía femenina, eso seguro. Una de las cosas que más le satisfacía era lavarse el pene en la ducha, al día siguiente de estar con una mujer, para quitarse las manchas de carmín, cosa que no había podido hacer muy a menudo últimamente.

Jillian, sin embargo, era distinta. Una novedad absoluta. Justo encima de unos pechos de aspecto suculento, había una cara preciosa y fresca cuyos grandes ojos ardían en su memoria durante horas y una sonrisa capaz de dejarlo fuera de combate. Era, además, muy inteligente. Demasiado lista para él, en realidad. Cuando hablaba de estrategia empresarial, lo ponía a cien. Cuando hablaba sobre cómo cultivar sus preciadas semillas, le excitaba. Cuando comía huevos con cruasán, le daban ganas de tumbarla en el suelo y quitarle la ropa.

Se pasó toda la mañana pensando en ella. Después del desayuno, llevó al prado su cuadro del gamo y montó el taburete a pleno sol. Mientras pintaba, se preguntó si lo que sentía se debía a que llevaba ya el tiempo suficiente sin tomar antidepresivos como para estar hambriento de sexo, o a que aquella mujer era la más extraña, interesante y atractiva con la que se había cruzado en mucho tiempo.

Una pequeña manada de ciervos (una cierva con dos crías y un macho) recorrió el valle, al pie de las colinas, y Colin tomó unas cuantas fotografías con el zoom. Se preguntó si sería capaz de pintar una escena tan grande y tan llena de detalles.

Pero enseguida volvió a pensar en Jillian, tan guapa, tan fresca, tan sexy e inteligente. Intentó pensar en otras mujeres. Se había topado con varias visitando galerías de arte en los pueblos de la costa, mujeres atractivas que le habían dado encantadas su tarjeta de visita. Había un par de chicas en Georgia con las que había seguido en contacto después del accidente. Y un par de antiguas novias a las que podría volver a recurrir sin mucho esfuerzo. Distaba mucho de ser rico, pero podía permitirse sacar un billete de avión para ir a ver a alguna de ellas. Cualquier cosa con tal de calmar aquella ansia y aliviar su desasosiego.

Su cuerpo y su cerebro, sin embargo, parecían obsesionados con Jillian. Era un encanto, con su sillón reclinable y sin muebles, con sus vasitos de tierra y su cochecito de golf, que tanta ilusión le hacía. Y luego estaba la facilidad con que parecía entenderle de manera instintiva. «Yo también me vi obligada a dejar mi trabajo». Ahora, además, compartían confidencias: él le había contado lo de su billete de avión y ella, lo de su empleo. Colin no recordaba haber hecho eso con nadie. Resultaba extrañamente emocionante.

Él no era religioso en absoluto, pero tenía una poderosa fe esencial que se había fortalecido desde que lo habían sacado de un Black Hawk siniestrado, después de un accidente al que no habría sobrevivido si otros pilotos no hubieran arriesgado su vida para ir en su auxilio. Así pues, reprendió a Dios por haber puesto a aquella mujer maravillosa en su camino. A fin de cuentas, él era débil, y Jillian parecía una mujer de primera clase que no se merecía pasarlo mal por culpa de un irresponsable y un cabeza loca como él.

¿Un cabeza loca? No, eso era cosa del pasado. Quizá tuviera aún cierto espíritu aventurero, pero de momento no era más que un hombre necesitado de una mujer.

El ruido de los cascos de un caballo lo sacó de sus cavilaciones y al volverse vio a un hombre a caballo que se dirigía hacia él. Su todoterreno seguía en el camino, más allá de la cerca, con el portón trasero levantado, así que dejó la paleta y el pincel en el suelo y aguardó.

A medida que se acercaba, Colin vio que era un nativo americano con sombrero de vaquero adornado con una pluma y una larga trenza a la espalda. No sabía gran cosa de caballos, pero reconocía a uno bonito en cuanto lo veía, y aquel era magnífico: de color castaño, joven y musculoso. El hombre se detuvo junto a él y sin desmontar le tendió la mano.

—¿Qué tal? —dijo—. Soy Clay Tahoma.

—Colin Riordan —contestó mientras le estrechaba la mano—. ¿Me he metido en tu propiedad? No he visto ningún cartel.

—Debería haber carteles en la valla, pero no pasa nada por que pintes aquí. Otras cosas sí nos molestan: el tiro al blanco, la caza y la pesca furtiva o fuera de temporada. Este prado pertenece al doctor Nate Jensen, el dueño de la clínica veterinaria. Es propiedad privada, pero puedes venir cuando quieras si no hay ningún animal. Normalmente no dejamos a los caballos problemáticos aquí, tan lejos de la clínica. Pero ten cuidado, echa un vistazo primero. Y ten cuidado con la valla, por favor. Una valla caída podría ser una catástrofe para nosotros —Clay se apeó del caballo para echar un vistazo al lienzo del gamo—. Impresionante —comentó—. Seguro que no está hecho pintando por números.

Colin se rio.

—He hecho unas fotos fantásticas de esos con el zoom —dijo, señalando la pequeña manada de ciervos que se veía a lo lejos.

—Van hacia el río —comentó Clay—, a dar un paseo a los pequeños. Soy amigo de Luke y Shelby. Me han dicho que vas a estar una temporada por aquí.

—Parece que todo el mundo es amigo de Luke y Shelby.

—Creo que por aquí somos todos amigos. Pero yo solo llevo aquí desde agosto —señaló el cuadro con la cabeza—. Es precioso. Tengo un primo galerista. De arte nativo americano. Ahora vive en Sedona, es un pintor bastante reconocido, pero crecimos juntos en la reserva de la nación navajo. ¿Dónde expones tu obra?

—Nunca la he expuesto, ni la he vendido. Ahora mismo solo estoy pintando.

—Por esta zona se vende mucho arte nativo y de temática animal, en Albuquerque, en Sedona, en Phoenix... Quizá vaya siendo hora de que pruebes suerte.

Colin se rio.

—Quizá. Cuando esté listo.

—A mí me parece que ya lo estás, pero ¿qué sé yo? —Clay se ladeó el sombrero—. Estoy revisando los pastos y los caminos de esta zona. Seguro que nos veremos por aquí. Me alegro de haberte conocido.

—Igualmente —contestó Colin.

Lo vio alejarse a caballo. Parecía haber un montón de gente interesada en que vendiera sus cuadros. Pero ellos no sabían que poner una etiqueta con el precio a sus cuadros no cambiaría nada. Seguía queriendo volar.

Y seguía queriendo ver a Jillian.

Pasó el resto del día pintando y consiguió aguantar hasta las ocho de la tarde. A esa hora volvió por fin a casa de Jillian. Aparcó junto a la casa y antes de salir del todoterreno la vio sentada en los escalones del porche de atrás, a oscuras, apoyada contra el poste de la barandilla con un chal echado sobre los hombros. Había encendido una vela gruesa y estaba tomando vino en una copa de verdad. Vivía tan austeramente que no le habría sorprendido verla beber vino en una taza de café. Se apeó del coche y se quedó apoyado en el todoterreno, mirándola.

En cuanto sus ojos se encontraron, antes de que ninguno de los dos dijera nada, lo sintió: había entre ellos una atracción mutua.

—Sabía que volverías, pero no que fueras a volver tan pronto —comentó ella.

—¿Qué te hizo pensar que volvería?

—Lo vi en tus ojos —se encogió de hombros—. Lujuria.

—Escucha, he estado pensando en un par de cosas —dijo mientras se acercaba a ella. Se sentó en el mismo escalón, pero se apoyó en el poste de enfrente, de cara a ella—. Has tenido novio hace poco, ¿verdad? ¿Se puede saber qué te hizo?

—No pienso decírtelo —contestó ella sacudiendo la cabeza—. Puede que te lo cuente algún día, pero ahora no. Además, no debería preocuparte.

—Pues me preocupa. ¿Cabe la posibilidad de que yo sea igual de idiota que él, que te haga lo mismo? ¿Que meta la pata hasta el fondo?

Ella se rio.

—¡Me sorprendes, Colin! No me parecías la clase de tío que se preocupa por esas cosas.

—En eso seguramente tienes razón. En mi mundo... en el mundo del que procedo, uno ve a una chica guapa, habla con ella unos minutos, le pide su número de teléfono, la lleva a alguna parte, calibra sus expectativas y normalmente acaba en la cama con ella. A veces la cosa dura un par de días, o un par de semanas, o incluso un par de meses. La base militar era como un pueblecito y había que tener cuidado para no dar mucho que hablar, pero no tenía ni idea de lo que era un pueblo pequeño hasta que vine aquí.

—Ah —dijo ella—. ¿Te preocupa tu reputación?

—No —sacudió la cabeza—. Me importa un bledo lo que

piense la gente de mí, pero si tienes algún asunto pendiente con tu ex novio...

—No, ninguno —contestó ella—. Bueno, eso no es del todo cierto. Puede que sí lo tenga, porque, si ahora mismo apareciera aquí y tuviera una pistola, me costaría mucho no pegarle un tiro.

—¿Ves? Que me peguen un tiro no es lo que más me apetece. Por eso te preguntaba qué te había hecho.

Jillian no pudo evitar echarse a reír.

—Estás completamente a salvo. Ni su conducta ni su ofensa pueden darse por segunda vez y, además, no quiero volver a tener novio. Y punto.

Colin se inclinó hacia ella.

—Pero ¿quieres sentar la cabeza alguna vez, o algo así? ¿Tener una relación seria, casarte, todo eso? ¿Algún día? Porque yo tengo otros planes y no quiero que toda la gente del pueblo la tome conmigo y se compadezca de ti, y se enfade con Luke y Shelby por haberme dejado venir.

—Lo sé, Colin —dijo ella antes de beber un sorbo de vino—. Tienes en mente el Serengueti. La caza mayor, la posible prolongación de tu carrera como piloto y una vida menos rutinaria...

—¿Es posible que lo entiendas de veras? —preguntó él.

—Creo que sí. Además, no estoy buscando una relación de pareja. No quiero tenerla —sacudió de nuevo la cabeza—. Y creo que tú tampoco.

Colin negó con la cabeza.

—Pero sería una pena que dejaras de pintar —añadió Jillian—. No sé mucho de arte, pero sospecho que eres un pintor excepcional.

Colin se acercó un poco más a ella. Sintió que su mirada se encendía al mirarla. Que sus ojos brillaban.

—Bueno, el caso es, Jilly, que... ¿Recuerdas eso que te dijo tu mentor de que siempre había que saber qué iba a hacer uno a continuación? Pues pintar es lo que quiero hacer después. No puedo volar eternamente. En cambio, pintar puedo hacerlo mientras sea capaz de sostener un pincel. Pero preferiría que fuera más adelante. Puedo seguir volando otros veinte años, y mientras vuelo también podría pintar e ir mejorando para que, cuando deje de volar, pueda dedicarme a la pintura. ¿Entiendes lo que digo?

Ella asintió con la cabeza.

—Parece muy razonable, Colin. ¿Por qué lo dices con tanto énfasis? —preguntó.

—Porque no quiero tener novia —contestó él tajantemente.

—Es lógico —repuso Jill—. Entiendo que complicaría mucho tus planes. Sin embargo, tengo la clara impresión de que quieres algo.

Él estiró uno de sus largos brazos y comenzó a juguetear con su pelo.

—Llevo todo el día pensando en ti. Pero empecé a pensar en ti antes de hoy. En ti y en tus verduritas, en tu estrategia corporativa y en tus pecas. Y en otras cosas.

—Sí, te sorprendí mirándome. En eso también estamos empatados.

Colin se rio. Hasta ese momento no se había dado cuenta de lo sexy que podía ser el sentido del humor.

—El caso es, Jilly, que no solo me siento atraído por ti. La verdad es que me gustas.

—Ten cuidado, Colin. No me gustaría que lo pasaras mal —le sonrió.

Colin agarró los dos extremos de su chal y tiró de ellos.

—Ven aquí —dijo, atrayéndola hacia sí. Pasó una mano por su nuca, bajo el pelo, se inclinó hacia ella y le dio un beso muy breve. Una prueba.

—Nunca había besado a un hombre con barba —dijo ella.

—Tendrás que decirme si te gusta —se apoderó de su boca más seriamente, acariciando sus labios hasta que se abrieron y recorriendo luego el suave interior de su boca con la lengua.

Jillian gimió y le rodeó el cuello con los brazos. Colin besó su cuello y susurró:

—Dios, Jilly, qué bien hueles.

—A jabón —contestó ella en voz baja—. Tú también te has duchado.

—¿Lo teníamos planeado? —preguntó él.

—Pensaba impedirte que hicieras esto —contestó ella. Pero ella también se había pasado el día pensando en él—. El problema es que yo también he estado pensando en ti. Y si te soy sincera, no me desagradaba la idea —añadió, arrimándose un poco más a él. «Porque esto no es una relación de pareja», se dijo. «Es una especie de aventura. No se parece a nada que yo haya vivido». Y, curiosamente, le asustaba un poco.

Colin la atrajo un poco más hacia sí, la sentó sobre su regazo y la besó con ansia. Apretándola contra su pecho, le comió la boca con besos profundos, ardientes, arrebatadores. Gimió, suspiró. Y cuando deslizó la mano bajo su camiseta y comenzó a acariciar uno de sus pechos desnudos, ella echó al cabeza hacia atrás con un gemido delicioso. Colin le hizo colocar las piernas de modo que se sentara a horcajadas sobre él. El instinto se apoderó de ella. Se apretó contra él. Quizá pensara que era poco práctico complicarse la vida con un hombre, y más aún con aquel, pero lo cierto era que se sentía extremadamente bien.

Colin se inclinó de pronto hacia ella y, agarrándola por la cintura, la apretó contra su miembro erecto.

—Uf, Dios —dijo, restregándose contra ella—, me encanta.

A Jillian le encantaba el sabor de su boca. Hundió los dedos entre su largo pelo, soltándolo de la coleta. Dios, todo aquel pelo denso y rizado... Lo que habría dado ella por tener un pelo así. No recordaba haber deseado nunca a un hombre tan repentinamente y con tanta fuerza. No tenía ninguna intención de pensárselo. Iba a lanzarse de cabeza. Y lo único que en ese instante deseaba de verdad era que Colin se hundiera en ella.

Él le levantó la camiseta para mirar sus pechos y ella le dirigió la boca hacia uno de sus pezones. Soltando un gruñido, Colin comenzó a lamerlo y a metérselo en la boca, donde al instante se convirtió en un guijarro duro, del tamaño justo. Lo chupó con ansia, haciendo suaves ruiditos.

Sintió que la pasión se apoderaba de él, y Jillian comenzó a restregarse contra él, frotando la pelvis contra su cuerpo. Estaba a punto de perder la cabeza por completo. Puso las manos sobre sus pechos y susurró contra su boca abierta:

—Dios, cómo te deseo...

—Umm...

—No podemos.

—¿No podemos qué? —preguntó ella, contoneándose deliciosamente.

—No tengo nada. Preservativos, quiero decir.

—¿Por qué no? —gimió ella, desesperada.

—Porque la última vez que me acosté con alguien fue poco antes de que me sacaran de ese helicóptero en llamas. Pero me encargaré de ello. Estaba deseando que pasara esto, pero no sabía que pasaría tan pronto.

Jillian puso las manos sobre sus mejillas y lo miró a los ojos.

—¡Encárgate de ello ahora mismo!

—Tranquila, Jilly. Esperar un día más no va a matarnos.

—¡Puede que sí!

Él se rio.

—No sabía que lo nuestro iba a ser tan rápido. De lo contrario, habría venido mejor preparado. Lo siento.

—Bueno, pues vamos a... Ya sabes —exhaló un profundo suspiro—. Vamos a hacer algo para lo que no se necesiten preservativos.

—No puedo —contestó él, y besó su cuello—. Si me acerco un poco más a tu piel, si te saboreo, perderé la cabeza por completo y haré una tontería, quiera o no quiera. Estoy demasiado excitado. No puedo controlarme.

—¡Colin, no puedes hacerme esto! ¡Has sido tú quien ha empezado!

—Lo sé, lo sé. No estaba pensando, lo cual me sucede mucho

cuando estoy contigo. Pero volveré, Jilly, y merecerá la pena haber esperado.

—¡Pues a lo mejor yo te doy calabazas! —exclamó ella.

Colin se rio.

—Me encantas. Eres perfecta. Pero tenemos que parar. Enseguida.

—No te atrevas a dejarme así —acarició su barba—. No pasará nada. Es un buen momento de mi ciclo, podemos arriesgarnos, y siempre está la píldora del día siguiente...

—Me asusta demasiado —contestó él, sacudiendo la cabeza. Demasiado riesgo—. La primera vez tenemos que hacerlo bien —la bajó suavemente de su regazo—. Tengo que irme mientras todavía puedo caminar.

Ella estaba casi jadeando.

Colin se inclinó y la besó en los labios.

—Nos veremos pronto. Y la próxima vez no te dejaré así. Ve a darte un buen baño de espuma y... En fin, seguro que estarás perfectamente —sonrió.

—¡Si me dejas así, no te molestes en volver! —exclamó ella, malhumorada.

Colin le levantó la barbilla, la miró intensamente a los ojos y contestó:

—Volveré, claro que sí. Y tú te alegrarás, te lo prometo. No volverá a pasarnos esto —se incorporó en toda su estatura—. No pensaba que acabaríamos así, Jilly. Te compensaré.

—Más te vale —repuso ella, pero lo dijo más suavemente.

CAPÍTULO 7

Cuando Denny preguntó a Jack qué quería que supiera la gente de su situación, Jack contestó:
—Es mejor empezar por la verdad. Así hay menos detalles que recordar. A no ser que tú quieras mantenerlo en secreto. Hasta ahora, solo lo saben Mel y el Reverendo.
¿En secreto? Denny sacudió la cabeza.
—No me avergüenza. Al contrario, de hecho. Pero puede que a ti...
Jack le puso una mano sobre el hombro y dijo:
—En cuestión de sorpresas, esta es una de las mejores que me han dado. Si hay algo que lamente es no haberlo sabido antes, no haberte visto crecer. Eso va a pesarme mucho, mucho tiempo.
—Si quieres que tengamos una buena relación, más vale que te olvides de eso. No estoy enfadado. Mi madre lo hizo lo mejor que pudo. Me protegió siempre que le fue posible. Me avisó de que el marine que era mi padre podía ser un hombre muy distinto del que ella había conocido cuando tenía veinte años. Eso lo sabemos todos, Jack. Ha habido guerras y esas cosas. Algunos lo superan y otros no. Me dijo que le parecía mejor que disfrutara sabiendo que el chico con el que estuvo, el que me dio su ADN, era un buen tipo cuando ella lo conoció. Alguien de quien habría estado orgulloso —sonrió un poco—. Fue agra-

dable, saber eso. Pero también sé que mi madre no esperaba que viniera a buscarte, eso no lo tenía previsto.

—Voy a tener que llamar a mi padre —comentó Jack—. Tiene setenta y cuatro años...

—Creo que me lo dijiste, antes de ir a Sacramento en Navidad.

—Tiene una salud de hierro —añadió Jack—. Pero aun así le queda menos tiempo que a mí para llegar a conocerte.

Denny se rio.

—Nunca he tenido mucha familia, y ahora tengo un montón. Bueno, tuve abuelos cuando era muy pequeño, pero casi no me acuerdo de ellos. ¿Qué va a pensar tu familia de esto? ¿De mí? Porque tú sabes que yo no quiero nada, ¿verdad?

—Claro que sí, hijo —contestó Jack—. Mel piensa que deberíamos verificar todo esto con un análisis de sangre.

—Claro. Yo estoy dispuesto. ¿Cuándo?

—Ya veremos. Ahora mismo creo que tenemos asuntos más urgentes. Aunque ya somos amigos, tenemos que conocernos en un plano completamente distinto.

—¿Y eso cómo se hace? —preguntó Denny.

—¿Te gusta pescar? —inquirió Jack.

Denny se encogió de hombros.

—He lanzado la caña un par de veces...

—Eso no es pescar. ¿Cuándo tienes un día libre?

—Cuando se lo pida a Jillian —repuso el chico.

—Pues pídele un día y te enseñaré a pescar de verdad. A pescar con mosca. Es lo mejor que se me ocurre para que dos hombres adultos lleguen a conocerse mejor.

—Suena bien —dijo Denny, riendo.

—Pero de todos modos voy a llamar a mi padre —añadió Jack—. ¿Crees que por fin soy lo suficientemente mayor como para que no me castigue?

Jillian tenía una cita para practicar sexo, pero no sabía cuándo, ni dónde.

Al día siguiente de estar con Colin estuvo atareada en la finca, trabajando sin orden ni concierto, y de vez en cuando sentía que le ardían las mejillas al recordar que no solo había estado a punto de hacer el amor con él en el porche de atrás, sino que le había suplicado a gritos que no la dejara a medias. ¿Debía pedirle disculpas? ¿Y qué le diría exactamente? ¿«Siento haber sido tan facilona, tan fogosa y exigente»?

Nunca antes se había ofrecido así, en bandeja. Nunca. ¡Y ello después de afirmar que no le interesaba en absoluto tener un novio o una relación de pareja! ¿Acaso el sexo no era una relación de pareja? ¡Por amor de Dios!

No se había acostado con muchos hombres, pero siempre les había obligado a esforzarse para conseguirla. Siempre había tenido expectativas de que esas relaciones duraran. Si no, no habría llegado tan lejos. Cuando Kurt la había perseguido, lo había mantenido a distancia un par de meses, hasta que había cedido por fin, y lo cierto era que no le habría costado ningún trabajo haber seguido dándole largas.

Y sin embargo con Colin... Era posiblemente el hombre más atractivo al que había besado, y sin embargo lo único que esperaba de su relación era que ninguno de los dos se hiciera ilusiones.

Claro que nunca había conocido a un hombre como Colin. Había algo en él que la hacía desearlo locamente.

—¿Se encuentra bien, señorita Matlock? Digo, Jillian —preguntó Denny.

—¿Eh? —se volvió para mirarlo.

El chico estaba llevando otra bandeja de vasitos con tierra a los invernaderos.

—¿Qué has dicho?

—Le he preguntado si se encuentra bien. Parece un poco, no sé, acalorada. Y está muy callada.

—Lo siento, estoy concentrada —dijo mientras seguía etiquetando vasitos con semillas—. Pero estoy bien.

De hecho, estaba excitada. Cada vez que pensaba en Colin

sentándola sobre su regazo, cuando se acordaba de cómo se había restregado contra su erección, volvía a recorrerla una sacudida eléctrica. Aquello resultaba tan desconcertante como erótico. Había conocido a muchos hombres atrayentes en su vida y no era la primera vez que sentía el ardor del deseo, pero nunca de manera tan intensa, tan instantánea, tan poderosa. Había una química brutal entre Colin y ella.

¿Y si él llegaba a la conclusión de que no le convenía volver después de cómo se había comportado ella?

No estaba acostumbrada a situaciones como aquella. En el mundo que ella conocía, la gente se intercambiaba los números de teléfono y, si un hombre te interesaba, le dabas tu tarjeta de visita, tu dirección de e-mail y tu número de la oficina. No te abalanzabas sobre él como una gata hambrienta en el porche de atrás y luego le gritabas por no llegar hasta el final. Ni siquiera sabía cómo ponerse en contacto con él, ni dónde vivía, y él solo podía contactar con ella yendo a su casa, sin cita previa.

—Me estoy volviendo completamente loca —masculló.

—¿Qué, señorita Matlock? —preguntó Denny.

—Que estoy completamente loca. ¡Pensar que puedo cultivar calabaza morada! Y, por amor de Dios, ¿quieres hacer el favor de llamarme Jillian? ¿O Jill?

Denny se rio.

—Claro, Jillian. Y si alguien puede cultivarla, seguro que eres tú. ¿Sabes?, hay una cosa que quería decirte.

Jillian se volvió hacia él.

—¿Qué, Denny?

—No sé cómo decirlo. Me gusta trabajar aquí. Supongo que no puedo decirlo de otro modo. Esto me ha enganchado. Espero que todavía me necesites cuando empiecen a brotar las semillas, cuando salga la fruta.

Ella sonrió, contenta.

—Eso está muy bien. Te mantendré ocupado todo el tiempo que pueda. Todo depende de las plantas.

—Lo sé. Si no salen bien fuertes, es que algo no funciona.

—Eso es.

—También hay otra cosa —añadió él—. Sé que tengo unos ocho años menos que tú, pero...

Ella se envaró. Se puso seria.

—No irás a pedirme que te adopte, ¿verdad, Denny?

—No —contestó, riendo—. Me estaba preguntando si podía invitarla a cenar. Sería solo al bar de Jack, pero es el mejor restaurante de por aquí.

Jillian sintió de repente un escalofrío.

—No, eso no puede ser —contestó, quizá con más aspereza de la que pretendía. Respiró hondo. Aquel chico era lo menos parecido a un conspirador que había conocido nunca—. Si cenamos juntos en el bar de Jack, lo cual me gustaría, tendríamos que pagar a escote. Trabajas para mí. Si saliera contigo, estaría explotándote.

—¿En serio? —preguntó con una risa.

—En serio —contestó ella.

—Vaya —dijo Denny—. Yo no lo vería como una explotación. Más bien, como un milagro. Pero en realidad no estaba pensando en una cita, Jillian. Era más bien para darte las gracias. Por el trabajo.

Jillian sonrió, enternecida.

—Eres un sol —dijo—. Está bien, voy a contarte un secreto. ¿Eres capaz de guardar un secreto?

—Que me arranquen la lengua de cuajo si lo cuento —afirmó él.

—Estoy saliendo con alguien, más o menos.

—Ah. Déjame adivinar. ¿El pintor?

—¿Cómo lo has adivinado? —preguntó ella, poniendo los brazos en jarras.

—No sé. ¿Porque no se me ocurre nadie más? Pero no se lo diré a nadie si no quieres.

—No es nada serio —añadió Jill, un poco avergonzada—. Nada formal. Por eso he dicho «más o menos» y no esperaba que lo adivinaras...

—No se lo diré a nadie. Pero he notado que te pones muy contenta cuando viene por aquí.

«Bueno, "contenta" no es la palabra más adecuada», pensó ella. Se ponía como loca, se derretía, se volvía salvaje y exigente... Como si de repente saliera de su cuerpo y se convirtiera en otra persona.

—Bueno, si lo del pintor no resulta, avísame —agregó Denny, riéndose de su propia broma—. En serio, señorita... Jillian, solo quería darle las gracias. No estaba pensando en declararme ni nada parecido. Se me ha ocurrido que quizá estaría bien que saliera un poco más —sonrió—. Ya sabe, conocer el pueblo.

—Eso está bien. Creo que he malinterpretado tus intenciones. Porque la regla número uno es no salir nunca con tu jefe. Siempre da mal resultado.

—Ni se me había pasado por la cabeza. Aunque reconozco que no porque seas mi jefa, sino más bien por la diferencia de edad.

—Bueno, eso también —repuso ella, y añadió—: Aunque eres muy maduro para tu edad.

Él sacó pecho y sus ojos brillaron.

—Gracias, señorita Matlock. Usted también.

Al oírle, Jillian le lanzó un puñado de abono.

Cuando eres una agricultora y no sabes en qué momento puede venir a hacerte una visita tu nuevo amante, cuesta saber cuándo es buen momento para ducharse y quitarse el polvo y la mugre. Ahora que el sol se ponía más tarde, le gustaba prolongar el día en el huerto, pero como Colin podía presentarse en cualquier momento sin avisar, mandó a Denny a casa a las cinco y fue rápidamente a ducharse.

Se afeitó las piernas por encima de las rodillas, se puso crema en todo el cuerpo, se secó el pelo con secador para que estuviera suave y esponjoso, hasta se puso un poco de maquillaje. Pero a la hora de vestirse escogió un chándal azul cielo, suave y limpio, y sus pantuflas de felpa.

Cuando salió del cuarto de la criada, allí estaba él, sentado en su sillón, con los pies en alto, hojeando un catálogo de semillas. Jillian puso los brazos en jarras y soltó un suspiro.

—He oído la ducha y no quería asustarte —comentó Colin—. Pero si de veras quieres que no entre, siempre puedes probar a cerrar con llave.

¡Claro que quería que entrara! Nunca se había alegrado tanto de ver a alguien, aunque procuró que no se le notara.

—Me sorprende un poco que hayas vuelto —dijo—. No sé qué me pasó anoche. Me parece que no fui muy amable contigo.

Colin arrojó a un lado el catálogo.

—Cuando una mujer se enfada conmigo por dejarla insatisfecha, me lo tomo muy a pecho —se levantó de la silla.

Jillian se puso colorada y él se rio.

—Ya entiendo por qué te gusta tanto este sillón —dijo—. Es estupendo. ¿Has cenado?

Ella negó con la cabeza.

—¿Quieres que te lleve a cenar? —preguntó él.

Jillian apretó los dientes y cerró los ojos con fuerza. Cuando los abrió, se lo encontró sonriendo. «¿Debo darte de comer antes de dejarte satisfecha?», parecía decir. Sus dientes, tan blancos en contraste con la barba castaña, hicieron que se derritiera.

—No inviertes mucho en las mujeres con las que sales, ¿eh, Colin? —preguntó.

—Les doy todo lo que tengo, Jilly. ¿Sabes qué me gustaría hacer? —inquirió—. Me gustaría subir al tejado y ver la puesta de sol desde allí. ¿Te apetece?

Jillian le lanzó una sonrisilla.

—Me encanta estar allí arriba. Se ve hasta muy lejos, casi hasta el mar.

—Llévame al tejado, Jilly —dijo él con voz ronca y un brillo en la mirada.

Había que subir tres tramos de escaleras para llegar al tejado, y Jillian le oyó gruñir un poco tras ella mientras subían los últimos escalones. Miró hacia atrás.

—¿Estás bien?

—Debería hacer esto más a menudo —contestó Colin—. Todavía se me agarrota la pierna, y a veces la noto muy débil. Pero te sigo.

—Ten cuidado con dónde pisas. No podré hacer gran cosa por ti si te caes del tejado —pero la terraza no era peligrosa: era llana, de unos dos metros por cuatro, y estaba rodeada por una barandilla de hierro forjado de medio metro de alto. Si aquella casa la hubieran construido en la costa en el siglo XIX, la esposa de un capitán de barco habría subido al tejado a otear el horizonte por si atisbaba unas velas, a la espera de que regresara su marido.

Al llegar arriba, Colin se quitó el sombrero, se pasó la mano por la cabeza y dijo:

—Dios —giró sobre sí mismo, contemplando la vista—. Es mejor de lo que imaginaba.

—Te gustan las alturas —comentó ella.

—Curiosamente, no tanto. La verdad es que me dan bastante miedo. A muchos pilotos les pasa. Nos gusta volar, pero no acercarnos al borde de un acantilado y esas cosas. Pero esto está muy bien. Parece muy seguro, en cierto modo —se sentó en el suelo de la terraza—. Ven aquí —dijo.

Cuando ella se sentó, la atrajo hacia sí, entre sus largas piernas, con las rodillas levantadas y le hizo apoyar la espalda contra su pecho. Pasó los brazos por su cintura y se quedaron mirando hacia la costa, hacia la puesta de sol.

—¿Lo ves? Es precioso. Tengo unas ideas buenísimas.

—Yo me siento aquí a hablar con mi hermana por teléfono —le contó ella—. En la planta baja hay mala cobertura, y también fuera, con tantos árboles. Pero aquí la cobertura es buena, y me encanta estar aquí arriba, sobre todo al amanecer y en la puesta de sol —lo miró por encima del hombro—. La primera vez que te vi, fue desde aquí.

—Por eso está esto tan limpio. Porque subes mucho.

—Lo he barrido para poder sentarme en el suelo. Pero aún no he tenido tiempo de traer unas sillas.

Colin apartó el pelo de su cuello y la besó allí.

—Umm. Qué bien —dijo. Deslizó la mano bajo su camiseta. Chupó su cuello y al mismo tiempo agarró su pecho desnudo—. Umm, aún mejor. Cuánto me alegro de que no te hayas arreglado.

Jillian se rio suavemente. Luego, él dio un leve pellizco a su pezón, y ella gimió de placer. Se apretó contra él.

—Hazme un favor, Jilly —susurró Colin—. Desátame las botas.

—Será mejor que primero me digas qué va a pasar —repuso ella.

—Lo que tú quieras —contestó con voz ronca—. Todo lo que quieras.

—¿En el tejado?

Él metió la otra mano bajo su camiseta y agarró un pecho con cada una.

—¿Con el sol poniente? —preguntó—. ¿Dulce y suavemente, despacio, hasta que pierdas el control?

—¡Qué locura!

—No vamos a caernos del tejado. Hay una valla. Además, tengo la impresión de que estás un poco loca —besó su cuello otra vez—. Eres tan osada como yo.

—Pero no lo sabía —contestó ella—. Creía que era más bien modosita —gruñendo un poco, desató los cordones de sus botas y los aflojó.

Colin se las quitó empujando con la puntera de un pie el talón del otro. Después se sacó la camiseta por la cabeza.

—Tengo cicatrices, Jilly. Creo que deberías verlas, por si te pillan por sorpresa y te asustan. Quizá no te gusten.

Jillian no quería que dejara de tocar sus pechos, pero de todos modos le apartó las manos y se volvió hacia él. Se arrodilló delante de él, entre sus piernas y observó las cicatrices. No eran terribles, pero saltaban a la vista. La piel estaba áspera y descolorida, como ondulada. La cicatriz le bajaba por el cuello y el hombro, hasta el antebrazo, y se prolongaba luego por la parte de arriba de su espalda y su pecho. También tenía un par de tatuajes: una cenefa decorativa en el brazo izquierdo y unos caracteres asiáticos en el lado derecho del pecho. La cicatriz acababa junto a los caracteres asiáticos. Jillian pasó la mano muy suavemente por la piel.

—No me dan miedo, Colin. ¿Todavía te duele?

Él sacudió la cabeza.

—A veces se me agarrota la pierna, y el codo me saca de quicio, pero voy recuperándome día a día. Estoy lo bastante bien para hacer el amor —deslizó la mano por su cuello y la atrajo hacia sí para besarla. Movió despacio los labios sobre los de ella, apasionadamente. Al mismo tiempo pasó una mano por la parte de atrás de sus pantalones de chándal y frotó suavemente su trasero. Luego le levantó la camiseta y se la sacó por la cabeza. Contuvo la respiración.

—Eres preciosa.

Jillian se rio.

—Normalita, más bien, creo.

Colin se inclinó hacia ella y lamió uno de sus pezones.

—Umm, no para mí. Eres tan preciosa que me dejas sin respiración —aún tenía la camiseta en la mano. La sacudió, alargó los brazos tras ella y la extendió en el suelo. Después la hizo tumbarse sobre ella. Se inclinó y comenzó a lamer sus pechos más en serio—. No, aquí no hay nada «normalito». Sabes aún mejor de lo que recordaba. Dios, cuánto te deseo.

—¿Y esta vez estamos preparados? —preguntó ella, un poco jadeante.

—Y listos —contestó él, y se sacó del bolsillo de atrás un paquetito de plástico cuadrado. Se lo puso en la mano—. Tú te encargas de la seguridad.

—La seguridad es lo primero —comentó ella, aceptando el preservativo.

Colin le separó las piernas y se tumbó sobre ella. La besó en la boca y comenzó a frotar su miembro erecto contra su entrepierna. Gimió.

—Santo cielo... Espero que tengas prisa.

Jillian metió una mano entre los dos y la pasó por el bulto de sus pantalones. Colin dejó escapar otro gemido.

—Cariño —dijo él con voz crispada—, necesito quitarte estos pantalones, en serio —comenzó a tirar de ellos mientras hablaba—. En serio. Y rápido.

—Así va a ser más duro aguantarnos. Y vamos a ir más deprisa.

—Nena, no creo que esto pueda ponerse más duro. Y vamos a tener que ir deprisa, porque estoy a punto de estallar. Me pones a cien.

Jillian no se resistió. Dejó que le bajara los pantalones y se los quitara. Colin los lanzó a su espalda y la miró a la luz del atardecer. Su respiración se aceleró.

—Uf —dijo, y cubrió con la mano su sexo en una suave caricia, hundiendo un dedo entre los pliegues suaves y húmedo—. Ah, qué bien. Qué bien.

Jillian echó mano de su bragueta, le bajó la cremallera y deslizó la mano dentro para tocarlo un momento, pero justo entonces Colin comenzó a acariciar su clítoris con los dedos y estuvo a punto de perder la cabeza. Tumbándose de espaldas, se arqueó hacia él.

Colin la cubrió con su cuerpo y devoró su boca con ansia, jugueteando con su lengua. Después se deslizó hacia abajo, sin dejar de lamerla, chupó sus pechos, besó su vientre y, abriéndole las piernas, hundió la lengua en su sexo, gimiendo de placer. Ella agarró su cabeza, levantó las caderas, pegándolas a su cara, y dejó escapar sonidos ansiosos mientras Colin la atormentaba con besos exquisitos.

Después, él se paró y acercó su boca a la de ella.

—Sabes de maravilla. Podría emborracharme de ti. Quiero estar ahí abajo horas y horas.

—Umm —gimió ella—. De acuerdo —contestó con voz débil.

Colin se rio y le quitó el preservativo de la mano.

—Ya no estás a cargo de la seguridad. No estás prestando atención.

—Lo estoy, ya lo creo que lo estoy —musitó ella, pero no abrió los ojos y le tendió los brazos—. Ay, Dios —suspiró—. Date prisa.

—De eso se trata —contestó él—. Jilly, necesito estar dentro de ti. Dime que estás lista.

Jillian lo sintió entonces, sintió que se colocaba sobre ella aguantándose en un solo brazo y que su miembro se apretaba suavemente contra su sexo.

—¿Estás bien, cariño? —preguntó él con un susurro.

—Perfectamente —bajó la mano para tocarlo, para rodear su verga, para guiarlo. Y al darse cuenta de lo larga y gruesa que era, suspiró ansiosamente. Quizá sofocó un grito de asombro. Nunca había tocado un pene tan grande.

—¿Te preocupa? —preguntó él.

—Me preocupa —contestó— y al mismo tiempo me muero de ganas.

—Vamos a intentar ir despacio y suavemente —dijo Colin—. No voy a hacerte daño.

Acarició su clítoris un par de veces más al mismo tiempo que se apoderaba de su boca y la penetraba con una acometida larga y lenta. Después de hundirse en ella, se quedó quieto mientras Jillian se acostumbraba a él. Luego comenzó a moverse, despacio al principio, cada vez más aprisa y con más fuerza cuando ella levantó las rodillas y comenzó a empujar contra él. Chupó uno de sus pezones y ella echó la cabeza hacia atrás, clavó los talones para arquear la pelvis hacia él y dejó escapar un grito. Colin sintió que su sexo se contraía, se estremecía y vibraba, empapando su verga con un líquido caliente.

—Sí, cariño —susurró contra sus labios—. Eso es, eso es.

La sujetó con fuerza contra su cuerpo, agarrándola con

una mano por el trasero, aguantó todo lo que pudo y, cuando sintió que había terminado, se hundió en ella varias veces, con embestidas fuertes y largas, dejándose ir. Vio con asombro que Jillian comenzaba a correrse otra vez y el placer que ello le produjo lo transportó a otra dimensión. Quiso decirle algo perfecto, decirle lo bella y libre que era, pero solo le salieron una serie de gruñidos y de sonidos ininteligibles y llenos de agradecimiento. Cuando todo acabó, dijo casi sin aliento:

—Dios mío. ¡Qué delicia! ¡Qué delicia!

Jillian quedó completamente inerme en sus brazos, con la cabeza colgando a un lado, los ojos cerrados y una tenue sonrisa en los labios. Él pasó los brazos bajo sus hombros e intentó levantarla, pero Jillian dejó caer la cabeza hacia atrás. Colin se rio suavemente, besó su cuello y preguntó:

—¿Estás completamente inconsciente?

—Puede ser —contestó—. Ayyyy...

—Tienes que vestirte —murmuró él entre besos.

—Todavía no. Dentro de un minuto —levantó la pelvis para que él siguiera donde estaba, dentro de ella.

—Se está poniendo el sol. No quiero que te enfríes.

—Entonces quédate donde estás y no me enfriaré.

—Jilly, Jilly, qué avariciosa eres.

—Tú también lo serías si estuvieras en mi lugar.

Colin se apartó y se puso en cuclillas entre sus rodillas dobladas.

—Jo —protestó ella.

—Luego te dejaré inconsciente otra vez —contestó él—. Esta noche te vienes a casa conmigo.

—¿Por qué? —preguntó mientras luchaba por incorporarse.

—Porque yo tengo una cama.

—¿Tienes comida?

—Nada sofisticado, pero tengo comida.

—Podrías hacerme el desayuno para cenar —estiró los brazos hacia atrás para recoger su camiseta.

Colin se la sostuvo para que se la pusiera. Luego, Jillian palpó el suelo a su alrededor.

—¿Dónde están mis pantalones?

Había anochecido y se pusieron los dos a palpar el suelo en busca de la ropa. Por fin, Colin se inclinó sobre la barandilla de hierro forjado y dijo:

—Oh, oh.

Jillian se asomó por encima de la barandilla y vio en el tejado del solario de la segunda planta una bota y una camiseta de hombre, un sombrero de vaquero, una pantufla de mujer, unos pantalones de chándal de color azul claro y un paquetito de plástico dorado, abierto y vacío. Miró a Colin:

—En fin, eso lo resume todo.

Jillian pensaba que, habiendo sido tan absolutamente satisfactoria su experiencia en el tejado, se quedaría satisfecha para un buen rato. Al menos, para que les diera tiempo a cenar. Pero no. Para cuando Colin la condujo al interior del bosque, a su cabaña, estaba otra vez loca de deseo por él. Y cuando la agarró por la cintura y la llevó suavemente hacia su cama, él estaba en el mismo estado.

Jillian nunca había vivido una experiencia sexual como aquella. Era como si Colin conociera desde siempre su cuerpo y sus deseos. La volvía loca, le hacía suplicar y la condujo a una serie de orgasmos que la sacudieron hasta la médula. De nuevo se desplomó en sus brazos, jadeante, y él volvió a reírse, orgulloso.

Después llegó la ducha y, a continuación, la cena. Luego Jillian dijo:

—Seguramente deberías llevarme a casa.

—¿Por qué? ¿Es que tienes algo mejor en casa? ¿Qué prefieres: ver catálogos de semillas en tu sillón, o tenerme a tu lado, desnudo y listo por si me necesitas?

—Si lo pones así...

Colin la atrajo hacia sí y dijo:

—Duerme conmigo esta noche, Jilly. Te prometo dos cosas: que no intentaré que me dediques todas tus noches.

—Esa es una. ¿Y la otra?

—Que voy a tener que comprarte una cama. No creo que pueda hacerlo en ese sillón y no pienso volver a subir al tejado.

Así pues, se quedó a pasar la noche con él. Acurrucada contra el calor de su cuerpo, durmió profundamente y, cuando se despertó notando que sus manos la acariciaban con ternura, se volvió y se abrió de nuevo para él. Era como un capullo de rosa que florecía vertiginosamente, lleno de los colores del placer y colmado de gozo. Colin sacudió su mundo hasta los cimientos. Y, a juzgar por cómo se estremeció y gimió de placer, ella hizo lo mismo con el suyo.

Jillian era consciente de que aquella experiencia difería profundamente de cualquier otra que hubiera tenido antes. Por lo general se sentía vulnerable e insegura hasta que pasaba un tiempo y llegaba a conocer íntimamente a un hombre. Con Colin, al que apenas conocía, se sentía totalmente a salvo y protegida. Y aunque normalmente tardaba un tiempo en entregar su confianza y desprenderse de sus inhibiciones, con Colin no se guardaba nada. Le sorprendió la fuerza de su propia voz cuando gritó de placer, y el sonido rasposo y susurrante de la de él instándola a dejarse ir. A olvidarse de todo.

Era la primera noche que pasaba con él y en lugar de cohibirse hasta que lo conociera mejor, se descubrió deslizándose por su cuerpo para meterse su pene en la boca. Con las manos entre su pelo, Colin gruñó de placer y ella experimentó un profundo arrebato de deseo. Y cuando no pudo aguantar más, Colin la hizo levantarse, le dio la vuelta con gesto rápido y hábil, se puso un preservativo y la condujo a cotas de placer que Jillian no recordaba haber conocido nunca.

Se sentía absolutamente inerte y colmada, satisfecha hasta el fondo de su alma. Y durmió en brazos de su amante como no lo había hecho nunca antes. Al alba abrió los ojos y lo descubrió mirándola y apartándole suavemente el pelo de la frente. Colin le dio un corto beso.

—Jilly, creo que esta ha sido la mejor noche de mi vida.

Ella le puso las manos en las mejillas.

—Gracias, Colin. Gracias por decir eso.

—Entre tú y yo hay algo especial.

Jill se rio alegremente.

—Lo ha habido varias veces esta noche. ¿Es que nunca te cansas?

—Contigo, no. Justo cuando creo que estoy saciado, te toco y siento otra vez esa ansia. Ya es de día, deberíamos levantarnos.

—Deberíamos.

—¿Puedes soportarme una vez más? —preguntó él al tiempo que pasaba los dedos por sus labios, hinchados y enrojecidos por tantos besos—. ¿Una sola vez más si te prometo que será suave?

—Puede que una vez más —susurró antes de meterse su dedo en la boca y chuparlo. Lo soltó y dijo—: Y no hace falta que sea demasiado suave.

Colin gimió.

—Nena, me vuelves loco.

—Además de hacerte otras cosas —contestó ella, riendo.

Pero Colin no se reía. La penetró al instante y comenzó a mecerla, a devorarla, a llevarla hacia su límite absoluto, y se precipitó con ella en el dulce abismo del placer más puro y cegador.

Cuando consiguió recobrar el aliento, Jillian solo pudo decir:

—¡Ah, Colin!

CAPÍTULO 8

Jillian ni siquiera había pensado en qué iba a hacer para recuperar la ropa, el calzado y las otras cosas que habían caído al tejado del solario, pero al parecer Colin sí. Cuando la llevó a casa después de su primera noche juntos, examinó el solario desde dentro y vio un par de claraboyas. Volvió un rato después con una escalera de mano y un destornillador, se subió a la escalera, quitó una claraboya, asomó la cabeza por el agujero, metió el palo de un cepillo por él y lo usó para recuperar la ropa.

—Gracias —dijo Jillian—. A mí no se me habría ocurrido.

—No hay de qué. Me gustan mucho esas botas y sé que tú les tienes mucho cariño a tus zapatillas peludas —le levantó la barbilla para darle un beso de despedida—. ¿Vendrás a mi cabaña esta noche?

—No podrás impedírmelo.

Jillian comenzó a ir a la cabaña de Colin en el monte cada día, cuando se ponía el sol y acababa la jornada. Le encantaba que él preguntara todas las mañanas si esa noche volvería, porque no sabía cómo confesarle que dormir con él era tan delicioso que quería pasar todas las noches entre sus brazos. Él, sin embargo, nunca la ponía en ese brete. Se limitaba a decirle cuánto deseaba tenerla a su lado.

—Hablas en sueños —le informó él.

—¡Venga ya!

—Murmullas cosas acerca de turba, estiércol, tiestos y tijeras de podar. No sobre mí o sobre el sexo o sobre lo que quieres que te haga a continuación, sino sobre tu huerto.

—¿Te sientes ofendido? ¿Desairado?

—No —contestó con una sonrisa—. Porque cuando estás despierta me gritas lo que quieres, lo que necesitas, lo que sientes y lo que vas a hacerme. Cariño, me siento cualquier cosa menos desairado.

Cuatro días después de su primera noche juntos, unos operarios llevaron una cama a casa de Jillian y la instalaron en el cuarto de abajo. Colin no había vuelto a hablar de ello desde aquella primera noche, y esa tarde Jillian dejó a Denny a cargo del huerto y se fue a Fortuna a comprar sábanas y algo de comer. ¿Iría él a estrenar la cama, sabiendo que ya se la habían llevado?

En efecto, fue.

Cada mañana decidían dónde pasarían la noche. A veces, en la casona victoriana; otras, en la pequeña cabaña del bosque, junto al riachuelo. A Jillian le encantaba el riachuelo por las noches, cuando la luz de la luna se colaba entre los altos árboles y, al alba, cuando los animales se acercaban a beber cautelosamente.

—No había tenido tanto sexo en toda mi vida —le confesó—. Me sorprende que pueda caminar.

—Tiene gracia, yo camino mejor que nunca —repuso él.

Lo que más extrañaba a Jillian era que nunca se había sentido tan segura en una relación, a pesar de que posiblemente debería sentirse muy vulnerable. Se habían embarcado en aquella aventura impulsados por una atracción física, conscientes de que aquel verano era para ambos un paréntesis durante el cual replantearse sus vidas, unas vidas en las que no había cabida para el otro. Colin iba a irse en busca de animales salvajes, con la esperanza, quizá, de encontrar trabajo como piloto en otro país. Y ella seguramente no pasaría mucho más tiempo en una mansión victoriana de seis habitaciones cuando solo necesitaba una casita en la que vivir y un montón de terreno para su huerto. Todo aquello era temporal y sin embargo parecía tan estable, tan permanente...

Mantuvo sus sentimientos en secreto un par de semanas y se concentró en poner en marcha su huerto. Hizo instalar un sistema de riego en los invernaderos, compró las lámparas que le había recomendado Dan Brady y le pagó para que ayudara a Denny a montarlas. Denny fue a buscar los generadores que le sugirió Brady como alternativa a llevar luz desde la casona hasta el prado, y los instalaron entre los dos.

De día, ella trabajaba en el huerto y Colin pintaba. De noche, cenaban juntos y luego se tumbaban el uno en brazos del otro. A veces hacían el amor salvajemente y otra disfrutaban de la dulce comodidad de estar juntos.

En abril empezaron a asomar los primeros brotes, llenos de vigor. Jillian sonrió al verlos. Los besó. Estaba convencida de que la plenitud que sentía se comunicaba a las plantas y sabía que serían fuertes y sanas. Cuando tocaba el suelo, lo hacía con dedos que guardaban aún el recuerdo del amor físico más poderoso y bello que cupiera imaginar, y creía que las semillas lo notaban y respondían a aquella energía.

Luego, finalmente, mientras hablaba un día con su hermana, le dijo:

—Estoy teniendo una aventura amorosa.

—¿En serio? —preguntó Kelly con una risa—. Pensaba que habías jurado pasar de los hombres. No te ha durado mucho. ¿Quién es el afortunado?

Jillian le habló de Colin, de cómo lo había conocido y de cómo reaccionaba ante él como si estuvieran hechos el uno para el otro. Le contó que él pensaba irse al final del verano y que ella no estaba segura de dónde se instalaría. Todo dependía de la cosecha. Era probable que después de la cosecha de otoño desmontara los invernaderos y empezara a buscar una finca idónea para sus huertos.

—Si consigo una buena cosecha orgánica, puede que este sea mi nuevo trabajo.

—Espera, espera, espera —dijo Kelly—. ¿Estás enamorada?

—No sé. ¿Tengo que estarlo? Nunca había experimentado nada parecido a esto. Estamos tan a gusto juntos que casi da miedo.

—Pero ¿se acabará todo en septiembre? —preguntó su hermana.

—Nos metimos en esto sabiendo que cada uno iba a tirar por su lado, que solo era temporal. Nunca me había sentido tan bien con un hombre. Tiene gracia, ¿verdad? En todas mis relaciones anteriores, me preocupaba solo por el futuro, pensaba constantemente hacia dónde se dirigía la relación. Esta vez estoy centrada en el presente. Y es fantástico.

—Pero, Jillian, ¿vas a cambiar de planes? ¿A pedirle que cambie los suyos? ¿Vas a decirle que lo quieres?

Su hermana se rio.

—Ahora mismo solo pienso en despertarme cada mañana sabiendo que durante el resto del día hay un hombre maravilloso en mi vida y un montón de brotes que parecen responder a mi felicidad. Puede que esté loca o solo ilusionada, pero te juro que sus cuadros, que ya eran impresionantes desde el principio, ahora son aún mejores. También están creciendo. En serio.

—Dios mío, creo que estás alucinando. No habrás plantado nada que pueda fumarse, ¿no?

—No, pero hay un ex cultivador de marihuana que me ha dado muchos consejos sobre cómo plantar. Fue él quien me dijo cómo encontrar las semillas adecuadas, cómo regarlas y dar energía a los invernaderos. Es un hombre muy listo.

—¿Es con él con quien te estás acostando? —preguntó Kelly.

—No —Jillian se rio—. Colin también es muy listo, pero a ese otro hombre lo conocí en el bar. No es con él con quien me acuesto.

—Jesús, María y... ¿Crees que debería raptarte y desprogramarte? —preguntó Kelly enérgicamente—. ¡Tengo la sensación de que ni siquiera te conozco!

—¿A que es maravilloso? Me encantaba mi trabajo en BSS, pero, hasta que llegué aquí y metí los dedos en la tierra, no sabía que la vida pudiera ser tan satisfactoria. Hace semanas que no pienso en esa jungla.

—¡Pero Colin va a dejarte!

Jillian se puso seria.

—Oye, Kell... Sufrí durante semanas por culpa de un capullo manipulador que me tendió una trampa, me engañó y me quitó lo que era mío, lo que yo había construido. Prefiero pasar un par de meses con este hombre maravilloso que pasar seis años con el sinvergüenza de Kurt. Colin tenía previsto marcharse a África antes de que nos conociéramos, y yo ya había empezado a pensar seriamente en el huerto. Ese es el acuerdo, Kelly, así es como son las cosas. Fue lo primero que supimos los dos y es innegociable. No voy a estropear algo tan perfecto intentando cambiar a Colin según mi conveniencia. No estoy tan loca.

—Hasta ahí, suena perfecto —comentó Kelly.

—Y lo es —contestó Jillian en tono confidencial—. No sabía lo perfecta que podía ser la vida hasta que vine aquí y me puse a prueba a mí misma. Estoy preparada para afrontar eso. Es lo mejor que me ha pasado y no voy a poner barreras en el camino. Voy a vivirlo a tope, a aprovechar cada segundo. Y ahora mismo no hay duda de que él está tan contento como yo. ¿Y sabes qué? ¡Creo que de verdad mejora el cutis!

Colin se pasó por las cabañas de Luke a mediodía para ver cómo estaba la familia. Procuraba pasarse por allí de vez en cuando, porque en las últimas tres semanas no había ido ni una sola vez a cenar. Jillian y él tenían cosas mejores que hacer por las noches. Encontró a Luke, a Shelby y a Art, su ayudante, comiendo en la cocina.

—Algunas veces me encanta mi sentido de la oportunidad —comentó con una sonrisa.

Shelby sonrió y dijo:

—Siéntate. Voy a prepararte un sándwich. A mí también me encanta tu sentido de la oportunidad.

—¿Qué has estado haciendo últimamente? —preguntó Luke—. No se te ve el pelo.

Colin se encogió de hombros.

—Poca cosa. Pintar, cazar cosas para pintar... Cazarlas con la cámara, quiero decir.

Justo cuando Shelby le puso un sándwich delante, se oyó un alboroto en la habitación de arriba y su cuñada fue a ver a Brett. Art acabó de comerse su sándwich y se fue a pescar un rato. Fue entonces cuando Luke preguntó a Colin si podía cuidar de Brett unas horas el sábado por la noche.

—Claro —contestó—. ¿Por qué?

—Es por Shelby. Estos días está de vacaciones, pero el lunes vuelve a clase. Necesita salir un poco. Dentro de poco tendrá que ponerse a estudiar para los exámenes finales y, conociéndola, estoy seguro de que no pensará en otra cosa hasta que pasen. Quiero llevarla por ahí, que se tome un respiro del bebé. ¿Crees que podrás arreglártelas?

—Tenemos un acuerdo, Brett y yo —repuso Colin—. Claro que puedo arreglármelas. No habrá problema.

—Nunca te hemos dejado solo con el bebé —dijo Luke—. ¿Sabes lo que hay que hacer?

Colin se encogió de hombros.

—Anótamelo. Estaremos perfectamente.

—¿Te apetece venir a cenar esta noche? —preguntó Luke.

—Gracias, pero por hoy me conformo con el sándwich. Estoy ocupado.

—O sea que no es broma. ¡Hace semanas que no te vemos el pelo!

Colin se limitó a sonreír.

—Eso es bueno, significa que tengo cosas que hacer. Que me mantengo ocupado.

—No olvides que el mes que viene tenemos la boda de Aiden en Chico. ¿Quieres ir con nosotros en el coche?

—Gracias por recordármelo —contestó Colin—. Puede que vaya en mi coche y aproveche para echar un vistazo por allí. Quizá pase un par de días en la zona de la Bahía. Pero gracias de todos modos.

Media hora después, cuando se disponía a marcharse, se paró en el porche y miró la Harley de Luke.

—Oye, ¿puedes prestarme la moto unas horas?

—¿Puedes conducirla? —preguntó su hermano.

—Sí, mamá, puedo conducirla —contestó, riendo—. Me apetece dar una vuelta con ella por alguna pista de montaña. Te la devolveré dentro de un par de horas.

—Pesa mucho, Colin, y si estás todavía un poco...

—Estoy bien —contestó. Puso una mano sobre el hombro de Luke—. No voy a hacerme daño, ni a hacerle nada a la moto. Te lo prometo.

—No es la moto lo que me preocupa, hombre.

—Qué bonito —dijo Colin con una sonrisa traviesa, luego se echó a reír—. No pasa nada, Luke. Te la traeré antes de cenar.

—Está bien —Luke se encogió de hombros y buscó la llave en su bolsillo.

—Aquí tienes las llaves del todoterreno, por si lo necesitas. Luego nos vemos —Colin montó en la Harley y se alejó antes de que Luke pudiera cambiar de idea.

Shelby salió al porche con Brett en brazos y lo vio enfilar la carretera.

—¿Adónde va?

Luke la miró, ceñudo.

—¿No te parece que está un poco raro?

—¿Raro? —preguntó ella.

—Como muy suave y amable.

—A mí siempre me ha parecido amable.

—Pero ¿conmigo? —preguntó Luke—. Está muy tranquilo. ¿Crees que estará tomando drogas?

—Luke, no tienes motivos para sospechar eso solo porque por fin seáis capaces de llevaros bien media hora. Además, si

Colin quisiera drogas, dudo mucho que se quedara por aquí. Se iría a algún sitio donde ninguno de sus hermanos pudiera encontrarlo.

—Supongo que sí —contestó Luke—. Pero es que... no estoy acostumbrado. En fin, puede que sea solamente que empieza a sentirse mejor. No estoy acostumbrado a que esté tan amable y tranquilo. Me ha dicho que se quedaría con Brett el sábado por la noche.

—Qué bien. A ver si puedes concentrarte en mí un rato —dijo ella, sonriendo, y le dio unas palmaditas en la mejilla.

Luke le sonrió.

—Claro que puedo. De hecho, para eso no tengo que esperar al sábado por la noche. ¿Brett no va a echarse más siestas hoy?

Colin se fue a la casona y encontró a Jillian y Denny trabajando en el huerto. Ella se incorporó al oír el ruido de la moto. Cuando Colin se quitó el casco, se echó a reír y se acercó a él mientras se limpiaba las manos en los vaqueros.

—¿Se puede saber qué es esto? —preguntó.

—La Harley de mi hermano. Ven a dar una vuelta conmigo.

—Tengo trabajo. Estoy plantando.

—Trabajas siete días a la semana. Dile a Denny que se quede solo un rato. Que vas a dar una vuelta con tu novio.

—¿Te has ascendido a la categoría de novio?

Colin le guiñó un ojo.

—Entonces le diré que vas a dar una vuelta con tu esclavo sexual.

—Tienes prohibido hablar de lo nuestro —contestó ella—. Me parece que eres un liante. No puedo, Colin. Estoy toda sucia.

—Me gustas así —sonrió maliciosamente—. Venga, anda. Por favor.

Ella suspiró.

—Tengo que lavarme las manos, la cara, los dientes...

Él sacudió la cabeza.

—No tienes que ponerte de punta en blanco. De todos modos se te van a meter bichos en la boca. Date prisa. Tengo que devolver la moto antes de que mamá Luke empiece a preocuparse y mande una partida de búsqueda detrás de nosotros.

—Deja que hable con Denny.

Fue a hablar con Denny, que había seguido trabajando como si aquello no fuera con él.

—Voy a ir a dar una vuelta con Colin, Denny. Puede que vuelva antes de que acabes, o puede que no. Pero ya sabes lo que hay que hacer aquí, ¿no?

El chico la miró por encima del hombro.

—Trasplantar los plantones según el diagrama y poner los carteles.

—Exacto. Gracias.

Él le sonrió y preguntó:

—Entonces ¿ya es oficial?

Jillian sonrió antes de contestar:

—Shh. Sigue sin ser nada serio.

¡Qué mentira! Era serio, y mucho, pero eso era asunto suyo. Corrió a la casa, se lavó rápidamente, se quitó los pantalones y la camiseta sucios, agarró ropa limpia y volvió a salir tan deprisa que cualquiera habría adivinado que se moría de ganas de irse con Colin. Para él, desde luego, debía de ser evidente: estaba sonriendo. Le pasó un casco. Ella se lo puso y subió a la moto.

«¡Dios!», pensó cuando enfilaron la carretera a toda velocidad. «Esto es casi tan delicioso como el sexo». Abrazarse a él, apoyar la cabeza sobre su espalda y sentir su olor mientras aquella máquina monstruosa vibraba bajo ella.

Colin no le había dicho si iban a alguna parte en concreto. Siguió conduciendo, se desvió de la carretera y tomó un camino estrecho que subía por las colinas. Pasaron junto a alguna que otra cabaña aislada, pero subieron tan alto que dejaron de ver campos de cultivo y ganado. La carretera zigzagueaba sin cesar por la montaña, las vistas eran asombrosas, los barrancos espeluznantes, y los neumáticos levantaban una polvareda por el camino de tierra. Y a Jillian le encantaba.

Se olvidó del tiempo, pero cuando miró su reloj vio que solo llevaban media hora fuera. Colin detuvo la Harley en una meseta llena de hierba con unas vistas preciosas y se apeó. Se quitó el casco y la ayudó a bajar.

Jillian también se quitó el casco.

—¡Esto es precioso! ¿Vienes aquí a menudo?

—Es la primera vez —contestó él—. Pensaba que acabaríamos en el bosque, pero este camino parecía interesante. Hacía años que no montaba en moto.

—Pues cualquiera diría que montas todos los días.

—Hoy he estado en casa de Luke. He visto la moto y he pensado «perfecto». Tenía ganas de estar contigo a solas...

—Pero si estamos a solas todas las noches, Colin —contestó ella, riendo.

—Para hablar —explicó él.

Se quedó boquiabierta.

—¿Vas a dejarme? —preguntó—. ¡Pero si todavía ni me he acostumbrado a ti!

—No, nena —la agarró por la cintura y la atrajo hacia sí—. Voy a darte la oportunidad de dejarme.

—Pero ¿por qué iba yo a...?

—De eso es de lo que tenemos que hablar.

No pudo resistirse: le dio un beso profundo y penetrante, apretándola contra sí. Cuando la soltó, solo pudo decir:

—Uf, Dios mío, creo que me he vuelto adicto a ti.

Notando que le flaqueaban un poco las rodillas, Jillian preguntó:

—¿Pasa algo? ¿Eres un prófugo de la justicia o algo así?

Colin se sentó en la blanda hierba y tiró de ella. Se sentaron con las piernas cruzadas, uno frente al otro.

—Casi —contestó mientras la tomaba de las manos—. Ya sabes que tuve un accidente, me estrellé con el helicóptero.

Ella asintió y esperó, con los ojos como platos.

—Seguramente habría muerto, pero me salvé gracias a mis chicos, que consiguieron sacarme. Estaba muy mal.

—Estabas en estado crítico —puntualizó ella.

—¿Te lo ha dicho alguien? —preguntó, sorprendido.

Jillian se encogió de hombros.

—No, lo he supuesto.

—Sí —dijo él—. Tenía un montón de fracturas, quemaduras, etcétera. No pretendo justificarme, pero tenía muchos dolores. Me volví adicto al Oxycontin. Cuando el médico dejó de recetármelo, intenté comprarlo ilegalmente y acabé detenido. Tuve suerte y me pusieron en tratamiento, seguramente gracias a mi hermano Aiden, que acudió en mi auxilio. Todos mis hermanos tuvieron que socorrerme en un momento u otro. Era una cruz. Creo que llevo cuarenta años siéndolo. Mucha chulería y siempre a la defensiva. El caso es que pasé meses en tratamiento, primero por las heridas, luego por la adicción y después por depresión. Por eso ya no me quiere el Ejército, aunque al menos me han jubilado. Ninguna empresa de aviación civil me contrataría con esa mancha en mi historial. Al menos, eso creo. Nena, cuando llegué a estas montañas estaba medio muerto. Tengo el cuerpo lleno de cicatrices.

—¿Y crees que algo de eso va a ponerme en tu contra? —preguntó ella.

—No, sé que no. Tú tienes algo, algo único y hermoso, algo que no había conocido nunca antes. Pero tienes que saber la verdad: que si ahora soy así es en parte por el accidente, pero también por la ira que sentí al darme cuenta de que no iba a recuperar mi vida de antes. El Oxycontin, la depresión... En realidad, estaba llorando por mi vida, por la vida que había perdido. Jilly, me encantaba cómo eran las cosas antes del accidente. Me encantaba volar en ese helicóptero. Hace falta talento para manejarlo bien, para mantenerlo alejado de la línea de fuego. Cuanto más peligroso era, más disfrutaba yo. Se me daba bien. Hacía que me sintiera tan bien que casi no puedo explicarlo.

Ella le sonrió y pasó las uñas por su barba. Colin le apretó la mano contra su mejilla.

—Cuando no estaba volando, hacía otras cosas para sentir esa emoción, esa descarga de adrenalina. Jugaba al rugby, y un poco al jockey, cuando nos juntábamos algunos amigos. Conducía a toda velocidad, me lanzaba al mar desde acantilados, hacía esquí, parapente, submarinismo, cualquier cosa que reprodujera esa emoción. Mis hermanos creen que soy un temerario. Siempre me han llamado «el loco», «el salvaje». Pero yo no me sentía temerario, ni creía que estuviera loco. Creo que, sencillamente, me gustaba arriesgarlo todo. Disfrutaba con el reto.

—Es curioso —comentó ella—. Cuando me haces el amor, no pareces un loco. Aunque sí un poco salvaje —añadió con una sonrisa—. Pero cuidas muy bien de mí.

—Así es como me sentía antes —añadió él—. Un poco salvaje, pero siempre en perfecto control.

—¿Te lanzabas al mar desde acantilados? Dijiste que no te gustaban las alturas —le recordó ella.

Colin sonrió casi con timidez.

—Eso hacía que me atrajera más hacerlo. El caso es, Jilly... que ese que pinta y sube las escaleras cojeando, ese no soy yo de verdad. Solo estoy recuperándome para volver a ser como soy de verdad. Puede que seas la mejor chica que he conocido nunca, pero aun así voy a marcharme a África y puede incluso que me quede allí, a sobrevolar la sabana.

—¿A volar por la maleza? ¿Qué quieres decir?

—Me refiero a pilotar por zonas peligrosa e inhóspitas del mundo. Después de volar en combate, es lo mejor. Y si no me gusta África, probaré en Nueva Zelanda, en Alaska o en Sudamérica. Ni siquiera descarto emplearme como mercenario, como civil en zona de guerra. Lo único que me importa es recuperar mi vida de antes. No consigo superar la sensación de que me la han robado. Algún día estaré preparado para sentar la cabeza y tomarme las cosas con más calma, pero para eso falta mucho tiempo, cariño. Ahora mismo no estoy listo para vivir en una balsa de aceite.

Jillian sonrió con ternura.

—¿Y temes que yo te lo pida?

—Un poquito, quizá —contestó, sacudiendo la cabeza—. Pero lo que más miedo me da es hacerte daño.

—¿Porque me lo das todo noche tras noche y eso se va a acabar muy pronto?

—Algo así.

—¡Pero, Colin, yo entiendo perfectamente lo de la descarga de adrenalina!

Él se echó un poco hacia atrás. Casi tartamudeó:

—No te ofendas, Jilly, pero creo que estoy hablando de algo un poco más movido que hundir semillas en la tierra y recoger tomates.

Ella se rio.

—Tú sabes que yo no soy solo una pequeña agricultora, Colin. Ayudé a construir una empresa de software importante. Trabajé ochenta horas semanales para que esa empresa fuera una de las mayores del sector. No me tiraba literalmente por acantilados, pero sí metafóricamente. Siempre apostaba al máximo. La presión era muy fuerte, el riesgo, muy alto, la posibilidad de fracaso, extrema y el potencial de éxito, gigantesco. ¡Y me encantaba! ¡Me encantaba! Cada vez que teníamos éxito, era como si hubiera ganado un oro olímpico —se rio—. O, mejor dicho, cada vez que no fracasábamos. Entregué cada día, cada fin de semana, cada día de fiesta, para que esa empresa siguiera teniendo éxito. Llama a Harry Benedict y pregúntale qué tres ejecutivos lo ayudaron a convertir BSS en una empresa multimillonaria y entre ellos estaré yo, te lo garantizo. Cuando me quitaron eso, estuve a punto de derrumbarme. Fue difícil aprender a vivir sin el riesgo, sin la presión diaria.

Colin se quedó perplejo un momento.

—Pero conseguiste apartarte de ese mundo y empezar a plantar semillitas en la tierra y...

Ella sacudió la cabeza.

—Me echaron, que es lo que suele ocurrir cuando una nada

con tiburones. Y estuve a punto de hundirme. Rescindieron mi contrato aunque Harry, mi ex jefe, lo considere una excedencia. Me dijo que me tomara un descanso para reflexionar, para aprender a relajarme. Quizás haya oportunidad de que vuelva a BSS. Eso está aún en el aire. Pero por ahora me dedico a trabajar en el huerto y a reflexionar, y cada día me siento más como una persona real. Pero no creo que haya perdido mi empuje, Colin. Sigo sintiéndolo dentro de mí todos los días, esa especie de arrebato.

»No voy a intentar cambiarte, Colin. Lo entiendo. Y sé lo que se siente cuando te roban una vida que te parecía perfecta —se encogió de hombros—. Tú hazlo a tu modo, ve en busca de la gran aventura. Yo lo haré al mío. No quiero que sientas que te falta algo. No soy de esa clase de personas.

Él pareció un poco asombrado.

—Bueno, eso te convierte en la primera mujer de la historia que no se enfada porque su novio se va en busca de emociones.

Ella se echó a reír.

—Eres un arrogante —dijo—. Das por sentado que eres el único que tiene sueños y aspiraciones. Me gusta lo que estoy haciendo y, aunque no me hayas invitado, no quiero ir a África, a Alaska o a Nueva Zelanda. Pero deberíamos llegar a un acuerdo.

—¿A cuál? —preguntó él.

—Antes de que te marches, deberías intentar vender un cuadro o dos, solo para ver qué pasa. No porque eso vaya a impedir que te marches, sino para demostrarte lo que puedes hacer más adelante. Creo que no conoces tus posibilidades. Creo que ninguno de nosotros sabe en realidad los talentos que tiene o cómo es hasta que se arriesga, hasta que se pone a prueba. Tú estás absolutamente dispuesto a arriesgar tu vida, pero tienes miedo de arriesgar tu ego o tu arte. Eres un cobardica, Colin —añadió con una sonrisa.

Él se había quedado sin habla. Nunca había conocido a una mujer como aquella.

—Entonces —dijo por fin—, ¿crees que volverás a BSS?

—No lo sé, francamente. Algunos días pienso que sí. Y otros siento que esa parte de mi vida está cada vez más lejos. Ahora mi vida es muy tranquila, muy sosegada, pero soy feliz.

Colin pareció un poco desconcertado.

—Pero ¿qué vas a hacer para satisfacer ese impulso, esa necesidad de riesgo?

Ella le sonrió. Pasó las uñas por su barba.

—Para eso te tengo a ti —contestó en voz baja, y se inclinó hacia él.

Colin tardó un momento en reaccionar. Luego, de repente, la tumbó en el suelo y se apoderó de su boca con ansia. Cuando dejó de besarla estaba sin aliento y sus ojos brillaban como ascuas.

—Creo que tengo que poseerte aquí mismo, enseguida.

Jillian pasó los dedos por su pelo largo y rizado.

—De esto sí que me va a costar prescindir.

CAPÍTULO 9

Cuando llegó la noche de su salida, a Luke le costó concentrarse en su mujer. No conseguía quitarse de la cabeza a su hermano Colin. Esa tarde, cuando había ido a cuidar de Brett, había llevado a una mujer, y no a cualquiera, ¡sino nada menos que a Jillian Matlock! Luke no pudo dejar de pensar en la extraña pareja que formaban mientras cenaba con Shelby en Arcata.

—No sé por qué te sorprende tanto —comentó su mujer—. Hacen muy buena pareja. Y Jillian es muy simpática.

—Colin es un desastre. Está hecho un asco —repuso Luke—. Imagino que antes no estaba mal, si te gustan los grandullones bobalicones, pero ¡míralo ahora!

Shelby sacudió la cabeza.

—No sé qué te pasa. Colin es un hombre muy guapo. La cicatriz del accidente no lo afea en absoluto. Y está muy lejos de ser un bobalicón. Luke —añadió con gravedad—, algunas veces agotas mi paciencia.

—No es por las cicatrices de las quemaduras, que reconozco que casi no se notan. Pero ¿qué me dices del pelo largo y la barba? Tú no lo entiendes, Shelby. Colin no es más que un patán, igual que yo, y Jillian es la vicepresidenta de una gran empresa, o algo por el estilo. Supuse que había venido y se había puesto a cavar en el huerto porque no tenía trabajo. Pero es rica, ganó un montón de dinero en la industria informática. Y aunque no supiera eso de ella, sabría que es muy lista. Muy, muy lista. Mucho más lista que cualquier Riordan que yo conozca.

—¡Qué tontería! Todos los Riordan sois inteligentes y guapos. Por amor de Dios, Aiden es médico.

—Bueno, pero es Aiden —contestó Luke mientras cortaba un trozo de filete—. Y Aiden siempre ha sido un empollón.

Shelby meneó la cabeza. Los Riordan eran todos guapísimos y muy inteligentes, pese a la estulticia que estaba demostrando su marido en ese momento.

—Pero eso no es todo, Shelby. A Colin no le van las chicas listas, elegantes y guapas como Jillian, te lo digo yo. A él le van más las bailarinas de striptease —masticó el filete pensativamente. Tragó—. Claro que a mí también me iban. Todavía no me explico cómo tuve la suerte de encontrarte. Tú estás muy por encima de mis posibilidades.

Ella levantó una ceja.

—¿Intentas ligar conmigo?

—No lo digo para halagarte, nena. ¡Es la pura verdad! —sacudió la cabeza—. ¡Y pensar que ha sido Jillian quien ha convertido a Colin en un gatito! Yo pensaba que estaba tomando drogas —masticó otro trozo de filete—. Me muero de ganas de contárselo a Aiden.

—¿Por qué no te ocupas de tus asuntos, para variar? —preguntó ella.

Luke se encogió de hombros.

—Porque soy un Riordan —contestó con sencillez.

Esa noche, mucho después, después de tomar café y tarta con Colin y Jillian, demasiado tarde ya para llamar a nadie, Luke marcó el número de su hermano Aiden.

—¿Qué pasa? —contestó Aiden, malhumorado.

—No habré despertado a Erin, ¿verdad? —preguntó Luke—. Lo siento si la he despertado, pero esto no podía esperar.

—¿Estás borracho o qué?

—Colin tiene novia. Estaba tan relajado y tan amable que pensé que estaba tomando drogas, pero no: era una mujer.

—Menuda novedad —contestó Aiden—. Colin siempre tiene una novia en alguna parte. ¿Para eso me llamas? Y, además, ¿a qué viene contármelo a...? —se detuvo como si echara un vistazo al reloj—. ¡Santo cielo, son las once y media! ¡Las únicas personas que tienen permitido llamarme a las once y media son embarazadas a punto de dar a luz!

—Esta te dejaría sin habla —añadió Luke—. No solo es más lista que el hambre. Creo que además está forrada, ¡y es preciosa! Casi siempre la veo con la ropa que se pone para trabajar en el huerto, pero es tan guapa que hasta así parece que va vestida de alta costura. Y es un sol, de verdad. ¡Hasta tiene pecas!

—Me alegro por él —contestó Aiden cansinamente.

—Pero ya conoces a Colin —continuó su hermano—. A él le van más las... Shelby, cariño, tápate los oídos un momento, ¿quieres? —luego agregó, dirigiéndose de nuevo a él—: Le van más los zorrones. ¡Ay! —gritó cuando recibió una colleja.

Se le cayó el teléfono y, cuando volvió a agarrarlo, solo oyó el pitido de la línea.

Aiden había colgado.

A medida que el cielo nuboso de abril iba dando paso a una primavera soleada y radiante, Jack fue dándose cuenta de que Virgin River se había convertido en un hervidero de rumores. En el pueblo surgían relaciones amorosas constantemente, así que el hecho de que dos forasteros, Jillian y Colin, se hubieran emparejado, no despertó mucha expectación. Allí todos estaban acostumbrados a ver florecer el amor donde menos se esperaba.

Pero cuando se supo que Jack era el padre de Denny Cutler, los comentarios se convirtieron en parloteos desenfrenados.

—Seguramente es demasiado tarde para hacerte un regalo por tu reciente paternidad —comentó Connie, la dueña de La Tienda de la Esquina, enfrente del bar.

—Bueno, no sé —contestó Jack, guiñando un ojo—. Denny necesita un equipo de pesca mejor.

Denny estaba demostrando ser un buen pescador a pesar de que tenía aún poca práctica, pero capturar truchas era secundario. Lo realmente importante era que llegaran a conocerse a otro nivel. Antes de saber que era hijo suyo, habían hablado de todo tipo de temas, desde los marines a los motores de los coches, pero Jack sentía de pronto que debía informar a Denny acerca del árbol genealógico de los Sheridan. Y como era el único hijo varón de su familia y siempre había estado muy unido a su padre, intentó contarle a Denny todo lo que sabía sobre Sam Sheridan, su nuevo abuelo. Le contó, además, todo lo que recordaba de sus años de infancia, cosas de las que normalmente no habría hablado con un amigo, como su paso por los Boys Scouts, sus hazañas futbolísticas en el instituto o su relación con sus hermanas.

Fue un alivio para él saber que la vida de Denny no había sido siempre turbulenta. Su madre lo había pasado mal siendo él muy pequeño por culpa de su novio, un hombre violento y de carácter difícil, pero el cariño de sus abuelos había protegido al niño de todo aquello. Su «padre» se había largado poco antes de que murieran sus abuelos, y su madre y él se habían quedado solos, con una pequeña herencia que les había permitido salir adelante.

—Vivíamos bien. Mi madre hasta salía con un tipo estupendo, un tal Dan Duke. Seguimos en contacto, aunque no llegaron a prometerse, ni nada por el estilo. Yo jugaba al fútbol y Dan nunca se perdía un partido. Éramos como una familia. A mi madre le diagnosticaron el cáncer por primera vez cuando yo tenía diecisiete años. Cuando entré en los marines, a los dieciocho, estaba tan bien que pensamos que lo había superado. Pero no. Murió cuando yo tenía veintiuno, casi cinco años después. Voy a serte sincero, Jack. Es lo más duro que me ha pasado nunca.

—Lo sé, hijo. Yo perdí a mi madre cuando tenía más de treinta años y fue terrible, y eso que tenía un montón de familia alrededor. La madre del Reverendo murió cuando él estaba en el último curso de instituto, y no tenía más familia. Se fue a vivir con su entrenador de fútbol.

Denny se rio.

—Yo me fui con los marines —dijo.

—Me sorprende que no vinieras a buscarme enseguida —comentó Jack.

—Tuve que pensármelo mucho tiempo —contestó el chico—. ¿Y si te encontraba y resultabas ser como Bob? —sacudió la cabeza—. Primero tenía que trazar un plan. Mi madre se precipitó, pero yo no podía cometer ese error.

—Pues tenías un plan muy sólido, eso lo reconozco —dijo Jack—. Aunque te haya costado años.

—He tropezado y me he caído un montón de veces por el camino. Todo eso de perder a mi madre, de irme a Afganistán y no conocer a mi padre... Hice muchas tonterías. Tenía una novia, Becca. No quería que sufriera si me pasaba algo, así que rompí con ella —se volvió para mirar a Jack—. Una idiotez. Me gustaba mucho esa chica.

—¿Has hablado con ella últimamente?

—Cuando volví, pero seguía enfadada. Me dijo que estaba con otro. ¿Y quién puede reprochárselo?

—A veces lo hacemos lo mejor que podemos —repuso Jack—. Y a veces ni siquiera eso es gran cosa.

Había pasado mucho tiempo reflexionando últimamente. Pensando, por ejemplo, en su incapacidad para acordarse de Susan Cutler. No recordaba si era «Susan», «Sue» o «Susie». Eso lo había llevado a pensar en el plan maestro que se había hecho él con dieciocho o veinte años, el único plan que podía trazarse un chaval al que sobre todo le importaba el sexo. «Si la chica y yo nos entendemos», se había dicho en aquella época, «si tenemos cuidado, ponemos los medios y los dos consentimos, no tenemos ninguna obligación con el otro. No vamos a ponernos tristes ni a sufrir cuando nos separemos porque desde el principio sabíamos que era algo temporal.»

¡Cuánta majadería, y qué ingenuo había sido al pensar aquello!

Estaba claro que debía de haber llegado a un acuerdo parecido con Susan Cutler y que veinticuatro años después la necedad de su plan saltaba a la vista: tenía un hijo desde hacía más de dos décadas y nunca había hecho nada por él.

Ignoraba si las cosas podrían haber sido de otro modo. De joven nunca se había enamorado lo suficiente como para pensar en casarse, y la idea de vivir sin sexo... El sexo siempre había sido muy importante para él. Le costaba imaginarse prescindiendo de él. Pero ahora, al estar junto a Denny, pescando con él, al oírle hablar de la enfermedad de su madre, de la ruptura con su novia, de su paso por la guerra, todo ello sin el apoyo de un padre, habría deseado solventar su necesidad de sexo por su cuenta durante aquellos años, en lugar de buscarse siempre una chica guapa con la que pasar el rato.

Y sin embargo aquel chico que había aparecido a destiempo en su vida era un auténtico regalo del cielo. Le caía muy bien. Parecían tener las mismas ideas acerca de un montón de cosas. Se reían al mismo tiempo, torcían el gesto a la vez. Denny era listo y debía pensar en ir a la universidad. Jack le animaría a hacerlo cuando creyera llegado el momento. Así pues, cuando pensaba que debería haber practicado la castidad durante todos esos años, se recordaba que, de haberlo hecho, Denny no habría nacido.

Y aquel chico era un tesoro. Era respetuoso, alegre, considerado. ¡Cuánto le habría gustado recordar a la mujer que lo había criado!

—Me pregunto, Denny... ¿Te acuerdas de esas fotografías de tu madre que me enseñaste? ¿Podrías prestarme una? Estoy seguro de que al final conseguiré recordar un montón de cosas.

—Claro —contestó con una sonrisa—. Te la daré encantado.

El pastor Noah Kincaid salía del pueblo en su coche una soleada tarde de sábado cuando pasó por casa de Lydie Sudder y notó algo raro. La saludó al pasar, pero ella no le devolvió el saludo a pesar de que estaba sentada en el porche. Noah dio media vuelta y aparcó delante de la casita. Enseguida vio qué le había chocado: hacía todavía bastante fresco a la intemperie, pero Lydie estaba sentada en el porche delantero de su casa vestida solamente con una combinación.

—¿Lydie? —preguntó mientras se acercaba al porche.

Ella levantó los ojos y sonrió, pero su mirada tenía una expresión distante. Parecía aturdida. Noah había pasado mucho tiempo en residencias de ancianos y hospitales y sabía que Lydie era mayor, diabética, tenía artritis y sufría del corazón.

—Bueno, querida —dijo con una sonrisa, tomándola del brazo—, será mejor que entremos y que te pongas una bata o un vestido. Vamos a llamar al doctor Michaels para que venga a echarte un vistazo, a ver si tienes el azúcar disparada o algo así.

—¿Umm? —preguntó, sonriendo un poco. Aunque casi todos los domingos se sentaba en las primeras filas de la iglesia, saltaba a la vista que no estaba segura de quién era Noah. Se levantó, sin embargo, y dejó que la llevara dentro de casa.

Qué frágil era, se descubrió pensando Noah. No estaba seguro de su edad, pero tenía el pelo blanco, el cuerpo huesudo y envejecido y parecía muy débil. La llevó a la cocina y la hizo sentarse a la mesa.

—Espera un segundo, Lydie, voy a buscar tu bata y tus zapatillas —levantó el teléfono de la cocina y llamó a Cameron Michaels a casa. Era sábado y no habría nadie en la clínica. Fue directo al grano—: Hola, Cam, estoy en casa de Lydie Sudder. Me la he encontrado en el porche, en combinación, y parece desorientada. Creo que no me reconoce.

—Enseguida voy —contestó el médico—. ¿Puede oler su aliento?

—Claro, pero no me ha parecido que oliera a fruta —se inclinó hacia la boca de Lydie.

Ella agitó las manos rápidamente, como si espantara una mosca.

—No noto nada, Cam. Lo siento, no sé cómo valorar su nivel de azúcar.

—¿Está nerviosa?

—Solo se ha alterado cuando he intentado olerle el aliento —contestó Noah—. ¿Puedes darte prisa?

—Voy para allá. Hazme un favor y llama a Mel a casa, dile que vaya para allá, por si es una emergencia.

—Claro.

Noah hizo lo que le había pedido el médico y luego fue en busca de una bata o algo para cubrir a la anciana. En la puerta del dormitorio encontró un vestido y unos zapatos. Era como si se hubiera desvestido allí mismo antes de salir. Le llevó el vestido y ella dejó que la ayudara a ponérselo y a calzarse. Luego Noah se sentó a la mesa, frente a ella.

—Bueno, Lydie, ¿tienes idea de quién soy?

Ella le sonrió y asintió, pero no dijo nada.

—Soy Noah, Lydie. El pastor Kincaid. ¿Te encuentras bien?

Se limitó a sonreír vagamente y a trazar un círculo sobre la mesa con el dedo índice. Unos minutos después pareció volver al presente. Ladeó la cabeza, frunció el ceño ligeramente y dijo:

—¿Noah?

Ahora fue él quien sonrió.

—Vaya, hola.

—Lo siento, Noah, no he oído la puerta.

Aquello iba a ser difícil.

—¿Cómo te encuentras, Lydie? Parecía que estabas un poco aturdida.

Ella se rio con aire paciente.

—Voy a la cocina y no me acuerdo de a por qué iba, tengo que tocar el cepillo para saber si me he lavado los dientes, la semana pasada se me quemó una tanda de galletas... Soy vieja y se me olvidan las cosas —luego frunció el ceño—. Lo siento, Noah. No he oído la puerta.

—Lydie, te he encontrado sentada en el porche, en combinación. No parecías reconocerme. He llamado al doctor Michaels. Llegará enseguida. Entre tanto, ¿podemos comprobar cómo tienes el nivel de azúcar? No sé cómo se hace, pero sé que tú lo haces todos los días.

La anciana comenzó a temblar un poco.

—Sí —dijo débilmente—. Ay, Dios mío. ¿En combinación? ¡Santo cielo!

—No te preocupes, no estabas desnuda. Estabas perfectamente tapada. He encontrado tu vestido en el suelo. ¿Recuerdas que te he ayudado a ponértelo?

Lydie negó con la cabeza y se acercó a un armario de la cocina. Sacó su medidor de glucosa y lo llevó a la mesa. Se sentó, analizó una gotita de sangre y esperó pacientemente.

—Ciento treinta. Está bien, ¿no? Creo que está bien.

—¿Últimamente se te olvidan las cosas, Lydie? ¿Tienes periodos de confusión?

Ella asintió, muy seria.

—Hace mucho tiempo que estoy mal de salud, pero siempre he tenido la cabeza bien. ¿Por qué tiene que ser así, pastor Kincaid? ¿Le parece justo? Pensaba que me moriría de diabetes o del corazón, antes de perder la cabeza.

—Tranquila, Lydie —repuso Noah—. No te va a faltar ayuda.

—Los dos sabemos que... —se detuvo y no acabó la frase.

Lo que sabían los dos era que, si aquello era lo que parecía, no se podía hacer gran cosa por ayudarla.

—¿Se acuerda de que siempre decimos que Dios no nos da más de lo que somos capaces de soportar?

—Sí, Lydie.

La anciana suspiró.

—Pues ojalá Dios no tuviera tan buena opinión de mí.

Tras pasar un par de horas pescando a primera hora de la tarde, Denny regresó con Jack al bar. Entraron en la cocina por la puerta de atrás y vieron a Paige y al Reverendo preparando la cena, y a la pequeña Dana Marie sentada en su trona, allí cerca.

—Jack, Noah te está esperando en el bar. Ha habido algún problema con Lydie —dijo el Reverendo.

—¿En serio? ¿Está bien? —preguntó Jack mientras se lavaba rápidamente las manos.

El Reverendo sacudió la cabeza.

—Parece que no está muy bien. Es mejor que hables con Noah.

Jack entró en el bar, preocupado. Noah estaba sentado a la barra con una taza de café y un cuaderno en el que había estado escribiendo.

—¿Qué ocurre, Noah?

El pastor cerró el cuaderno.

—Hace un par de horas pasé por casa de Lydie y la vi sentada en el porche en combinación, a medio vestir. Paré, claro. Estaba desorientada. Pensé que podía ser la diabetes, así que la llevé dentro y llamé a Cameron. Tiene bien la tensión y el nivel de azúcar. Bien para su estado, al menos. También vino Mel, claro. Dejó a los niños con tu hermana. Lydie ya está mejor. Estaba aturdida. La ayudé a vestirse y está muy avergonzada, pero lúcida. Sin embargo...

—¿Sin embargo qué? —preguntó Jack.

Noah respiró hondo.

—Estaba muy ida, Jack. Totalmente fuera de este mundo. Mel estuvo echando un vistazo a su casa, con su permiso, claro. Me pidió que la siguiera. Y lo que encontró no tiene buena pinta. Me temo que hay señales de demencia, quizá de Alzheimer. Había platos sucios con comida seca en la bañera, muchas de sus cazuelas están quemadas, no parece que se bañe y puede que olvide comer, y con su diabetes...

—Me pregunto si se estará pinchando —dijo Jack.

Noah se encogió de hombros.

—Al parecer hoy se había puesto insulina. Al poco rato de que llegaran Mel y Cameron, estaba otra vez perfectamente lúcida. Pero muy asustada. Sobre sus achaques físicos tiene algún control, pero ¿sobre esto? Llevo mucho tiempo visitando hospitales y residencias de ancianos, Jack. A veces viene y va muy rápidamente: uno puede estar ido un minuto y lúcido al siguiente. Hay síntomas que quizás haya achacado a la vejez. A todos se nos olvida a qué hemos ido a la cocina, pero ¿cruzar la calle y no recordar cómo se vuelve a casa? Eso me temo que es muy grave. Y el problema es que, si tiene una sartén puesta al fuego con grasa y no se acuerda, podría ser desastroso. No solo para ella, sino para todo el vecindario, tú ya me entiendes. Puede que Mel y Cam quieran hacerle más pruebas, pero en mi opinión Lydie necesita alguien que la asista. Como mínimo.

Y su único pariente vivo, su nieto Rick, estaba recién casado y vivía en Oregón, donde estudiaba y trabajaba.

—No puede seguir viviendo sola, Jack —insistió Noah—. Hasta que le encontremos algo, vamos a tener que encontrar a alguien que se quede con ella.

Jack se pasó la mano por la nuca. De pronto le sudaba.

—No sé si a Mel se le ocurrirá alguien. Imagino que Rick debería intentar venir lo antes posible, pero primero habrá que explicarle cómo están las cosas. ¿Cómo se lo ha tomado Lydie?

—Lloró —dijo Noah—. Me rompió el corazón. No quiere ser una carga para nadie. Es una mujer muy orgullosa. Ha salido de muchas situaciones difíciles, crio sola a su nieto huérfano, se mantuvo fuerte mientras Rick estuvo grave por las heridas que recibió en Irak, lleva años enferma, ha vivido al borde de la pobreza... Lo único que tiene es la casa. Le preocupa perderla y quiere que Rick tenga algo cuando ella muera.

—A Rick le conviene más tener una carrera universitaria que una casa vieja —dijo Jack desdeñosamente.

—¿Es la abuela de tu amigo Rick? —les interrumpió Denny—. ¿La señora que vive en esa casita blanca, al final de la calle?

—Sí, esa es Lydie —contestó Jack—. Esto es espantoso, Noah. Pero debería haberlo previsto. Es mayor, hace años que está enferma. Pero se las arreglaba tan bien a pesar de todo que creo que todos nos hemos olvidado un poco de su situación.

—Si se queda sola, podría pasarle algo —añadió Noah—. Podría perderse, entrar en coma diabético, quemar el pueblo...

—¿Se la puede dejar sola aunque sea un rato? —preguntó Jack.

—Eso tendrán que valorarlo Mel y Cameron —repuso Noah—. Cuando está bien, parece que no le ocurre nada. Creo que tendremos que empezar por ir a verla un par de veces al día.

—¿Creéis que serviría de algo que me quedara en su casa por las noches? —preguntó Denny.

Se volvieron para mirarlo, sorprendidos. El chico se encogió de hombros.

—No para siempre —agregó—. De día tengo que trabajar y seguiría teniendo todas mis cosas en el apartamento del garaje de los Fitch, pero podría dormir una temporada en su casa para que no le pase nada durante la noche. Para que no salga y se pierda, o provoque un incendio.

—¿Harías eso? —preguntó Jack.

—Si ayuda. La conozco un poco. Siempre me saluda cuando paso por allí. La he visto aquí un par de veces. Una vez me llamó «Rick», pero no me extrañó. Como es tan mayor...

—No puedo pedirte eso, Denny —dijo Jack—. Es responsabilidad mía mientras Rick no esté. Le di mi palabra. Tengo que solucionar esto enseguida.

—Escucha, Rick está en la universidad —repuso Denny—. Dile que a su abuela le está fallando la memoria. Que físicamente está más o menos bien, pero que su mente ya no es lo que era, y que voy a quedarme con ella por las noches. Dormiré en el sofá o algo así, hasta que encontréis alguna solución. Dile que no se preocupe demasiado, que por aquí hay mucha gente dispuesta a arrimar el hombro. Tendréis que ir a verla varias veces a lo largo del día, claro. Porque también puede prender fuego a la casa en pleno día.

Jack parecía casi perplejo.

—¿Por qué quieres hacer algo así? ¿Y por alguien a quien apenas conoces?

Denny sonrió.

—Bueno, sé lo importante que es Rick para ti. Sé que es un marine. ¿Por qué no voy a echarle una mano? No me cuesta nada dormir en el sofá de una señora mayor un par de noches —añadió encogiéndose de hombros—. Dile a Rick que no se preocupe. Que encontraremos una solución.

Rick Sudder se las arregló, en efecto, para dejar unos días su trabajo y sus estudios y llegó a Virgin River menos de una semana después. Su vuelta a su pueblo natal fue, sin embargo, agridulce. Encontró a su abuela en buenas manos: sus amigos velaban por ella durante el día y Denny dormía en su sofá por la noche. Rick comprendió enseguida, pese a ello, que no podía dejarla allí. Aunque hubieran podido encontrar plaza para ella en una residencia de alguna de las localidades más grandes del condado de Humboldt, habría seguido estando demasiado lejos de él para que fuera a verla, para que se asegurara de que recibía los cuidados que necesitaba y, sobre todo, para ir a visitarla con frecuencia.

Tendría que cerrar la casa y llevarla a Oregón con él.

Los pormenores, aunque farragosos, se resolvieron rápidamente. Lydie ya había puesto la casa a nombre de su nieto, sin decírselo a Rick. Liz, la mujer de Rick, se había quedado en Oregón para intentar encontrar una residencia, lo cual podía llevar algún tiempo. Entre tanto, y hasta que hubiera una plaza libre, Lydie tendría que vivir con ellos en su pequeño apartamento. Rick ya tenía un poder notarial para actuar en nombre de su abuela. Recogió las cosas de Lydie y algunos recuerdos de su infancia y decidió cerrar la casa hasta que tuvieran una idea más clara de qué iba a pasar en el futuro.

—Esta es la única casa que he conocido —le dijo a Ricky.

—Por eso no vamos a venderla, abuela —contestó él—. Aún me quedan dos años para terminar la carrera, pero puede que volvamos a Virgin River.

Ella sacudió la cabeza.

—Yo no voy a volver, Ricky —afirmó.

—Has afrontado muchas cosas en la vida, ya deberías saber que nunca se sabe qué puede pasar. No te des por vencida aún.

—No quiero ser una carga, Ricky. No quiero que tengas que ocuparte de mí.

Él se rio y la estrechó delicadamente entre sus brazos.

—¿No me criaste tú sola? ¿No nos hemos cuidado siempre el uno al otro? No seas tonta e invita a tus amigos a tomar el té antes de que nos vayamos.

Durante los escasos días que necesitó para poner las cosas en orden en Virgin River, Ricky no se apartó de su abuela. Sus periodos de confusión eran frecuentes, pero breves. Preparaba el baño y después no se bañaba; cocía huevos y se olvidaba de ellos hasta que el olor a azufre de los huevos duros inundaba la casa; se ponía la combinación encima del vestido y no se daba cuenta en toda la mañana; se paseaba por la casa de noche, despertando a Rick... Era evidente que necesitaba cuidados constantes.

Lydie solo disponía de seguridad social, así que Liz hizo que la incluyeran en la lista de espera de una residencia pública, pero para que la aceptaran primero haría falta la valoración de un especialista en Geriatría. Pidieron cita para ella en Oregón. La rapidez con que ingresara en la residencia dependería de la gravedad de su estado.

—Tengo la sensación de que van a darle prioridad —les dijo Rick a Denny y Jack—. Está cada vez más desorientada. La verdad es que no di importancia a sus olvidos la última vez que estuve aquí, hace un par de meses.

—Nosotros tampoco, hijo —repuso Jack—. Lo que importa es que esté bien cuidada.

—Pronto tendré que decirle adiós —dijo Rick, y sacudió la cabeza—. Me sorprende que, con sus problemas de salud, haya llegado hasta aquí —se volvió hacia Denny y añadió—: Gracias por echar una mano, tío. Ni siquiera nos conocías. Ha sido muy generoso por tu parte.

Denny se encogió de hombros.

—Enseguida me di cuenta de que eso es lo que hace la gente por aquí —contestó—. Si pueden, echan una mano.

La mañana en que Rick montó a Lydie en su camioneta, junto a todas sus pertenencias, se reunió un montón de gente para decirle adiós. Lydie volvió a ser la de siempre: orgullosa, con la espalda tiesa, arreglada y fuerte. Se despidió de sus amigos y vecinos con fuertes abrazos y besos en la mejilla y les dijo que esperaba verlos pronto cuando en realidad sabía que era muy improbable.

Mel le dio un abrazo y dijo:

—Jack y yo iremos a verte dentro de un mes, Lydie. Hasta entonces estaremos en contacto por teléfono.

—Eres un cielo, Mel. Os lo agradecemos, claro.

—Ricky va a cuidar muy bien de ti.

—Es un buen chico.

—Bueno, lo criaste tú, claro que es un buen chico.

Antes de subir a la camioneta Ricky estrechó la mano de Denny.

—Gracias, hombre. Me alegro mucho de que Jack y tú os hayáis encontrado.

Denny sonrió.

—Volveremos a vernos, Rick. Conduce con cuidado. Y estudia mucho.

CAPÍTULO 10

A finales de abril, Colin preguntó a Jillian si tenía algo que ponerse para ir a una boda.

—¿Por qué? —preguntó ella—. ¿Es que quieres casarte conmigo?

—Mi hermano se casa en Chico dentro de dos semanas. Tengo que ir a la boda. Tenemos que ir todos los hermanos. Va a ser en un club de campo, un auténtico suplicio. Vaya, apuesto a que Aiden pertenece ahora a un club de campo. Nunca se lo he preguntado. El caso es que tengo que llevar chaqué y me gustaría que vinieras conmigo. Habrá un montón de Riordan en el banquete.

—¿Y van a mirarme con lupa? —preguntó ella.

—No te quepa ninguna duda —repuso él—. Y también a mí, para asegurarse de que no me estoy atiborrando de Oxycontin o bebiendo demasiado champán. Ven conmigo, Jilly. Protégeme de ellos.

Ella ladeó la cabeza.

—La verdad es que he traído ropa que no me pongo, pero no creo que haya traído la necesaria para ir a una boda. Podría comprar algo por Internet. ¿En serio quieres hacerles creer que tienes novia formal?

—Aún no les he dicho lo de África —reconoció—. He empezado a ponerme las vacunas y se lo diré dentro de poco...

—Pero, Colin, ¿por qué no se lo has dicho aún?

—Saben que tengo alquilada la cabaña hasta septiembre, pero ninguno me ha preguntado qué pienso hacer después. Estoy seguro de que piensan que voy a irme a vivir cerca de alguno de ellos. Cuando sepan lo de África, se van a quedar de piedra. Dudo que piensen que estoy en condiciones de hacer un viaje así.

—¿Y estás seguro de que estás en condiciones? —preguntó ella, acariciando su brazo.

—Sí, creo que estoy lo bastante fuerte, y espero descubrir en África que todavía puedo hacer muchas cosas. Voy a decírselo, pero después de la boda. En una boda no debe haber discusiones. Y Aiden me ha dado a entender que me afeite y me corte el pelo.

Jillian se puso de puntillas para pasar los dedos por sus rizos. El pelo le llegaba casi al hombro cuando se soltaba la coleta.

—Puedes cortártelo un poco, pero no mucho. Me encanta tu pelo. Me encanta que parezcas un salvaje. Si te dan la lata con eso, mándamelos a mí.

—¿Vendrás conmigo?

Ella asintió.

—Pero me preocupa que tus hermanos se hagan una idea equivocada.

—No tienes por qué preocuparte, Jilly —dijo con una sonrisa—. Daré la campanada después de la boda.

Ella agarró el lóbulo de su oreja y le dio un tirón.

—No me metas en eso.

Colin la hizo girar, riendo, y la besó.

—Yo no te haría eso, Jilly.

—Y no creas que a mí vas a poder engañarme tan fácilmente como a ellos.

Colin se paró bruscamente. La miró a los ojos, muy serio.

—Jilly, si alguna vez no soy sincero contigo, dímelo. Me mataré en el acto —sacudió la cabeza—. Tengo muchas razones para no contarles ciertas cosas a mis hermanos. Son muy entrometidos. Pero a ti nunca te ocultaría nada. He querido ser completamente sincero contigo desde el principio.

Jillian se sintió profundamente conmovida, pero experimentó también una punzada de mala conciencia. Se mordió el labio al mirarlo.

—Yo no te lo he contado todo —dijo, y Colin comprendió de inmediato a qué se refería. Le había preguntado más de una vez qué le había hecho su última pareja que tanto la había herido.

—No pasa nada, cariño —dijo tocándole la nariz—. Cuando estés lista. Pero sé que no me has mentido. Lo sé.

Colin notó que las cosas iban cambiando poco a poco en el huerto de Jill. Se enteró de que los tomates necesitaban ocho horas diarias de sol para madurar y que las montañas del condado de Humboldt no eran precisamente famosas por su buena temperatura, ni siquiera en primavera y verano, pero sí por su rico suelo. La gente del pueblo hablaba del éxito que había tenido Hope McCrea con su huerto y todo el mundo se alegraba de que Jill lo hubiera puesto en marcha otra vez.

Otro cambió lo atañía a él: empezó a pintar en el solario cada vez más a menudo. Lo prefería a la luz artificial de su cabaña o a pintar al aire libre cuando hacía demasiado calor por las tardes. Le gustaba mirar hacia abajo y ver cómo progresaba el trabajo de Jillian, observarla labrar la tierra, regar, plantar, trasladar plantas del invernadero al huerto y circular por la finca en su huerto-móvil. Todos los días llegaba una furgoneta de UPS. Jilly no paraba de comprar suministros. Tras pasar un par de horas pintando, Colin bajaba a la cocina en busca de una taza de café y salía al porche a tomarse un descanso. Si Jill lo veía, hacía una pausa y pasaba un rato con él. Pero lo que más le gustaba era que subiera las escaleras sin hacer ruido y se sentara en el suelo, detrás de él, para verlo pintar. Fue llevando cada vez más cuadros a la casona, y allí se quedaron. Todavía salía con su cámara, pero pasaba casi todo el tiempo pintando en el espacioso solario rodeado de ventanas e inundado de luz natural. Y pasaba muchas de sus noches durmiendo en la cama que le había comprado a Jill.

Todavía guardaba algunos cuadros en su cabaña, tapados y vueltos hacia la pared para que Jillian no les echara un vistazo si pasaba la noche allí. Solo trabajaba en ellos cuando estaba solo. Uno de ellos representaba a una hortelana con botas de goma altas, guantes de jardinera y sombrero de paja de ala ancha. Nada más. Estaba tumbada de lado, solo se veía la parte inferior de su cara, la línea firme de la mandíbula y sus bellos labios, carnosos y sonrosados, vueltos en una sonrisa cómplice. También se veía su cuerpo desnudo, de lado: la curva suave del pecho, el arco redondeado de su trasero perfecto, sus piernas largas y elegantes, los brazos gráciles y el hombro delicioso. Era Jilly tal y como la veía él.

En otro cuadro aparecía aquella misma hortelana desnuda, agachada entre ringleras de plantas, con una azadilla en la mano. Nadie excepto él sabía lo perfectamente que encajaba cada una de aquellas curvas en sus grandes manos, lo suave que era su piel aterciopelada al rozar la suya, mucho más áspera, ni cuánto placer extraía de aquellos labios exquisitos.

Jillian se había convertido en la respuesta a plegarias que susurraba sin él saberlo.

Tras una tarde de luz perfecta, Colin lavó sus pinceles, guardó sus pinturas y se aseó en el cuarto de baño de arriba. Oyó un chirrido en la habitación de abajo y estaba aún secándose las manos con una toalla cuando entró en el cuarto de la criada. Vio que Jillian había separado la cama de la pared y estaba midiendo la habitación.

—¿Qué haces? —preguntó.

Ella se volvió con los ojos brillantes.

—Me han hecho una oferta por mi casa de San José y voy

a aceptarla. Le he pedido a la inmobiliaria que contrate un equipo de mudanzas para empaquetar mis cosas y mandármelas aquí. O las guardo aquí, donde tengo un montón de espacio, o alquilo un guardamuebles. No tengo muchas cosas, mi casa es bastante pequeña, así que vamos a hacer un cambio: esta cama va a ir arriba y aquí voy a poner mi escritorio, mi cómoda y las estanterías. Este será mi despacho. ¿Qué te parece?

Colin ladeó la cabeza y frunció el ceño ligeramente.

—¿No quieres volver a San José a cerrar tu casa? ¿A embalar tus cosas? ¿A ver a tus amigos? Porque yo podría ocuparme del huerto con Denny si tienes que irte.

—Ni siquiera voy a volver a firmar los papeles de la venta. Hasta que me instalé aquí, no me había dado cuenta de lo poco que significa esa casa para mí. No era más que un sitio donde dormir. Pasaba todo mi tiempo en la oficina. Si acabo volviendo a San José, me buscaré otra cosa.

—Pero debes de tener amigos del trabajo a los que echar de menos —dijo Colin.

Ella respiró hondo y se sentó al borde de la cama.

—Creo que ya estoy lista para contártelo. Para hablarte de él. De lo que me pasó.

Colin se sentó a su lado.

—Solo si tú quieres.

—Quiero. Con el tiempo se ha vuelto todo un poco borroso e irreal. Todavía me cuesta creer que haya ocurrido de verdad. Él lo tenía todo planeado. Y fue implacable...

Veinte minutos después, Jillian le había contado detalladamente, con total sinceridad, su relación con Kurt.

—Debías de sentirte al menos halagada si estuviste dispuesta a romper las normas —comentó Colin, apretándola contra sí.

Ella se rio.

—La verdad es que lo había ascendido porque uno de los directores de mi departamento se había ido, y Kurt había llegado con cartas de recomendación deslumbrantes. Estuve observándolo muy de cerca para ver qué tal se hacía cargo de sus nuevas responsabilidades. Y él me observaba a mí por otros motivos. Empecé a notar que se sentía atraído hacia mí y que estaba...

—Intentando seducirte.

—Estaba muy ocupada con el trabajo. No tenía mucho tiempo para salir por ahí. Pero empecé a verlo fuera del trabajo y me di cuenta de que no éramos solo dos colegas que cenan mientras hablan de negocios. Sabía cuáles eran sus intenciones. Le advertí que no era buena idea, pero, pasados un par de meses, después de que él pusiera constantemente la excusa de que pasábamos mucho tiempo en la oficina y ninguno de los dos tenía pareja ni tiempo para conocer a nadie, empecé a acostarme con él y a preocuparme por que el jefe no se enterara —se rio con amargura—. El jefe, Harry, que era mi mejor amigo en la empresa. Seis meses después de conocer a Kurt y un mes después de empezar a acostarnos, él me acusó de acoso sexual. Tenía un abogado, testigos, una relación muy detallada de los acontecimientos que yo no podía refutar exactamente, mensajes de texto, correos electrónicos que podían considerarse abusivos de no ser porque era él quien me había abordado primero, quien se había esforzado por seducirme, y porque en todo momento lo que sucedió fue de mutuo acuerdo. De hecho, la verdad es que fue él quien me presionó a mí. ¡Era yo quien no quería! Me tendió una trampa desde el principio. Me obligó a dejar mi trabajo, y a cambio de no llevarnos a todos a los tribunales exigió ocupar mi puesto y que me despidieran.

—¿Te resististe?

Ella negó con la cabeza.

—Harry y yo estuvimos hablando de ello, de presentar batalla. Los dos sabíamos que era todo mentira. Pero al final Harry me convenció para que lo dejara correr. Me dijo que renunciara a mi puesto, pero que me sustituiría por un consultor y consideraría mi renuncia una excedencia. A Kurt le dio un paquete de acciones. Seguramente valen un montón de dinero, pero ir a juicio habría salido más caro. Harry impuso un acuerdo de confidencialidad que firmamos tanto Kurt como yo, y una renuncia a ulteriores acciones legales. Con eso se zanjaría la queja. No habría demanda. Eso era vital: de ese modo, mi reputación no se vería dañada por esas acusaciones falsas. Todavía tengo buena reputación en el sector —se dejó caer en la cama y lo miró. Sacudió la cabeza—. No puedo creer que fuera tan ingenua. Que me pillara tan desprevenida.

Colin se reclinó a su lado y apoyó la cabeza en la mano.

—¿Nunca sospechaste nada?

—Ni por un segundo —contestó—. Era muy mono, encantador, pero muy traicionero. Jamás se me habría ocurrido pensar que pudiera ser al mismo tiempo indolente y avaricioso. Hasta me hizo entrar en una joyería una vez para mirar anillos. No es que yo estuviera preparada para una relación más seria, solo quería pasar el rato, divertirme. ¿Quieres saber cómo me enteré de la verdad? Entré en el despacho del jefe para una reunión y Kurt estaba allí sentado, con cara de cachorrillo patético. La pobre víctima. Me quedé de piedra. Casi no podía respirar.

Se incorporó, cruzó las piernas sobre la cama y lo miró de frente.

—Lo pasé fatal. No solo por que ese hombre me hubiera traicionado de esa manera, sino porque había perdido mi verdadero amor: la empresa que había ayudado a fundar y a construir.

—Dime una cosa, ¿cómo es posible que tu mentor, tu mejor amigo, dejara que te ocurriera eso?

—Porque no lo sabía. Al echar la vista atrás me doy cuenta de que debería habérselo contado inmediatamente —sacudió la cabeza—. Pero no quería involucrarlo en mi vida amorosa. Al final, tuvo que rescatarme lo mejor que pudo. Cuando Kurt me acusó de acoso, todo cambió. Yo quería dar la cara, pero Harry no estaba de acuerdo. Ahora me doy cuenta de que tenía razón. Cuando pasó todo, yo me marché de BSS, agarré mi coche y me puse a conducir. Vine aquí para escapar, para descansar y reflexionar. No sabía que iba a descubrir el huerto. Eso fue cosa del azar.

—¿Y qué sacó él en claro? —preguntó Colin, pasando un dedo por su mandíbula y su oreja.

—Bueno, menos de lo que quería. Se llevó su paquete de acciones y ganará algún dinero, pero no consiguió mi puesto. Sin embargo, mis compañeros no me hicieron una fiesta de despedida, lo cual significa que Kurt no guardó del todo el secreto y que dejó que el asunto se filtrara. Y que había engatusado a todo el mundo igual que a mí.

—Menudo cerdo —masculló Colin.

—Así que en respuesta a tu pregunta sobre si tengo amigos allí... Hay varias personas con las que no me importaría volver a trabajar y un par a las que puedo considerar amigas, pero para serte sincera no tenía muchos amigos íntimos en San José, seguramente porque me pasé gran parte de esos diez años trabajando. Te aseguro que no volveré a cometer ese error.

La mandíbula de Colin vibró un momento y Jillian puso la mano sobre ella.

—Por favor, no sientas lástima por mí —dijo.

Él soltó una breve carcajada.

—¿Lástima por ti? ¡Qué va! ¡Lo que estoy es furioso!

—Pero a fin de cuentas aquí estoy, y la verdad, Colin, nunca me he sentido más a gusto. Ahora soy la consejera delegada de mi huerto y me encanta. Aquí nadie me va a vencer. Bueno, puede que las heladas o los pulgones sí, pero ¡estoy alerta! —le sonrió.

—Jilly, ¿ahora te sientes segura? ¿Sientes que controlas tu vida? ¿Con el huerto y conmigo?

Se inclinó hacia él para darle un beso.

—Sí. Y no tienes que enfurecerte por lo que me pasó. De eso ya me encargó yo.

Jillian ni siquiera le dijo a Colin que mantuviera en secreto aquel asunto. Sabía que no era necesario.

—¿Has hablado con Harry desde que te fuiste? —preguntó él.

Cuando Jillian le contestó que habían intercambiado un par de e-mails, añadió:

—Harry estaba de tu parte, Jilly. Sé que en aquel momento pensaste que podrías haber salido mejor parada, pero da la impresión de que hizo todo lo que pudo por salvar a una amiga en la que confiaba. Lo más importante es que te creyó.

Jillian se dio cuenta de que había estado evitando a Harry porque no quería demostrar su debilidad preguntándole qué tal se estaba desenvolviendo Kurt. Una pequeña parte de ella temía que le estuviera yendo a las mil maravillas.

Sabía cómo evitar los chismorreos de oficina. ¡Lástima que no le hubiera parecido necesario cuando se veía con Kurt! No quería de ningún modo que alguien hiciera correr la noticia de que Jillian Matlock había llamado al presidente de la compañía. Así que no llamó al despacho. Marcó desde la terraza el número del móvil de Harry. Su nombre aparecería en el identificador de llamadas.

—Así que no estás muerta —respondió Harry en tono gruñón.

Jillian se rio antes de decirle hola.

—Estoy vivita y coleando, sentada en el tejado de una casona victoriana de tres plantas y noventa años de antigüedad, en la terraza, en medio de un bosque, porque aquí tengo buena cobertura. Las vistas sobre el bosque y los campos de labor son espectaculares. ¿Cómo estás, Harry?

—De muy mal humor. Me han dicho que tienen que ponerme una prótesis en la rodilla. Mi mujer me ha puesto a dieta por el colesterol. Quiere que vayamos a un crucero de un mes. No creo que pueda sobrevivir a algo así. Quiero mandarla al crucero con su hermana y marcharme tres días al campo de golf de Pebble Beach. ¿Crees que colará?

Ella se rio. Harry adoraba a su mujer.

—Teniendo la rodilla mal, estarías mejor en un barco. Además, te sentarán bien unas vacaciones.

—Y también una prótesis, pero ¿quién tiene tiempo para

eso? No, en serio, no creo que soporte pasar un mes encerrado en un barco. Quizá me arroje por la borda. Jillian, ¿cómo estás?

—Hacía mucho tiempo que no me sentía tan bien, Harry. Jamás adivinarías lo que estoy haciendo. He montado un huerto muy especial...

—Dios mío, cuéntame algo interesante enseguida o me quedaré dormido.

Jillian le contó lo esencial: que había empezado a cultivar verduras poco corrientes, de las que se empleaban como guarnición en los restaurantes caros.

—¿Y qué vas a hacer? ¿Cultivar en verano y leer novelas eróticas en invierno? —preguntó él.

—Me dijiste que me relajara y me dedicara a pensar. Hay gente que se va de crucero, gente que juega al golf aunque tenga la rodilla mal y gente que se va a un lago o a la playa en verano. ¡Los hay que hasta se lanzan en paracaídas por diversión! Yo... yo voy a pasar el verano en el huerto. Y no solo estoy relajada, sino que me lo estoy pasando en grande. Si sigo aquí después de septiembre, quizá pruebe a cultivar en invierno. Ahora mismo estoy plantando un montón de cosas solo para ver qué funciona, qué va mal y qué crece sin fuerzas. A finales de verano tendré una idea más aproximada. Puede que acabe teniendo una amplia variedad de hortalizas o solo unos pocos productos muy escogidos. Después tendré que reflexionar acerca de con qué fin estoy haciendo todo esto.

—Pero agricultura orgánica... ¿Qué hay de los bichos y los gusanos?

—Harry, ¿sabes algo de horticultura?

—Ni jota. Pero me parecía una pregunta obvia.

Ella tuvo que reírse. Así era como su amigo había llegado tan lejos: sabía un poquito de muchas cosas y un montón de unas pocas. Un hombre brillante.

—Estoy investigando mucho y de momento las cosas van bien. Hasta estamos haciendo nuestro propio mantillo y...

—¿Estamos?

—He contratado a un ayudante. Y he vendido mi casa. Pronto me traerán mis cosas. Estoy invirtiendo un poco de dinero en el huerto. Llámalo «investigación y desarrollo». Pero la verdad es que se trata de una empresa de bajo coste.

Cuando ella se quedó callada, Harry hizo lo mismo. El silencio se prolongó. Finalmente, con voz hosca, Harry añadió:

—Pareces estar bien, Jill.

—Lo estoy, Harry. ¿En BSS va todo bien?

—Sí, muy bien. Han subido las acciones. La junta directiva es una lata. Uno de nuestros productos de software ha sido un fracaso, pero solo es uno entre muchos y podemos permitírnoslo —otro silencio—. Ya no está aquí, Jill.

—Yo no he preguntado —repuso ella.

—Se ha...

—Quiero que conste que yo no he preguntado —añadió con énfasis.

—No soportó la presión. Sabía que en mí tenía un enemigo. Además, está el hecho de que es un perfecto incompetente. Le di una recomendación impecable para ayudarle a buscarse otra cosa. ¡Ojalá acabe trabajando para la competencia! Eso haría que la venganza fuera mejor. Te punteó y consiguió un aumento de sueldo. Y por suerte se ha ido.

Ella bajó la barbilla y se frotó la sien.

—Perdona. Me siento otra vez como una completa idiota.

—Vamos, no seas tan dura contigo misma. Seguramente te puso alguna droga en la infusión o algo así. Ya te lo dije, Jill: en tu vida tiene que haber un poco de equilibrio. Trabaja duro, pero pásatelo bien. Bébete unos martinis de tarde en tarde y sal con hombres de vez en cuando, para no correr el riesgo de sentirte sola, y para que ningún sinvergüenza vuelva a tenderte una trampa.

—De eso no hay riesgo aquí —contestó ella.

—Bueno, se ha ido y los dos sabemos que no va a triunfar. Se va a dar tal batacazo que dejará un agujero muy grande donde aterrice. Y tú estás feliz. Así que sé buena y ven a vernos.

Ven a casa, prepararemos un festín y podrás contarnos lo del huerto.

—Estaréis de crucero —repuso ella, un poco emocionada—. O a dieta...

—En serio, estás lista para montar tu propia empresa. Siempre lo has estado. Yo fundé la primera cuando tenía veintiocho años. No me fue muy bien, pero fue una buena experiencia. Deberías intentarlo. Este es el momento.

—Por ahora, me conformo con trabajar en el huerto. Es de lo más extraño. Hace que me sienta... no sé... como si de verdad formara parte de algo que nunca se detiene. Año tras año, el ciclo de la vida y esas cosas. En un mundo ideal, trabajaría seis meses al año y luego me dedicaría a cultivar el huerto de primavera a otoño.

—No me extrañaría que lo convirtieras en un buen negocio. Siempre he sabido que acabarías fundando tu propia empresa. No pensaba que fueras a dedicarte a los tomates, pero ¡qué demonios! En todas partes hay dinero. Solo hay que tener olfato para encontrarlo. ¿Esos tomates huelen a dinero, Jillian?

Ella se rio, aunque notaba un nudo en la garganta.

—A veces, sí.

—¡Ja! ¡Lo sabía! Cuando estén maduros, mándame unos cuantos, ¿quieres?

—Claro.

—Y Jill... Hay una cosa más, y se supone que no debería hablar de esto bajo ningún concepto. Un par de empleadas que actuaron como testigos en este caso han venido a verme... Se han dado cuenta de su error. Ahora saben que Kurt las engañó haciéndoles creer que estabas acosándolo. Se sienten culpables. Han visto la luz y saben que las utilizó. Están muy arrepentidas.

—Diles que se vayan al diablo —contestó con amargura.

Harry se rio y de pronto le dio un fuerte ataque de tos.

—Sí —dijo—. Bueno, no podía decirlo, pero lo pensé. A buenas horas, ¿eh?

—La verdad es que soy una idiota —contestó ella—. A fin de cuentas, a mí también me engañó.

—Olvídate de él. Es agua pasada. Oye, si no vienes tú aquí, podría ir yo allí, a ver tu huerto.

—Estarás de crucero.

—Podríamos llegar a un acuerdo —repuso Harry—. Tres días de crucero, tres días en tu huerto y tres días en Pebble Beach. ¿Sabes una cosa, Matlock? Te echo muchísimo de menos. Iba siendo hora de que te lanzaras a conquistar el mundo, pero aun así me está costando.

—Te quiero, Harry.

—Sí, sí. Eso dicen todos después de que les de un par de millones.

Jillian se rio.

—Adiós, niña —dijo él.

—Que Dios te bendiga, Harry.

La casa de Jillian en San José tenía solo dos habitaciones. Había, por tanto, pocos muebles. Denny la ayudó a llevar la cama que había comprado Colin a uno de los dormitorios de la primera planta, y cuando llegaron sus muebles instaló su despacho en el antiguo cuarto de la criada. Trasladó el ordenador y el sillón de la cocina a aquella habitación.

El sofá fue a parar al solario, junto con su gran televisor de pantalla plana, sus estanterías y sus mesas auxiliares, y aun así quedó sitio de sobra para que Colin pintara allí. La habitación quedó preciosa, convertida en cuarto de estar y estudio, todo en uno. A Jillian le encantaba el olor de las pinturas de Colin.

Desplegó por completo su mesa de comedor para hacerla más grande y la colocó en la espaciosa cocina. Sus muebles de jardín (mesa, sillas, dos tumbonas) fueron a parar al porche trasero, y los del dormitorio a la habitación más grande de la primera planta.

Se compró un perchero para colgar la ropa y llenó los cajones de la cómoda de su dormitorio. El perchero lo instaló en la habitación que quedaba vacía en la primera planta, que se convirtió en vestidor. Ese era el problema de aquellas casonas victorianas: que no había armarios empotrados. Quien se fuera a vivir a aquella casa permanentemente tendría que invertir en armarios roperos.

Ciertas partes de la casa adquirieron una atmósfera de apacible domesticidad. Colin y Jill rara vez se separaban y nunca pasaban una noche lejos el uno del otro. A Colin seguía gustándole pasear por el monte haciendo fotografías de animales y disfrutaba pintando en lo alto de las colinas un par de horas de vez en cuando, pero pasaban casi todo el día juntos; era su rutina cotidiana. Por las noches, mientras Jill se sentaba en el despacho y leía blogs de horticultura en el ordenador, Colin se sentaba en el sillón reclinable, en la misma habitación, y leía o echaba un vistazo a páginas de galerías de arte en su portátil. Jillian le había dicho que podía usar su ordenador cuando quisiera, y al poco tiempo su portátil y su impresora pasaron a formar parte permanente del despacho.

Pasaban casi todas las noches en la casona, y sus viajes a la cabaña de Colin les parecían casi una escapada, un entorno completamente distinto.

—Nunca había tenido una relación así —comentó ella—. Tengo treinta y dos años y es la primera vez que duermo todas las noches con un hombre. Estoy muy sorprendida. Esto es tan nuevo para mí... Y tan natural...

—Para mí también —repuso él—. Y me gusta.

—Pero yo he tenido muy pocas relaciones de pareja. Tú, en cambio, has estado con un montón de mujeres. Lo sé.

Colin la atrajo hacia sí y dijo con toda franqueza:

—Así no, Jilly. No como contigo.

Al sol radiante de principios de mayo, las flores de alrededor de la casa de Jillian, las frutas, las verduras del huerto y los matorrales en flor que rodeaban el jardín estaban en todo su esplendor. Delante de la casa había varios manzanos, y el aire estaba impregnado del dulce olor de sus flores. También había abejas, pero para cualquier horticultor las abejas eran las amigas que transportaban el polen. Jillian había acertado con los bulbos: eran narcisos, tulipanes y lirios, y habían florecido al calor del sol. A Jill le sorprendió descubrir una larga hilera de zarzamoras junto al lindero de los árboles, en el prado de atrás. Cuando las moras estuvieran maduras, habría tantas que sería imposible recogerlas todas.

Aquello era algo más que un huerto y un jardín. Era un vivero.

Mientras paseaba por la finca, oyó el ruido de la segadora. Denny estaba cortando el césped en el enorme jardín delantero, un trabajo que podía llevarle medio día. El sol radiante, la cálida temperatura y la abundancia de lluvias convertían la hierba en una mullida y oscura alfombra verde. Denny tenía que segar el césped todas las semanas, y había tenido que construirse una rampa para cargar la segadora en la camioneta de Jillian y llevarla a casa de Jack para que le diera un repaso de mantenimiento.

Justo cuando acababa de pensar en Jack, Jillian vio aparecer su camioneta por la carretera de entrada. Se quitó los guantes, se sacudió las rodillas y le sonrió.

Pero Jack no sonreía. Estaba muy serio cuando se acercó. Jillian pensó enseguida que le llevaba alguna mala noticia, y en su cabeza se agolparon las posibilidades. ¿Era posible que alguien hubiera llamado al bar para notificar una desgracia relacionada con Kelly? ¿Había tenido un accidente Colin? Seguía oyendo la segadora, de modo que Denny estaba bien. Se llevó la mano al cuello mientras se acercaba a él.

—¿Qué ocurre? —preguntó—. ¿Qué ha pasado?

—Algo muy sorprendente, Jillian —contestó él—. Me ha pillado completamente desprevenido. Hay un comprador interesado en la casa.

Jillian exhaló un suspiro de alivio. ¿Eso era todo?, pensó. Pero casi enseguida contuvo un grito de horror.

—¿Un comprador? Pero...

Jack sacudió la cabeza.

—No he sacado la casa a la venta, pero les comenté a un par de agentes inmobiliarios que con el tiempo habría que venderla, seguramente cuando nos recuperáramos un poco de esta horrible crisis. Pero la venta de casas por aquí, Jillian... No es como en otras partes. La mayoría vivimos en el campo, en casas tan aisladas como esta, así que no tiene sentido poner un cartel. Nadie lo vería. Pero de vez en cuando alguna inmobiliaria de San Francisco o Los Ángeles llama a las inmobiliarias de aquí para preguntar si hay disponible alguna casa que sirva como residencia de veraneo, alguna cabaña de caza o alguna finca con vistas al mar.

—¿Y? —preguntó ella, ansiosa.

—Hay una pareja de la zona de la Bahía. Trabajan en grandes empresas, van a jubilarse y sus hijos son ya mayores. Están buscando una casa con mucho terreno para montar un hotelito. Algo que funcione unos meses al año y que les deje mucho tiempo libre para viajar y relajarse, y donde puedan alojar a su familia cuando venga de visita. Les gusta la idea de que haya pocos huéspedes y un jardín grande que se pueda usar para celebraciones, como bodas y esas cosas. A él le gusta la jardinería y a ella le encanta cocinar. En la inmobiliaria de Fortuna les hablaron de este sitio y han venido a echarle un vistazo por fuera. Imagino que no los viste. Quieren ver la casa por dentro y, si les conviene, nos harán una oferta.

—Pero Jack...

—Les he dicho que no estaba disponible hasta septiembre, y les parece bien. Así tendrán los meses de invierno para instalarse y montar el hotel, sus hijos y nietos podrán venir a pasar las Navidades y a ellos les dará tiempo a viajar. Quizá pueda posponerlo hasta octubre si necesitas tiempo —inclinó la cabeza—. Somos amigos y vecinos, Jillian. No voy a echarte, pero te agradecería que lo tuvieras presente. Tengo que cumplir las condiciones del fideicomiso, y la casa forma parte de él.

Jillian se quedó callada un rato. Luego dijo:

—Claro. Pero ¿le has puesto precio? ¿Alguien te ha sugerido alguno?

Jack negó con la cabeza.

—Va siendo hora de que la tasen. Paul ha hecho muy buen trabajo, así que alcanzará un precio bastante alto. Seguramente más de un millón.

Jillian estuvo a punto de reírse, pero se contuvo y solo sonrió.

—Tienes que encontrar la forma de trasladar esta casa a San José. No voy a decirte cuánto costaría allí. Te volverías avaricioso —había vendido su casita por trescientos cincuenta mil dólares, y eso que no tenía jardín y la situación económica era mala. Al menos no había perdido dinero con la venta, aunque tampoco hubiera ganado gran cosa.

—Lo sé —respondió él—. El caso es que no dejo de preguntarme quién va a querer venir a un hotelito en Virgin River. Los cazadores no, eso seguro. Ellos están más a gusto donde Luke o en cualquier refugio con la letrina fuera, pero donde puedan hacer ruido, fumarse los puros que sus mujeres no les dejan fumar en casa y levantarse a las cuatro de la mañana a matar ciervos. ¿Quién quiere venir a un sitio como este en verano, si no hay caza? Y si pescas tienes que quitarte la ropa mojada en el porche y limpiar los peces en el jardín, así que no te alojas en un hotelito lindo y remilgado.

Ella sonrió con paciencia.

—No has estado en Ferndale últimamente, ¿verdad, Jack?

—¿Tú sí?

—Por esta zona hay un montón de prósperos hotelitos, sobre todo en Ferndale. La gente viene a relajarse. A disfrutar del paisaje, de las tiendas, del mar y de las secuoyas. A algunos les gusta hacer senderismo o sentarse en un porche rodeado de hermosos árboles y flores y leer un libro. Puede que no tengan lista de espera, pero les irá bien. Te lo aseguro.

—Bueno, yo tenía que avisarte. Y voy a tener que pedirte que les dejes ver la casa...

—Claro —contestó, aunque la idea la entristecía—. ¿Cuándo?

—Enseguida, creo. Me han dicho que vinieron hace un par de semanas y vieron el exterior, y que están dispuestos a hablar de la venta si les gusta por dentro.

—Bueno, avísame cuando llegue el momento —se encogió de hombros—. Así cuando vengan yo estaré presentable y los platos fregados.

Él hizo una mueca triste.

—Si no te importa que te lo pregunte, ¿adónde piensas ir?

—Bueno, tengo varias alternativas. De hecho, puedo volver a mi antiguo trabajo cuando quiera. Solo que no estoy convencida de que quiera —se rio—. Harry, mi jefe, me dijo que me tomara un descanso y me relajara. Y creo que quiero seguir relajada una temporada. El mundillo de la empresa... ya no me atrae como antes.

—No me sorprende —comentó Jack—. Yo llegué aquí después de pasar veinte años en los marines y solo traje mis rifles, mi equipo de pesca, mi ropa y mis cosas de camping. Y aquí me quedé. Me crié en Sacramento, no en un pueblecito, pero de todos modos no soy muy urbanita.

—¿Tienes que fijar una cita con esa pareja enseguida? —preguntó Jill.

—No puedo esperar mucho, Jillian. Si la casa fuera mía, haría lo que quisiera. Pero no es mía. Y tengo que hacer lo correcto.

—¿Sería mucha molestia que me dieras uno o dos días para pensarme qué quiero hacer? ¿Adónde quiero ir? Porque hay muchísimas cosas que hacer si tengo que mudarme. Una de ellas, decidir adónde.

—No es molestia en absoluto —contestó él—. Es lo menos que puedo hacer. Has cuidado muy bien de la casa y te lo agradezco. Pero llámame lo antes que puedas, ¿de acuerdo?

—Claro. Lo entiendo perfectamente. Es solo que aún no he pensado dónde quiero vivir, ni a qué quiero dedicarme. Y ya va siendo hora de que lo piense, ¿no?

—Supongo que sí —contestó él, y sacudió la cabeza—. Creo que, si fuera por él, Denny seguiría trabajando en esta finquita toda la vida.

Jill se rio. ¡La finca era enorme! Tenía cuatro hectáreas, un par de invernaderos, un huerto enorme y una casa gigantesca. Miró hacia el tejado y se puso un poco triste. No volvería a tener una terraza como aquella.

Dio una palmadita en el brazo a Jack.

—Mañana te llamo, Jack. Gracias por avisarme.

CAPÍTULO 11

Jillian había vuelto a salir al huerto de atrás después de marcharse Jack. De rodillas, mientras escardaba, aireaba raíces o arrancaba algunos tubérculos para comprobar cómo iban progresando, no dejaba de pensar en que aquella experiencia, su estancia en aquella casa y en aquella tierra, ya no era indefinida. Incluso si aquella pareja no ofrecía un precio interesante por la finca, alguien acabaría por hacerlo. Ella no era la única persona en el mundo que encontraba irresistibles la fértil belleza de aquella región y la magnífica casona restaurada.

Se dijo que lo más lógico sería regresar a San José en otoño y volver su antiguo trabajo. A fin de cuentas, era el mundo que conocía. A pesar del énfasis que había puesto Harry al decirle que era el momento de arriesgarse y fundar su propia empresa, solo se sentía a sus anchas desenvolviéndose en el mundo que ya conocía. Si tenía que volver al mundo empresarial, regresaría a una empresa que conociera bien.

No podía estar eternamente de vacaciones.

Se preguntó fugazmente si debía afrontar la realidad y montar un hotelito rural. De ese modo tendría un motivo justificado para quedarse allí. Con esas ideas en la cabeza, estuvo trabajando un par de horas, hasta que oyó el ruido familiar de un coche en el camino de entrada.

Colin había llevado algo de compra y se ofreció a hacer la

cena. Ella aceptó encantada: no le apetecía cocinar. De hecho, rara vez le apetecía cocinar, o limpiar, o ir a hacer la compra. Solo hacía esas cosas porque había que hacerlas, no porque fueran satisfactorias para ella. Era la persona menos indicada para regentar un hotel.

Se entretuvo en el baño de arriba más de lo normal. Cuando oyó a Colin subiendo por la escalera, estaba delante del espejo del cuarto donde guardaba toda su ropa. Se había puesto unos pantalones de color amarillo claro que se ataban por debajo de las rodillas, una camiseta de tirantes blanca, una chaqueta fina de punto y zapatos con tacones de siete centímetros.

Colin entró en la habitación, se acercó a ella por detrás y le puso las manos en la cadera, sonriendo.

—Interesante conjunto —masculló al besar su cuello.

Jillian se volvió para mirar de lado los zapatos de color negro.

—Antes siempre iba a trabajar con tacones. Me ponía trajes, vestidos con chaquetas, faldas con jersey y rebeca, incluso pantalones de vestir, pero siempre llevaba tacones altos. Me gustaba ser igual de alta que los hombres. Me gustaba mirarles a los ojos.

—Te gustaba intimidarles —dijo él.

Jillian se giró en sus brazos.

—Era mucho más femenina, eso seguro. Y seguramente más atractiva a ojos de los hombres que con vaqueros, pantalones cortos, camisetas de tirantes y zapatillas de deporte.

—Puede ser, Jilly, pero a mí no podrías parecerme más sexy —deslizó las manos por su trasero—. Eres la hortelana más irresistible que he conocido.

—¿No te excitan los zapatos de tacón de aguja?

—Tú me excitas hasta con pijama de franela —sonrió—. Los pantalones se quitan tan bien...

—Jack ha encontrado a una pareja interesada en la casa. Se acabó la fiesta. Voy a tener que decidir adónde voy y qué hago.

—¿No has estado pensándolo? —preguntó él—. ¿Tu acuerdo con Jack no duraba hasta septiembre desde el principio?

Ella asintió.

—Fantaseaba con que nada cambiara, con que Jack no recibiera ninguna oferta mejor y pudiera quedarme aquí mucho tiempo, quizás un año más. En lugar de pensar adónde voy a ir y qué voy a hacer, he estado pensando en sembrar en invierno usando estufas y lámparas de calor. Pero... En fin, ha sido un respiro, unas vacaciones, algo así. Un paréntesis lejos del mundo real. No puedo estar eternamente de vacaciones.

Colin se rio.

—Debes de ser la persona que más trabaja en vacaciones del mundo entero, Jilly. Te levantas antes de que amanezca, te pasas todo el día trabajando en el huerto y parte de la noche investigando sobre semillas y horticultura en Internet.

—Porque es divertido —repuso ella— Imagino que lo más razonable sería volver a San José y trabajar en BSS. Debería sentirme afortunada por poder volver allí.

—Pues no parece que te sientas afortunada, cariño.

Jillian se volvió de nuevo hacia el espejo.

—No sé cómo explicarlo —dijo, adelantando la puntera de un zapato y mirándose al espejo—. Esa ejecutiva con tacones de aguja... —lo miró y sacudió ligeramente la cabeza—. Ya no me siento así.

Colin la enlazó por la cintura.

—¿Y cómo te sientes? —preguntó con suavidad.

—Me siento como una colona, como una pionera. Extrañamente libre, como si no tuviera que preocuparme nunca por el despertador, como si viviera de la tierra. Como una hija de la naturaleza, pero no lo soy. Quiero decir que me encanta la agricultura orgánica porque es un reto, pero no soy una fanática obsesionada con consumir solo cosas naturales. También me encanta ponerme tejidos sintéticos, no solo cáñamo, y no vivo de la tierra: voy al supermercado. Y no soy nada libre, vivo en una enorme casona victoriana que tengo que mantener, con facturas que pagar. Supongo que no puedo seguir así siempre. Tengo que trabajar.

Colin se rio.

—Trabajas siete días a la semana. Y quizá si te sientes libre es porque no estás sometida a tanto estrés. Las plantas y tu personal están cooperando, y quizá podrías permitirte seguir así un año más, aunque tengas que buscar otros terrenos. Jilly —añadió, estrujándola—, está bien hacer lo que a uno le gusta, con lo que te sientes a gusto.

—Tengo algunos ahorros, pero solo tengo treinta y dos años. Si no sigo ingresando dinero, no me durará mucho.

—¿Por qué no te lo piensas mientras cenamos, cariño? He comprado un pollo asado, un poco de arroz y lechuga. Tendré que seguir comprándola hasta que las de tu jardín estén listas para la cosecha.

No había reloj en la habitación, de modo que Jillian no supo qué hora era cuando se despertó. Fuera era noche cerrada, pero sus ojos se abrieron de par en par. Se levantó, encontró una camiseta de Colin y se la puso sobre el cuerpo desnudo. Buscó sus pantuflas y bajó a su despacho. Encendió el ordenador y vio que eran las 2:47. Se conectó a Internet y empezó a navegar por la red.

Se dio cuenta vagamente de que salía el sol y de que empezaba a oler a café recién hecho. Después, Colin puso una taza sobre su escritorio.

—Así que es aquí donde está mi camiseta —comentó al inclinarse para darle un beso en la coronilla.

Jillian lo miró y vio que solo llevaba puestos unos vaqueros, con la cremallera subida pero sin abrochar. Tenía el pecho desnudo y estaba descalzo. ¡Dios, qué bello era!

—¡Colin! —dijo, emocionada—. ¿Sabes cuántos huertos y explotaciones agrícolas orgánicas hay en California?

—Un montón, supongo —contestó él con una sonrisa.

—Y montones de explotaciones comerciales especializadas en ciertos productos, como bayas orgánicas para mermeladas y jaleas biológicas, o frutas y verduras raras de las que utilizan los chefs de los restaurantes más exclusivos, como las que yo intento cultivar: espárragos blancos, remolachas enanas, tomates lágrima de oro, esas cosas. Y luego está el mercado biológico generalista, el género que va a los supermercados y las tiendas de alimentación.

—Estás colorada y te brillan los ojos —comentó él—. ¿Cuánto tiempo llevas despierta?

—Desde poco después de las dos, creo —se levantó—. Colin, creo que puedo encontrar el modo de ganarme la vida con esto. Quizás incluso de hacer dinero. Al menos lo suficiente para ir tirando sin tener que volver al mundo empresarial.

—¿Tú crees? —preguntó.

—Todo depende de las plantas: de su salud, de su fuerza, de su disponibilidad. Los clientes, sobre todos los comerciantes como tiendas de alimentación, restaurantes y herbolarios, quieren hacer los pedidos antes de que empiece la temporada, y quieren tener ciertas garantías de que las frutas y verduras llegarán a tiempo y en la cantidad que necesitan. Y creo... creo que la respuesta a esos interrogantes la tendré en otoño —sonrió—. Estoy segura de que puedo hacerlo.

—Seguro que sí —convino Colin—. Claro que me cuesta imaginar algo que tú no seas capaz de hacer si te lo propones.

Era un poco más complicado que hacer una simple llamada a Jack. Tenía una responsabilidad para con el fideicomiso de la herencia de Hope McCrae y no podía simplemente hacerle un favor a una amiga.

—Tengo que encargar la tasación de la finca —le dijo a Jillian—, ponerla en venta y considerar las posibles ofertas. Siento que no sea más fácil, ni más rápido.

—Lo entiendo —dijo ella—. Quiero que lo hagas todo como es debido, claro, y que no tengas remordimientos de conciencia por haberlo hecho de otro modo. Todo tiene que hacerse conforme a lo establecido.

—¿Y si al final no consigues la finca? —preguntó él.

—Entonces supongo que tendré que hablar con una agencia inmobiliaria.

—Lo siento, Jillian. Estás haciendo un trabajo fantástico con la casa y me gustaría que te quedaras con ella.

Pero Jillian no lo consideraba un contratiempo. Nunca le había asustado trabajar con denuedo por lo que ansiaba.

Una semana después, Colin y Jillian iban camino de Chico. En su ausencia, Jack enseñaría la casa a la pareja de la zona de la Bahía.

—Los nacimientos, las muertes, las bodas y las heridas graves causan mucho revuelo en la familia Riordan —explicó Colin mientras viajaban hacia Chico para asistir a la boda de su hermano—. Me temo que yo tengo fama de no hacer acto de presencia casi nunca, de irme siempre a toda prisa y quedarme lo menos posible. Aiden, Sean y Luke siempre han estado muy unidos. La verdad es que Aiden es el que se lleva mejor con todos y el que más hace por mantener unida a la familia.

—Y ahora quiere que todos sus hermanos sean testigos de su boda —comentó ella.

—Típico de los Riordan: reunirse y pasar revista. Yo normalmente hago todo lo que puedo por escaquearme. A veces llego tarde, o me marcho temprano, o busco una excusa para no ir.

—¿Por qué tengo la sensación de que algo ha cambiado?

—Porque así es. Estuve a punto de palmarla. Y mis hermanos, aunque sean un incordio, vinieron corriendo. Me dieron ganas de matarlos a todos, pero ellos insistieron y posiblemente porque se negaron a marcharse conseguí la ayuda que necesitaba. Soy demasiado terco para pedir ayuda, incluso para reconocer que la necesito. ¿Sabes que se reunieron para conferenciar acerca de mí? ¡En serio! Paddy fue el primero en sospechar que tenía problemas con los calmantes y convocó la reunión de la hermandad. Aiden fue el que se implicó más personalmente. Creo que lo eligieron porque es médico. Y creo que puso su tarjeta de crédito para pagar la desintoxicación. Ninguno de ellos va a decirme si les debo algo por eso. Ni siquiera Luke, y eso que estoy seguro de que me odia.

Ella se rio.

—Vamos, Luke parece un hermano estupendo.

—Cuando se sale con la suya —repuso Colin, riendo—. Cuando le llevas la contraria, no es tan estupendo. Es un diamante en bruto. Por lo visto solo Shelby ve el diamante; los demás, vemos al bruto.

—Estoy deseando llegar —dijo ella alegremente—. Solo tengo una hermana, así que me cuesta imaginar cómo fue tu infancia, siendo cinco chicos. Oye, si prefieres quedarte en casa de tu hermano con el resto de la familia, no me importa en absoluto dormir sola en el hotel.

Él agarró su mano.

—Será una broma, ¿no?

—En serio, es un momento para estar con la familia y yo no...

—Tú estás conmigo. Mira, no hay manera delicada de preguntar esto, así que voy a soltarlo y espero no fastidiarlo todo. Llevarte a la boda, a una reunión familiar, ¿va a cambiar de algún modo lo que hay entre nosotros?

Ella le sonrió, comprensiva.

—¿Quieres decir que si voy a hacerme ilusiones de que cambies de planes? —sacudió la cabeza—. Descuida, Colin. Voy a mantener la cabeza y el cuerpo en el presente. No espero de nadie nada. No voy a hacerme ilusiones. Pasar la noche en la cama contigo es fantasía suficiente...

—¿Nunca has pensado en casarte? ¿En tener familia? ¿Todo eso?

Jillian negó con la cabeza.

—De una manera abstracta siempre he pensado que eso formaría parte de mi futuro, pero nunca ha habido posibles candidatos. El primero que me llevó a mirar anillos fue Kurt, y a mi no me apetecía. No quería que se hiciera ilusiones —se encogió de hombros—. Le dije que quizá mucho más adelante, pero que aún no pensaba en casarme. Que todavía no estaba enamorada de él, que no estaba lista para dar ese paso... —se rio con amargura—. ¿No es gracioso que fuera yo quien más se resistía y que sin embargo no se me pasara por la cabeza que estaba jugando conmigo? Me desenvolvía muy bien en el mundo de los negocios desde muy joven, pero en cuanto a las relaciones de pareja... no tanto.

—Falta de experiencia —comentó él—. Lo cual posiblemente significa que no has sufrido mucho.

—En mis relaciones con los hombres, no. He sufrido reveses en otros sentidos: perder a mi padre y luego a mi madre, los problemas de dinero normales, crecer pobre, esforzarme por pagarme los estudios y luego por pagar la residencia de mi bisabuela, y después su muerte... Pero ¿en cuanto a los hombres? No. He salido con muy pocos y nunca ha sido traumático. Descuida, Colin: no voy a intentar que me prometas nada. Quiero que vayas a África. Quiero que encuentres lo que buscas, que vuelvas a sentirte completo, que te asegures de que no has perdido nada. Ese sentimiento que tienes de que te han robado algo... Nunca sentirás que yo te he robado nada. Piensa en mí como en tu animadora número uno. Pero ¿podríamos llegar a un acuerdo en una cosa?

—¿En qué, Jilly? —preguntó él apretándole la mano.

—Tengo que pedirte que no vuelvas a preguntármelo. Me cuesta cierto esfuerzo no pensar en el futuro, en lo que a ti respecta. Prefiero que no volvamos a hablar de ese asunto.

—Tienes razón —asintió él—. Pero quiero decirte una cosa antes de zanjar el tema: a mí también me cuesta cierto esfuerzo.

La hizo feliz oírlo, pero dijo:

—Es importante que sigas tus planes, Colin. Yo no podría

ser feliz con un hombre que se pasa la vida sintiendo que se ha sacrificado por mí, cuando yo no le he pedido que se sacrificara. Al final, acabarías resentido conmigo. Quiero que tengas la certeza de haber hecho todo lo que era importante en la vida para ti.

—Eres única, ¿lo sabías? —preguntó él.

Ella levantó la barbilla.

—Sí, lo sé.

Llegaron a Chico a primera hora de la tarde. Colin había reservado habitación en un hotel, cerca del club de campo donde iba a celebrarse la boda. Dejaron el equipaje en el hotel y siguieron las indicaciones que les habían dado para llegar a casa de Erin Foley.

Aiden le había dicho a Colin que Erin se había criado en aquella casa, un rancho confortable y espacioso, con cuatro habitaciones. Después de conocerse el verano anterior, Erin y Aiden habían vuelto juntos a Chico y Aiden se había ido a vivir con ella. Cuando llegaron Colin y Jillian, la casa estaba ya llena de gente.

Sean y Luke, los hermanos de Colin, sus respectivas esposas e hijos iban a alojarse en casa de Erin y Aiden. Patrick no había llegado aún, pero también había sitio para él allí, o en casa de Marcie, la hermana y dama de honor de Erin. Quedaba mucho espacio.

—¿Seguro que no queréis quedaros con nosotros? —le preguntó Aiden a Colin.

—Gracias —dijo Colin—, pero estaremos perfectamente en el hotel.

Poco después de su llegada una enorme autocaravana se detuvo junto a la casa con un bocinazo.

—Ahí están —dijo Luke—. Los chicos.

A Jillian le presentaron a Maureen, la madre de Colin, y a su novio, George. Enseguida comprendió que estaban viajando por ahí en su autocaravana y que ni siquiera estaban prometidos. Hubo ciertas bromas y risas acerca de que estaban viviendo en pecado, pero ellos parecieron tomárselo a broma y ni se inmutaron.

Maureen tomó las manos de Jillian entre las suyas.

—Estaba deseando conocerte, Jillian —declaró—. Me muero de ganas de que me cuentes cosas del huerto y de tus planes. Yo también he tenido huerto, aunque fue hace mucho tiempo.

—¿Te habían hablado de mí? —preguntó Jillian.

—La noticia corrió como un reguero de pólvora —contestó Maureen con una sonrisa.

Un rato después, llegó Patrick, el benjamín de la familia, en un coche alquilado. Los hombres lo abrazaron como si quisieran aplastarle los huesos y las mujeres lo besaron y le pusieron una cerveza en la mano, pero antes de beber un sorbo miró a Colin de soslayo. Colin sonrió y levantó su cerveza sin alcohol, y el guapo joven sonrió de oreja a oreja. ¿Joven? Seguramente era mayor que ella.

Jillian esperaba divertirse, aunque solo fuera porque estaba con Colin. Pero no solo se lo pasó bien: ¡se lo pasó en grande! Cuando la familia al completo (la de Erin y los Riordan) se reunió en el patio, en la cocina y el jardín trasero, se rio tanto que casi se le saltaron las lágrimas. Nada era sagrado. Hasta Maureen tuvo que aguantar más de una broma.

Pero las anécdotas que más le gustaron fueron las relacionadas con los novios, que se habían conocido en Virgin River.

—Ni siquiera me dejó acercarme hasta que me afeité la barba y eché a un oso de su cocina —contó Aiden.

Jillian se enderezó en la silla.

—¿A un oso? —preguntó—. ¿De su cocina?

—Estaba horneando galletas para desayunar con todas las puertas y las ventanas abiertas —explicó Aiden.

—Que yo sepa, Jillian solo desayuna cereales —comentó Colin.

—Eso salta a la vista —contestó Sean con una sonrisa traviesa, y su mujer le dio una palmada en broma mientras todo el mundo se reía.

Menos Colin, que se había puesto serio de repente.

—Jilly está fuera de la mañana a la noche. A veces, bastante lejos de la casa.

Los chicos se miraron entre sí.

—En esas montañas hay muchos osos, Jillian —dijo Aiden—. ¿Tienes repelente para osos? Si no tienes, deberías comprarlo, pero guárdalo en un lugar seguro. Erin lo usó incluso con mi ex mujer. Bueno, con mi ex psicópata, mejor dicho. El caso es que ese repelente es muy potente.

—¿En serio? —preguntó Jillian, expectante.

—Luego te lo cuento —prometió Colin—. Le compraré repelente en cuanto volvamos. Así quizá os mantengamos a todos a distancia.

A las cinco de la tarde se dirigieron al club para el ensayo de la boda. Las damas de honor de Erin eran su hermana Marcie y sus cuñadas Franci y Shelby, y los padrinos de Aiden sus cuatro hermanos. Drew, el hermano pequeño de Erin, acompañaría a la novia al altar, y su cuñado Ian cantaría en la boda. Tenía una voz tan bonita que Jillian se quedó boquiabierta al oírle cantar en el ensayo.

El ensayo duró una hora durante la que cundieron las risas y la diversión. Pero las sorpresas solo acababan de empezar. Cuando volvieron todos a casa de Erin, se hizo evidente que los encargados del catering habían estado muy ocupados. En el jardín de atrás, iluminado con antorchas hawaianas, se habían montado numerosas mesas cubiertas con manteles de hilo. Había flores en las mesas, porcelana y cristalería fina. Era mágico, y los integrantes del cortejo nupcial lanzaron vítores al ver la mesa del bufé, cargada con toda clase de bebidas y platos de aspecto suculento.

Al pasear la mirada por el jardín, Jillian se dio cuenta de que todos los invitados a la cena formaban parte de la familia. No había amigos de los novios, ni parientes más lejanos. Eran todos hermanos, hermanas, cuñados y cuñadas. A pesar de sus constantes rencillas, los Riordan formaban una piña. Jillian sintió envidia.

Esa noche, al acabar la fiesta, quedaron todos en el club de campo a las dos de la tarde del día siguiente vestidos ya para la boda. Erin era una novia moderna a la que no le preocupaban mucho las tradiciones. Iban a hacerse las fotos a primera hora de la tarde, antes de la boda, cuando la luz fuera perfecta. La sesión de fotos duraría dos horas, luego se retirarían a sus vestuarios en el club para retocarse y tomar un tentempié, y a las cinco empezaría la boda.

Jillian y Colin tenían planes para el día de la boda. El sábado por la mañana salieron a desayunar sin prisas, dieron un paseo por la ciudad y regresaron luego al hotel para vestirse y estar a las dos en el club de campo. Colin se duchó primero: no necesitaba mucho tiempo y no quería estorbar a Jill. Después de ducharse y recortarse la barba, se puso un chándal y salió a comprar el periódico y una lata de Coca-Cola, dejándola sola para que se preparara. Cuando regresó, al entrar en la habitación, lo que vio lo dejó sin aliento.

Jillian estaba delante del espejo, doblada por la cintura, secándose el pelo. Llevaba un sujetador rosa sin hombreras y un tanga del mismo color. Al verlo en la puerta, hipnotizado, se incorporó y apagó el secador.

—¿Colin?

Él tiró el periódico sobre la cama, dejó su lata de Coca-Cola y se acercó.

—¡Estás para comerte! —dijo con voz ronca.

Ella se rio.

—Me has visto con mucha menos ropa.

—Y cada vez que te veo se me corta la respiración —puso sus grandes manos bajo los brazos de Jillian y las deslizó lentamente por sus costados. Bajó la cabeza y la besó, lamió sus labios y penetró su boca con la lengua. Subió una mano por su espalda y la sujetó con fuerza mientras gemía ansiosamente.

—¿No debería haberme acostumbrado ya? Cada vez que entro en la habitación y te veo medio desnuda, es como la primera vez. Y empiezo a desearte como si lo fuera.

Mientras la besaba, le desabrochó el cierre del sujetador y liberó sus pechos. La besó con ansia, largamente, y luego agachó la cabeza para probar uno de sus pezones endurecidos. Jillian echó la cabeza hacia atrás, dejando escapar un gruñido cargado de sensualidad. Colin levantó la cabeza y la miró fijamente a los ojos al tiempo que pasaba lentamente las manos por sus caderas y le bajaba el tanga por los muslos.

—Oh, oh —susurró ella—. ¿Vas a hacer que lleguemos tarde?

—Por mí, no iríamos —contestó él con voz rasposa.

—Colin, por favor, no quiero quedar mal con tu familia...

—¿Quieres decir que no quieres darles la impresión de que no me canso de hacer el amor contigo? No te preocupes. Llegaremos con tiempo de sobra.

Con las manos en su cintura, la encaramó al tocador, le separó las rodillas y se arrodilló ante ella. Besó la cara interna de sus muslos y hundió luego la lengua en su sexo. Ella contuvo un gemido, metió los dedos entre su pelo y se recostó para entregarse a él por entero. Los sonidos ansiosos que dejaba escapar Colin le resultaban deliciosos; la fuerza de su lengua al lamer su sexo, al penetrarlo, la volvía loca. Colin la atrajo hacia sí, hasta el borde del tocador.

Jillian no aguantó mucho: con los dedos entre su pelo, se reclinó contra el espejo del tocador y se estremeció, sacudida por un orgasmo tan intenso que le puso los ojos en blanco. Colin no dejó de atormentarla durante un rato. Por fin retiró la cabeza, se sacó la camiseta, la tiró al suelo, se quitó rápidamente los pantalones del chándal y se colocó entre sus piernas.

Con una mano en cada nalga de Jillian, la atrajo hacia sí y la levantó con facilidad. Jillian le rodeó la cintura con las piernas.

—Ahhh, Jilly...

—Tu brazo, Colin. Ten cuidado.

—No te preocupes por mi brazo. Cuando te tengo así, me vuelvo loco.

—Siéntate, Colin. Siéntate en la cama. Deja que yo haga parte del trabajo...

Él sonrió.

—¿Cómo voy a negarme a eso? —se sentó al borde de la cama con las manos todavía bajo su perfecto trasero, hundió la cara en su cuello y comenzó a levantar las caderas, penetrándola, al principio lentamente—. Dios, Jilly —susurró—. Eres tan perfecta...

Con los brazos alrededor de su cuello, Jillian se apretó contra él y poco después, como le sucedía siempre con Colin, alcanzó de nuevo el clímax, jadeando y aferrándose a él, enlazándole la cintura como una enredadera. Colin se rio al sentir su orgasmo y a continuación se hundió en ella una última vez y Jillian sintió dentro de ella su palpitante orgasmo.

Estuvieron abrazados largo rato, sudorosos y jadeantes. Cuando se calmaron por fin, Jillian se echó hacia atrás para mirarlo a los ojos y lo descubrió sonriendo. Colin le levantó el pelo por encima de la oreja.

—Qué bien nos lo montamos juntos —dijo en voz baja—. Por favor, házmelo tú cada vez.

Ella se rio y dijo:

—¡Pero si has sido tú quien me lo ha hecho a mí! Y ahora tenemos que empezar otra vez. Tenemos que ducharnos. ¡Y vamos a llegar tarde porque no puedes controlarte y, si tú no puedes, yo tampoco!

—Estás colorada, cariño. Acalorada y satisfecha.

—Métete en la ducha, Colin. Y, por favor, date prisa.

Al final, Colin tuvo que ducharse a toda prisa, se puso el chaqué y se fue al club de campo para asistir a la sesión de fotos, pero prometió volver a recoger a Jillian antes de que empezara la ceremonia. Más tarde, cuando entró en la habitación del hotel, Jillian le lanzó una mirada, levantó la mano y dijo:

—Te juro que si me tocas, grito. No tengo tiempo para darme otra ducha y arreglarme otra vez.

Él le sonrió y dijo:

—¿Llevas ese conjuntito rosa debajo del vestido? ¿El sujetador y el tanga y nada más?

—Creo que sería un error hablar de ello.

—Voy a pasarme toda la noche pensándolo y cuando volvamos aquí voy a desvestirte con los dientes.

—Me parece perfecto, siempre y cuando no me pongas en evidencia delante de tu familia.

—Vamos, cariño —dijo él—. Tenemos que casar a Aiden.

La boda fue elegante. Se celebró al aire libre, en una zona recoleta del jardín. Hubo unos ciento cincuenta invitados, muchos de ellos compañeros de Erin en el bufete de abogados. También había algunos clientes suyos y varios socios de Aiden en su nueva clínica. Pronunciaron los votos tradicionales delante de una reverenda, tocó un cuarteto de cuerda, Ian Buchanan cantó una canción y, antes de que Jillian se diera cuenta, concluyó la ceremonia. Como ya se habían hecho las fotos, el resto de la tarde estuvo dedicado al banquete. Hubo primero un cóctel en el que se pronunciaron múltiples brindis y a continuación se sirvió un refinado banquete al final del cual los novios cortaron una tarta increíble. Hubo baile dentro del club, pero la mayor parte de los invitados siguió fuera, charlando o escuchando la suave música de cuerda que flotaba en la cálida noche primaveral, entre árboles y flores.

Jillian tuvo oportunidad de pasar largo rato con la madre y las cuñadas de Colin. A las diez de la noche, los novios y gran parte de la familia regresaron a casa a tomar café.

Lo normal era que los recién casados tomaran un avión a

primera hora de la mañana para empezar su luna de miel, pero Aiden y Erin querían pasar más tiempo con los familiares que habían viajado hasta allí para asistir a su boda, y en lugar de salir de viaje enseguida celebraron un desayuno tardío el domingo por la mañana.

La mayor parte de la familia solo podía quedarse hasta el domingo por la tarde. Colin no tenía nada urgente que hacer, pero Jillian tenía que regresar a su huerto. De hecho, los únicos que tenían tiempo a manos llenas eran Maureen y George, que pensaban pasar en Chico un par de días más y dirigirse luego hacia el norte para visitar Virgin River antes de emprender de nuevo viaje por carretera .

Antes de que todo el mundo se dispersara, pasaron juntos el domingo por la tarde, sentados en el jardín, charlando. Colin se sentó en una silla, al fondo de la pradera de césped, y desde allí observó a Jillian. Ella estaba sentada en la hierba con Shelby y Marcie, cuyos bebés, ambos de unos nueve meses, jugaban juntos sobre una manta. Las chicas hablaban y se reían. Se habían hecho amigas con toda facilidad. Jill parecía muy animada, jugaba con los bebés y les hacía reír.

A Colin le maravillaba que pareciera tan pura y formal y que en un abrir y cerrar de ojos pudiera transformarse en una tigresa que lo volvía loco en la cama. Aquello era nuevo para él. Había tenido compañeras de cama muy apasionadas, claro, pero nunca había podido llevarlas a una reunión familiar. También había salido con algunas chicas muy formales, pero no había conocido ni a una sola capaz de retener su atención mucho tiempo.

—Sería de esperar que fuera el novio el que mirara a su flamante esposa con ojitos de enamorado.

Colin levantó la vista y vio a Aiden sonriéndole. Se rio y sacudió la cabeza. Lo habían pillado.

Aiden arrastró una silla hasta allí y se sentó a su lado.

—Me gusta tu chica —comentó—. Es un buen partido.

Colin asintió.

—Es maravillosa. Nunca he conocido a nadie como ella.

Aiden apoyó el tobillo de su pierna derecha sobre la rodilla de la izquierda y se recostó en la silla.

—Supongo que te encuentras bien. Físicamente.

—No me quejo —contestó Colin—. Ya casi nunca me duele. Solo el codo, a veces —estiró el brazo. No podía enderezarlo del todo—. Sigo ejercitándolo, pero está todavía un poco doblado. Al menos ya está fuerte. No me cuesta llevar peso. He estado haciendo pesas.

—No lo fuerces demasiado. Tómatelo con calma —le aconsejó Aiden—. Entonces, ¿va en serio? —preguntó, señalando a Jill con la cabeza.

Colin lo miró fijamente.

—Bueno, va en serio lo que siento por Jill. Pero no estoy listo para sentar la cabeza.

Aiden se encogió de hombros.

—Hace poco que os conocéis. Eso podría cambiar.

—No es por el matrimonio, Aiden. El accidente y todo lo que siguió me descolocaron por completo. Pensaba pasar treinta años en el Ejército y luego trabajar en una aerolínea civil, hasta que cumpliera sesenta y cinco, o hasta que me lo permitiera el cuerpo. Y todo eso se ha ido al garete.

—Cierto, tienes asuntos que resolver —repuso Aiden—. Pero no tienes por qué renunciar a tu carrera como piloto. Solo es cuestión de pasar por todos los pasos necesarios para que te devuelvan tu licencia.

—Ya me la han devuelto, Aiden.

Aiden se irguió en la silla.

—¿En serio? ¡Qué bien! ¿Cuándo?

—Hace un par de meses. Seis meses limpio, sobrio y curado. Me devolvieron la licencia, pero no se me considera en activo. Y no puedes volar si no estás en activo. Tendré que hacer alguna que otra práctica de vuelo, pero primero necesito encontrar una empresa dispuesta a contratarme para que mi licencia vuelva a estar en activo. El Ejército no va a volver a aceptarme y ninguna aerolínea civil de este país querrá contratar a alguien como yo hasta que lo último que aparezca en mi currículum tenga mucha mejor pinta de la que tiene ahora. Mira... va a ser un poco complicado...

—¿Qué ocurre, Colin? —inquirió Aiden.

—No creo que debamos hablar de eso hoy, aquí. No me apetece oír las opiniones de Sean, Luke y Paddy. Por no hablar de nuestra madre.

Aiden levantó una ceja.

—Te escucho —dijo.

—¿Puede quedar entre tú y yo, al menos un par de semanas más?

—Sí, siempre y cuando no vayas a decirme que estás buscando trabajo como mercenario —contestó su hermano.

—No directamente, pero... —se encogió de hombros—. Nunca se sabe.

Aiden se inclinó hacia delante y apoyó la frente en la mano.

—Ay, Dios...

—No es mi primera opción. Como te decía, no estoy listo para sentar la cabeza. O sea, que no estoy listo para llevar una vida tranquila. Yo no soy como Luke. No me sentiré satisfecho con unas cabañas junto al río, una mujercita y un bebé. Yo no soy así. Al menos por ahora. A mí me gusta estar siempre de un lado a otro, ponerme retos, hacer cosas que no puede hacer todo el mundo. Así que tengo planes de viajar, para sondear mis posibilidades.

—¿Qué planes?

—Bueno, en primer lugar, cuando deje el alquiler de la cabaña a fines de verano, me marcho a África. Nunca he estado allí. Quiero ver todo lo que pueda, pero sobre todo pienso hacer dos cosas: fotografiar animales en el Serengueti y echar un vistazo a sus instalaciones aéreas, a ver si necesitan pilotos de helicóptero.

Aiden asintió con la cabeza.

—La verdad es que no me sorprende. Los Riordan hemos viajado por todo el mundo. ¿Todavía te lo estás pensando?

—No. Ya he sacado el billete, para el uno de septiembre. Pienso pasar seis meses allí. Sé que hay empresas especializadas en safaris y caza que utilizan helicópteros comerciales. Como muchos de sus clientes son estadounidenses, canadienses y europeos, quizá les venga bien tener un piloto americano. Hasta hay un par de ministerios de aviación que buscan pilotos de vez en cuando, pero suelen preferir pilotos locales.

—Entonces, ¿estarás seis meses allí y luego volverás aquí? —preguntó Aiden.

—No lo sé —contestó su hermano—. Si no encuentro lo que busco en África, hay muchos otros sitios que explorar, que visitar y, ya que estoy, sitios donde buscar trabajo. Alaska, Costa Rica, Australia y Nueva Zelanda, la India quizá.

—¿Y la pintura?

—La pintura está bien. Me satisface en parte, pero no estoy seguro de hasta qué punto. Creo que llegará un momento en que me dedique únicamente a pintar, y ese es uno de los motivos por los que quiero hacer fotografías en el Serengueti y, con suerte, en el Amazonas. Las fotografías podrían mantenerme ocupado pintando un montón de tiempo. Pero no estoy preparado para abandonar mi estilo de vida de siempre para dedicarme a pintar a diario. Mientras pueda viajar y volar, la pintura está bien. Pero como dedicación cotidiana, no me basta.

Aiden tenía una mirada casi triste.

—Lo entiendo —dijo—. Siempre has vivido así, lo sé. Pero ¿y Jillian?

Colin sonrió con ternura.

—No puedes imaginarte lo increíble que es. Me entiende y me anima a seguir adelante. Quiere estar segura de que he hecho todo lo que podía por recuperar mi vida. Será difícil decirle adiós, pero nos mantendremos en contacto. Está el correo electrónico, las llamadas internacionales, la webcam... Hasta que nos aburramos de la larga distancia o ella conozca a alguien que le convenga más, no pienso renunciar a ella —se encogió de hombros—. ¿Quién sabe? Puede que se canse de sus tomates y decida venir conmigo. En el fondo es muy osada. No le da miedo nada.

Aiden se quedó pensando un momento antes de decir:

—Umm. Parece un buen plan.

Colin se enderezó.

—¿En serio?

Su hermano se encogió de hombros y sonrió.

—¿No vas a echarme un sermón por dejar a una mujer maravillosa para irme a viajar y a pasármelo bien?

Aiden se rio.

—Colin, si resulta que quieres a esa mujer —dijo, señalando a Jillian con la cabeza—, aprenderás mucho más si la dejas que si abandonas tus planes para quedarte con ella. Solo espero que tu intuición y tu sentido de la oportunidad sean buenos, porque, si no, el suplicio del año pasado va a parecerte un paseo comparado con el sufrimiento de intentar seguir adelante sin el amor de tu vida.

CAPÍTULO 12

El lunes por la tarde, Paul Haggerty llevó a un hombre al bar de Jack. Sonrió y dijo:

—Jack, este es uno de nuestros nuevos vecinos, Lief Holbrook.

Jack le tendió la mano.

—¿Qué tal? Bienvenido. ¿Quieres tomar algo?

—Me vendría bien una cerveza fría —contestó Lief—. Todavía no vivo en el pueblo. Aún tardaré un tiempo en instalarme aquí.

—Jack, ¿te acuerdas de esa casa de vacaciones que construí para esa pareja rica? Fue una de las primeras que acabé por aquí, después de la tuya. Trescientos metros cuadrados con vistas al valle, unos seis kilómetros al noroeste de tu casa.

—Estuve viendo esa casa —dijo Jack, y dejó escapar un silbido—. Menuda choza. Pero nunca he visto a los dueños.

Paul se rio y le explicó a Lief:

—Aquí, cuando hay una casa en construcción o en obras, medio pueblo va a verla, solo para ver cómo va progresando. Y la mayoría me cuenta su opinión —luego añadió mirando a Jack—: Creo que no estuvieron aquí más que una vez después de terminarla.

—Está embargada —dijo Lief—. Pujé por ella y la compré, pero la venta de una casa embargada tarda tiempo en cerrarse. Entretanto he venido a ver si Paul puede terminar el despacho.

—Lo haré encantado en cuanto se cierre la venta.

—Creo que aquí es el único que ha conocido a los dueños —comentó Jack—. ¿Qué pasó?

—Ni idea —contestó Paul—. Supongo que quisieron abarcar más de lo que podían.

—Estuvieron un año sin pagar la hipoteca —explicó Lief—. Yo llevaba un tiempo buscando algo en un pueblecito con buen ambiente. Sabía que Virgin River es un pueblecito. Ahora espero no haberme equivocado con lo del buen ambiente.

—Somos bastante simpáticos —respondió Jack, riendo—. Siempre y cuando no nos toquen las narices. ¿Y qué te ha hecho buscar un pueblecito?

—Bueno, quería encontrar un sitio mejor para mi familia que Los Ángeles. Y, con mi trabajo, no tengo por qué pasar mucho tiempo. Puedo vivir casi en cualquier parte.

—¿Tienes hijos? —preguntó Jack.

—Una de trece años, Courtney. Mi mujer falleció, lo cual es muy duro para Courtney, claro. Estamos intentando recuperarnos. Y necesitamos tranquilidad. Ya sabes, alejarnos del ruido y el ajetreo, aflojar el ritmo, ver si podemos seguir adelante y superar esto.

—Te acompaño en el sentimiento, Lief —dijo Jack sinceramente—. ¿Cuánto tiempo hace que perdiste a tu mujer?

—Hace ya casi dos años, pero no es fácil. Courtney me está haciendo la vida imposible y yo me esfuerzo por hacer lo correcto, por ayudarla a superar esto. Solo tenía once años, era muy pequeña para perder a su madre. Con un poco de suerte, podremos instalarnos aquí antes de que empiecen las clases en septiembre. Así podrá empezar de cero.

—Te deseo buena suerte. Espero que vaya bien —dijo Jack—. Conozco a un psicólogo estupendo, especializado en niños y adolescentes. Un tipo estupendo. Un chico al que conozco de toda la vida, casi un hijo para mí, volvió de Irak sin una pierna y el psicólogo lo ayudó muchísimo. Si alguna vez quieres su nombre...

—Lo llamaré cuando nos mudemos. Toda ayuda es poca —comentó Lief.

Justo en ese momento se abrió la puerta del bar y apareció una muchacha flacucha, con el pelo negro y crespo a mechas rosas, moradas y rojas. Llevaba las uñas pintadas de negro y un montón de rímel en las pestañas y se había pasado con el lápiz de ojos. Una camisetita de tirantes de color turquesa se estiraba sobre su pecho plano, por encima de una faldita negra debajo de la cual llevaba medias de rejilla y botines negros. Completaba su imagen una mueca de desdén que parecía de alguna manera fuera de lugar.

—¿Has terminado ya?

—Casi —contestó Lief con paciencia.

La chica dio media vuelta y desapareció.

Jack pasó la bayeta por la barra.

—Buscaré el nombre y el número de ese psicólogo —dijo.

—Gracias —contestó Lief.

Lilly Yazhi vivía en la zona entre Virgin River y Grace Valley desde que tenía trece años, o sea, desde hacía casi catorce, pero hacía apenas un año que había empezado a guardar su caballo en los establos Jensen y a dar clases de equitación a media jornada con Annie, la mujer del veterinario. Y solo hacía seis meses que estaba prometida con Clay Tahoma, el auxiliar del veterinario. Lilly era hopi y Clay navajo. Tenían mucho en común; entre otras cosas, su amor por los caballos.

Estaba en el establo, cepillando a Blue, una yegua árabe, cuando lo sintió llegar sigilosamente. Clay pasó los brazos por su cintura y besó su cuello. Lilly se quedó quieta, sonrió y comenzó a ronronear.

—Nunca consigo sorprenderte —dijo Clay—. Me sientes llegar hasta cuando no me oyes.

—Ah, Clay, ¿eres tú? —contestó ella en broma.

Él la hizo darse la vuelta y miró su cara risueña. Luego le

borró la sonrisa con un beso apasionado. Tocó su pequeño trasero y la apretó contra sí.

—Anoche te eché de menos —dijo con voz baja y ronca—. Pero me resarciré esta noche.

—A no ser que haya un caballo enfermo en alguna parte y tengas que volver a salir —contestó ella.

Clay arrugó el ceño.

—Eso sería espantoso. Quería decirte que mi madre llamó esta mañana, Lilly. La has hecho muy feliz al aceptar que nuestra boda sea en casa, en la Nación Navajo.

—Me alegro.

—Eres muy generosa por hacer eso por ella. Eres tú quien debe decidir dónde celebramos la boda, y sé que no pensabas que fuera en la reserva cuando aceptaste casarte conmigo.

—Es importante para tu familia —repuso Lilly—. Yo solo tengo a mi abuelo. Tú, en cambio, tienes que hacer frente a todos esos Tahoma. Por suerte los invitados de la novia no se sentarán a un lado de la iglesia y los del novio al otro, porque mi lado estaría muy vacío.

—Te agradezco mucho que pienses en ellos. Te prometo que encontraré algún modo de hacerte tan feliz como me has hecho tú a mí. Quizás a ti se te ocurra algo...

Ella apartó un momento la mirada.

—Ya hablaremos de eso en otro momento. Quizá cuando estés a mi merced, después de hacer el amor... y antes de que volvamos a hacerlo.

Clay sonrió.

—Puedes decírmelo ahora. Dime qué quieres, cariño.

—Primero quiero tenerte a mi merced —insistió ella.

—Dímelo. Dímelo ahora. Así podré decirte que sí y pasarme el día pensando en cómo vas a darme las gracias.

Lilly sacudió la cabeza y frunció el ceño ligeramente.

—Quizá sea algo que no puedas darme, Clay. Quizá sea demasiado. Tú tienes a tu hijo, y Gabe es casi un adulto. Ya es un hombre. Y aunque para mí también va a ser como un hijo, creo que me gustaría tener uno mío. Un hijo contigo. Pero quizá deberíamos hablarlo con Gabe. Quizá no le haga ninguna gracia.

Clay sonrió y pasó un nudillo por su mandíbula.

—Ojalá fuera una niña y tuviera tus ojos azules de bruja.

—Voy a casarme con un Tahoma. Es improbable que eso pase.

—Nunca hay que perder la esperanza —repuso él, dándole un corto beso.

—¿Te lo pensarás? —preguntó Lilly.

—No, te lo prometo. Era demasiado joven para ser padre cuando nació Gabe. En aquel momento fue un trago difícil, pero ahora creo que estoy mejor preparado y que tengo mucho más tiempo para disfrutar de un bebé.

—Gracias, Clay. Confiaba en que dijeras que sí.

—Lilly, yo te daría la luna si pudiera. Seguro que ya lo sabes.

—¿Cómo es posible que te haya encontrado? Eres el mejor hombre que conozco. Y el más guapo.

Clay se acercó para besarla.

—Tenemos que casarnos cuanto antes para empezar a trabajar en ese proyecto de nava-hopi —dijo—. Siempre me muero de ganas de estar contigo, estoy siempre preparado para hacerte el amor.

Ella se rio.

—Lo sé. Prométeme que eso no cambiará cuando nos casemos.

—Creo que esa promesa no me costará cumplirla.

Alguien carraspeó y Clay miró hacia la puerta del establo.

—Siento interrumpir —dijo Colin Riordan.

Clay se rio y tras dar un beso en la frente a Lily se apartó de ella.

—Seguramente es una suerte, Colin. Me has salvado de incurrir en una conducta aún menos profesional —rodeó la yegua y le tendió la mano mientras se acercaba—. Mi prometida, Lilly. Nos has pillado hablando de la boda. Y eso suele ponerme un poco ansioso.

—¿En el sentido de nervioso? —preguntó Colin.

Lilly soltó una risilla y se acercó a él.

—Encantada de conocerte, Colin. Y no, Clay no se pone nervioso.

—Quiero que nos casemos de una vez para que el abuelo de Lilly deje de mirarme con mala cara y para que mi hijo, que acaba de terminar el instituto, deje de burlarse de mí.

—Creo que lo entiendo. ¿Será pronto?

—A fines del verano, en la Nación Navajo, donde tengo un montón de familia. ¿Qué tal te va?

—Estupendamente —contestó Colin—. Me he pasado por aquí para tomarte la palabra, Clay. Me dijiste que un primo tuyo tenía una galería de arte. Si está dispuesto, me gustaría hablar con él, que me aconseje qué hacer con mis cuadros.

—Ah, los cuadros de animales salvajes. Claro. Creo que tengo una tarjeta suya por ahí. Perdonadme un momento —Clay salió y dejó a Colin con Lilly.

—Tu cuñada Shelby es amiga mía. Hemos salido a montar juntas un par de veces —comentó ella—. Me ha hablado de ti y de lo bien que pintas. ¿Qué te está pareciendo esta zona?

—Me está gustando más de lo que esperaba —repuso Colin—. Es un sitio muy especial.

—Me alegro de que te guste. Así que, si no he entendido mal, vas a hablar con Shiloh.

—¿Shiloh? —repitió él.

—El primo de Clay, el pintor. Le pusieron ese nombre por no sé qué personaje bíblico. Significa «el silencioso» o «el pacífico». La familia Tahoma es célebre por haber participado en muchas guerras, incluida la Segunda Guerra Mundial, y Shiloh nació durante una época de paz. Hace arte nativo, pero lo más interesante es que abre su galería a otros artistas que le gustan. Puedes leer sobre él en Internet, y ver muchos de sus cuadros. Se llama Shiloh Tahoma. Es famoso en esta región.

—¿Tú lo conoces? —preguntó Colin.

—No —contestó—. Estudié Historia del Arte y Arte Moderno en la universidad, pero como es lógico me atrae mucho el arte nativo americano. Conoceré a Shiloh en la boda. Según Clay, los Tahoma se vuelcan en los nacimientos, las muertes y las bodas, así que estará toda la familia.

Colin se rio.

—Eso describe perfectamente a la familia Riordan. Al parecer los irlandeses y los nativos tienen mucho en común.

Clay regresó con la tarjeta.

—Aquí tienes. Llámalo, dile que somos amigos y pregúntale qué te recomienda. Ahora tiene mucho éxito entre los entendidos, pero lleva mucho tiempo pintando. Ha tenido que pelear mucho, pero parece haber encontrado su sitio y, con él, el éxito. Seguro que te sirve de ayuda.

Colin observó la tarjeta, que era muy sencilla. Tenía un nombre, una dirección, una dirección de Internet y un número de teléfono.

—Gracias. Soy novato en esto.

—He visto cómo pintas. No sé nada de arte, pero no creo que sigas siéndolo mucho tiempo —respondió Clay—. Buena suerte.

A mediados de junio, la temperatura había aumentado considerablemente en Virgin River y los huertos de Jillian empezaron a florecer. Hasta las semillas más delicadas dieron brotes y matas fuertes y rebosantes de vida. Jillian se sentí muy optimista. La casa estaba rodeada de flores amarillas, moradas, rojas y rosas, y las enormes matas de rododendro y hortensias se sumaban a aquel estallido de color con sus flores blancas, azuladas, malvas y rosas. En el huerto grande, Jill podaba los brotes para fortalecer las plantas, con la esperanza de que la cosecha fuera más grande cuando las matas maduraran del todo. En los manzanos colgaban manzanas verdes, y las zarzas estaban cargadas de moras todavía inmaduras. Los cestos que colgaban del porche estaban repletos de matas de tomates salpicadas de pequeños frutos, algunos de los cuales habían empezado a madurar.

Fue más o menos en aquella época cuando Kelly, la hermana de Jill, anunció que iba a tomarse unas vacaciones y que quería ir a Virgin River a ver qué tal iban las cosas.

—O está más preocupada por mí de lo que aparenta o pasa algo. Es casi imposible apartar a Kelly de sus fogones —le comentó Jillian a Colin—. En los últimos diez años, solo se ha tomado una semana de vacaciones al año para ir a algún sitio conmigo y con nuestras dos mejores amigas, y normalmente solemos planearlo para principios de otoño.

—¿Le has dicho que estás bien? —preguntó él.

—Cien veces. Quiero que venga, claro. La echo de menos. Siempre ha sido difícil encontrar tiempo para vernos, con nuestros trabajos, y tenerla aquí una semana será estupendo. Siempre y cuando vaya todo bien, claro.

—Voy a preguntarte una cosa —dijo Colin—. Quiero que seas completamente sincera conmigo. ¿Preferirías que no me dejara ver mucho por aquí? ¿Que me entretenga solo para que puedas estar a solas con tu hermana?

Ella dio un respingo de sorpresa.

—¿Bromeas? Seguro que si viene es para conocerte, entre otras cosas. No tienes por qué esfumarte.

—¿Y dormir solo sí?

Jillian se rio.

—Creo que Kelly podrá soportar que compartamos la cama, con tal de que no la avergoncemos con nuestros gritos desenfrenados —pasó los dedos por los labios de Colin—. Habrá que buscar algo para metértelo en la boca.

—Está bien, considera esta posibilidad: he estado pensando en hacer una pequeña gira para enseñar mi trabajo. El lago Tahoe, Sedona, Albuquerque, Santa Fe... Conocí a un hombre mientras pintaba en un pasto, un nativo americano que me dijo que su primo es pintor y galerista en Sedona, y que a las galerías de arte de esta región les interesa mucho la pintura de animales salvajes. He estado tanteando un poco el terreno, pero el caso es que tengo que enseñar mi obra original. Y como tengo que llevar los cuadros más representativos, tendré que ir en coche —notó que sus ojos se iluminaban—. Tardaré una semana, más o menos. Podría conocer a tu hermana, pasar un par de días aquí y luego marcharme. Así podrás estar con ella a solas cuando me vaya y no parecerá que he salido huyendo.

—¿Vas a hacerlo, Colin? ¿Vas a pedir que valoren tu obra?

Él asintió.

—Siento curiosidad, Jillian. Pero los dos podríamos llevarnos una desilusión, ¿sabes? Puede que todo se reduzca a que soy un aficionado que se entretiene pintando mientras se me curan los huesos.

Ella sacudió la cabeza.

—Yo no lo creo. Pero de todos modos me encanta que vayas a enseñar tus cuadros.

—Entonces ¿te parece bien mi idea?

—¿Que pases un par de días con nosotras y luego te vayas a visitar galerías? Sí, me parece muy bien, pero tienes que prometerme que me llamarás todos los días. Quiero que me lo cuentes todo. En serio, todo.

Él se lo prometió.

—¿Cómo es Kelly? —preguntó.

—Es guapísima —contestó Jill—. Quizá sea mejor que solo pases un par de días con nosotras. Si no, podrías enamorarte perdidamente de ella.

Colin no pudo evitarlo: se le pusieron los ojos como platos.

—¡Pero Jilly! ¡Para mí no hay ninguna mujer en el mundo más guapa que tú, por dentro y por fuera!

Ella sonrió dulcemente.

—Por eso dejo que te quedes por aquí, Colin. Porque siempre dices las cosas más inteligentes.

Mientras se dirigía a Virgin River, Kelly no pudo evitar preguntarse si su hermana pequeña habría encontrado el amor verdadero. Jillian le había dicho que su idilio tenía fecha de caducidad, pero ¿de veras caducaría? Si era amor de verdad, algo tendría que cambiar. Colin se quedaría, o Jillian renunciaría a su huerto y se marcharía con él. Así de sencillo. Cuando se encontraba el Amor con mayúscula, se hacía lo que hubiera que hacer.

Ella, por suerte, había encontrado ya el Amor con mayúscula. Lo malo era que él no estaba disponible. Profesionalmente estaban muy unidos: él era uno de sus maestros y un buen amigo. Se mantenían permanentemente en contacto y mantenían largas conversaciones que siempre empezaban con comida y de ahí derivaban a otras cosas. Lo único que podía hacer Kelly era lo que estaba haciendo: hacer de su ayudante lo mejor que sabía, intentar no tomarse demasiado a pecho aquellas conversaciones y procurar que no se le notara que estaba loca por él.

Luciano Brazzi, un chef italiano dueño de varios restaurantes y de una empresa de comercialización de productos alimenticios, era un hombre rico, guapo, sexy y carismático, que no solo fascinaba a Kelly la cocinera, sino también a la mujer. Era dieciocho años mayor que ella, pero no parecía haber entre ellos diferencia de edad alguna, y Kelly sabía en el fondo que Luciano era increíblemente viril.

—Los italianos, ¿sabes?, no envejecemos por ahí —le había dicho una vez, bromeando.

La seducía con comida y a menudo cocinaban juntos, bien en el restaurante en el que trabajaba Kelly, bien en alguna de las cocinas de Luciano. Cuando lo hacían, él le daba a veces a probar un bocado deslizándoselo entre los labios. Le encantaba meterle en la boca cucharaditas de comida, y ella fantaseaba con que la besara para probar el sabor de sus labios. Luciano compartía con ella sus recetas más secretas, y ella le preparaba algunos de los mejores platos de su bisabuela. Para dos cocineros, aquello era casi tan íntimo como un juego sexual.

Luciano ensalzaba su talento y había prometido ayudarla a montar su propio restaurante, a lo que Kelly aspiraba desde hacía años. Si alguien podía conseguirlo, era Luca. A fin de cuentas, era muy influyente y muy rico.

Kelly soñaba con cómo sería hacer el amor con él. Sin duda se abrazarían como dos ciclones al chocar. Ella lo deseaba con toda su alma. Parecían absolutamente compatibles.

Pero había una pega: Luca estaba casado.

Aquel era buen momento para que Kelly se ausentara unos días. Iba a ser una semana ajetreada en casa de los Brazzi: los hijos de Luca, que estaban casados o en la universidad, estarían en casa y él no tendría tiempo para nada. Ni siquiera podrían hablar por teléfono, cuanto menos cocinar juntos.

Kelly había oído hablar mucho de Colin, pero no había dicho nada de Luca. Jamás le había mencionado su nombre completo a su hermana, ni le había contado los pormenores de su amistad. Era muy probable que Jillian hubiera oído hablar de él, o incluso que hubiera visto su nombre en algún envase de comida.

Aún no eran las cuatro de la tarde cuando aparcó delante de la casona victoriana. Se apeó del coche y siguió el camino que llevaba a la parte de atrás, donde estaba segura de que encontraría a su hermana. Y no se equivocó: la vio caminando de acá para allá por el enorme huerto, rodeado por una alambrada de metro y medio de altura, con una gran verja a cada lado. Kelly estuvo observándola. Su hermana caminaba unos pasos, se agachaba para examinar una planta, arrancaba un brote o una flor, se levantaba, caminaba unos pasos más, volvía a agacharse, y así sucesivamente.

Al acercarse, vio que el huerto estaba en flor; algunas matas eran ya muy altas, parecían maduras y ostentaban un color verde oscuro. Había enredaderas que trepaban por la alambrada y por pequeñas espalderas. Algunas plantas estaban sujetas a tutores, otras tenían tallos gruesos, y algunas estaban cubiertas con estopilla porosa. Algunas habían crecido hasta formar matorrales. Las ringleras eran perfectas y los colores muy intensos.

—La verdad es que parece que sabes lo que estás haciendo —comentó Kelly.

Jillian dio un respingo y se giró.

—¡Kell! —corrió por el surco con sus botas de goma rojas y sus pantalones de loneta, salió por la verja y abrazó con fuerza a su hermana.

Kelly se rio mientras la abrazaba. Luego la hizo apartarse un poco y miró su ropa de trabajo.

—No es exactamente lo que esperaba —dijo—, pero se le acerca. ¿Cuándo fue la última vez que llevaste sujetador, o medias?

—Medias, una vez. Y el sujetador me lo pongo de vez en cuando. Ahora me pongo de los deportivos. Son muy prácticos.

Kelly se rio. Luego giró sobre sí misma para mirar el huerto. Las cosas habían cambiado mucho desde la primera vez que lo había visto, hacía casi un año, cuando había estado allí de vacaciones con Jillian y sus amigas. La casa estaba preciosa: recién pintada, parecía relucir al sol de la tarde. Había dos casetas de aluminio nuevas, situadas entre grandes árboles, y un camino atravesaba la arboleda. En ese momento, vio a un joven en el camino, conduciendo un carrito de golf, en dirección a ellas.

Cuando el chico paró el coche y se apeó de un salto, Jillian le dijo:

—Denny, quiero presentarte a mi hermana Kelly. Kelly, este es mi ayudante, Denny Cutler.

Kelly le tendió la mano, pero él se miró la suya.

—Eh —dijo mientras se la limpiaba en la pernera del pantalón—. Perdone, estoy bastante sucio. Encantado de conocerla.

—Lo mismo digo —contestó Kelly, riendo.

—Saca esas jardineras de la parte de atrás, Denny —dijo Jillian—. Monta, Kell, vamos a dar una vuelta. Este es mi huertomóvil.

—Esto es fantástico —comentó Kelly al montar junto a su hermana.

Atravesaron la arboleda en el cochecito, hasta el prado de atrás. Allí había dos invernaderos y, más allá, alguien había empezado a desbrozar otra parcela de tierra.

—Estos invernaderos los montamos hace un par de meses. Estamos usando lámparas eléctricas y riego automático para hacer germinar las semillas. Hemos trasladado más o menos la mitad al huerto exterior y la otra mitad la hemos dejado dentro de los invernaderos para comprobar las diferencias de germinación, de crecimiento y calidad de las plantas. Tengo otro invernadero listo para montarlo cuando acabemos de despejar ese trozo de tierra, lo labremos y lo abonemos, pero el nuevo está hecho de rejilla, con paneles móviles, y es muy grande. Puede que probemos a usarlo cuando empiece a refrescar. Ahora mismo todo está en fase de experimentación, pero de momento está funcionando tal y como esperaba. Están saliendo algunas hortalizas tempranas, muy lustrosas, y estoy cortando lechugas y arrancando algunas zanahorias y chalotas, pero para que empiecen a salir las verduras más especiales aún falta más o menos un mes.

Kelly la miró maravillada.

—Sé cómo pasó, pero, por favor, dime otra vez cómo empezó todo esto.

—Me acordé de que estuvimos aquí el otoño pasado y cuando llegué me apeteció pasarme por aquí a ver el porche de atrás y el jardín, que parecía un poco abandonado. Me puse literalmente a llorar entre el barro, a llorar por todo lo que había perdido en San José...

—¿Por Kurt?

Jillian negó con la cabeza.

—Pensándolo bien, no era por Kurt. Estaba muy triste porque mi carrera se había ido al garete, porque había perdido la inocencia, porque echaba de menos a Harry. Por todas las cosas a las que tantas horas había dedicado. Me sentía muy dolida y muy furiosa, y empecé a cavar automáticamente. Y luego, casi sin saber cómo, me encontré sentada en el bar de Jack con una copa de vino, hablando de las cosas que solía plantar nana. Un tipo que estaba en el bar me preguntó por qué no las plantaba aquí. Dijo que por esta zona se cultiva marihuana todo el año usando lámparas eléctricas alimentadas con generadores, y que quizá pudiera encontrar en alguna parte las semillas de esas plantas tan especiales de las que hablaba. Las encontré en Internet, encargué las variedades que me interesaban y me puse manos a la obra —sonrió—. Contraté a Denny para ponerme al día con la temporada de siembra y voy a seguir dándole trabajo mientras pueda.

—¿Y Colin? —preguntó Kelly.

—Bueno, a él lo encontré pintando aquí atrás. Yo estaba sentada en la terraza del tejado, intentando descubrir un modo de acceder a esta zona a través de la arboleda cuando me fijé en que un tipo había llegado hasta aquí en coche y estaba pintando. Le gustaba este prado porque era grande y no había sombras de los árboles. Crucé la arboleda con mucho esfuerzo para averiguar qué estaba haciendo aquí, y poco a poco... En fin, es el hombre más maravilloso que he conocido.

—¿Cuándo voy a verlo? —preguntó Kelly.

—Ahora mismo si quieres. Está aquí, pintando arriba, en el solario. Te estábamos esperando.

CAPÍTULO 13

Colin nunca había conocido a una mujer que viajara pertrechada con especias, condimentos y recetas. Imaginaba que no debía extrañarse de que Kelly hubiera parado en un supermercado de camino al pueblo para comprar la comida que quería preparar y comer: a fin de cuentas, era cocinera. Allí donde iba, cocinaba. Pero las recetas guardadas en una cajita fuerte y el maletín con las especias y otros condimentos... Aquello resultaba muy interesante. Sus maletines eran, además, como cajas de herramientas con asas para poder llevarlos a todas partes. Y luego estaban sus cuchillos: cuchillos especiales que, si uno no sabía lo que hacía, le cortaban un dedo. Kelly llevaba siempre consigo un juego de cuchillos por si tenía que cocinar.

Tras conocerse y charlar un rato, Colin se había instalado en la mesa de la cocina con su ordenador y había estado observando y escuchando a las chicas mientras trajinaban en la cocina. Era interesante observar su coreografía, combinada con su charla. Para todo tenían un sistema. Kelly llevaba la voz cantante.

—Pica este tomate en trozos muy pequeños, del tamaño de la uña de tu meñique. Corta muy fino el perejil. Y lo digo en serio: muy fino. Así que ¿Denny te ayuda en el huerto? No recuerdo que me hayas hablado de él.

—¿De este tamaño? —preguntó Jilly—. Claro que te he hablado de él. Te lo conté. ¿Te he dicho que un día pensé que me estaba proponiendo salir?

Colin aguzó el oído.

—Ese tamaño está bien. ¿En serio? ¿A salir?

—Le entendí mal. En realidad se estaba ofreciendo a llevarme al bar de Jack a cenar porque pensaba que salía muy poco. Así que le conté lo de Colin —le lanzó una mirada y una sonrisa—. Se quedó más tranquilo. En realidad no quería salir conmigo. Lo cual es una suerte porque ni se me habría pasado por la cabeza, aunque no tuviera a Colin. Y odiaría tener que despedirlo. Es indispensable.

—Y espantosamente joven —repuso Kelly.

—Espantosamente —reconoció su hermana—. ¿Tú sigues viéndote con ese cocinero?

—Chef, no cocinero. El Reverendo es cocinero, Luca es chef. Solo somos amigos. Amigos con potencial. Hablamos por teléfono, nos mandamos mensajes, e-mails, y a veces cocinamos juntos, pero ninguno de los dos tiene mucho tiempo libre. Estás cortando los trozos demasiado grandes, Jilly.

—Perdona. Quizá deberías encontrar el modo de tener más tiempo. ¿Es conocido tu chef?

—En círculos culinarios supongo que sí. Seguramente fue eso lo que me atrajo de él al principio. Hablamos de comida.

—Umm. Imagino que no puede ser más aburrido que hablar de semillas.

Colin se rio y las dos se volvieron para mirarlo.

—Que conste —dijo con una sonrisa— que Jilly nunca me aburre.

Le resultaba curioso que Jilly le hubiera dicho que Kelly era preciosa, como si fuera más guapa que ella. Eran tan distintas que, si uno no se fijaba en sus ojos y en su sonrisa, no parecían hermanas. Jilly era alta y delgada, con el pelo castaño y liso y los ojos grandes y marrones. Kelly, en cambio, era más baja, más redondeada, tenía el pelo rubio, con rizos grandes, y los ojos azules. Sus cejas, sin embargo, describían un arco idéntico y sus dientes, rectos y perfectos, tenían la misma forma. Sus labios eran distintos, pero sus sonrisas muy parecidas.

Le parecía lógico que una hortelana fuera delgada, fibrosa y de piel morena y una cocinera más curvilínea, rellena y de piel más clara. No hacía falta fijarse mucho para darse cuenta de lo trabajoso que era crear plato tras plato en una cocina con un ajetreo constante, y sin embargo Colin estaba seguro de que la horticultura era un trabajo físicamente más esforzado. Kelly parecía una cocinera preciosa, mientras que Jilly parecía una atleta despampanante.

Se dio cuenta de que Jilly daba la impresión de ser capaz de esquiar en los Alpes, de saltar de una avioneta, de zambullirse de cabeza en un arrecife de coral... o de ir de safari. Jugaba con él de día, hacía arder su cama por las noches, pasaban juntos el rato en agradable camaradería, lo retaba con su ingenio, valoraba en él cualidades en las que nadie más reparaba... ¿Qué era Jill para él? ¿Una compañera? Colin veía en ella a una socia, a una amiga, a una amante imposible de olvidar o de reemplazar.

Sacudió la cabeza distraídamente. No quería atarse a nadie, pero Jilly le había dicho que ella tampoco; que nunca lo había hecho. Él había tenido muchas amantes, había dado por sentado que nunca se uniría de por vida a una de ellas. Jilly, en cambio, había estado con muy pocos hombres, pero pensaba que algún día aparecería uno con el que quisiera tener una relación duradera, aunque tampoco lo daba por descontado. Ninguno de ellos había tenido una pareja que hubiera suscitado en ellos el deseo de una relación larga y estable. Eran tan parecidos... y sin embargo tan distintos...

Había, de todos modos, algo que le inquietaba. Se estaba enamorando de ella. Era la primera vez que le ocurría, y se preguntaba si podría haberle pasado mucho antes si se hubiera tomado las cosas con más calma. Rebuscó en su memoria, pero no se acordó de ninguna mujer a la que hubiera deseado como deseaba a Jilly. A su Jilly. Sentía un impulso muy concreto de hacerla suya para que ningún otro hombre pudiera tocarla, para que le perteneciera de por vida.

—¿Puedes recoger el ordenador, Colin? —preguntó ella—. Kelly ya tiene listos los entremeses.

—Claro —contestó—. Nuestros platos van a dar pena al lado de los suyos, ¿verdad?

—Más que pena. Mi hermana es un genio de la cocina.

Cuando Colin volvió a sentarse, en su sitio habían aparecido un mantel individual, un plato, una servilleta y un vaso de agua. Tocó el mantel.

—¿Es nuevo?

—No —contestó Kelly—. Lo he traído yo. Sé que Jill no se molesta con cosas tan insignificantes como la presentación de los platos. He traído lo necesario —puso una fuente en el centro de la mesa. Parecía un plato de degustación: unos minicanapés envueltos en hojas de lechuga, albóndigas, champiñones rellenos, peras diminutas y...

—Hojas de vid rellenas, albóndigas de cordero con ajo, champiñones rellenos con migas de pan, tomate, apio y cebolla, tomates cherry amarillos recién recogidos de las tomateras del porche, cangrejos y calamares a la parrilla. Y... —dejó sobre la mesa un cuenco de algo que parecía salsa de tomate y una cestita con pan cortado en rebajadas— la salsa dulce especial de nana y baguette francesa, finamente cortada y un poco tostada. *Mangia!* ¡Come!

Jill le llevó una cerveza y un vaso helado, pero él lo rechazó. Kelly estaba sirviendo el vino que había llevado para acompañar la cena, y quería probarlo. Aquello resultaba emocionante para alguien como él, que no solía comer nada más sofisticado que un filete a la parrilla o un burrito. De pronto tenía ganas de probarlo todo, para ver si se contagiaba de algún modo de aquella pasión: aquel acarrear especias y condimentos especiales, aquel modo de cortar los tomates de determinada manera, aquella forma de aderezar y saltear la comida y luego presentarla en un plato que había que colocar sobre un mantel.

Observó a Kelly y luego puso un par de canapés en su plato. Untó una fina rebanada de pan con un poco de salsa, mordió y dijo:

—Dios mío, ¿qué es esto?

Kelly se encogió de hombros.

—La salsa de nuestra bisabuela. Usaba todo lo que había en el huerto. Su prioridad era alimentarnos, pero su segundo objetivo era transmitirnos recetas muy antiguas de su familia. Su madre era rusa y su padre francés. Y también había algunas de su marido, Chester Matlock, que era estadounidense. Lo mejor de las recetas de nuestra bisabuela es que nunca tuvo acceso a alimentos muy refinados y caros. Solo tenía lo que cultivaba en su huerto y lo que compraba barato. Cultivaba sus plantas aromáticas en el poyete de la ventana y recuerdo que solía comprar la carne picada más barata y que cuando llegaba a casa la pasaba tres veces más por la picadora que tenía en la encimera. Se esforzaba mucho por que la comida que hacía estuviera sabrosa, pero lo que más le preocupaba era que estuviéramos bien nutridas.

—El origen de todo es el huerto —añadió Jillian—. Éramos muy pequeñas cuando fuimos a vivir con nana. Éramos la tercera generación a la que criaba. Primero, su hija, luego su nieto y después nosotras. Pero nosotras fuimos las únicas que tuvimos oportunidad de asimilar su legado, tanto en la cocina como en el huerto.

—Ahora, el pollo —anunció Kelly mientras hacía sitio en la mesa.

Sirvió un pollo tan tierno y delicioso que Colin estuvo a punto de desmayarse de placer. No tenía ni idea de cómo lo había hecho.

—Marinado en aceite de oliva virgen y azafrán, rociado con limón y una pizca de perejil, dorado en la sartén y luego al vapor, con champiñones en juliana. Las judías baby llevan una guarnición de remolacha picada y almendras, el arroz está salteado con cebolla, pimientos, aceitunas negras picadas y aderezado con guindilla. Después, la baguette ligeramente tostada y la salsa de tomate de nana, hecha con tomate fresco, tomatillo y pimientos. Eso lo he traído hecho de casa, porque tarda horas. Y os pido disculpas, pero no me ha dado tiempo a hacer el postre.

Jillian y Colin cambiaron una mirada y rompieron a reír.

—¿Qué pasa? —preguntó Kelly.

—Estás perdonada —contestó Colin—. Pero solo por esta vez.

Colin volvió a disfrutar de aquellas delicias culinarias durante las dos noches siguientes. Su rutina con Jill cambió, pero no se molestó por ello. Tras una larga y sabrosa cena, se retiraba al dormitorio del primer piso, y las hermanas se quedaban levantadas hasta tarde, bebiendo vino, charlando, cuchicheando y riéndose como locas. Luego subían haciendo ruido y se iban a la cama. Jill se tumbaba a su lado y, aunque se lavaba los dientes y la cara, Colin notaba el sabor del pinot en sus labios... lo cual no le desagradaba lo más mínimo.

De día, él pintaba, Jilly trabajaba en el huerto y Kelly salía a hacer la compra, trasteaba en la cocina y les preparaba una comida de cinco tenedores. La segunda noche que pasó con ellos les hizo una cena italiana. Colin nunca había probado una *bruschetta* más deliciosa. Luego sirvió una ensalada italiana que lo dejó patidifuso, y eso que no era muy aficionado a la ensalada. De hecho, las verduras no eran lo suyo. Después, Kelly sirvió un plato italiano hecho con berenjenas, cuya sola mención debería haber repelido a Colin y que sin embargo le supo a gloria. Y por último les ofreció un tiramisú que hizo que se le saltaran las lágrimas.

La tercera noche cenaron uno de los platos tradicionales franceses de su bisabuela, y Colin volvió a quedar extasiado. Las chicas volvieron a abrir una botella de vino y él las dejó solas para que disfrutaran de su charla.

Cuando Jill se metió en la cama, la apretó contra sí y la besó hasta dejarla sin aliento. Lo cual no era ninguna novedad. Pero luego dijo:

—Odio irme mañana. ¡Por favor, congela las sobras!

Ella se rio y prometió hacerlo.

Colin descubrió que aún llevaba las bragas puestas.

—¿Qué es esto? ¿Así es como piensas despedirte de mí?

—No exactamente. Tengo algo especial para ti.

—Uf, me gusta cómo suena eso.

Jill abrió el cajón de la mesita de noche y sacó una caja.

—Es un iPhone. La última versión.

—Ya tengo un móvil, Jilly.

—Lo sé, pero tienes un móvil corriente. Con este podrás ver tu correo electrónico, y además tiene GPS y iPod para que escuches música. Hasta puedes bajarte audiolibros para escucharlos mientras conduces.

—Tengo que marcharme temprano, nena. ¿Cómo voy a aprender a hacer todo eso?

—Voy a enseñarte a hacer llamadas y a contestarlas antes de que te vayas, y a usar el GPS. A lo demás tendrás que echarle un vistazo cuando estés sin hacer nada en alguna habitación de hotel. Ya he grabado mis números y el de Luke. El resto puedes grabarlos tú. Puedes aprender a hacer fotos y mandármelas —se encogió de hombros—. La verdad es que he sido un poco previsora al regalarte esto, Colin. Estaba pensando en África, no porque tenga expectativas, pero si quieres mandarme alguna fotografía desde allí y no tienes conexión, quizás este teléfono te sea útil.

Él dejó a un lado la caja y la sentó sobre sí. Le apartó el pelo de la cara.

—Pienso seguir en contacto, Jilly, pero puede que sea un poco difícil desde África. Desde el Serengueti. Incluso con esto.

—Lo sé, pero quiero que tengas todas las herramientas, y además es pequeño. Puedes cargarlo en el todoterreno. Así, si te apetece mandarme un e-mail y no puedes usar el portátil, quizá puedas hacerlo desde el teléfono. Además, es muy divertido. Seguro que te gusta.

—Tú sí que eres divertida —repuso él—. Juntas, Kelly y tú sois la bomba. ¿Nunca os peleáis, como los chicos Riordan?

—Estoy empezando a descubrir que nadie se pelea como los chicos Riordan. Kelly y yo tenemos nuestros pequeños rifirrafes, pero no muy a menudo. Cuando éramos pequeñas, tuvimos que formar una piña. La vida no siempre era fácil.

—Os habéis repartido el trabajo. Ella manda en la cocina y tú en el huerto.

—Lo sé. Es interesante que haya sido así. Y seguramente era necesario, porque nos habríamos peleado como gatas si hubiéramos competido en el mismo terreno.

—¿Qué vais a hacer mientras yo esté fuera?

—Vamos a invitar a cenar a Denny una noche, otra al Reverendo y a su familia, otra iremos a cenar al bar y luego Kelly se marchará a casa.

—Me cae bien —comentó Colin—. Es muy simpática, y un genio en la cocina. Además, tienes razón: es muy guapa. Pero no más guapa que tú, Jilly —le bajó las bragas por las caderas—. Tú eres la mujer a la que deseo cuando me despierto, cuando me duermo y cuando estoy dormido. Tú. Para mí, eres la mujer más bella del planeta.

—Eso es muy romántico, Colin —dijo ella con una sonrisa.

—Lo raro es que yo no soy nada romántico. Creo que me has embrujado.

—¡Pero si fuiste tú quien empezó!

—Esta noche voy a hacer el amor muy despacio —dijo él—. Voy a tardar mucho, mucho tiempo, así que nada de suplicar, ni de gritar —la besó en la boca—. Esto tiene que durarme toda una semana, así que déjame hacer lo que quiera.

—¿No te dejo siempre? —preguntó ella en voz baja—. Por ahora, lo que tú quieres es lo mismo que quiero yo.

Colin acabó de cargar el todoterreno antes de que amaneciera. Al oír voces en la cocina, entró. Kelly se ofreció a prepararle un gran desayuno para el viaje, pero Colin rehusó el ofrecimiento.

—Quiero irme enseguida y hacer todos los kilómetros que pueda hoy, pero siento perderme tu desayuno. Es mi comida favorita —luego se concentró en Jilly. Sonrió y tocó su cara—. Tengo mi teléfono nuevo listo. Ahora tengo dos teléfonos, dos números y el portátil. ¿Contenta?

—Estoy contenta porque vas a enseñar tus cuadros. Creo que el paso siguiente es buscar un representante, pero para eso habrá que esperar a ver qué opinan esos pintores y galeristas a los que vas a visitar. Sé que es lo mejor que puedes hacer, Colin. Sé que no vas a llevarte una desilusión. Y voy a echarte de menos —se puso de puntillas para besarlo—. Te voy a echar muchísimo de menos, y me alegro de que vayas a hacer esto.

—No os metáis en líos.

—Cuando vuelvas, algunas de las frutas más raras habrán brotado ya —contestó ella—. Tendrás que fingir un poco de entusiasmo.

—No tendré que fingir, nena. ¡Pero no te olvides de las sobras!

Ella se puso seria de repente.

—Por favor, ten mucho cuidado en la carretera. Si te cansas o tienes dolores o...

—Jilly, he pilotado aviones en plena guerra. Conozco mi cuerpo, mi capacidad y mis limitaciones.

Ella sonrió.

—Claro que sí. Estoy deseando que me cuentes cómo va todo.

—Y yo estoy deseando volver a casa, contigo.

Se despidió de ella con un beso y se marchó rápidamente. Jilly se quedó en el porche; luego salió al camino y estuvo mirándolo hasta que desapareció más allá de los árboles.

Pensó que aquello era una especie de preludio de su despedida en septiembre. Era un equilibrio tan precario, desear que cumpliera sus sueños y al mismo tiempo encontrar un modo de que no la abandonara nunca...

Se quitó las pantuflas, se remangó las perneras de los pantalones y se metió descalza en el huerto. Caminó entre las ringleras, admirando el crecimiento de las plantas. Todos los días revisaba cada planta, en ocasiones más de una vez. Una hora después, regresó al porche trasero con barro en las rodillas. Kelly estaba sentada en una de las sillas del porche, con una taza de café entre las manos. Sonrió a su hermana.

—¿Estás bien, cielo? —preguntó suavemente.

—Claro —contestó Jill—. Es muy importante que haga esto. Tú has visto sus cuadros. Son magníficos. No tiene por qué decidir dedicarse a la pintura, pero tiene que saber si vale para ello. Y sé que el resultado va a superar sus expectativas.

—Lo quieres —afirmó Kelly.

Jill sonrió y asintió con la cabeza.

—Pero es mejor no hablar de eso. Colin se echaría a temblar si lo supiera.

—Pero él también te quiere —repuso Kelly—. Es evidente.

—Para él, no —Jillian se sentó en los escalones del porche y se sacudió el barro de las rodillas—. Te lo aseguro.

—¿Vas a decirle lo que sientes?

Jillian asintió de nuevo.

—Se lo diré antes de que se vaya, pero encontraré el mejor modo de hacerlo. Cuando le diga que estoy enamorada de él, quiero que lo sienta como un regalo, no como una carga. No quiero decírselo para que cambie, ni para debilitarlo, sino para hacerlo más fuerte. Me gustaría reforzar su determinación.

Kelly se inclinó hacia delante.

—¿Estás segura? Porque pareces triste.

Jillian se recostó contra el poste de la barandilla. Sacudió la cabeza.

—Solo estaba fantaseando un poco. Nunca he tenido nada como esto, Kell. Nunca he tenido a un hombre en mi cama cada noche, ni cada mañana en la mesa del desayuno. Cuando la gente hablaba del amor, no me daba cuenta de que se referían a este buen humor, a este nivel de amistad y de apoyo, a este...

No sabía que fuera posible amar físicamente de este modo. No era virgen, claro, pero no sabía que un hombre pudiera amar a una mujer así. Es verdaderamente un milagro.

—¿Un milagro que terminará en septiembre?

—No —contestó Jillian con una sonrisa melancólica—. Estoy segura de que no acabará nunca.

Jillian buscaba consuelo en el huerto mientras que a Kelly le gustaba atarearse en la cocina. Lamentaba la falta de herramientas. Jillian se desenvolvía bien en la cocina, pero no tenía verdadero interés en cocinar, de ahí que tuviera tan pocos útiles. De hecho, aunque había espacio para un frigorífico de los grandes, Jack había instalado una nevera pequeña. La placa era también más pequeña de lo que permitía su hueco. Y en cuanto a cazuelas, sartenes y utensilios de cocina, solo había un par de cacerolas, unos cuantos platos, unas cucharas, unas espátulas y un tenedor de voltear. Sin embargo, el espacio de la cocina era fantástico. Se imaginaba colgando cacerolas sobre la isleta y pilas de acero inoxidable en las encimeras de granito que había instalado Paul. Había bajado al sótano con una linterna y, aunque solo había visto tierra y bloques de cemento, con un poco de trabajo y de dinero podía convertirse en una bodega estupenda. Ya había tres pilas, cajones refrigerados, cajones para mantener la comida caliente, espacio para tres hornos (Jack solo había instalado uno) y sitio para poner otro lavaplatos, además del que ya había. Aquella cocina, bien equipada, parecía hecha para un restaurante pequeño, pero elegante.

El único problema era que estaba en Virgin River. Y allí no había nadie que quisiera comer en un restaurante pequeño y elegante. Lo cual era una tragedia.

Sonó su teléfono móvil y lo agarró. Sonrió al oír:

—*Ciao, bella!* ¿Cómo te va, mi amor?

—¡Luca! No esperaba tener noticias tuyas —dijo—. ¿Qué tal la reunión familiar?

—Ruidosa. Muy ruidosa, en realidad. Han venido mis cinco hijos con sus respectivos cónyuges, compañeros, novios y novias, y hasta sus suegros, si los tienen. Michael anunció que se casaba después de que celebráramos su graduación. Y para no quedarse atrás, Bethany, que tiene veinte años, nos enseñó su rutilante anillo de compromiso. Parece que dentro de un año o menos los Brazzi tendremos dos bodas. Así estarán todos casados.

—¡Enhorabuena!

—Y, cómo no, yo estoy en la cocina, mimándolos y exhibiéndome. ¡Cuánto me gustaría que estuvieras aquí! —dijo—. Te echo de menos, *bella*.

—Nos veremos muy pronto. Por ahora, disfruta de tu familia. No los tienes a todos juntos muy a menudo.

—Quería decirte una cosa, Kelly. Cuando pasen esas bodas, habrá algunos cambios en mi vida. Y, con un poco de suerte, también en la tuya.

Kelly se sonrió. ¿Después de un año y dos bodas?

Habían empezado siendo simples conocidos, luego se habían hecho amigos; después, Luca se había convertido en su mentor, y por último, él le había declarado sus sentimientos. Kelly había intimado tanto con él en los seis meses anteriores que no le había sorprendido enamorarse de él, pero se sentía muy orgullosa de sí misma por haber logrado refrenarse y haberlo mantenido a raya a pesar de que él afirmaba desearla apasionadamente.

Luca llevaba veintiocho años casado y tenía cinco hijos de edades comprendidas entre los veinte y los veintisiete años. Cuando su amistad había empezado a convertirse en pasión, le había explicado que el suyo era un negocio familiar, que vivía con su esposa y varios empleados en una casa enorme, pero que su matrimonio era desde hacía muchos años simple cuestión de negocios.

—Aun así, estás casado —había contestado ella—. Y seguís viviendo bajo el mismo techo.

—Sí, cariño, pero ese techo cubre mil cien metros cuadrados, un par de almacenes, casa de invitados y unas cuantas hectáreas.

Olivia y yo tenemos habitaciones separadas desde hace veinte años, y no solo eso: también hemos discutido la situación con nuestros hijos. Todo es cuestión de llegar a un acuerdo.

¡Ah, la idea de tener una aventura con él era tan atrayente! Se sentía absolutamente seducida por él. No había nadie más perfecto para ella que un chef con talento y conocido internacionalmente, como Luca. Cada momento que pasaban juntos, cada vez que hablaban, era suya. Y sin embargo lo mantenía a distancia.

—Pero hasta que no te divorcies, Luca, no voy a ir más lejos. Bastante difícil será ya cuando te hayas divorciado. Tus hijos, por mucho que se hayan hecho a la idea de que Olivia y tú sois poco más que socios, no van a acogerme con los brazos abiertos.

—¡*Solo* socios! —exclamó él—. ¡Pero si Olivia tiene su propia vida amorosa desde hace años!

En efecto, había confiado en Olivia para que actuara como su compañera y socia en numerosas apariciones públicas, y ella lo había hecho siempre encantada, le explicó Luca, aunque fuera todo una farsa. Afirmó que el suyo era un acuerdo discreto y que Olivia se acostaba con un hombre más joven, un jugador de tenis o algo así. Kelly confiaba secretamente en que fuera cierto, pero no era tonta. Y a decir verdad, Luca no tenía por qué contarle todos aquellos detalles para conquistarla. Ella ya lo deseaba. Lo deseaba muchísimo. Y entre ellos, aparte de sus sesiones de cocina y sus muchas conversaciones, solo había habido un beso.

Pero ¡oh, qué beso! Kelly había estado a punto de desmayarse.

Quizá sí fuera tonta.

—En serio, te echo de menos, cariño mío —repitió él—. ¿Cuándo vuelves?

—¿Qué importa eso, Luca? No puedes escapar de tu familia.

—Me siento mejor cuando estás cerca. Donde sepa que puedo encontrarte.

Ella se rio, y luego se rio de sí misma porque, a pesar de que era una tontería, le había encantado oírlo.

—Un par de días más —dijo—. Pero cuando vuelva estaré trabajando, claro.

—Claro. Yo también. Pero nosotros siempre hemos sabido arreglárnoslas, ¿no, cariño?

Hablaban de amor, se seducían con palabras, pero no había nada más entre ellos. Kelly se preguntó cuándo llegaría el momento en que ya no podría soportarlo más, sucumbiría a la tentación, se rendiría y se convertiría en la otra mujer de su vida.

De pronto envidió a Jillian, a pesar de que su amante estaba a punto de marcharse, quizá para siempre. Sería tan agradable que hubiera un hombre esperándola, un hombre con el que reír, un hombre que la amara toda la noche... Se moría de ganas de pasar una noche entera con Luca.

—*Bella*, te necesito —dijo él con voz ronca.

Kelly se estremeció.

Varias horas después, cuando Jillian dio por terminada la jornada y volvió a casa, se duchó y regresó a la cocina, Kelly le dio una copa de vino y dijo:

—Tengo que contarte una cosa. Es sobre Luca, el chef del que te he hablado.

—¡Soy toda oídos! —Jillian sonrió y tomó asiento a la mesa con su vino, pero en ese instante oyó el ruido de un coche en el camino de entrada. Era evidente que se trataba de una camioneta. Jillian arrugó el ceño—. ¿Un mensajero? No espero nada —se acercó a la puerta y acababa de agarrar el picaporte cuando oyó el ruido de las botas de Jack Sheridan en el suelo del porche. Abrió la puerta—. Jack, ¿qué haces aquí?

—¿Puedo entrar, Jillian? Tengo que hablar contigo enseguida. Me han hecho una oferta por la casa.

—Claro —contestó ella—. Me temo que solo puedo ofrecerte cerveza sin alcohol o vino...

—No quiero nada, gracias. He dejado a Denny en el bar, ayudando a servir las cenas, y le he dicho que volvería enseguida. ¿Podemos sentarnos?

Jill se sentó a la mesa, donde la aguardaba su copa de vino, y Jack se sentó enfrente.

—A esa pareja de la zona de la Bahía le gustó la casa —se sacó un trozo de papel del bolsillo de la camisa—. La cifra de arriba es la de la tasación; la de abajo, su oferta —respiró hondo y pareció apenado—. Tú ya sabes lo que opino, Jill. Me gusta tenerte aquí y me gusta lo que estás haciendo. Solo quería que lo supieras —deslizó el papel por la mesa, hacia ella.

Jillian se quedó mirando el papel un momento antes de desdoblarlo. Arriba ponía 1.245.000 dólares. Abajo, 1.300.000.

Jillian miró a Jack.

—La quieren de veras, ¿eh?

Él asintió.

—Según la inmobiliaria, llevaban un año buscando. Esta casa parece cumplir sus requisitos, pero es el terreno el que sube el precio. Cuatro hectáreas es mucho terreno para un hotelito. Habrá sitio para que tengan caballos y otras cosas para los huéspedes. Si quieres pensártelo, puedo darte uno o dos días.

—Ya —dijo ella. Se quedó mirando el papelito y sintió que se le agolpaban las lágrimas. Miró hacia atrás, hacia su huerto. Se fijó en la multitud de lilas y hortensias que bordeaban el jardín trasero.

—Llámame, Jill —dijo Jack al levantarse.

—Claro —contestó. Solo había comprado una finca en toda su vida: su casa de San José. Y había pagado trescientos mil dólares por ella.

—Me sorprende mucho la tasación, aunque no debería. Si corrieran mejores tiempos, sería aún mayor.

—Lo sé —repuso ella. Levantó la vista del papel y sonrió débilmente—. Esa pareja debe de estar forrada.

—Son mayores que tú y se han prejubilado. Tienen cincuenta y tantos años, son lo bastante mayores para haber hecho algún dinero, y lo bastante jóvenes para regentar un hotel durante una buena temporada.

«Pero yo tengo treinta y dos», pensó ella. «Si esto funciona, puedo tener mi huerto muchísimo tiempo. Si no funciona, tendría que vender. Quizás dentro de un par de años mejore la economía y pueda venderla por más. O quizá la economía empeore, las tasas de interés se disparen y pierda un montón de dinero».

—Avísame cuando hayas decidido algo —insistió Jack.

—Gracias, Jack. Te agradezco que hayas venido hasta aquí.

Él se acercó a la puerta.

El problema era que Jillian ya tenía una cifra pensada desde antes: poco más de un millón. Le horrorizaba la idea de regresar al mundo empresarial, de ponerse medias y zapatos de tacón todos los días. Pero lo que la hizo decidirse de inmediato fue la idea de que los caballetes de Colin estuvieran siempre montados en el solario, listos para cuando él quisiera volver.

—¡Dame un boli, Kelly! —se levantó de un salto y corrió a la puerta de atrás. La abrió y gritó—: ¡Jack! ¡Jack, vuelve!

Agarró el boli que le tendió su hermana, volvió a sentarse y garabateó algo en el papel. Había vuelto a doblarlo cuando Jack regresó a la cocina. Se lo pasó.

Él lo abrió lentamente y, cuando lo hizo, puso unos ojos como platos. Miró el papel, miró a Jillian y otra vez el papel.

—¿Estás segura? —preguntó.

—Sí —asintió con la cabeza.

—Es un paso muy importante, Jillian. ¿Te lo has pensado bien?

—Así es mi hermana —comentó Kelly—. Le gusta lanzarse a tumba abierta. Es impetuosa. Impulsiva. No pierde un instante.

Jillian soltó de pronto una carcajada. Acababa de darse cuenta de un par de cosas. Cosas importantes.

—¿Seguro que puedes permitírtelo? —preguntó Jack.

—Sí, Jack. Me las arreglaré. Pero es información confidencial, ¿de acuerdo?

—Claro. De acuerdo. Bueno, entonces imagino que ya has tomado una decisión sobre tu antiguo trabajo.

Ella se rio.

—Supongo que sí.

Escrito en el papel se leía «1.500.000».

—Quizá sea un poco excesivo —dijo Jack—. ¿No deberías ofrecer solo un poquito más? Darles la ocasión de pujar, por si no pueden llegar a tanto.

—Prefiero que las cosas queden claras desde el principio. No me apetece jugármela. Voy en serio y prefiero que no haya contraoferta.

Jack soltó un silbido. Le tendió la mano.

—Buena suerte. Te avisaré cuando sepa la respuesta.

—Gracias, Jack.

Él se guardó el papel en el bolsillo de la camisa y se marchó. Cuando dejó de oírse el ruido de su camioneta, Kelly se acercó a la mesa con una copa de vino en la mano y miró a su hermana.

—¿Te lo has jugado todo a una carta? —preguntó.

—Todo no, pero sí una buena parte. ¿Sabes de qué acabo de darme cuenta? De que cuando actúo por instinto, las cosas siempre me salen bien. Rara vez me equivoco. Cuando me fui a trabajar con Harry recién salida de la facultad, cuando tomaba decisiones rápidas en el trabajo, cuando me lié con Colin en cuestión de días... Es cuando no actúo deprisa, cuando algo que no consigo identificar me pone sobre aviso, cuando las cosas me salen mal. Es lo que me pasó con Kurt. ¡Tardé meses en rendirme a él! ¡Meses! En el fondo sabía que había algo raro, solo que no sabía qué.

»En cuanto tomé una decisión sobre el huerto, supe enseguida que quería expandir el negocio, hacerlo a gran escala, y supe que quería hacerlo aquí. No quiero una guerra de pujas por la casa y las tierras —afirmó—. No me sorprendería que esa pareja se diera por vencida. He superado su oferta por doscientos mil dólares.

Kelly se puso pálida. Se dejó caer en la silla. Sabía que su hermana había ganado un montón de dinero en BSS, pero para ella menos de doscientos mil dólares era ya «un montón de dinero».

—¿Me tomas el pelo? —susurró.
—No, es así —levantó su copa de vino para brindar—. Bueno, ¿qué ibas a contarme de Luca?
—¿Qué? Ah, nada —dijo Kelly—. Nada. Que estoy segura de que va a gustarte.
—Es imposible que no me guste si tú estás enamorada de él.

CAPÍTULO 14

Colin había planeado desde el principio visitar primero la galería de Shiloh Tahoma en Sedona. La galería no era lo que esperaba: sobrepasó sus expectativas. Para empezar, estaba alejada de la zona más turística. El letrero colocado sobre la tienda solo decía ARTE. Y grabado en letras doradas en la puerta de cristal se leía «indios navajos». Colin estuvo largo rato en la acera, contemplando los cuadros que se exhibían en el escaparate: nativos americanos con su atuendo tradicional, con trenzas o el pelo suelto, indias solas o con niños, paisajes, rostros cincelados, sombras exquisitas, retratos maravillosos.

Colin se había informado acerca de Shiloh en Internet y tenía la sensación de estar en cierto modo familiarizado con su obra, pero de cerca sus cuadros eran magníficos. Colin no quería entrar. Se sentía como un impostor, como un farsante.

—¿Puedo ayudarle en algo?

En la puerta de la tienda apareció una bella nativa de pómulos altos y cabello largo, negro y liso.

—Yo... eh... he venido a ver al señor Tahoma.

—¿Lo está esperando?

—Creo que sí. Soy Colin Riordan.

—Claro —la mujer sonrió—. Pase. Está en la parte de atrás. Acompáñeme.

Colin solo dispuso de un momento para echar un vistazo a

la tienda mientras la atravesaban. Había otras muchas cosas, aparte de cuadros: fotografías, figurillas, atrapasueños, móviles, postales, libros, ilustraciones, piedras pintadas, y turquesas. Turquesas a montones. También había una vitrina que parecía contener joyas de plata.

La tienda era pequeña, en realidad, pero más allá había una habitación muy amplia. Era un taller repleto de cuadros. Había una cocinita, una mesa y unas sillas, un cuarto de baño y montones de armarios y estanterías.

—Papá, el señor Riordan está aquí.

«¿Papá?», se preguntó Colin, extrañado.

Un nativo muy alto, con una larga trenza negra que le caía por la espalda, se apartó de un cuadro que estaba pintando. No era, sin embargo, el típico cuadro de temática india, sino un retrato de una madre con un niño, abstracto y lleno de colorido. Colin lo miró boquiabierto. No sabía nada de arte abstracto. Ignoraba si el cuadro podía considerarse bueno, pero le encantaba. Su sorpresa fue total.

—Me alegro de conocerte en persona, Colin —dijo Shiloh. Se limpió las manos y le tendió una a Colin—. Vamos a tomar un café y a hablar.

—Estoy interrumpiendo tu trabajo —se disculpó Colin.

—No importa. Quiero que me hables de tus cuadros. ¿Cómo quieres el café?

—Solo con un poco de leche —contestó. Pero pensó, «¿de qué hay que hablar?». Después de ver los cuadros que había en la galería, se sentía completamente intimidado. Aquel hombre era un maestro.

Sin embargo, aceptó una taza de café y se sentó a la mesa, en la trastienda.

—Tienes una hija encantadora.

—Gracias. Tienes veintitrés años y pinta muy bien, aunque todavía está experimentando. Tengo tres hijas, de diecisiete, veinte y veintitrés. Todas echan una mano aquí de vez en cuando, pero para Samantha es una verdadera pasión. Algún día quiere tener su propia galería.

—Ese cuadro —Colin señaló la pintura abstracta—. No he visto nada parecido fuera. Es una forma de abordar el arte nativo completamente distinta. ¿Tú también estás experimentando?

Shiloh sacudió la cabeza mientras le preparaba el café.

—Me encanta el estilo abstracto y creo que se me da bien, pero, como soy navajo y me dedico principalmente al arte nativo, eso es lo que la gente espera de mí, lo que quiere ver en mi galería. No me quejo: tengo buena mano para el arte nativo y ocupa lugar especial en mi corazón. Fue lo primero que vendí y lo que me ha hecho más o menos famoso en algunos círculos artísticos. Me gusta dedicarme a él y lo hago lo mejor que sé. Pero la pintura abstracta es única y hace latir mi corazón un poquito más deprisa —se encogió de hombros—. ¿Quién sabe por qué?

—Los cuadros que he visto en la galería son tan buenos que me daba vergüenza entrar. Es una obra muy notable.

—Gracias. Paga las facturas. Mis otras obras, como esta, las mando a Los Ángeles —Shiloh se sentó a la mesa, frente a él—. ¿Cuándo te diste cuenta de que sabías dibujar?

Colin tomó un sorbo de café.

—¿A los seis años? —respondió—. Algo así. ¿Y tú?

Shiloh sonrió.

—En torno a los seis, creo. Cuando empecé a demostrar inclinación por la pintura, mis padres me pusieron a pintar símbolos en figurillas para vendérselas a los turistas que visitaban la reserva. Soy de familia de rancheros. Hacían lo que podían para ganarse el pan, pero nadie pensó en que me dedicara a las Bellas Artes. Eso quedaba muy lejos de su experiencia. ¿Y dónde te gusta pintar? —preguntó Shiloh.

—En lo alto de una colina, a la luz del sol, pero tengo un solario donde se pinta bastante bien. Está en casa de una mujer con la que estoy. Pero aun así sigo saliendo a pintar al aire libre si el tiempo lo permite. Y voy por ahí con una cámara para fotografiar animales salvajes.

—Algunos de los cuadros que me has mandado por e-mail me interesan. Son muy buenos.

—Nunca antes se los había enseñado a un profesional. Después de ver tu obra, no puedo creer que tenga valor para hacerlo. En todo caso, creo que lo que mejor pinto son animales —sonrió casi con timidez—. Tampoco se me dan mal los helicópteros, por si alguna vez te interesan. Una vez hice un mural de un Black Hawk.

—¿Y qué piensas hacer con ese talento tuyo para pintar animales salvajes?

—En primer lugar, voy a ir a África a hacer fotos en el Serengueti. De leones, gacelas, leopardos, elefantes, etcétera. Y también del entorno en el que viven. Luego lo único que quiero es mejorar.

Shiloh se recostó en su silla y preguntó:

—¿Cómo has llegado de los seis años al Serengueti?

—¿En treinta y cuatro años? —preguntó Colin.

Shiloh asintió con aire solemne.

—Espero que no tardes treinta y cuatro años en contármelo, pero no omitas las cosas importantes.

—¿Y cómo sabrás qué cosas son importantes?

Shiloh sonrió con indolencia.

—Lo sabré.

Así pues, Colin comenzó. Pasó un cuarto de hora hablándole de sus años en el instituto, de su carrera en el Ejército y de su dedicación ocasional a la pintura y el dibujo. Luego pasó cuarenta minutos hablándole del accidente, de la rehabilitación y de su vida en Virgin River. Y por último le habló del empeño de Jillian en que intentara averiguar si su obra valía algo. Y de cómo había accedido él de mala gana.

—Imagino que has traído materiales.

—¿Material de pintura? —preguntó Colin.

Shiloh asintió.

—Para poder parar por el camino si encuentras el sitio perfecto o si algo te interesa.

—Sí.

Shiloh se levantó.

—Entonces deja que te lleve a uno de mis sitios preferidos.

—¿Quieres ver mi obra antes de perder un montón de tiempo? —preguntó Colin.

—No será una pérdida de tiempo —contestó Shiloh—. ¿Has aparcado en la calle? —cuando Colin asintió, dijo—: Tengo un todoterreno blanco. Daré la vuelta desde atrás. Sígueme con tu coche.

Colin se quedó en el estudio mientras Shiloh Tahoma salía por la puerta de atrás. Un poco confuso, cruzó lentamente la galería. Samantha estaba junto a la puerta, hablando con un hombre que podía ser un cliente, un vecino o un amigo. Se detuvo para mirar a Colin. Ladeó la cabeza y sonrió.

—Tu padre quiere enseñarme un sitio —dijo Colin—. Creo que para pintar.

Samantha sonrió e hizo un gesto de asentimiento. Luego retomó su conversación.

Para cuando se sentó detrás del volante de su todoterreno, el vehículo de Shiloh se había parado a su lado y lo estaba esperando. Colin siguió al navajo unos treinta minutos, fuera de la ciudad, hacia el interior del desierto de Sedona, repleto de rocas rojas. Subieron por una carretera de montaña y finalmente el pintor detuvo su coche. Mientras había estado conduciendo, Colin no había parado de preguntarse de qué iba todo aquello. ¿Era una especie de prueba? ¿Quería ver Shiloh lo que era capaz de hacer? ¿Cuáles eran sus expectativas?

Pero cuando el todoterreno se detuvo junto a un barranco desierto con unas vistas espectaculares, Shiloh salió del coche y levantó el portón trasero.

—Nos quedan como mucho dos horas de luz buena —dijo cuando Colin también salió—. Saca tus cosas, vamos a pintar un poco.

—¿Para que puedas ver lo que soy capaz de hacer?

—Imagino que veré lo que eres capaz de hacer cuando vea tu trabajo, más tarde. Es solo que odio desperdiciar una buena luz.

«¿Habla en serio?», se preguntó Colin. «¿Nos tomamos un café, nos vamos al desierto y nos ponemos a pintar? ¿Y ya está?».

Pero había buscado a Shiloh Tahoma en Google y sabía que era un pintor respetado que también daba clases en la universidad. Quizá fuera un poco raro, pero aun así conocía bien su oficio. Así pues, Colin le siguió la corriente. Sacó su caballete, sus pinturas, una paleta y una colección de pinceles, un poco de aguarrás y unos trapos. Montó el caballete y se puso a pintar al carboncillo aquel cuadro nuevo y completamente inesperado, para el que carecía de inspiración. Silueteó las gigantescas rocas rojas, pero no las rellenó de color. Dejó la silueta al carboncillo y dibujó un enorme puma tendido sobre una plataforma rocosa más baja. Y eso fue lo que empezó a colorear media hora después de haber empezado.

—Yo suelo pintar solo, pero creo que tú y yo tenemos algunas cosas en común.

—¿Cuáles, por ejemplo? —preguntó Colin.

El navajo se encogió de hombros.

—Hemos pasado momentos difíciles y los dos hemos utilizado la pintura como un apoyo para recuperar la estabilidad. Yo nunca me he estrellado con un helicóptero, pero la madre de mis hijas murió. Fue muy difícil.

Colin lo miró. El hombre siguió pintando sin mirarlo.

—Lo siento —dijo Colin.

—Gracias. Ahora tengo pareja. A mis hijas les cae muy bien. Eso hace las cosas más fáciles. No soy muy sabio para esas cosas, pero creo que, si pintas y dibujas cuando las cosas se ponen feas, es que eres un artista de corazón —se encogió de hombros—. Puede que solo sean imaginaciones mías. ¿Qué objetivo te has marcado, artísticamente? —preguntó.

Colin se rio.

—Pintar decentemente.

—Entiendo. ¿Para ganar dinero?

—Tengo una pensión del Ejército. No es mucho, pero me da para vivir. Me gustaría ser bueno, es así de sencillo. ¿Qué sentido tiene dedicarle tanto tiempo si no eres bueno?

—¿Estás acostumbrado a ser muy bueno en todo lo que haces? —inquirió Shiloh.

—Generalmente sí, supongo.

—Debes de pensar que eres bueno o no me habrías llamado.

—Me preguntaba si era bueno, pero fue mi pareja quien insistió en que averiguara si mis cuadros tienen algún valor. Ella cree que son magníficos, pero no es muy objetiva —se rio y sacudió la cabeza—. Cultiva un huerto a gran escala: frutas y verduras especiales, de esas raras que compran los restaurantes caros para usarlas como guarnición. Pimientos raros, tomates de variedades especiales, espárragos blancos, remolachas del tamaño de tomates cherry... Supongo que ella también es una artista, a su modo.

Shiloh lo miró, levantó la barbilla y sonrió.

—Creéis el uno en el otro. Eso está bien.

Estuvieron callados un buen rato, pintando. Fue con mucho el rato más extraño que había pasado Colin en su vida. Luego, cuando llevaban casi dos horas pintando, Shiloh dejó su pincel, miró el cuadro de Colin y dijo:

—Muy bonito. Ahora quiero ver tu obra. Imagino que está en el todoterreno.

—Sí —respondió Colin—. Está todo embalado. Preferiría enseñarte los cuadros en tu estudio, con una luz decente.

—Luego lo harás —dijo Shiloh—. Ahora desenvuelve un par para mí. Los que más te gusten.

Colin experimentó por un instante la enorme presión de elegir sus mejores obras, pero se deshizo de ella de inmediato. Creía que aquella especie de prueba podía ser una completa pérdida de tiempo. Quizá Shiloh le diera ánimos, pero era muy improbable que pasara de ahí.

—Puedo elegir tres —dijo Colin—. ¿Aquí? ¿Ahora?

—Aquí —respondió el navajo—. Ahora.

Colin se rio. Estaba un poco desconcertado.

—Date prisa —insistió Shiloh—. Antes de que nos quedemos sin luz. ¿Necesitas ayuda?

—Abre este, por favor —dijo Colin, pasándole un lienzo grande envuelto en paño. Usó un cúter para quitar el envoltorio de cartón de otro. Pensaba enseñarle el gamo, el rebaño y el águila.

Después de desembalar los tres cuadros, apoyó dos contra el parachoques trasero y el otro lo puso en la trasera del todoterreno.

Por primera vez desde que se habían conocido, Shiloh sonrió y sus ojos adquirieron una mirada cálida.

—Espléndido. Ahora cenaremos en mi casa y hablaremos.

Kelly hizo pizza para Denny y el chico la devoró. Dijo que estaba riquísima. La noche siguiente, mientras Denny ayudaba a Jack a servir las cenas que el Reverendo había dejado preparadas por la tarde, Kelly cocinó un menú especial para el Reverendo, Paige y sus dos hijos pequeños. De aperitivo, hizo la misma bandeja que había preparado para Colin y Jillian el primer día: su menú de degustación.

—Tengo que aprender a hacer estas hojas de parra rellenas. Y los champiñones rellenos —dijo el Reverendo—. ¿Crees que alguien los comería en el bar?

—Comerán cualquier cosa si está rica, John —repuso su mujer.

El primer plato era sopa de calabaza, después ensalada y por último pollo al parmesano con anchoas, aceitunas negras y puntas de espárragos. De postre, la tarta de limón especialidad de Kelly, servida con café. El Reverendo comió con enorme apetito y por fin se recostó en su silla y se frotó la barriga.

—Dios mío —dijo casi con fervor—, creo que empiezo a darme cuenta de cuál es el problema de trabajar en un restaurante. Soy el cocinero, casi nunca me siento a comer una comida completa. Me paso el día probando. Nunca estoy lleno, pero nunca tengo hambre. ¡He comido como un cerdo!

—Estoy deseando ver qué me preparas mañana por la noche —comentó Kelly.

—Bueno, no sé si preparar una cena de Acción de Gracias o una cena de Navidad, mis verdaderas especialidades —dijo él—. En Acción de Gracias, hago pavo con toda su guarnición, y en Navidad, pato. Tengo un par de patos en el congelador desde enero. Estarían mejor frescos, pero te harás una idea.

—¡Pato! —exclamó Kelly—. ¿Cómo vas a prepararlo?

El Reverendo se irguió, orgulloso.

—He hecho un par de ajustes en una receta que encontré. Es fantástica. Te vas a sorprender.

—¡Me muero de ganas!

—En una de estas visitas tenemos que cocinar juntos —propuso él.

—Lo haremos algún día, aquí o en San Francisco. Los chefs que se admiran mutuamente se entretienen así.

Al día siguiente, el Reverendo hizo costillas, maíz, judías, ensalada de col y pan de maíz para dar de cenar a los clientes del bar al tiempo que preparaba su pato especial para Kelly y Jillian. Pensaba servirles la cena en la cocina, en su mesa de trabajo. Cuando llegaron al bar, se sentaron a la barra para tomar una copa de vino mientras el Reverendo daba el toque final a su cena.

—Esta competición culinaria tiene al Reverendo en ascuas —comentó Jack—. Nunca lo había visto tan nervioso. Me ha dicho que intente entreteneros veinte minutos más.

—Jack —susurró Kelly—, ¿podrías traerme a escondidas un platito de sus costillas para que las pruebe?

Jack se inclinó y contestó en voz baja:

—No. El Reverendo no me lo permitiría. Me ha dicho que no os deje tomar nada que pueda estropear vuestras papilas gustativas antes de la cena. Hasta ha pedido este vino en concreto para vosotras. Creo que ha estado investigando otra vez. Cómete el pato y pídele luego que te deje probar las costillas. Seguro que acepta, si te comes toda la cena.

Ella sonrió.

—Eso es exactamente lo que haría yo. Dios mío, me encanta

cómo lleva este sitio —al ver la expresión de pasmo de Jack, añadió—: Cómo lo lleváis los dos, quiero decir.

Jillian se rio.

—No te dejes engañar, Jack. Los cocineros creen siempre que ellos lo dirigen todo. Permiten que los dueños y los gerentes contribuyan en algo, pero en cosas sin importancia.

—Sí, eso parece.

Mientras Kelly y Jillian charlaban con Jack, Kelly vio por casualidad a un hombre sentado en un rincón, al fondo del local. Parecía estar solo y había en él algo que llamó su atención. Algo que le resultaba familiar, o atrayente. Le gustaba su aspecto, eso lo sabía. Parecía muy grandullón; tenía el pelo rubio rojizo y barba de dos días. Kelly se dio cuenta de que se sentía extrañamente atraída hacia él. Y aunque lo miraba fijamente, él no la miró ni una sola vez. Estaba observando a una chica que había junto a la máquina de discos y no sonreía.

En ese momento la chica se apartó de la máquina de discos, se acercó a la barra y se metió descaradamente entre Kelly y Jillian.

—¿Tienes algo de música guay? —preguntó con expresión desdeñosa.

Jack se inclinó sobre la barra y miró por encima de ella.

—Bueno, veamos, Courtney. Esto es un bar. Eso significa que aquí vienen personas mayores de edad. O sea, que lo que hay en la máquina de discos es guay. Creo que hoy no es tu día de suerte.

Ella lo miró con enfado un momento y luego masculló:

—Qué gracioso —dio media vuelta y salió por la puerta.

El hombretón se acercó a la barra, pero no interrumpió la conversación de nadie. Se quedó de pie en un extremo de la barra y esperó a Jack. Sacó un par de billetes y Jack fue a recogerlos.

—Espera, te traigo el cambio, Lief —dijo.

—Déjalo, Jack. Gracias por la cena. Estaba buenísima. Dile al cocinero que son las mejores costillas que he probado en mi vida.

—Descuida, se lo diré —contestó Jack.
Cuando el hombre se marchó, Kelly preguntó:
—¿Son imaginaciones mías o esa mocosa es una auténtica bruja?
Jack había arrugado el ceño.
—No hace falta mucha imaginación para darse cuenta de eso.

Después de la cena, de camino a casa, Kelly no paró de ensalzar el pato del Reverendo, su arroz salvaje, sus cebollas a la crema y sus espárragos con salsa holandesa. También había probado sus costillas, sus judías y su pan de maíz. Como estaba acostumbrada a probar muchos platos, procuraba no atiborrarse demasiado.
—Es uno de esos cocineros natos —le comentó a su hermana—. Es autodidacta y sabe exactamente lo que tiene que hacer, cuándo hacerlo y cómo hacerlo. Tiene un paladar experto. Estoy impresionada. Y las cosas que cocina no son muy sofisticadas, pero son perfectas para el bar. Perfectas.
—Creo que no podré volver a caminar —dijo Jillian con un gruñido. Ella, que no era una catadora experta, había comido demasiado.
—Cuando lleguemos a casa voy a recoger mis cosas y a meterlas en el coche. Quiero irme temprano, para llegar por la tarde.
—Lo entiendo, pero ha sido una semana tan estupenda... He engordado siete kilos, pero en fin... —dejó escapar un profundo suspiro—. Te ayudaré a hacer el equipaje. Me sentará bien moverme un poco.
Doblaron juntas la ropa de Kelly en su habitación.
—Cuéntame cómo conociste a ese tipo con el que te ves —le pidió Jillian.
Kelly no tuvo que pensárselo para contestar.
—Fue en un acto benéfico, de esos de a mil dólares el cu-

bierto, que se celebró en mi restaurante. Durant, nuestro jefe de cocina, era uno de los participantes. Luca no solo es muy conocido en la zona, también es socio del restaurante y era uno de los chefs invitados. Yo ya lo conocía, pero fue entonces cuando empezamos a congeniar, hablamos de comida y de menús y *voilà*... nos hicimos amigos. Eso fue hace seis meses y desde entonces hemos estado en contacto. A veces cocinamos juntos.

—¡Chefs! —dijo Jillian—. Es extraño. Yo no me junto con horticultores para hablar de verduras..

—Sí, lo sé —dijo Kelly, riendo.

Se oyó un tintineo al fondo del pasillo. Era el móvil de Jillian. Miró su reloj. Eran más de las nueve.

—¿Quién será?

Corrió por el pasillo y agarró el teléfono.

—¿Colin? —dijo—. ¿Ya sabes manejar el iPhone?

—¡Tengo cosas que contarte!

—¡Casi no te oigo! Espera, no cuelgues. Voy a ver si en otro sitio hay mejor cobertura —salió corriendo de su cuarto, subió a la terraza y salió a la noche estrellada—. ¿Me oyes? —preguntó.

—Sé dónde estás —contestó él, risueño—. En el tejado.

—Ah, mucho mejor. ¿Dónde estás?

—En el coche, de vuelta a Virgin River.

—¿Ya? ¿Y de noche?

—Solo he ido a Sedona, Jilly —explicó—. Estuve en la galería de Shiloh Tahoma. Él la llama «tienda» o «taller», pero en la parte delantera tiene expuestos sus cuadros, y es una galería en toda regla. Sus cuadros son increíbles. Claro que él se ha tomado la pintura en serio desde que era un crío. Lo primero que me dijo fue «vámonos a pintar por ahí». Yo pensé que era una especie de prueba, pero creo que de verdad solo quería pasar un rato pintando. Luego echó un vistazo a tres de mis cuadros y dijo «estupendo». Me llevó a su casa y cené con su familia. Está casado y tiene tres hijas. La casa es muy sencilla, pero tiene unos cuadros alucinantes. Ese hombre es un maestro. Y colecciona obras de maestros. Ojalá los hubieras visto.

—¿Cuándo ha sido eso? ¿Hoy? —preguntó ella.

—Ayer. Anoche. Shiloh me invitó a pasar allí la noche, pero no quería causarles más molestias. Así que me dijo que volviera a primera hora de la mañana y me he presentado en su tienda a las ocho. Tenía un montón de preguntas que hacerme, como qué sabía de litografía e impresión, esa clase de cosas. Cosas que recuerdo de cuando estudiaba arte en el instituto y cosas que he leído a lo largo de los años, pero que rara vez he entendido y a las que no me he dedicado nunca. Me ha comentado que, cuando tenga más obra y pueda ofrecer copias, conoce a un tipo que puede diseñarme una página web si me apetece. Él vende copias numeradas de sus cuadros en su sitio web, pero nunca vende originales por esa vía. Resumiendo, que me ha dicho que debería hablar con marchantes de arte, con agentes, quizá, y visitar más galerías, pero se ha ofrecido a colgar mi obra en la suya. Y escucha esto Jilly: le he preguntado si era lo bastante bueno para exponer mis cuadros en su galería y me ha dicho: «No del todo. Pero dentro de cinco o diez años vas a ser un pintor sobresaliente». Me ha dicho que creía que aun así mis cuadros se venderían, y que siempre era ventajoso ser el primero en descubrir a un pintor, y que sabía que había sido pura suerte que me topara con su primo en Virgin River.

—¿Y luego qué? ¿Qué has hecho?

—Le he dejado todos mis cuadros y he firmado un contrato muy sencillo, de tres párrafos, que decía que tendría los cuadros seis meses en depósito y que se quedaría con el cincuenta por ciento de las ganancias. Me ha dicho que, si miro por ahí, me daré cuenta de que el cincuenta por ciento es mucho, pero que soy un desconocido y él tiene facturas que pagar. Es tan práctico, tan lógico... Y me ha dicho que, si pinto algo en África, que le mande fotografías. Luego hemos comido, nos hemos estrechado la mano y he salido hacia Virgin River. Llevo ocho horas conduciendo y todavía estoy tan excitado que no sé si volveré a pegar ojo. En estas ocho horas no he parado de pensar en ello, preguntándome qué ha ocurrido.

—Colin, ¿estás seguro de que va a hacer justicia a tu trabajo? ¿Y si no hay dinero? ¿O si no te devuelve los cuadros?

—Si eso ocurre, Jilly, será la lección más importante de mi vida, porque te aseguro que ese hombre me ha parecido el más honrado, íntegro y razonable que he conocido en toda mi vida. Si eso pasa, significaría que no sé nada sobre el ser humano y que conviene que no vuelva a confiar en ninguno.

—Pareces tan entusiasmado, Colin...

—Me ha dicho que tardaría un par de días en colgar los cuadros. Quiere hacerlo bien. Pero que me enviaría por e-mail una foto de la tienda para que vea dónde los ha puesto —se rio—. Luego me ha enseñado a hacer fotos con el móvil y a mandarlas por correo electrónico o por mensaje de texto desde el teléfono. Dijo en broma que le costaba creer que fuera capaz de pilotar un helicóptero y no supiera manejar un iPhone.

Ella se rio.

—No creo que fuera una broma, Colin.

—Ha sido toda una experiencia. Ahora tengo aún más ganas de pintar. Sigo teniendo muchísimas ganas de volar, pero también de seguir pintando —bajó un poco la voz—. ¿Estás bien, Jilly? ¿Tu hermana sigue ahí?

—Se va por la mañana. ¿No deberías parar a dormir en algún sitio?

—No puedo —contestó—. Estoy en algún lugar entre Las Vegas y Reno, en pleno desierto. Me encuentro con otro coche cada diez minutos aproximadamente. No hay ningún sitio en la carretera y voy hacia casa. Háblame de casa, Jilly.

«De casa...». Ella intentó no tomarse aquella palabra demasiado en serio. Estaba segura de que solo se refería a que iba a volver.

—No creo que me dure mucho la batería, ni que las noticias que tengo que darte sean tan emocionantes como las tuyas, pero voy a contarte lo que ha pasado por aquí —le habló de las comidas que habían tomado y de lo que estaba guardando para él. Le explicó que Denny iba a pasar menos horas trabajando en el huerto: tenía que sustituir a Jack en el bar un fin de semana largo para que Jack, Mel y sus hijos pudieran ir a Oregón a ver a Rick y a su abuela. Le resumió la situación en el huerto: lo que estaba en flor, lo que tenía yemas y lo que empezaba a asomar. Luego le habló un poco de las estrellas; desde la terraza, la vista era increíble.

Por último, le dijo que había hecho una oferta sobre la casa.

—Si funciona, creo que voy a establecerme aquí —dijo.

—Vas a ganarte la vida cultivando.

—Si puedo, sí. Y creo que puedo.

—Yo también lo creo —repuso Colin.

Le describió el negro desierto al sur de Reno y le contó algunas cosas que había descubierto gracias al artista navajo.

—He pagado seiscientos dólares por uno de sus cuadros. No es una pintura tradicional, sino abstracta. No sé por cuánto podría haberla vendido, pero apuesto a que habrían sido varios miles de dólares. Insistió en que seiscientos eran suficientes. Y sé que con eso apenas hay para cubrir el coste del lienzo y la pintura. ¿Querrás colgarlo en tu casa?

Llevaban un buen rato hablando cuando el teléfono de Jillian comenzó a pitar.

—Colin, me estoy quedando sin batería —dijo—. ¿Estás bien para conducir o necesitas que siga hablándote hasta llegar a casa?

Él se rio un poco.

—¿Sabes qué? No recuerdo haber hecho esto nunca antes. Hablar con una mujer más de una hora por teléfono.

—No esperarás que te crea —dijo ella—. ¡Sé que has estado con un millón de mujeres!

—No como tú, Jilly. Antes siempre buscaba a mujeres que quisieran llevarme a la cama. Nunca se me ocurrió buscar una que quisiera llevarme en su corazón.

Colin llevaba tres días en Virgin River cuando Jillian recibió una llamada de Jack.

—Espero que hablaras en serio —dijo Jack—, porque no hay contraoferta. La casa es tuya.

Ella sonrió, radiante.

—Claro que hablaba en serio —dijo—. Muchísimas gracias, Jack. Espero que estés tan contento como yo.

CAPÍTULO 15

Denny Cutler se había convertido en un hombre de familia, en cierto modo. Había sido «adoptado» por la familia Sheridan. Cenaba con los Sheridan en su casa una vez por semana, jugaba con los niños, los empujaba en el columpio, los perseguía, los ayudaba a lavarse para la cena y a ponerse el pijama. De vez en cuando echaba una mano en el bar sirviendo mesas, acarreando cestos con vasos y limpiando el arcón del hielo. Los fines de semana iba al río a pescar con Jack. No era la primera vez que tenía una relación tan estrecha con un hombre mayor: también había estado el antiguo novio de su madre, Dan Duke, un tipo muy amable que parecía tenerle verdadero afecto. Jack, sin embargo, era especial para él. Estaba aquel lazo de sangre.

Cuando Jack se ausentó para ir a ver a Rick y a su abuela, Denny hizo doble jornada. De noche dormía en casa de los Sheridan para cuidar de su perro. Luego se iba temprano a casa de Jillian, hacía lo que hubiera que hacer en los huertos o en los invernaderos, y a mediodía estaba en el bar para atender la barra y servir mesas. Por las tardes, cuando el bar estaba más tranquilo, se pasaba por casa de Jack para sacar al perro, hacía las tareas que hubiera que hacer, como sacar la basura, y luego volvía al bar antes de la hora de la cena.

Mike Valenzuela lo ayudaba a servir bebidas y cenas y le hacía compañía, pero Denny se las arreglaba muy bien. Sus días eran largos y productivos, y se sentía orgulloso de todo lo que era capaz de hacer. De hecho, cuando echaba un vistazo a su vida, le parecía que había tocado techo. Se sentía muy unido a Jack y Mel, le gustaba el pueblo y la gente que se pasaba por allí, y estaba muy volcado en el huerto de Jillian. Lo único que echaba de menos era tener una casa propia, más espaciosa que la habitación de encima del garaje de los Fitch. Y una mujer. Le habría gustado tener una novia formal. Jack había evitado comprometerse hasta los cuarenta años, pero Denny no quería eso para él. Le apetecía tener pareja estable, hacer planes para tener familia, todo eso. No había nada parecido en el horizonte, pero no dejaba de buscarlo.

Jack volvió al bar el lunes a última hora.

—Vaya, forastero, bienvenido a casa —dijo Denny—. ¿Acabas de llegar?

—A eso de las cinco —dijo Jack—. He dejado a los niños y a Mel en casa y me he venido al pueblo a ver qué tal iba todo.

—No creo que estemos listos aún para que te jubiles, pero nos las hemos arreglado bien —repuso Denny.

—El perro está vivo y la casa y el jardín están en perfecto estado. Gracias, Denny. La verdad es que no esperaba que hicieras tantas cosas.

Denny se rio.

—¿No esperabas que mantuviera al perro con vida?

—Me he fijado en que has podado un poco en el jardín. Eso no tenías por qué hacerlo.

—Es lo menos que puedo hacer, Jack. Además, me alegra echar una mano y tú lo sabes.

—Siempre haces un poco más de lo que te piden. Es...

—¡Es lo menos que puedo hacer, Jack! —insistió él—. ¿Sabes para qué me había preparado? Para que dijeras: «¿Un hijo? ¡Yo no quiero otro hijo, y menos ahora!». Pero no fue eso lo que dijiste —sonrió—. Ha sido increíble cómo has reaccionado. Y, fuera de broma, sé que te di un buen susto al decirte que eras mi padre.

Jack se frotó la nuca.

—En eso tienes razón.

—Quería preguntarte una cosa... ¿Estás listo para que nos hagamos ese análisis? —preguntó Denny.

Jack levantó una ceja.

—¿Necesitas confirmarlo?

—No, no lo necesito, pero he pensado que así te quedarías más tranquilo. Como fuiste tú quien lo propuso...

—Fue idea de Mel, así que le preguntaré a ella dónde cree que deberíamos ir. ¿Qué te parece?

—Estupendo —contestó el chico—. Esta vida es casi perfecta. No echo casi nada de menos.

—¿Casi nada?

—Bueno, no me importaría tener una novia —repuso Denny con una sonrisa.

—Pues seguramente estás en el sitio más indicado. Por aquí las hay como moscas.

Denny se rio y dijo:

—¿Qué tal le va a Rick?

Jack sacudió la cabeza, divertido.

—Mejor de lo que esperaba. Lydie está viviendo con ellos en ese apartamento tan pequeño, pero les va bien. Ella duerme en el dormitorio y Liz y Rick en el sofá cama. Lydie está tomando medicación que la tiene un poco aturdida, pero que ayuda con los delirios y los accesos de angustia. Ya han elegido una residencia para ella. Debería ingresar dentro de un par de meses, con suerte antes de que empiece el próximo curso. Han llevado a Lydie a ver la residencia varias veces para que se acostumbre al sitio y, aunque muchos de los internos están mucho peor que ella, parece haberse hecho a la idea. Lydie siempre ha sido valiente para esas cosas. Siempre ha dicho que no quería ser una carga.

—Pero ¿está contenta?

—Bueno, aquello tiene sus ventajas. En la residencia, organizan actividades, y estará más cerca de Rick y Liz que aquí. Cuando ingrese, podrán ir a visitarla mucho más a menudo que cuando vivía en Virgin River. A Lydie le gusta mantenerse ocupada. Le gusta jugar a las cartas, al bingo y esas cosas. Y Rick puede ir a pasar un rato con ella casi todos los días, cuando vuelve de la facultad o del trabajo. Les está yendo muy bien, aunque han tenido que hacer un montón de ajustes. Y eso es lo máximo que se les podía pedir.

—Entonces, parece que todo ha salido lo mejor que podía salir —dijo Denny.

—Sí. Es un momento triste para Rick, pero no es algo inesperado. Con los problemas de salud que ha tenido Lydie, podemos considerarnos afortunados por que haya tenido una vida tan larga y, según ella, tan buena.

Denny bajó la cabeza un momento. No pudo evitar pensar en su madre.

—Sí.

—Oye —dijo Jack, sacando algo del bolsillo de su chaqueta—, aquí tienes un poco de dinero por tu trabajo —deslizó un cheque doblado por la mitad sobre la barra.

—Ni pensarlo —contestó Denny, riendo—. Es un favor para un amigo. Tú harías lo mismo por mí.

—No exactamente —dijo Jack—. Te echaré una mano en lo que pueda, hijo, pero, si pillas la gripe o algo así, no esperes que me presente en casa de Jillian y me ponga a esparcir mierda de pollo.

—Descuida, se lo diré —contestó Denny, devolviéndole el cheque—. Olvídalo, Jack.

—A Rick siempre le pagaba...

—Yo no trabajo para ti, Jack. Solo te echo una mano a veces. Entre amigos.

Jack se sintió conmovido y por un instante se quedó sin palabras, cosa que rara vez le ocurría.

—¿Sabes qué, hijo? El día que apareciste por aquí fue uno de los más afortunados de mi vida. Gracias.

Pasó junio y, a principios de julio, Jillian empezó a recoger las primeras verduras. Los tomates Roma eran sanos, de un rojo intenso y deliciosos. Sus remolachas enanas estaban listas para recogerse, al igual que las zanahorias, las chalotas, los puerros y algunas berenjenas mini. Ayudada por Denny, levantó un extremo de la valla y cambió de dirección las enredaderas de las calabazas y los melones para que no se apoderaran del huerto. Sus frutos podían crecer fuera del cercado. Los ciervos y los conejos no se molestaban en comer verduras de piel dura.

—¿Qué hago con esto? —preguntó Denny, levantando una caja de berenjenas.

Ella sonrió y dijo:

—Kelly podría hacer que amaras las berenjenas. Cuando yo era pequeña, sobrevivíamos gracias al huerto de mi bisabuela y tardamos muchos años en descubrir lo verdaderamente raras y valiosas que eran algunas de las cosas que cultivaba. Pero esto, cortado en rodajas y con salsa roja y queso... Una delicia. Si yo supiera cocinar, te lo demostraría. Pero... ¿Sabes qué te digo? Vamos a llenar una caja bien grande para el Reverendo, a ver qué puede hacer con ellas.

—¿Cómo podíais sobrevivir gracias al huerto? Las plantas solo dan fruto en julio y agosto, y a veces en septiembre. Solo son dos o tres meses al año.

—Mi bisabuela hacía conservas. Utilizaba los mismos tarros año tras año, compraba gomas nuevas por poquísimo dinero y durante el invierno comíamos lo que había cosechado en verano. Tenía recetas para salsas, sopas, cremas, verduras... Ahora, Kelly tiene todas esas recetas y las guarda como un tesoro. Mi abuela hacía unas zanahorias en conserva para morirse. Sus espárragos eran el no va más, y sus cebollas y sus pimientos eran increíbles. Por eso voy a mandarle parte de las verduras a Kelly. Ella sabrá mejor que nadie si voy por buen camino.

—Los Russian Rose no han madurado aún.

—Están verdes y pesan mucho, casi demasiado para el tallo, igual que la calabaza morada. Dales tres semanas más y apuesto a que estarán en su punto.

—Pero, Jillian —dijo Denny—, creo que con los espárragos hemos fallado...

Ella se rio.

—Hacen falta tres años para tener un buen plantel de espárragos, pero cuando lo consigues, ya tienes espárragos para toda la vida. Si se cubren y se les priva de luz solar, salen blancos. Es una planta de compañía natural para los tomates. Repele a los escarabajos del tomate —le sonrió—. Echa un vistazo a esas coles de Bruselas. A finales de septiembre, cuando estén maduras las calabazas, voy a tener un montón de ellas.

—Pero...

Ella lo miró y notó que tenía el ceño un poco fruncido.

—¿Está funcionando? —concluyó Denny.

—¡Sí! —contestó ella con énfasis—. ¡Sí, Denny! ¡Está funcionando! Creo que he fracasado con un par de plantas, pero la mayor parte están saliendo bien fuertes. Y hay montones de cosas que no he probado todavía.

—Pero ¿podrás ganar dinero con esto?

Jillian se rio.

—La parte más importante de la ecuación no es cuánto dinero puedes conseguir de manera inmediata. Ya sabemos que, si lo hacemos bien, se puede ganar dinero. Ahora mismo lo importante es si podemos desarrollar el producto. Eso requiere compromiso, requiere paciencia y determinación. Cuando empecé a trabajar en BSS, teníamos algún dinero para invertir, un poco de personal de apoyo y algunos ingenieros de software. Teníamos un plan de negocio y un producto en fase de fabricación: programas de contabilidad y gestión empresarial. Cinco años después, salimos a bolsa y fue una de las operaciones más exitosas del sector.

—¿Cuando salisteis a bolsa?

—Sí, nuestros productos estaban dando beneficios y sacamos la compañía al mercado bursátil. Llevábamos funcionando el tiempo suficiente para conseguir beneficios consistentes, y lo habíamos logrado con el personal mínimo. Respecto al huerto, considéralo así: tenemos que saber qué podemos cultivar, si es apetecible y si está rico, quién puede querer comprarlo y cuánto aporta a la empresa. Después tendremos que concentrarnos en las cosechas que den más beneficio. ¿Y sabes por qué podemos permitirnos todo eso? Porque solo estamos tú y yo y tenemos un buen equilibrio entre lo genérico y las verduras más raras y exóticas. Y porque sabemos que esto requiere tiempo y dedicación.

—Ya —contestó él.

—Al final, este huerto tendrá que expandirse. Pero de eso nos preocuparemos cuando hayamos perfeccionado el producto.

—¿Expandirse? ¿Dónde?

Ella ladeó la cabeza.

—Primero desbrozaremos el prado de atrás, luego el terreno del lado Este, y luego puede que hagamos terrazas en el cerro que hay al Oeste. Cada cosa a su tiempo. Ven, vamos a cortar algunas sandías Sugar Baby, a ver cómo están.

—Claro —Denny salió de la valla para cortar una—. ¿De las grandes o de las pequeñas?

—Umm. Escoge una intermedia. Vamos a recoger un ejemplar de cada tipo de planta para probarlo, luego prepararemos una caja grande para que el Reverendo prepare algo. Quizá para la fiesta del Cuatro de Julio en el pueblo. Maldita sea, ojalá yo supiera hornear como Kelly. Está empezando a brotar el ruibarbo y la tarta de ruibarbo de mi bisabuela estaba para morirse.

Denny se rio.

—Pues yo me alegro de que seas agricultora. Nunca se me había pasado por la cabeza dedicarme a algo así y ahora no me apetece que me salga ninguno de esos trabajos que he pedido. Al menos, mientras todavía estemos cosechando.

—Estaremos cosechando sin parar hasta octubre, jovencito. Y en septiembre hay que planear el huerto de invierno. Tenemos que ver qué podemos cultivar en invernaderos. Estos invernaderos portátiles son prácticos y baratos, y si nos sirven puedo invertir en invernaderos grandes, de los que se utilizan en las explotaciones comerciales. Pero cada cosa a su tiempo.

Una de las primeras cosas que había añadido Jack a su bar cuando el edificio estuvo acabado había sido una gran barbacoa de ladrillo que permitía al Reverendo hacer la carne y las hamburguesas fuera y celebrar comidas veraniegas en el gran patio de detrás del bar. El Reverendo y él habían instaurado la barbacoa anual del Cuatro de Julio un par de años antes. Habían añadido unas cuantas mesas de picnic y disponían de espacio suficiente, sobre todo con el bar, el porche y el jardín de la iglesia, que estaba al lado. Llenaron un par de cubos grandes de plástico con hielo y latas de refrescos, cerveza y agua embotellada. Había varios viticultores en la comarca, y algunos llevaron vino, descorcharon el tinto y lo dejaron respirar sobre las mesas de picnic; el blanco, lo pusieron a enfriar en hielo después de abrirlo. Si sacaban un par de mesas del bar y montaban fuera un bufé, la gente las llenaba con comida que traía de casa. En cuanto a Jack y el Reverendo, su trabajo consistía en hacer hamburguesas y perritos calientes a la parrilla. Todo el día.

Aunque tenían las mesas de picnic, la gente solía llevar sus propias sillas de jardín y sus mantas: siempre faltaba sitio para sentarse. Y no hacía falta mucho tiempo para que acontecimientos como aquel o como el picnic que organizaba Buck Anderson al final del verano se convirtieran en tradición.

—Me vendría bien que me echaras una mano en la parrilla si no estás muy liado —le dijo Jack a Denny—. Sobre todo porque Rick no va a venir este año.

—Seguro que lo echas de menos —comentó Denny.

—A veces añoro su compañía, pero está atravesando un momento muy bueno. Esto es mucho menos duro para mí que recibir una llamada desde Irak diciéndome que está en un hospital en Alemania y que quizá no sobreviva. Ahora mismo está sano y feliz, aunque a Lydie le quede poco tiempo de vida. Prefiero esa tranquilidad.

Así pues, Denny se encargó de la parrilla junto con el Reverendo y Jack, y este se alegró de tenerlo allí para echar una mano. Se dijo que había tenido mucha suerte con las personas que formaban parte de su vida. Tenía a su padre y a sus hermanas, una familia estupenda, a sus compañeros marines, a Mel y a los niños, había encontrado a Rick cuando el chico tenía solo trece años... y ahora tenía a Denny.

Observó a la multitud que se había reunido. Hasta Aiden y Erin Riordan habían decidido hacer el viaje desde Chico para acudir a la barbacoa. Sonrió al ver llegar a Colin y Jillian tomados de la mano: aquel chaval debía de estar loco por ella. Estaban presentes los de siempre: Paul Haggerty y su familia; el pastor del pueblo con la suya; su hermana Brie con su marido y su hija; Cameron y Abby Michaels con sus gemelos...

Y luego llegó la pareja a la que había estado buscando. Darla y Phil Prentiss aparecieron caminando calle arriba. Phil llevaba en brazos a Jake, su hijito. Jack lanzó una mirada a su mujer y vio que Mel se levantaba despacio de una mesa de picnic y se acercaba a ellos. Sonrió al tenderle los brazos a Darla y, después de abrazarse, fue automáticamente a tomar en brazos al bebé y empezó a hacerle carantoñas.

Jack dejó escapar un largo suspiro. Su mujer actuaba así con todos los niños. Le encantaban los bebés.

Hacía casi un año, a Mel se le había metido en la cabeza que quería otro hijo. Había sido un momento muy duro para los dos, una auténtica prueba para su matrimonio. Primero Mel había querido que contrataran los servicios de una madre de alquiler; luego había conocido a una pareja muy joven que buscaba unos padres adoptivos para su bebé y Mel se había obsesionado con aquello. Había tardado un tiempo en poner las cosas en perspectiva: ellos tenían un matrimonio estupendo y un par de hijos. Y sus buenos amigos Darla y Phil llevaban un tiempo intentando adoptar y allí estaba aquella pareja de jóvenes tan especiales, Marley y Jake, que necesitaban unos padres para el bebé que iban a tener estando solteros y sin medios de vida.

Mel había visto otras veces al bebé, pero Jack tenía que reconocer que contenía la respiración cada vez que su mujer veía al hijo al que más o menos había renunciado para entregárselo a Darla y Phil. Confiaba en que hubieran superado aquel mal trago y Mel estuviera ahora satisfecha con la vida que llevaban. Eso le parecía, pero sabía por experiencia que, en lo relativo a las emociones y los impulsos de las mujeres, no debía dar nada por sentado.

Sacó una cerveza de un cubo, la levantó y le hizo un gesto a Phil. Él sonrió, dio un beso a su mujer en la mejilla y se acercó. Tomó la cerveza con una mano y tendió la otra a Jack.

—Me has leído el pensamiento —comentó.

—Soy barman —respondió Jack—. Los clientes solo quieren dos cosas: o beber o hablar. ¿Qué tal te está tratando la paternidad últimamente?

—Pues, veamos: Jake se despierta unas cinco veces por las noches y ni a Darla ni a mí nos gusta dejarlo llorar hasta que vuelve a dormirse. Imagino que eso significa que las cosas van bastante bien. Al menos, para él —bebió un trago de cerveza—. Deja que te pregunte una cosa, tú que eres un padre con experiencia: ¿este periodo pasará antes de que se vaya a la universidad?

—No sabría decirte. Mis hijos ya no duermen en cunas, tienen camas grandes y ya no lloran tanto, pero suelen venir a nuestra habitación y colarse en nuestra cama. Y a veces Emma tiene un accidente nocturno, casi siempre en mi lado de la cama.

Phil soltó una carcajada.

—Quería preguntarte una cosa, Phil. Esa pareja tan joven, los padres biológicos de Jake, ¿sabes si les van bien las cosas?

—Hace un par de meses que no sabemos nada de ellos. Están en Oregón, trabajando y estudiando, que yo sepa, a no ser que hayan vuelto a California a pasar el verano. Pero la verdad es que fue muy duro para ellos marcharse después de que naciera el niño, hasta que les dije «no hay ninguna ley que prohíba que un niño sepa la verdad sobre sus padres biológicos antes de los dieciocho años. Será cuando él lo pida, siempre y cuando sea lo bastante mayor para entender la respuesta». Eso pareció facilitarles las cosas.

Jack se quedó pensando un momento.

—Fue muy generoso por tu parte decir eso —comentó—. Y ponerle al niño el nombre de su padre biológico. Eso hará que se sienta orgulloso.

—Nos gustaba el nombre. Y fue Darla quien dijo que así el chico confiaría un poco más en nosotros, en que cumpliríamos nuestra palabra y les mantendríamos informados acerca del niño.

—Me alegro de que todo haya salido bien, Phil. Odiaría pensar que estoy pasando solo las penalidades de la paternidad —sonrió—. Los malos tragos, en compañía, son más llevaderos.

—Bueno, la verdad es que nuestra solicitud de adopción todavía está vigente. No sé si llegará a alguna parte, pero, si nos dan uno o dos niños más, no nos quejaremos.

—Me alegro mucho por vosotros, hombre. Espero que tengáis un montón.

—Gracias —sacudió la cabeza con aire sentimental—. Darla es tan fantástica con el pequeño Jake... Cualquier niño que la tenga por madre será muy afortunado. Darla dice siempre que lo mejor que se le puede dar a un hijo son recuerdos felices y unos cimientos de los que pueda sentirse orgulloso.

Dentro de la cabeza de Jack comenzó a sonar una especie de clarín. Apenas oyó a Phil mientras su vecino seguía hablando sobre su esposa.

—Éramos muy jóvenes cuando nos casamos. Debió de mandármela Dios, porque te aseguro que yo era tan tonto que no sabía lo que me hacía...

—Ya —dijo Jack distraídamente—. Bueno, ahora tampoco eres muy listo —añadió con una sonrisa. Luego metió la mano en el cubo de las bebidas y sacó una cerveza. Y de pronto se acordó. Se acordó de Susan. Como si hubiera sido ayer.

Colin Riordan estaba con sus hermanos Luke y Aiden y un pequeño grupo de personas entre las que se encontraba Brett, en brazos de su padre. Estaban hablando de que Maureen y George habían viajado con la autocaravana más allá de Vancouver, buscando temperaturas más frescas.

—Erin quiere que vayáis todos a cenar a la cabaña mañana si os viene bien. Haremos salmón a la parrilla. Vamos a quedarnos hasta el próximo domingo. Puede que Marcie e Ian vengan a pasar el fin de semana, pero aún no es seguro. Y Erin quiere ver la casona de Jillian.

—Seguro que eso puede arreglarse —contestó Colin—. Los huertos están en todo su esplendor. Ya han empezado a recoger algunas de las variedades más tempranas. Maduran a ojos vista. Quizá consigáis convencerla para que os regale algunas verduras.

—¿Sigues teniendo tu cabaña? —preguntó Aiden.

—Claro, pero casi siempre estoy en casa de Jillian. Por dos motivos, tiene un solario estupendo en la primera planta, un lugar fantástico para pintar, y ella está todo el día ocupada con el huerto. Bueno —añadió—, por tres motivos: porque allí es donde está Jill —sonrió—. Por cierto, Luke, a Aiden ya se lo había dicho, pero a ti no. Dentro de un par de meses me voy a África.

Luke escupió una bocanada de cerveza y empezó a toser.

—¿A África? —preguntó cuando por fin se recuperó.

—Sí. He reservado un par de safaris por el Serengueti, principalmente para fotografiar animales grandes que me sirvan como modelos. Pero también quiero tantear el terreno, por si necesitan pilotos en alguna compañía de transporte aéreo o alguna empresa turística —se encogió de hombros—. Puede que consiga volar mientras estoy allí.

—Dios mío, ¿cuánto tiempo vas a quedarte?

—Unos seis meses.

—¿Y luego?

—Depende. Si encuentro un trabajo de piloto que me interese, quizá me quede más tiempo. O puede que me vaya a otra parte. Necesito añadir a mi currículum algo más interesante que haber pasado por una clínica de desintoxicación si quiero volver a trabajar aquí.

—Madre mía, me dejas de piedra —comentó Luke.

—Y ese galerista del que te hablé, al que le dejé mis cuadros... Le he dado tu dirección. No espero que me envíe un cheque, pero nunca se sabe. Cuando decida dónde voy a quedarme, te enviaré mi dirección.

—¿Es que no piensas volver? —preguntó Luke, atónito.

—Seguro que vendré de visita, pero no pienso quedarme a vivir por aquí. Eso ya lo sabías.

—Sí, pero ¿lo sabe Jillian?

—Claro. Y lo entiende perfectamente. Necesito volar. Necesito hacer cosas como ir a África. No estoy preparado aún para jubilarme.

—¿Estás seguro de que lo entiende? —insistió su hermano—. Porque parecéis muy unidos.

—Estoy loco por ella, pero... Mira, no te he dicho nada de lo de África porque aunque ya tenía el billete todavía cojeaba y te conozco, Luke. Ibas a darme mucho la lata con eso, a decirme que no estaba en condiciones. Pero estoy listo. Y, en serio, necesito un poco de acción.

—¿Has ido al médico?

—Más o menos —se encogió de hombros—. Me han puesto varias vacunas. Para el viaje, ya sabes.

Luke miró a Aiden.

—¿Y tú sabías esto?

—A mí me parece buena idea —contestó Aiden sin responder a la pregunta—. Colin quiere ver si puede recuperar parte de su vida anterior al accidente. Volar, por ejemplo. Y no solo volar, sino volar corriendo algún riesgo. Y, pensándolo bien, prefiero África a Afganistán.

—¿Lo sabía todo el mundo menos yo? —insistió Luke.

Colin le sonrió.

—Solo lo sabéis Aiden y tú. Debería llamar a mamá, a Paddy y a Sean, pero todavía hay tiempo. Me voy el uno de septiembre.

—Uf, Colin, no me puedo creer que vayas a dejar a Jillian —comentó Luke—. Puede ser un error gravísimo. Estás muy cambiado desde que la conociste.

—Seguiremos en contacto —afirmó Colin—. Hasta me ha comprado un iPhone por si acaso tengo problemas para mandarle e-mails desde algunos sitios. Quiere ver todas las fotos que haga. Y todavía no sé cómo funciona, pero creo que hay una conexión de vídeo entre teléfonos móviles. Además, en la agencia de viajes me dijeron que hay teléfonos móviles desechables para llamadas internacionales, como los que usábamos en Irak y Afganistán. ¿Quién sabe? Puede que Jillian vaya a verme, o yo venga a verla a ella. Pero estoy de acuerdo contigo: es estupenda —se volvió para mirar a Aiden—. ¿Cuándo quieres llevar a Erin a ver la casa y los huertos?

—Dentro de un par de días. ¿Después de cenar en nuestra cabaña?

—Genial. Veré si podemos preparar algo de cena con las verduras del huerto. Jillian está empezando a arrancar una lechuga cada noche para hacer la ensalada. Voy a decírselo.

Cuando Colin se alejó hacia la manta donde estaban sentadas las mujeres, hablando, Luke se volvió hacia Aiden y dijo:

—Es un gran error. Un grandísimo error.

Aiden sonrió.

—Que tú y yo lo sepamos no significa nada. Es Colin quien tiene que darse cuenta. Y, créeme, no vamos a conseguir nada diciéndoselo.

—Voy a tener que hablar con él —repuso Luke.

—Escucha, Luke, déjalo estar. No va a servir de nada. Y menos viniendo de ti.

—¡Y un cuerno!

Aiden levantó una ceja expresivamente.

—Tú estuviste a punto de dejar escapar a Shelby, ahora no te comportes como si supieras perfectamente lo que haces. Si Shelby no hubiera vuelto de Hawái y te hubiera hecho espabilar a la fuerza, seguramente seguirías estando hecho polvo y serías un capullo medio tarado con tendencias suicidas. Deja que Colin haga lo que tenga que hacer. Si quieres echar una mano a alguien, piensa más bien en apoyar a Jillian. Si quiere a Colin la mitad de lo que parece, su marcha no va a hacerla precisamente feliz.

CAPÍTULO 16

Era muy raro que Jack tuviera un problema y no buscara el consejo de Mel, pero esta vez iba a lanzarse de cabeza sin consultar a nadie. El sábado hizo planes para salir a pescar con Denny.

—Todavía casi no pican —le dijo al joven—, pero hace un tiempo perfecto y nunca se sabe, puede que haya algún pez grande merodeando por ahí, esperando a un pescador incombustible como yo.

Entre el picnic del Cuatro de Julio y el sábado siguiente, Jack le dio muchas vueltas al asunto, recordó infinidad de cosas. Tenía la sensación de estar un poco ensimismado, pero nadie pareció notarlo. Pensaba aprovechar aquella semana para ordenar mentalmente todas las piezas del rompecabezas, pero en realidad las piezas habían encajado de inmediato en cuanto Phil Prentiss había dicho: «Darle al niño unos cimientos de los que pueda sentirse orgulloso».

Susan Cutler había dicho casi lo mismo. Había dicho: «Ojalá hubiera sido contigo, Jack, porque eres un hombre del que cualquier niño o niña se sentiría orgulloso».

Si no se había acordado antes de ella era por distintos motivos, todos ellos de peso. En primer lugar, en la fotografía que le había enseñado Denny, Susan tenía unos treinta años y el pelo oscuro. Cuando él la había conocido, era rubia. Otra razón era que se había esforzado por recordar a una mujer con la que hubiera tenido una aventura amorosa. Creía, con cierta arrogancia, que se acordaba de todas, pero no le habría sorprendido que su relación con la madre de Denny hubiera sido tan fugaz que se hubiera esfumado de su memoria por completo. Estaba convencido, sin embargo, de que cualquier mujer que hubiera abrigado por él sentimientos tan intensos habría dejado una huella en su recuerdo. Había, además, otro motivo: nunca había sabido el apellido de Susan. Quizá lo hubiera oído una o dos veces, como mucho. ¿Le había gustado Susan? Sí, le parecía fantástica, pero nunca había salido con ella. Susan ya tenía novio en aquel entonces. Un novio que le estaba haciendo la vida imposible.

El sábado, Jack y Denny se sentaron a pescar junto al río y empezaron a lanzar el sedal. La pesca con mosca era un deporte muy silencioso y Jack esperó largo rato para empezar a hablar.

—Este sitio tiene fama de ser muy propicio para charlas de padre e hijo —comentó—. Rick no es mi hijo, en realidad, pero para mí es como si lo fuera, y él se apoyaba en mí como si fuera su padre, de eso no hay duda. Fue aquí donde lo traje cuando tenía dieciséis años para decirle que no hiciera tonterías con su novia de catorce. Me prometió que no las haría, pero de todos modos le di unos preservativos.

—¿Y cómo le fue? —preguntó Denny.

—La dejó embarazada.

Denny soltó un silbido.

—Después, lo traje aquí para aconsejarle que no se dejara llevar por el pánico. Le dije que podía contarme sus problemas, que seguramente podría echarle una mano, pero que no debía cometer la locura de casarse con una adolescente solo porque estaba embarazada, que eso solo sería añadir un problema más. En aquel momento tenían quince y diecisiete años, así que... —hizo una pausa—. Así que se escaparon para casarse.

—Sé que Rick está casado, pero no sabía que se hubiera casado cuando era un adolescente.

—No se casó. Los encontré antes de que se casaran. Rick se

casó con Liz, la misma chica, el otoño pasado. El bebé de su adolescencia nació muerto. Fue horrible para ellos. Siguieron juntos mientras él estaba en los marines y, después, cuando volvió de la guerra herido e inválido. Lo han pasado muy mal, pero se quieren un montón. Así que, ya ves, no puede decirse que mi historial dando consejos en este trecho del río sea muy bueno...

—Pero tienes que darte un sobresaliente en esfuerzo, Jack. Da la impresión de que intentaste siempre hacer lo correcto.

—¿Sabes?, seguramente si trataba a Rick como a un hijo fue por lo joven que era cuando lo conocí. Era un crío. Contigo es distinto, tú eres un hombre hecho y derecho. Aunque no existiera esa carta que te dejó tu madre, aunque no tuviéramos que pensar en eso, estábamos destinados a ser amigos. Tenemos una forma muy parecida de pensar. Y ni qué decir tiene que estoy orgulloso de ti, Denny. Orgulloso de tu comportamiento, de tus actos. Orgulloso de tus principios. Nos has ayudado muchísimo a mi familia y a mí. Te tenemos todos mucho cariño, yo, Mel y los niños.

Denny lanzó hábilmente el sedal y dijo:

—Ya te lo dije, Jack: entiendo que no puedas considerarme hijo tuyo. Porque no te acuerdas de mi madre, lo cual no es culpa tuya. Y, dejando eso a un lado, me caéis muy bien todos, tu familia y tú.

—Denny, sí que me acuerdo de tu madre. Me acordé de repente en el picnic de la semana pasada, y la recuerdo muy, muy bien. Y... Denny, yo no soy tu padre biológico.

Cuando el joven se volvió hacia él, Jack lo miró a los ojos. Denny parecía haberse quedado mudo de asombro.

—Voy a contarte lo que pasó, hijo. Tu madre me cortaba el pelo todas las semanas. Trabajaba en la barbería de la base. Yo era un marine muy meticuloso y nunca dejaba que me creciera mucho el pelo. No nos hicimos amigos enseguida, pero a mí ella me cayó bien nada más conocerla. Era estupenda. Estaba un poco distinta cuando yo la conocí, distinta a esa foto que me enseñaste. No tenía el pelo oscuro, como en la fotografía. Pero ahora sé perfectamente por qué eres tú tan buen chico: Susan era un sol. Era optimista, simpática, siempre estaba alegre. Yo no dejaba que nadie me cortara el pelo, solo ella. Y no solamente porque lo hiciera muy bien, sino porque me encantaba hablar con ella. Hablábamos de nuestras familias, de nuestras aspiraciones. Yo estaba decidido a labrarme un nombre en el Cuerpo y ella quería casarse, tener familia. Luego, un día, de pronto ya no parecía tan contenta, así que la invité a tomar un café, estuvimos hablando y me contó que su relación de pareja era un infierno.

»Nos hicimos muy buenos amigos, Denny. Yo estaba dispuesto a hacer casi cualquier cosa para ayudarla a salir de su situación. Cualquier cosa, menos casarme con ella. Yo sabía que estabas de camino y ella merecía una vida mejor, pero yo tenía que pensar en mi familia, en mi padre y mis hermanas. No podía casarme con ella solo para echarle una mano. Habría sido una desilusión para mi familia. Habrían esperado que fuera un buen marido, un padre entregado, y yo no estaba preparado para eso. No quería a Susan de ese modo. Habría acabado por decepcionarla, por decepcionarte a ti y a toda mi familia. Pero hice todo lo que pude. Me ofrecí a ayudarla económicamente, a intentar que ese tipo se alejara de su vida para siempre, a hacer cualquier cosa que pudiera sacarla de apuros. Y entonces me cambiaron de destino. Ella puso buena cara, me dijo que todo iba a arreglarse, que sus padres la apoyaban y que tenía toda la ayuda que necesitaba. También me dijo que habría deseado conocerme a mí primero: que era la clase de hombre de la que su hijo podía sentirse orgulloso como padre —Jack tomó aliento—. No tenía ni idea de lo que eso supondría andando el tiempo. Y ahora entiendo por qué hizo lo que hizo. Y entiendo por qué te has convertido en un chico tan maravilloso.

Denny estuvo largo rato callado. Por fin exhaló un suspiro y dijo:

—Dios.

Jack le dio tiempo para asimilar la noticia. Siguió pescando un rato, pero se alegró de que no picaran. No quería distraerse. Al ver que Denny seguía callado, dijo:

—No creo que eso cambie nada.

—Lo cambia todo —afirmó Denny de inmediato.

—No, Denny, solo altera unos cuantos hechos biológicos, pero no cambia lo fundamental.

—Mi madre me mintió —repuso el chico—. Y mi madre nunca mentía. Me hizo creer que eras mi padre cuando en realidad no tienes nada que ver conmigo.

—Reinventó su pasado. Estoy seguro de que lo hizo por una razón de peso. Y por lo que me has dicho, no esperaba que vinieras a buscarme. Solo quería ofrecerte algún consuelo. Lo entiendo perfectamente.

—Tú no conoces a ese tipo, Jack. Si es mi verdadero padre, tengo motivos para preocuparme.

—¿Por qué? ¿Porque era un mal tipo? ¿Y a ti qué? Tú eres una buena persona. Y tengo testigos.

—Mi madre te convirtió en parte de su drama y...

—Alto ahí. La Susan a la que yo conocía no tenía ningún drama, tenía instinto de supervivencia.

—Para lo que le sirvió —masculló Denny con amargura.

—No creo que podamos hacer gran cosa para combatir una enfermedad grave, hijo.

—No hace falta que me llames así —repuso Denny con cierta aspereza.

—Está bien, escucha, muchacho. El año pasado Mel y yo pensamos en adoptar a un niño. Mel quería tener más hijos, pero le habían hecho una histerectomía, así que no podía concebir. Cuando apareciste tú, me recordó que habíamos estado a punto de adoptar a un niño de otros padres biológicos y que no dudaba ni por un segundo de que lo habríamos querido como si fuera nuestro. Pensaba que tú y yo debíamos hacernos la prueba de ADN, aunque solo fuera para saber quién podía ser un posible candidato si se daba el caso de que alguien de la familia necesitara ayuda, un trasplante de médula, por ejemplo. Pero me recordó que el resultado de la prueba no tenía ninguna importancia en cuanto a nuestra relación se refería. Las relaciones son vínculos que se crean. Eso significa que no tienes ningún vínculo con el hombre al que siempre creíste tu padre porque era una persona indiferente y cruel. Además, no le debes nada, olvídate de él. Eres libre de crear tu propia familia. Piénsalo.

—Deja que te diga lo que ha cambiado, Jack. Vine aquí a buscarte pensando que eras mi padre, pensaba que eso significaba que este era mi sitio. Pero no lo es.

—Lo es si tú quieres. Yo llegué aquí sin conocer a nadie y te reto a que me digas que este no es mi sitio.

—Eso es distinto y tú lo sabes. Lo siento. Era todo mentira y lo siento.

—Está bien, entiendo que estés decepcionado. Pero seguimos siendo buenos amigos, tú sigues siendo importante para la familia, para el pueblo, para un montón de gente.

—Sí. Puede ser, hasta que sepan la verdad.

—No le he dicho nada a nadie de este asunto.

—Tienes que decírselo a Mel —repuso Denny.

—Claro que tengo que decírselo —contestó Jack—, pero no veo por qué eso tiene que cambiar las cosas entre nosotros. No veo por qué tenemos que avisar a todo el pueblo. Intenta comprender a tu madre, hijo. Fue su deseo antes de morir. No sé si lo hizo tanto por ti como por sí misma. Se arrepentía de esa relación. Lo único bueno que había salido de ella eras tú. Quería tenerte. Te quería. Te educó a la perfección.

—¿Sí? Puede que sí, pero aunque así sea no me apetece vivir una mentira.

—Sé que te sientes ofendido. No es lo que esperabas —dijo Jack—. ¿Qué te parece si procuras recordar que eso no tiene gran cosa que ver con nosotros? Éramos amigos desde hacía meses cuando me lo dijiste.

Denny empezó a enrollar el sedal.

—Sí. Entiendo. Oye, si no te importa, creo que hoy no me apetece seguir pescando.

Jill y Colin asistieron a una cena magnífica a base de salmón en la cabaña de Erin. Jill contribuyó con un suculento surtido de hortalizas para ensalada, y no solo se ofreció a enseñarles la casona, sino que preparó una cena ligera y les invitó a todos a quedarse a dormir, incluido Denny.

Pero lo más emocionante de las semanas que siguieron al Cuatro de Julio fue la cosecha de algunas de sus hortalizas más preciadas. Los tomates Russian Rose habían madurado. No eran tan grandes como los que solía conseguir su bisabuela, pero eran de buen tamaño, oscuros, deliciosos y perfectos de apariencia. También había tomates amarillos en forma de lágrima: una mata en el huerto y otra en una de las cestas que colgaban en el porche. Había sandías en miniatura, berenjenas enanas, pimientos de diversos colores, lechugas rojas, coles de Bruselas moradas y remolachas más pequeñas que tomates cherry. Jillian y Denny metieron en una caja algunos de los mejores ejemplares de las variedades más raras y atractivas y se la enviaron a Kelly por mensajería urgente. Su hermana sabría si eran el tipo de hortalizas que podían interesar a los restaurantes de lujo.

Aparte de las variedades más raras, tenía un delicioso surtido de verduras y frutas orgánicas: calabacines, pepinos, zanahorias, puerros y cebollas suculentos. Diariamente enviaba una cesta llena al Reverendo, y hasta compartió con él algunas de sus hortalizas más raras; no podía comérselas todas, ni guardarlas. Pero lo fotografió todo.

Denny y ella estaban en un extremo del huerto vallado, recogiendo verduras en una carretilla y separando lo que quería comerse y lo que iba a mandar al pueblo.

—¿No quieres llevárselas tú, Jillian? —preguntó Denny.

—No, ve tú. Tú las has cuidado tanto como yo, y además ¿no sueles pasarte por el bar después del trabajo?

El chico se encogió de hombros.

—A veces.

Jillian había notado que estaba más callado de lo normal. De hecho, parecía menos contento por la cosecha de lo que ella esperaba.

—Oye, ¿te ocurre algo? Pensaba que te hacía mucha ilusión la cosecha. Y esto solo es el principio.

Él agachó la cabeza tímidamente. Jillian lo agarró de la manga de la camisa y le hizo mirarla. Ladeó la cabeza e hizo un gesto de asentimiento, animándolo a contestar.

—Sí —dijo—. Es mejor de lo que esperaba. Tienes un don, Jillian. No sé qué es, pero, si metes una semilla o un plantón en el suelo y lo cuidas, te devuelve el favor y crece grande y fuerte. Nunca me había imaginado que pudiera gustarme tanto este trabajo.

—¿Quieres contarme qué te pasa? —insistió ella con una sonrisa.

—Bueno, no sé...

—Dilo de una vez.

—Es demasiado pronto para decir nada, en serio.

—¡Dilo de todos modos!

—Tú sabes que me gusta esto, ¿verdad? Y sabes que está funcionando, ¿no? Al menos eso creo. Pero no sé si a mí me va a interesar a largo plazo, Jillian. No te dejaría colgada en medio de la cosecha, claro, sobre todo siendo la primera, pero creo que voy a tener que ponerme en serio a buscar otra cosa más duradera. Y no te ofendas, pero también algo que me ofrezca más seguridad y con un sueldo un poco... perdona que te lo diga, pero un poco mejor. He estado pensando en volver a casa.

—¿A casa?

—A San Diego —contestó—. Crecí allí.

—Creía que habías decidido quedarte aquí.

Se encogió de hombros y apartó otra vez la mirada.

—No sé si podrá ser.

—Pero Jack está aquí —dijo ella, porque todo el mundo sabía que Denny había ido allí en busca de su padre.

—Nada me impide venir de visita a veces —repuso él.

Jillian sacudió la cabeza.

—A ti te pasa otra cosa. Algo que... —se quedó callada al oír el ruido de un coche. Supuso automáticamente que era el todoterreno de Colin, y luego se acordó de que el vehículo estaba allí y que Colin estaba pintando en el solario. Miró hacia el camino que pasaba junto a la casa y reconoció al instante el BMW descapotable—. Mierda —dijo—. Será hijo de puta...

—Eh, deduzco que no te alegras de ver a ese tipo —dijo Denny.

—¿Vas armado? Si vas armado, pégale un tiro ahora mismo.

—Jillian, quizá deberías respirar hon...

Pero la vio alejarse hecha una furia hacia el BMW. Un hombre salió del coche y se dirigió hacia ella. Medía aproximadamente un metro ochenta, era rubio, delgado, estaba bronceado y vestía como un urbanita. Pero ostentaba una sonrisilla de desprecio. Nada parecida a la mueca de furia que había puesto Jillian.

Intuyendo que iba a haber un enfrentamiento, Denny comenzó a avanzar hacia ellos lo bastante despacio como para permitir que Jillian dispusiera de un poco de intimidad y lo suficientemente deprisa para intervenir si era necesario.

—¡Kurt! ¿Qué demonios haces tú aquí? —gritó Jillian—. ¡Esta es mi casa! ¡Largo de aquí!

—No te des tantos aires, Jillian. He venido a decirte que voy a demandarte, que voy a dejarte sin nada de lo que crees haber conseguido.

—Creo que ya perdiste tu ocasión, cretino. Llegamos a un acuerdo. Ahora lárgate de aquí antes de que agarre un rastrillo y...

—¡Teníamos un acuerdo de confidencialidad, Matlock, y lo incumpliste! ¡Y vas a pagar por ello! ¡Vas a pagar a lo grande!

Jillian no pudo evitar poner cara de estupefacción.

—¿Qué? Yo no he hecho tal cosa.

—Claro que sí. En Intel me dijeron que se había filtrado la

noticia de mis... ¿Cómo lo llamaron? ¡De mis maquinaciones! Eso es, de mis maquinaciones. Que no tenía precisamente un gran club de fans. Y que puesto que no me tenían en gran estima, me invitaban a marcharme. Sin indemnización, por cierto. ¡Eso no puede haberlo hecho nadie más que tú!

Ella se quedó perpleja un segundo. Luego empezó a reírse. Se rio tan fuerte que dobló la cintura. ¡Así pues, las mujeres de las que le había hablado Harry habían ido a por él! Se incorporó y se limpió los ojos llorosos.

—Vaya, Kurt —dijo, divertida—, ¿es posible que mintieras a otras personas, además de a mí? ¿Es posible que utilizaras a otras mujeres, aparte de a mí? Porque yo no he hablado con nadie, Kurt —siguió riéndose—. ¡He estado sembrando!

Kurt dio un paso hacia ella con actitud amenazadora.

—¡Zorra embustera! No eres más que una zorra embustera —la empujó y Jillian se tambaleó hacia atrás, dando un par de pasos, pero se recuperó y se abalanzó hacia él.

—¡Eh, eh, eh! —gritó Denny, metiéndose entre ellos.

Kurt sonrió con expresión taimada.

—¿Qué es esto? —preguntó—. ¿Te estás tirando al socorrista de la piscina, Jillian? Muy propio de ti. Eres una golfa, además de una embustera.

Jillian echó un brazo hacia atrás y le asestó una bofetada con todas sus fuerzas. Kurt se tambaleó. El golpe le dejó la cara colorada.

Se llevó la mano a la mejilla y siguió tambaleándose un poco.

—¡Esto es agresión! ¡Voy a denunciar y vas a...!

La puerta trasera de la casa se abrió de golpe y volvió a cerrarse, pero cuando el ruido llegó al huerto de atrás Colin ya estaba junto a ellos. Apartó a Jillian, empujó a Denny, agarró a Kurt por la pechera y le propinó un golpe en la cara que lo hizo retroceder un metro y caer de culo.

—Eso sí es agresión —dijo, cerniéndose sobre él—. ¿Quieres pelear un poco? Pareces bastante enclenque, pero prometo no pasarme mucho.

—En serio —contestó Kurt con la mano en la cara, mientras luchaba por levantarse. Retrocedió para alejarse de Colin—. Vais a ir a la cárcel.

—¿En serio? —preguntó Colin en torno burlón—. Puede que te lleves una sorpresita. Pero adelante, oye. Ya lo resolveremos con el sheriff, si es que consigues encontrarlo, si es que tiene tiempo para hablar con un mierda como tú. Aquí en las montañas las cosas son de otra manera —sonrió y guiñó un ojo—. La policía tiene cosas que hacer. No pierde el tiempo haciendo caso a quejicas como tú. Aquí, cuando dos hombres tienen un problema, se lían a puñetazos —levantó una mano—. Te deseo mucha suerte, capullo. Y ahora largo de aquí antes de que me enfade.

Kurt dio varios pasos hacia el BMW, con la mano aún en la mandíbula. Se volvió hacia Jillian en el instante en que Colin le pasaba un brazo por los hombros. Como estaba a distancia prudencial, le dedicó algunos insultos más:

—¿Sabe ese tipo que no eres más que una fulana de clase obrera que hizo carrera abriéndose de piernas? ¿Una niña pobre que no tenía nada?

Jillian se limitó a sonreír. Sacudió la cabeza.

—Te arrepentirás de esto, Jillian —añadió Kurt—. Voy a demandarte.

Ella se encogió de hombros.

—Adelante, hazlo.

—Lo lamentarás.

—Lo dudo mucho.

Después de que se marchara Kurt, Jillian llevó a Denny a la cocina. Colin la siguió, claro, y estuvo escuchando la conversación.

—Mereces una explicación —dijo ella—. Pero ¿te importa que me ahorre los detalles? Es algo al mismo tiempo personal y profesional y.. En fin, humillante. Juzgué mal a ese tipo y me ha costado muy caro.

—Claro —dijo Denny—. Por mí no te preocupes.

—Gracias. Respecto a tu situación, no se me ocurriría ponerte trabas para que encuentres un trabajo mejor. Sería muy egoísta por mi parte, porque no puedo ofrecerte ninguna garantía. Tengo ideas, claro. Ideas que quizá no pueda llevar a la práctica. Cuando estás montando una empresa, o una explotación agrícola, como es mi caso, siempre hay que arriesgarse un poco. Tengo que planificar las cosas para conseguir el objetivo que quiero y al mismo tiempo no perder de vista otras alternativas. Quiero decir que no voy a hacer ninguna estupidez. En cuanto esto empiece a dar síntomas de ir por mal camino, si no veo solución, dejaré de invertir dinero. ¿Me sigues hasta ahora?

—Creo que sí.

—Está bien, tengo ideas. Voy a comprar esta finca y me gustaría cultivar cuatro hectáreas de verduras y frutas orgánicas, la mayor parte de ellas dedicadas a variedades raras. Eso me llevará algún tiempo. Tendré que encontrar clientes, pero creo que de momento las cosas van bien encaminadas y voy a seguir en esta dirección. No quiero tener un montón de empleados. Quiero supervisar personalmente los huertos y vigilar las plantas. Pero voy a necesitar un encargado. Si se diera el caso mañana mismo, esa persona serías tú y el puesto conllevaría un aumento de sueldo, beneficios y toda la seguridad que puedan ofrecerte en cualquier otra parte. Quiero decir que nunca hay ningún trabajo del todo seguro. Yo misma perdí mi puesto en una empresa que había ayudado a levantar y ni siquiera lo intuí —sonrió—. Seguramente estabas más seguro con los marines.

Él también sonrió.

—No estarás pensando en mandarme a la guerra, ¿verdad, Jillian? Porque no pienso volver.

—Te agradecería que no hablaras con nadie de mis planes. Te mantendré informado, te pondré al corriente de mi plan de negocio a medida que evolucione, a medida que vaya introduciendo cambios. Pero es información sensible. ¿Puedo contar con que guardes el secreto, Denny?

—Claro, pero...

Ella levantó una mano.

—Solo te lo digo para que tengas varias opciones que sopesar. Lo que te acabo de decir no es nada seguro, lo sé. Pero aun así no hay razón para que te oculte mis planes. Llevamos trabajando juntos desde marzo, casi cinco meses. Confío en ti. Si consigo sacar adelante esta pequeña empresa agrícola, tú serás mi encargado. Pero si prefieres aprovechar otras oportunidades... —se encogió de hombros—. Ese es el riesgo que corro —se inclinó hacia él—. Voy a darte un consejo: elige el trabajo que te gusta por encima de cualquier otra consideración. Al margen del dinero.

—Sí —contestó Denny, y se levantó—. Voy a llevar esas verduras al pueblo.

—¿Quieres un bocadillo antes de irte? —preguntó ella—. Puedo hacerte uno.

—No, gracias, Jillian. El Reverendo me da comida si yo se la doy a él —sonrió—. Pensaré en todo eso.

—Si recibes una oferta interesante, lo entenderé, Denny. Ese fue nuestro acuerdo desde el principio.

Denny hizo un breve saludo militar y salió de la casa. Jillian lo observó desde la ventana mientras trasladaba las verduras de la carretilla a un par de cajas y las ponía en la trasera de su camioneta. Todavía estaba junto a las ventanas de la cocina cuando el chico se marchó. Después se volvió hacia Colin.

—He trabajado todo el día como una mula y aun así estaba bastante bien, pero estos últimos quince minutos me han dejado hecha polvo. Me siento como una octogenaria.

Colin se acercó a ella con una sonrisa y la enlazó por la cintura.

—Has estado fantástica. Le has parado los pies a ese Kurt.

—¿Qué otra cosa podía hacer? Creo que necesito una ducha.

—Claro, pero primero dime una cosa. Cuando ha dicho que eras una fulana de clase obrera, has sonreído. ¿Por qué demonios has hecho eso?

—Porque yo nunca he sido una fulana. Eso habría sido fácil. ¡Yo era una esclava! Trabajaba tanto que ni Harry se lo creía. Pero ¿de clase obrera? ¿Una niña pobre que no tenía nada? —se rio—. ¡No tiene ni idea! Pertenecer a la clase obrera habría sido una especie de ascenso. Mi bisabuela trabajaba planchando en casa la ropa de otras personas. A Kelly y a mí nos daban el desayuno gratis en el colegio. Éramos de las más pobres del colegio. Nana ganaba algún dinero lavando ropa, vendiendo sus verduras o sus conservas, guardando siempre lo necesario para alimentarnos. Nos compraba la ropa en tiendas de segunda mano. ¿Pobres? Éramos pobres como ratas. Y además nana era nuestra bisabuela. Era una anciana cuando nos fuimos a vivir con ella. Y cuidaba de nuestra madre inválida —sacudió la cabeza y se rio—. Francamente, no sé de dónde procede Kurt, pero su vida no puede haber sido tan dura como la mía. Y ahora necesito una ducha, en serio.

—¿Necesitas que alguien te frote la espalda, aprovechando que el encargado de la finca se ha ido al pueblo?

—¿Quién va a frotarme la espalda cuando estés haciendo fotos en el Serengueti?

—No me marcharé sin antes asegurarme de que tengas un buen cepillo de mango largo.

CAPÍTULO 17

Después de la visita por sorpresa de Kurt, Jillian hizo lo más lógico: llamó a su abogada para informarle de las amenazas.

—Te avisaré si me entero de algo —le dijo su abogada—. Pero si no has tenido ningún contacto con él ni con la empresa para la que trabajaba, creo que sus amenazas no tienen ningún fundamento. ¿Y tú no has hablado con nadie de BSS?

—Solo con Harry Benedict. Somos muy amigos y estuvimos hablando de mi nuevo proyecto empresarial.

—¿Kurt Conroy podría tener tu nueva empresa como objetivo? —preguntó la abogada.

—Lo dudo —contestó Jillian—. He invertido miles de dólares y no he ganado ni un centavo. Y no es una empresa informática, ni de publicidad. Estoy cultivando verduras.

La abogada se rio.

—¿Te parece divertido? —preguntó Jillian.

—Me hace gracia imaginarme a Conroy demandándote por incumplir el acuerdo de confidencialidad o por difamación para obtener a cambio un montón de verduras. Te avisaré si oigo algo, pero estoy casi segura de que no corres ningún peligro. Y con un poco de suerte Kurt se gastará su dinero en pagar a un abogado y no sacará nada en limpio.

Jillian hizo una llamada de cortesía a Harry. Cuando le contó que Colin había pegado a Kurt tal puñetazo que lo había hecho volar por el aire, Harry empezó a reír tan fuerte que tuvo que colgar y volver a llamar cuando consiguió dominarse. Cuando por fin le devolvió la llamada, dijo:

—Acabas de ser testigo de la única desventaja auténtica que tiene ser consejero delegado, Jillian: que tenemos las manos atadas. De nosotros se espera profesionalidad en todo momento. A mí me habría encantado darle una buena zurra a ese tipo. Entonces... ¿apareció el sheriff?

—Qué va. Y la verdad es que me extrañaría mucho volver a tener noticias de Kurt. Debe de creer que me he buscado un fornido guardaespaldas.

Poco más de una semana después, cuando Denny llegó con la carretilla para que Jillian la llenara con las verduras que acababa de recoger, ella se fijó en su expresión y dijo:

—Dime una cosa, Denny. ¿Tenemos algún asunto pendiente?

—¿Cómo?

—Está claro que sigue preocupándote el asunto del trabajo. Quizá yo pueda ayudarte. Puedo subirte un poco el sueldo. Podría pedir presupuestos para intentar contratar algún seguro privado para ti si así te sientes más a gusto. O podría hacer por ti lo que hizo Harry por mí: ofrecerte una parte de las ganancias. Un porcentaje de los beneficios cuando empecemos a ganar dinero. No creo que falte tanto. O...

—No se trata solo del trabajo, Jillian. Debería habértelo dicho cuando me enteré. Pensaba que iba a poder asumirlo, pero la verdad es que me sigue costando.

Ella se alarmó de pronto.

—¿Qué ocurre? ¡Dímelo!

—Me sorprende que Jack no se lo haya dicho a nadie. Está dejando que todo el mundo piense que las cosas siguen igual entre nosotros, pero...

—¿Os habéis peleado o algo así?

—No. Es solo que Jack se acordó por fin de mi madre. Y resulta que en realidad no es mi padre. Solo era un buen amigo de mi madre, nada más.

Jillian se quedó mirándolo un momento, observando sus ojos, el gesto apenado de su boca.

—Denny, Denny... ¿Tan desilusionado estás?

—Pues sí. Y quizás un poco avergonzado también...

Ella sacudió la cabeza.

—No tienes por qué estarlo. Tú no has inventado nada. Y además, aunque Jack no sea tu padre, parecéis tener una relación estupenda. ¿No?

—Sí —contestó—. Claro que quizá sea porque Jack pensaba que yo... bueno, ya sabes...

—No lo creo, Denny. No conozco mucho a Jack, pero parece un tipo sincero. ¿Por eso estás pensando en irte a trabajar a otra parte?

—En parte sí —se encogió de hombros—. Verás, solo vine aquí por ese motivo. Para conocer a Jack, para decírselo. Al final, ha sido un viaje en balde.

—Pero a ti te gusta esto. Dijiste que te gustaba trabajar en el huerto. Y Jack no es el único amigo que tienes. Nosotros somos amigos, más que amigos. Colin es amigo tuyo. Te llevas bien con toda la gente del pueblo, ¿no?

—Supongo que sí. Pero, ya sabes, no quiero ser un estorbo.

—No eres un estorbo para nadie. Muchos de nosotros nos sentimos afortunados por que vinieras por aquí. Sé lo que es no tener mucha familia, ¿sabes? Yo solo tengo una hermana, a eso se reduce el clan Matlock. Pero hay un montón de buena gente a mi alrededor. Tú, por ejemplo.

—Eres muy amable por decir eso, Jillian.

—Escucha, jovencito, todo el mundo se lleva algún chasco, alguna desilusión. Todo el mundo, no solo tú. Sé que esto ha sido una tremenda decepción para ti, pero deberías concentrarte en lo que tienes, no en lo que te falta. Porque, en mi opinión, tienes un montón de cosas. Y no creo que Jack fingiera que le caes bien si no fuera así.

—Seguramente. Sé que lo que dices es cierto. Puede que necesite un poco de tiempo, pero lo estoy intentando.

Jillian le puso la mano sobre el hombro y se lo apretó.

—Me gustaría que me pusieras en el lado del haber. No eres solo mi ayudante, Denny. Eres como un hermano pequeño. Como un socio.

Denny sonrió.

—Claro que te pongo en el lado del haber, Jillian. Me siento muy afortunado por haberte conocido.

—Bueno, es un comienzo —repuso ella—. Sigue así.

A fines de julio, Jillian cosechaba grandes cantidades de verduras orgánicas en su enorme huerto. Kelly estaba impresionada por las muestras que le había enviado y Jillian estaba estudiando las posibilidades de comercialización. Con ese fin, un día anunció mientras comía con Denny y Colin:

—Voy a ir a la feria estatal. Solo un par de días. Denny, deberías venir conmigo. Hay un montón de concursos y exhibiciones de productos agrícolas. Y también hay exposiciones y concursos de pintura, Colin. Eso por no hablar de las atracciones y la comida basura.

—Pero ¿y el huerto? —preguntó Denny.

—El pronóstico del tiempo es excelente y las plantas están fuertes y sanas. No les pasará nada porque estemos dos días fuera. Esto es importante. Tenemos que ver cómo se las gasta la competencia.

—Pero ¿cuándo? —preguntó Denny.

—Mañana. Nos vamos a las cinco de la mañana —miró a Colin y sonrió—. ¿Este tren va a marcharse sin ti?

—Ni lo sueñes —contestó él.

—Así me gusta. ¿Conduces tú? En tu coche hay sitio de sobra para los tres.

—Será un placer —dijo Colin haciendo una reverencia.

Jillian y Kelly habían ido a la feria estatal cuando eran adolescentes, pero no de pequeñas: en aquella época pasaban demasiados apuros económicos, su bisabuela era ya muy mayor y su madre estaba impedida; no habían podido ir. Pero cuando tuvieron las dos edad de conducir y un coche de segunda mano que compartían, les permitieron ir a Sacramento solas. Más adelante, cuando era ya una ejecutiva, Jillian había asistido a eventos mucho más importantes que una simple feria estatal. Pero en el fondo siempre había añorado aquella ilusión de su infancia. Quería ver la exhibición de caballos, la de toros y hasta la de gallinas. Le encantaban las muestras de flores, los payasos, las atracciones y las casetas de espectáculos.

Intentó conservar la calma y aparentar profesionalidad cuando entró en la feria con sus dos hombres: su novio y su ayudante. Pero por dentro estaba tan emocionada como una niña de diez años. Sentía cómo bullía la emoción dentro de ella con un alegre burbujeo. Habría flores maravillosas: en pleno verano, en California todo estaba en flor. Alguien ganaría una cinta azul por el pepino o la calabaza más grandes. Y habría montones de casetas de quesos, helados, batidos y yogur. Recordaba de su última visita a la feria un enorme queso cheddar con la cara de una mujer esculpida.

A pesar de que estaba allí para ver las muestras de verduras, no quería perderse nada. No pudo refrenar su entusiasmo una vez aparcaron el coche.

—¡Vamos a ver las verduras y la flores! ¡Y también quiero ver las exposiciones de pintura! ¡Y el premio al mejor toro! ¡O al mejor cerdo! Denny, ¿has venido a la feria alguna vez?

—No, Jillian —contestó él, riendo.

—Aquí hay de todo. Quesos cheddar de una tonelada, calabazas de noventa kilos, calabacines con los que podría alimentarse a un pueblo entero. Pero también hay artesanía, joyas, hasta muebles. Esto es California, habrá exposiciones de muebles hechos con madera de secuoya. Y un concurso de vinos enorme, y también catas. Y atracciones, y casetas de tiro al blanco, y tómbolas. Si hubieras venido con una chica, tendrías que intentar ganar para ella un perro de peluche que costaría menos de lo que te gastarías en la tómbola. Y no podemos irnos sin montar en la noria. ¡Y esta noche iremos a bailar! Podrás ligar con alguna chica guapa, siempre y cuando mañana temprano estés listo para venir a la feria otra vez.

Denny se rio.

—Eso suena muy bien, Jillian.

Colin pasó el brazo por los hombros de Jillian y la apretó contra sí.

—Creo que deberías pensar seriamente en ser madre. O en montar un campamento, quizá. O en ser funcionaria de prisiones.

—No pienso hacerte caso —repuso ella—. Además de pasármelo bien, quiero ver qué se cultiva y qué se expone y se lleva a concurso. Quiero saber los nombres de las empresas de producción orgánica más conocidas y adónde envían sus verduras. Quiero fotografías. Quiero detalles —sonrió—. Y quiero chili, perritos calientes, algodón de azúcar, palomitas, salchichas, y quiero oír buena música country en directo.

Colin miró a Denny por encima de su cabeza.

—Seguro que se marea en la noria.

Colin no tenía especial interés en ir a la feria estatal, pero faltaba poco para su marcha y no le apetecía estar alejado de Jilly. Además, como iba a marcharse pronto, quería hacerla feliz mientras aún pudiera. Ni siquiera la perspectiva de ver una exposición de arte le entusiasmaba demasiado, aunque pronto descubrió que en eso se equivocaba: la exposición era realmente impresionante y les ocupó varias horas el primer día de su visita.

Se alegró enseguida de no haberse perdido aquello, y no por la feria, sino por el efecto que surtió sobre Jilly. Fue como llevar a una niña pequeña disfrazada de adulta. Jillian estaba contenta, fascinada, cautivada por todo lo que veía. Su rostro se iluminaba cuando veía algo inesperado o sorprendente, y todo parecía llenarla de deleite y de asombro.

Colin hizo para ella unas cuantas fotografías de las muestras de verduras y frutas, y se quedó maravillado al ver la seriedad y la concentración con que interrogaba a los cultivadores a los que tuvo la suerte de conocer en persona. Tenía un millón de preguntas que iban desde las licencias que había que sacar a cuáles eran los mejores mercados. A veces tomaba notas en un cuadernito, pero otras solo escuchaba, extasiada.

Lo que más gustó a Colin, sin embargo, fue su risa. Si algo le hacía gracia, se reía como una chiquilla. Su alegría no solo era contagiosa: era cautivadora. Brotaba de un lugar muy hondo de su interior. Era pura felicidad que la hacía resplandecer. Era una niña y, al mismo tiempo, una mujer plena.

Claro que también le gustaba mucho cuando se concentraba y arrugaba un poco la frente y respiraba con los labios entreabiertos, completamente absorta.

Había otras cosas que le fascinaban de ella. Le encantó tomarla de la mano cuando caminaban de caseta en caseta, escucharla cantar mientras bailaban bajo las estrellas, al ritmo de la música en vivo. Desafinaba un poco, lo cual era perfecto. Y continuamente le señalaba cosas y personas, y a él siempre le sorprendía su perspicacia. «¿Ves esa pareja de ahí?», le decía. «La chica lleva una camiseta de tirantes gris y él una camisa roja y un sombrero de vaquero. Se han peleado por algo de camino a la feria y lo están pasando fatal.» O «¡Mira a esa pareja de adolescentes! ¿Verdad que se nota que están perdidamente enamorados?».

Colin estaba perdidamente enamorado de ella.

Sentía un impulso insidioso de llamar a sus hermanos casados y preguntarles «¿Es esto? ¿Es amor verdadero cuando no puedes soportar perderla de vista? ¿Ni separarte de ella aunque sean dos metros?». No podía hacerlo, por supuesto. No estaba preparado para lo que podían contestarle. Tenía la sensación de que iba a averiguar hasta qué punto le importaba Jilly cuando se marchara. Estaba seguro de que sería como recibir un mazazo entre los ojos.

Pero al mismo tiempo sabía que tenía que irse, averiguar la verdad por sí mismo, o siempre tendría dudas.

—Cuando yo era pequeña, la feria estatal era como un lugar mágico para Kelly y para mí —comentó ella mientras le hablaba de su primera visita a la feria—. De pequeñas estaba fuera de nuestro alcance, así que cuando los otros niños hablaban de ella para nosotros era una especie de lugar fantástico al que nunca podríamos acceder. Teníamos esa idea tan metida en la cabeza que cuando por fin pudimos venir a la feria, fue como un sueño hecho realidad. Colin, gracias por haber venido conmigo. Creo que en parte se debe a ti que haya vuelto a sentir esta magia. Es la tercera vez que vengo a la feria, y la mejor de todas.

—Y cuando viniste a la feria siendo adolescente, ¿conociste a algún chico al que dar la mano, con el que comer perritos calientes hasta que te doliera el estómago y bailar al ritmo de una banda de country, y que luego te llevara al hotel y te hiciera el amor durante horas?

—No —contestó ella, riendo.

—Entonces, la magia de la feria no ha hecho más que empezar, Jilly.

Al día siguiente, eran las nueve de la noche cuando por fin emprendieron el viaje de cinco horas de regreso a casa. Denny insistió en que ella se sentara delante, con Colin. De todos modos, iba a quedarse dormido en el asiento de atrás.

—Espero que le pidieras su número de teléfono a esa chica tan guapa con la que estuviste bailando —le dijo Jillian cuando montaron en el coche.

—Tengo los teléfonos de todas —les informó Denny.

—Espero que te acuerdes de quién es quién —añadió Colin, riendo.

Poco después de aquella breve conversación, Denny comenzó a roncar en el asiento de atrás y Jilly apoyó la cabeza en el muslo de Colin y se quedó dormida. Cada poco rato, él apoyaba la mano en su cabeza y acariciaba su pelo sedoso o su brazo.

No bostezó ni una sola vez. Estaba decidido a llegar a casa con su preciosa carga sana y salva.

Jillian aprendió muchas cosas en Internet y a través de las personas a las que había conocido en la feria estatal. Había muchas cosas que hacer, tareas que requerían organización. En agosto, mientras seguía cosechando, registró una marca comercial, pidió una licencia para crear una empresa y rellenó una serie de formularios que debían ser aprobados por la oficina regional del Departamento de Agricultura.

A fines del verano, cuando el tiempo era aún cálido y bochornoso, pasó muchas noches con Colin en su pequeña cabaña a orillas del riachuelo. La maravillosa casona victoriana que acababa de comprar no tenía aire acondicionado. La cabaña, escondida entre altos árboles, era muy fresca, y se oían sonidos maravillosos procedentes del bosque, como el canto de los pájaros, el graznido de los gansos o el murmullo del río sobre las piedras. Le encantaba su enorme casa, pero también aquella pequeña cabaña donde habían pasado su primera noche juntos. Le gustaba sentarse en la puerta por la mañana y contemplar cómo se desperezaba el bosque al amanecer. Aquel era un lugar mágico. De hecho, tenía la impresión de que todos los lugares que visitaba en aquella comarca estaban llenos de sueños. De fantasías. De una belleza inimaginable.

Mientras Denny seguía cuidando del huerto y ocupándose de la cosecha, ella registró su empresa en el registro mercantil. Le puso de nombre «Jilly Farms». Todo natural, todo orgánico, todo delicioso. Y todo sentimental. Nadie la había llamado nunca «Jilly», salvo Colin.

Se alegraba muchísimo de no tener que cambiar de ubicación, no solo por Colin, sino por sus propias necesidades, tanto personales como empresariales. Dejar la casa le parecía tan duro como la futura marcha de Colin a África. Quería tener el solario listo para cuando volviera. Pagó un buen pellizco del precio de la casa con sus ahorros y el resto con un préstamo que el banco aprobó inmediatamente. Ya era la propietaria de Jilly Farms.

Todo aquello la mantuvo muy ocupada. Tenía que ocuparse del papeleo para conseguir la licencia de venta, entrevistarse con un inspector del Departamento de Agricultura y montones de verduras que cosechar en el huerto. Como ya era dueña de las tierras, se dispuso a desbrozar otra parcela para hacer un gran huerto, con vistas a la cosecha de invierno. Se levantaba temprano y trabajaba con ahínco todo el día preparando el huerto para el cambio de estación, pero le alegraba estar tan atareada. Así se distraía y podía olvidarse a ratos de que solo quedaban dos semanas para que Colin se marchara.

—Tengo una sorpresa para ti —le dijo Colin—. Hoy me he pasado por casa de Luke y había una carta para mí. Shiloh ha vendido el águila y el gamo. Me ha mandado mil doscientos dólares.

—¡Dios mío! —exclamó ella—. ¡Eso significa que los ha vendido por dos mil cuatrocientos!

—El águila por mil ochocientos y el gamo por seiscientos. Pero lo importante es que se han vendido. Estoy muy sorprendido.

—No deberías estarlo, Colin. Son preciosos. Eres un pintor magnífico.

—Y tú eres la presidenta de mi club de fans —repuso él, besándola en la nariz—. Parece que vamos a tener unos días muy agitados. Tú estás atareada con el huerto y mis hermanos van a venir a Virgin River para que nos reunamos antes de que me marche. Sé que esta transición con el huerto exige mucho tiempo y mucha atención por tu parte. No te sientas obligada a venir a la reunión si no puedes.

—Me gusta estar atareada, me esfuerzo por no contar los días que faltan para que te vayas. Pero claro que quiero ver a tu familia. ¿Quién va a venir?

—Todos menos Patrick, que está pasando otros tres meses en el Golfo. La verdad es que no me apetece mucho. Preferiría pasar estas dos semanas tranquilamente contigo, pero es el precio que tengo que pagar para convencer a mi madre de que no me arruinara el viaje yéndose ella también a África con George.

Jillian sonrió.

—Adoro a esa mujer. No le tiene miedo a nada.

—Dímelo a mí. Y voy a vender el todoterreno, Jilly. He puesto un anuncio. Si no consigo venderlo antes de irme, Luke se encargará de él.

A ella se le encogió el corazón.

—Claro —dijo en voz baja.

No había pensado en ello, a pesar de que era lo más lógico. Era un Jeep Rubicon, un modelo muy caro. ¿Para qué iba a conservarlo Colin si no pensaba volver para instalarse allí? ¿Si solo regresaría para pasar unos días? Sin embargo, que vendiera el coche le parecía extrañamente decisivo. Era cierto que iba a marcharse a otro continente, en busca de una nueva vida que duraría, como mínimo, seis meses. Mucho más tiempo, si su viaje tenía éxito. Seguramente si tuviera alguna duda al respecto, le habría dejado el coche a su hermano, o a ella.

—Sí, supongo que es lo más razonable. Si Luke está muy liado, podría encargarme yo.

—A él no le importa. Tengo que pedirte un favor.

—Claro.

—Me gustaría dejar la cabaña —dijo—. Ya no tengo casi nada allí. Lo he traído casi todo a tu casa. ¿Te importa que viva aquí hasta que me marche? Podría recoger mis cosas enseguida y así eso ya estaría hecho. Las cosas que no vaya a llevarme, las dejaré en casa de Luke.

—También... también puedes dejarlas aquí. Tengo tres plantas, cinco habitaciones y un despacho —soltó una risa ligera—. Sabía que había un buen motivo para comprar esta casa.

Colin sonrió, pero sacudió la cabeza.

—No pasa nada. Luke me deja su casa.

—Colin, ¿estás rechazando mi oferta por si acaso mi vida cambia mientras estés fuera? ¿O por si cambia la tuya? ¿Para que no nos sintamos obligados a nada?

—La verdad es que no —contestó él—, pero los dos sabemos que eso podría pasar.

Ella sacudió la cabeza.

—Supongo que sí, pero no enseguida. Es más probable que sea tu vida la que cambie y que seis meses se conviertan en seis años.

—No sin verte, Jilly, te lo prometo. Como mucho estaré seis meses sin venir a verte, a no ser...

—Lo sé —repuso ella—. A no ser que te diga que no vengas. De todos modos sigo creyendo que es más probable que seas tú quien me diga que has cambiado de idea.

—Tengo una cosa para ti. Quédate en la cocina. Enseguida vuelvo.

Jillian respiró hondo varias veces. Había estado a punto de derrumbarse al saber que iba a vender el todoterreno y a dejar la cabaña. Confiaba en ser capaz de mantener la entereza. No quería que Colin creyera que solo pensaba en sí misma, y que eso lo ahuyentara de su lado. Deseaba de todo corazón que encontrara lo que le hacía sentirse satisfecho y feliz. Detestaba la idea de que el hombre al que amaba se sintiera fracasado. Colin merecía recuperar su vida.

Y ella merecía tener un hombre que sintiera que tenía todo lo que necesitaba en la vida, incluida ella.

Pero estaba abocada a llorar. Y lo temía. Aquello les debilitaría a ambos justo cuando más necesitaban sentirse fuertes y decididos.

Colin regresó cargado con dos lienzos tapados. Jillian los reconoció por su tamaño: los había visto en la cabaña, tapados y vueltos hacia la pared. Él apartó dos sillas de la cocina y colocó los lienzos encima para mostrárselos. Quitó los paños que los cubrían y dejó al descubierto dos pinturas con marco negro adornado con cenefas doradas. Ambos cuadros tenían el mismo tema: una hortelana desnuda en dos posturas distintas.

Jillian se tapó la boca y no pudo evitar que se le saltaran las lágrimas. Eran exquisitos.

—¡Colin! —dijo con voz casi chillona.

—Creo que deberían ir en tu habitación, pero tú tienes la última palabra, claro. Te los colgaré donde quieras.

Ella extendió un brazo hacia los cuadros, no porque quisiera tocarlos, sino porque quería sentirlos.

—En el dormitorio —dijo en voz baja—. En el dormitorio, claro.

—Los colgaré esta noche. Y luego podemos ir a la cabaña si...

—Quiero dormir debajo de ellos. Podemos ir a la cabaña mañana por la noche. Colin, esto es lo más hermoso que podrías haberme regalado.

Luke fue el anfitrión de la reunión del clan Riordan durante el tercer fin de semana de agosto. La gran autocaravana de Maureen y George ocupó casi por completo el pequeño aparcamiento de la parte trasera, provisto de agua corriente y enganche a la red eléctrica. Maureen y George estrenaron las nuevas instalaciones. Todavía quedaban algunos retoques que hacer. Luke pensaba sembrar algunas plantas alrededor de los caminos y los patios individuales la siguiente primavera, pero el aparcamiento estaba listo para funcionar.

—Perfecto —dijo George.

—¡Fantástico! —exclamó Maureen—. ¡Podríamos quedarnos meses aquí!

—Eso sería maravilloso —dijo Shelby.

—Que alguien me pegue un tiro —le dijo Luke a Colin en voz baja.

—Lo haría encantado si no fuera un delito —contestó su hermano, riendo.

Luke se quedó impresionado al observar a Jillian. Estaba de muy buen humor, se reía con facilidad y parecía resplandecer cuando Colin la miraba. Los agasajó a todos con sus asombrosas verduras y el primer día de reunión Maureen se apoderó al instante de la cocina de Shelby para cocinar tantas como pudiera. Jillian pareció henchirse de orgullo al oír las alabanzas que Maureen dedicó a su huerto.

Luke sabía que ni Colin ni ella esperaban que acudiera tanta gente a despedirse de él. Walt, el tío de Shelby, y su novia, Muriel, fueron el sábado para compartir con ellos una gran barbacoa, junto con los Haggerty y el pastor del pueblo y protegido de George, Noah Kincaid, y su familia. La madre de Franci y su pareja llegaron de Eureka y celebraron otra comida. Jillian llevaba todos los días varias cestas de verduras recién cortadas. Nadie se iba con las manos vacías.

Luke estaba absolutamente impresionado por su energía y su generosidad. Y pensó por enésima vez que Colin era un imbécil por abandonarla.

«Solo tengo que aguantar una semana más», se decía Jillian constantemente. Solo una semana más mostrándose optimista, deseándole lo mejor para su viaje. Y después, cuando llorara por su ausencia, no haría daño a nadie. Temía, sin embargo, que fueran a escocerle los ojos y a dolerle la garganta el resto de su vida, del esfuerzo de contener sus emociones.

CAPÍTULO 18

Los últimos días de agosto fueron calurosos y soleados, y el huerto de Jillian siguió dando fruto. Sus sandías eran grandes y hermosas y sus calabazas tan bonitas que empezó a planear una fiesta de la calabaza. Decidió poner carteles en el bar y en la iglesia para que las familias que quisieran fueran a recoger sus propias calabazas, gratis, para Halloween. Pediría ayuda a Denny para decorar la casa y el jardín. Las hojas empezarían a amarillear al cabo de un par de semanas, y el aire de la montaña parecía impregnado de un suave olor a otoño a medida que se acercaba septiembre. Lloviznaba de vez en cuando y las tareas del huerto se limitaban a quitar las malas hierbas y cosechar las verduras. Si algo había quedado claro durante esos seis meses era que podía cultivar unas hortalizas maravillosas. Ya tenía su licencia comercial, su marca registrada y el comisionado de agricultura del condado le había asegurado que su cosecha cumplía todos los requisitos y no habría problemas para que se aprobara su comercialización.

Colin recogió sus cosas y envió a Sedona los pocos cuadros que había terminado desde su encuentro con Shiloh Tahoma. Shiloh le había enviado otro cheque y estaba encantado de colgar cualquier cuadro que le hiciera llegar. Colin envió, además, un precioso regalo de boda para Clay y Lily Tahoma, como agradecimiento por haberle puesto en contacto con Shiloh.

Luego, con demasiada rapidez, llegó el día. Jill quería llevar a Colin hasta San Francisco para que tomara el avión, pero él había hecho otros preparativos. Luke lo llevaría a Fortuna para que tomara allí un autobús de línea que iba al aeropuerto.

—Quiero despedirme de ti, dejarte en tu porche y marcharme. Aunque los dos sabemos que esto es necesario, no espero que nos guste a ninguno de los dos. Sobre todo, la mañana en que nos digamos adiós.

Cuando llegó su última noche juntos, después de ayudar a preparar el petate y la cámara de Colin, Jill pareció encerrarse en sí misma. Pensó en la felicidad de la que había disfrutado durante meses y encontró cierto consuelo en esa idea. Pensó en los cientos de miles de soldados que habían dejado a sus familias para ir a países lejanos donde arriesgarían sus vidas por la patria, y se dijo que su separación de Colin no podía ser tan difícil.

Se concentró en él. Hicieron el amor dulcemente, sin prisas, y Jillian se preguntó cómo iba a sobrevivir prescindiendo de aquello. Se preguntó cuánto tiempo tendría que pasar sin hacer el amor con Colin. Después descansaron, acurrucados el uno en brazos del otro. Ella no durmió y sospechaba que él tampoco. Por la mañana se ducharon juntos e hicieron el amor una última vez, frenéticamente. Mientras se vertía dentro de ella, con las piernas de Jillian enlazando su cintura, susurró:

—No sé cómo voy a arreglármelas un solo día sin ti.

Cualquier otra mujer habría aprovechado aquel momento para decir «¡No te vayas! ¡No te vayas! ¡Déjame ser lo que necesitas! ¡Quédate conmigo!».

Pero Jill no.

—Tendrás que arreglártelas —susurró—. Vas a recargarte de energía, a recuperar tu vida. Vas a mandarme fotografías maravillosas. Y vendrás a visitarme cuando puedas —suspiró y añadió en voz baja—: Y yo estaré aquí.

Estaban tomando café en el porche de atrás, poco después del amanecer, cuando llegó Luke. Se levantaron. Había llegado la hora. Colin agarró su petate y lo puso en la trasera de la camioneta de Luke junto con el maletín de su cámara. Luego regresó junto a Jillian, que seguía en los escalones del porche. Se quedó un peldaño por debajo de ella para que estuvieran a la misma altura y, enlazándola por la cintura, la besó apasionadamente.

Jillian se había callado lo que sentía. No quería que sus sentimientos influyeran en él y le hicieran cambiar de idea.

—Deberías saber una cosa, Colin. Te quiero. Por favor, ten mucho cuidado. Pásatelo bien, pero ten mucho cuidado, por favor.

Él no pareció sorprendido.

—Claro que lo tendré —contestó—. Yo también te quiero, Jilly.

Ella sonrió.

—Lo sé. Lo sentía.

—Yo también lo sabía —repuso Colin—. Me lo has demostrado cada día. Cada noche. Es perfecto, si lo piensas: los dos lo sabíamos, los dos lo sentíamos, y nunca lo hemos dicho.

Jillian sonrió y tocó su mejilla.

—Mándame fotos. Cuéntame lo bien que te lo pasas.

—Te llamaré o te mandaré un e-mail cuando llegue. ¿Vas a hacer fotos del huerto? ¿De las calabazas? ¿De esos calabacines gigantes?

—Las haré —contestó ella riendo.

—Creo que tus calabazas merecen una cinta azul —comentó él mientras le daba un besito en la nariz—. Voy a echarte de menos.

—Yo también a ti, Colin, muchísimo, pero quiero que lo tengas todo. Todo, Colin. Quiero que te sientas realizado al cien por cien. No quiero que llegue un día en que te digas a ti mismo «debería haber hecho aquello» y te llenes de amargura.

—Seis meses pasan rápidamente —afirmó él.

—Claro que sí —pero él nunca la había engañado respecto al tiempo que duraría su ausencia. Aquel viaje duraría sus seis meses, pero después Colin probaría suerte en otros países, sondearía otras posibilidades. Si encontraba un trabajo como piloto que le interesara, solo volvería a visitarla de vez en cuando. Colin era un trotamundos hambriento de adrenalina. Necesitaba mantenerse en marcha, buscar retos para su espíritu, que se aburría fácilmente. ¿Cuántos años duraría aquel amor con breves visitas cada seis meses?

—Cuídate. Y cuida de Denny. Para mí es como un hermano pequeño.

Jillian se rio un poco.

—Yo también le dije eso. No te preocupes por eso. Está en buenas manos.

—Adiós, Jilly —dijo—. Hablamos pronto.

—Sí, pronto —repitió ella.

Y luego lo vio subir a la camioneta de su hermano y desaparecer por el largo camino.

Jillian hizo lo que se le daba mejor: se volcó en el huerto. Naturalmente, no estaba contenta, ni despreocupada. Se sentía muy triste, pero esperaba que se le pasara pronto. A fin de cuentas, había perdido a muchas personas a lo largo de su vida y siempre había logrado superar su pérdida. Al menos Colin estaba perfectamente, solo que no estaba en su casa, ni en su cama.

Los días siguientes estuvo muy callada y Denny le preguntó si se encontraba bien. Ella le dijo que echaba de menos a Colin, claro, pero que eso era de esperar.

Pasaron dos días antes de que tuviera noticias de Colin. Recibió dos e-mails. Uno era un mensaje colectivo enviado a todos los Riordan además de a ella, describiendo el largo vuelo y los distintos transbordos desde Sudáfrica a Tanzania pasando por Mozambique. El mensaje incluía fotografías que había tomado durante el viaje. Explicaba que, cuando se uniera al grupo con el que iba a hacer el safari, era probable que no pudiera contactar con ellos durante un tiempo. Y mencionaba también que antes de emprender el safari visitaría el monte Kilimanjaro. Había preferido no escalar, ¡pero había reservado un vuelo en helicóptero! Les mandaba recuerdos a todos y les decía que no se preocuparan si no tenían noticias suyas durante unos días.

El segundo e-mail era más personal:

Jilly:

No estoy muy lejos del lugar donde estuvo destinado mi hermano, en aquel desastre que fue Somalia. Era tan joven entonces... Si hace cinco años me hubieran preguntado si alguna vez me interesaría este sitio, habría dicho que no. Y sin embargo, lo que he visto de este continente hasta ahora es de una belleza indescriptible. Estoy deseando llegar al parque. Puede que tarde semanas en mandarte alguna foto, pero he comprado un par de móviles para hacer llamadas internacionales. Intentaré llamarte, aunque me han dicho que las comunicaciones son limitadas. Entretanto, cuida de tu espléndida cosecha y piensa en mí a veces.

Te quiere,
Colin

Después de aquello, pasó más tiempo dentro de casa, mientras Denny trabajaba en los huertos. Lloró un poco, como era de esperar. No solo lo echaba de menos, sino que había tenido que desprenderse de la esperanza, escondida muy en el fondo de su corazón, de pasar una vida entera con él. Se había estado mintiendo a sí misma al decirse que podría dejarlo marchar sin presentar batalla.

Pasados diez días, llegaron las primeras fotografías. Rinocerontes, elefantes, leopardos, monos, ¡hasta un león! El mensaje que acompañaba a las fotografías, enviado a todo el grupo, era corto pero entusiasta. Colin estaba eufórico. Jillian sentía sus palabras rebosantes de energía.

Al principio, ello hizo que su corazón se llenara de felicidad.

Miró las fotografías una y otra vez y leyó cien veces el corto e-mail. Pero no llegó un segundo mensaje más personal. Ni recibió ninguna llamada. Empezó a dolerle el corazón.

—Denny —le dijo un viernes por la mañana—, necesito estar sola unos días. Tómate una semana de vacaciones. Pagadas, por supuesto. Ve a visitar a tus amigos. Llama a esas chicas a las que conociste en la feria. Haz cosas por el pueblo. Lo que quieras. Necesito cuidar el huerto sola unos días. Necesito estar sola y no quiero esconderme en la casa ni que te sientas incómodo.

—¿Seguro que estás bien, Jillian? —preguntó él—. ¿Puedo ayudarte en algo?

—Estoy bien. Es solo que lo echo de menos un poco más de lo que esperaba —compuso una sonrisa—. El huerto siempre hace que me sienta mejor, pero... algunas cosas prefiero pasarlas a solas. Por favor, dame una semana. Luego seguro que estaré mejor. Nos veremos dentro de diez días, el lunes.

—Oye, si necesitas algo...

—Perdona, pero solo quiero estar sola en casa y en el huerto unos días. La soledad y mis plantas hacen que me sienta mejor —se encogió de hombros—. Lo sé por experiencia.

Notó que Denny se resistía a dejarla sola, pero era un chico tan sensato que decidió acceder a lo que le pedía. Se sentía tan mal... ¡Ni siquiera le había enseñado las fotos que había enviado Colin! Y seguro que a él también le interesaba saber qué tal le iba a Colin. Pero por alguna razón no podía hacerlo. Se prometió que, cuando Denny volviera al trabajo, verían juntos las fotografías.

Después de que se marchara Denny, dio rienda suelta a sus emociones. Las lágrimas que había estad conteniendo salieron en tromba. Las dejó rodar por sus mejillas y caer sobre su camiseta. Habló a Colin, a pesar de que estaba a miles de kilómetros de distancia. «Colin, ah, Colin, ¿has encontrado todo lo que querías, todo lo que imaginabas y necesitabas? ¿Gritan todas las células de tu cuerpo que has hecho lo correcto? ¿Piensas en mí a veces? Yo pienso en ti todo el tiempo... Todo el tiempo...».

Como saltaba a la vista que estaba deprimida, Kelly, que estaba preocupada por ella, procuraba llamarla varias veces al día. Jillian nunca se había escondido de su hermana, pero a veces no respondía a esas llamadas. Llevaba el móvil enganchado al cinturón cuando estaba en el huerto, pero, si era su hermana quien la llamaba, dejaba que saltara el buzón de voz y seguía cuidando de sus plantas. A Kelly podía llamarla más tarde, pero no soportaba la idea de perderse una llamada de Colin.

Luego, antes de que su hermana se fuera a trabajar, subía a la terraza y marcaba su número. A Kelly siempre había podido contárselo todo. Le dijo lo mucho que lo echaba de menos, lo sola que se sentía y cuánto temía no volver a conocer un amor parecido. Entre lágrimas, le describió los dos mensajes de Colin, lo magníficas que eran las fotografías y lo entusiastas que eran las noticias que enviaba. Colin era feliz, eso estaba claro.

—¿Pensabas que en el último momento cambiaría de idea y se quedaría o intentaría encontrar otra solución? —le preguntó su hermana.

Jillian se echó a llorar otra vez.

—Sí —reconoció—. Además, como pensaba desde el principio que lo correcto era animarlo a cumplir sus sueños, no pensé que iba a derrumbarme así. ¿Para qué iba a querer Colin a una mujer que no puede ofrecerle más apoyo que este?

—Te estás pidiendo demasiado —repuso Kelly—. Es muy duro dejar marchar al hombre al que quieres. ¿Por qué no te das una tregua?

—Voy a superar esto —afirmó Jillian—. Vas a pensar que suena horroroso, pero yo quiero tener a un hombre que diga «Si mañana muero en tus brazos, sentiría que no he dejado nada sin hacer en esta vida». Es muy egoísta por mi parte —añadió—. Quiero ser su único interés, su único objetivo. Él lo es todo para mí. Y yo quiero serlo todo para él.

—¿Estarías dispuesta a abandonar Jilly Farms? —preguntó Kelly.

—¿Lo ves? ¡Ahí lo tienes! Quizá sea por eso por lo que lloro.

Porque no quiero que ninguno de los dos tenga que renunciar a nada. Y que sin embargo sintamos que lo tenemos todo.

—No te preocupes, niña. Se te pasará. Solo hace falta tiempo.

—Sí —dijo Jill—. Sí, tiempo. Supongo que seis meses, como mínimo.

Denny estaba sentado a la barra, tomando una cerveza.

—¿Esta noche quieres cenar? —le preguntó Jack mientras pasaba la bayeta por la barra.

—Me lo estoy pensando.

—Últimamente no te vemos mucho por aquí. ¿Hay mucho trabajo en la huerta?

Denny bebió un trago.

—Estos días no estoy yendo a la huerta. Hay poco trabajo y Jillian quería estar sola un tiempo. Creo que le ha afectado mucho que se haya ido Colin.

—Me lo imagino —repuso Jack—. Parecían muy unidos.

—Más que eso. Creo que Colin ha hecho una locura al dejarla, pero tengo que reconocer que le envidio un poco. Al menos él tenía un plan.

—Entonces, ¿dónde has estado si no estabas trabajando? —preguntó Jack.

Denny se encogió de hombros.

—He pasado mucho tiempo pescando. Aunque no he pescado gran cosa.

—¿Solo? —preguntó Jack, ladeando una ceja.

Denny levantó su cerveza tranquilamente.

—Supongo que necesitaba un tiempo para pensar. Igual que Jillian.

—Escucha, hijo, he notado que has pasado mucho tiempo pensando desde que...

—No tienes que llamarme eso. «Hijo».

Jack se quedó callado un momento. Luego frunció el ceño.

—Está bien, Denny —dijo—. Has estado muy raro desde

aquel día en el río. Pero de eso hace semanas y yo pensaba que a estas alturas ya lo habrías superado. Sé que estás desilusionado. ¿Y quién no? Pero las cosas son así y hay que seguir adelante.

—Que yo sepa, no le has dicho a nadie la verdad.

—Ya te lo dije, Denny. Para mí no cambia nada. Estamos exactamente igual que antes. Me sigues cayendo igual de bien y supongo que a ti te pasa lo mismo. Además, dijiste que de todos modos no necesitabas un riñón —intentó sonreír, pero su broma no pareció surtir efecto—. Denny —añadió, inclinándose hacia él—, cada cual construye su propia familia, no tiene por qué conformarse con la que le toca.

—A veces sí —repuso él.

—Piensa, chico. A los capullos que tienen tu mismo ADN, procuras evitarlos y olvidas mandarles una tarjeta por Navidad. Y enseguida entienden que el ADN no es suficiente.

—Puede que no, pero tampoco puede falsificarse.

Jack respiró hondo.

—Nunca se me ha dado muy bien tranquilizar a jóvenes enfadados como tú. Al menos cuando Rick volvió sin su pierna, sabía qué hacer, pero...

—¿Qué hiciste? —preguntó Denny.

—Lo llevaba en coche al fisioterapeuta para asegurarme de que iba y me encargué de llevarlo en persona al psicólogo, porque, si no quería hablar conmigo, con alguien tenía que hablar, eso seguro —levantó una ceja y esbozó una sonrisa—. ¿Tú necesitas que te lleve al psicólogo?

—No necesito que sientas lástima por mí —contestó Denny con una mueca.

—No siento lástima por ti —contestó Jack—. Pero empiezo a estar un poco harto. Yo no pasé de ti cuando averiguamos que no éramos familia. No comprendo por qué no haces tú lo mismo conmigo.

—Pensaba que lo había dejado claro, Jack. No me debes nada.

—Pues tú me debes un par de cosas —repuso Jack—. Cuando

me porto como un amigo, o como un hermano, espero que al menos se reconozca mi esfuerzo. Estaría bien que confiaras en mí. Y quizá que demostraras un poco de buena voluntad. Aunque lo mejor sería que no te comportaras todo el tiempo como si estuvieras enfadado, o como si yo no diera la talla. ¿Sabes?, te dije la verdad porque merecías saberla. Tú esperabas que yo me desentendiera de ti, pero yo no esperaba eso de ti.

Denny se quedó callado un momento. Luego se bebió despacio la mitad de su cerveza, puso un par de dólares sobre la barra y se levantó.

—Perdona, Jack. Parece que te he decepcionado desde el principio y que no sé hacer otra cosa —dio media vuelta y salió del bar.

Jack arrugó el ceño, profundamente ofendido. Luego recogió el dinero y lo arrojó por encima de la barra.

—¿Vas a invitarme a una puta cerveza en mi puto bar? —masculló mientras se frotaba la nuca—. Ni lo sueñes.

Dio media vuelta, furioso.

Antes de que la puerta se cerrara detrás de Denny, entró Luke Riordan y vio caer los billetes al suelo. Se paró en seco un segundo y luego se agachó a recoger el dinero. Lo puso en la barra mientras Jack se daba la vuelta.

—¿Has perdido algo? —preguntó.

—Sí —contestó Jack—. Puede ser —pasó la bayeta por la barra—. ¿Te estás tomando un respiro de Brett?

—Sí. Le están saliendo los dientes. Shelby me ha dicho que yo tenía cara de estar a punto de estallar. ¿Me pones una cerveza?

—Claro —Jack puso una sobre la barra.

Luke bebió un trago.

—Es una mujer sabia, mi esposa —comentó—. Oye, ¿te ha dicho Denny qué tal van las cosas en casa de Jillian?

—No estoy seguro de poder responder a eso, pero le ha dado una semana libre. Le dijo que necesitaba estar sola unos días o algo por el estilo.

Luke se enderezó.

—¿No está lo bastante sola, estando mi hermano en África?

—Por lo visto lo echa de menos. Como es lógico.

Luke se quedó callado un rato. No volvió a levantar la cerveza, pero frunció el ceño. Luego puso otros dos dólares sobre la barra y se levantó.

—Tengo que irme. Gracias, Jack.

Jack se enfadó otra vez.

—¿Es que aquí ya nadie se acaba una cerveza?

Eran poco más de las cuatro de la tarde cuando Luke tomó el desvío que llevaba a casa de Jillian. Colin llevaba fuera tres semanas, y Luke estaba de pronto furioso consigo mismo por no haberse pasado antes por allí. Había llamado a Jillian la primera semana y ella le había dicho que todo iba bien, aunque echaba de menos a Colin. ¡Igual que él, por extraño que pareciese! La segunda semana se había encontrado con Denny en el bar y el chico le había dicho que Jillian estaba un poco callada, lo cual no era de extrañar, pero que por lo demás no parecía haber ningún problema.

Luke, sin embargo, no la había visto desde la marcha de Colin, y eso no tenía excusa. Aunque su hermano la hubiera abandonado absurdamente para irse seis meses a correr aventuras en otro continente, Jillian era su mujer. Y los Riordan tenían un acuerdo tácito entre ellos: siempre cuidaban de sus respectivas familias cuando alguno de ellos no estaba. Jillian era lo más parecido a una pareja estable que había tenido Colin.

Aparcó junto a la casa, por la parte de atrás, esperando encontrar a Jillian en el huerto. Pero estaba en el porche, sentada en una silla, con las piernas dobladas y una manta de colores echada sobre los hombros.

Luke le lanzó una sonrisa al salir de la camioneta, pero su sonrisa se borró lentamente. Jillian no tenía buen aspecto. Y estaba todavía en pijama. Era dudoso que se hubiera preparado tan temprano para irse a la cama, de modo que seguramente no se había vestido en todo el día. Quizás en varios días.

Luke subió al porche, miró su cara demacrada y llorosa y dijo:

—Ay, tesoro...

Fue lo único que hizo falta para que se echara a llorar.

—No se lo digas a Colin, por favor —dijo con un susurro crispado.

—Ven aquí —dijo él, tomándola de la mano.

Jillian no se resistió. Luke la hizo levantarse, ocupó su silla y la hizo sentarse sobre sus rodillas como si fuera una niña pequeña.

—Seguro que no es delito llorar cuando se echa de menos a alguien —dijo.

Jillian apoyó la cabeza sobre su hombro y sollozó.

—Sí que lo es —dijo con voz ahogada—, porque entiendo que Colin lo necesite. Lo entiendo. Esto es tan importante para él... Y es lo que quiero para él. Que vuelva a sentirse completo al cien por cien, que se sienta de nuevo como antes.

—Pues parece que a ti no te está dando resultado, Jillian —repuso Luke—. Estás hecha polvo.

—Por eso no puedes decírselo. Lo que más le gustaba de mí es que yo era muy fuerte y lo quería lo suficiente como para animarlo a marcharse, a hacer lo que tenía que hacer. Si lo que necesitaba era marcharse, yo quería que se marchara.

—¿Alguna vez se te ocurrió decirle lo que necesitabas tú?

Ella negó con la cabeza.

—No quiero tener a un hombre que hace lo que le pide una mujer aunque eso le haga sentirse insatisfecho y vacío por dentro. Sería como pedirle que renuncie a lo que necesita solo para que yo esté más a gusto. No podría hacerle eso a Colin...

—Jill, deberías haberle dicho que lo quieres.

—Se lo dije. Le dije que lo quiero y que quería que tuviera todo lo que necesita. Luke, ese accidente... Le costó más de lo que podemos imaginar. No solo quebrantó su cuerpo, sino también su espíritu. Si no recupera eso, ¿de qué va a servirme a mí ni a nadie? Lo quiero. Quiero que vuelva a sentirse completo.

Luke soltó un bufido.

—A mí me parecía que estaba perfectamente.

Ella se encogió de hombros.

—Yo también pensaba que estaba en buena forma, pero no sé cuántas veces me dijo que solo quería volver a volar, ponerse retos de nuevo. Me dijo que pintar estaba bien, pero que era demasiado aburrido para él. Tiene cuarenta años y desde que tenía veinte no ha parado de volar, de viajar, de lanzarse en paracaídas y quién sabe qué más. Me dijo que quizás algún día estuviera listo para echar el freno, pero que no estaba dispuesto a permitir que ese accidente y que los problemas que siguieron acabaran con su vida —miró a los ojos a Luke y una gruesa lágrima rodó por su mejilla—. Yo no quería ser la segunda cosa en su vida que lo obligaba a conformarse con menos. A vivir una vida que no le satisfacía, que no le hacía sentirse realizado. ¿Tienes idea de cómo son las cosas cuando un hombre se siente un fracasado?

«Bueno, déjame ver», pensó Luke. Él había tenido tres accidentes de helicóptero a lo largo de su carrera militar, el primero de ellos, bastante grave, en Mogadiscio. Entonces era todavía joven y, al volver a casa, con su mujer embarazada, se había enterado de que el bebé no era suyo. De eso hacía mucho tiempo. Después había tenido cierta tendencia al suicidio y había pasado años viviendo al límite para evitar llevar una vida auténtica. Y más tarde, tras encontrar a Shelby, había estado a punto de perderla por pura estupidez, convencido de que no se la merecía.

—Qué idiota es mi hermano —masculló—. Pensaba que en eso yo me llevaba la palma.

—Tienes que prometerme que no vas a decirle que me has visto así —insistió ella—. No quiero que vuelva porque lo necesito, porque soy un ser patético. Quiero que vuelva porque quiera estar aquí. ¿Me lo prometes?

Él le enjugó una lágrima.

—Te lo prometo. ¿Has tenido noticias suyas?

—Solo los e-mails, los mismos que recibiste tú. Y también uno corto, para mí. Hace dos semanas.

—¿No te ha llamado?

—Está en la selva, Luke.

—¿No hay comunicaciones?

—No lo sé —contestó ella—. Nos dijo a todos que no nos preocupáramos si no teníamos noticias suyas durante un tiempo. Pero ojalá... Habría sido agradable oír su voz antes de que empezara el safari .

—¿Habéis hecho planes para después? ¿Para cuando vuelva? Porque...

Ella sacudió la cabeza.

—Colin dijo que iba a seguir buscando trabajo como piloto. Un trabajo emocionante. Algo que pueda parecerse a volar para el Ejército, imagino. Si no es en África, será en Nueva Zelanda o en Alaska. Y dijo que también iba a pintar, pero que no podía ser feliz dedicándose solo a pintar. Y me parece que tampoco sería feliz viviendo en una explotación agrícola donde lo más emocionante que pasa es que maduren los tomates Russian Rose.

—¿Colin no sabe qué va a hacer después? Porque a nosotros no nos dio a entender que esto fuera solo el principio. Dijo seis meses...

Jillian negó con la cabeza.

—A no ser que encuentre el trabajo que está buscando. Me contó que os había dicho que, si encontraba algo que le gustara, podrían ser más de seis meses.

—Sí, supongo que dijo algo parecido.

—Quizás eso es lo que peor llevo ahora. Puede que descubra que está bien sin mí, que es hora de pasar página...

Luke se rio.

—¿Te hace gracia? —preguntó ella.

—Sí, me hace gracia. Pensaba de verdad que yo era el que tenía la mollera más dura de toda la familia. Pero está claro que Colin me supera. Recuérdame que le dé las gracias.

—Claro —dijo ella—. ¿Puedo enseñarte algo privado?
Luke arrugó el ceño.

—No sé si quiero ver algo privado. Podría ser embarazoso...

—Lo superarás, Luke. Puede que no conozcas a tu hermano tan bien como crees. Ven conmigo —se levantó de sus rodillas, dejó la manta sobre la silla del porche, cruzó la cocina y subió las escaleras.

Mientras la seguía, Luke notó que estaba más delgada. Entró tras ella en el dormitorio y allí, sobre la cama, había dos lienzos de tamaño grande. Dos desnudos de una mujer con un gran sombrero de paja que le ocultaba casi por completo la cara, pero cuya sonrisa delataba que eran retratos de Jillian. Solo que la Jillian que aparecía en los cuadros era mucho más voluptuosa que la que permanecía ante él, con el pijama colgando sobre su cuerpo esquelético.

—Me los regaló antes de marcharse. Fue una sorpresa total.

—¿Mi hermano ha pintado estos cuadros? —preguntó Luke, aunque sabía la respuesta.

Ella asintió.

Luke sacudió la cabeza. Silbó.

—Nunca le he tenido envidia por que supiera pintar así. No me interesa para nada la pintura. Pero ¡caray! Me pregunto si ese capullo de mi hermano tiene idea de la suerte que ha tenido en la vida —se volvió para mirar a Jillian—. No sé por qué, pero lo dudo. Tiene un don natural, pero no es muy listo.

Jillian se rio a su pesar.

—Colin es muy inteligente.

—Vaya, Shelby y tú siempre defendiéndolo. No lo entiendo.

—Los dos sois buenos chicos. No sé por qué os lleváis tan mal.

—Porque es un cabezota y no para de dar la lata —respondió Luke—. Ahora, date una ducha y ponte unos vaqueros. Voy a llevarte a casa a cenar, y no pienso aceptar un no por respuesta. No vamos a decirle nada a Colin, si es que volvemos a tener noticias de ese gusano, pero está claro que no estás alimentándote como es debido. Y seguramente tampoco duermes mucho. Menuda pérdida de tiempo, llorar por ese capullo... Pero eso lo vamos a arreglar. No le digas a Shelby que te lo he dicho, pero no es muy buena cocinera. Aun así, esta noche ha hecho asado, y casi nunca le sale incomible. Habrá vino a montones para acompañarlo y un postre que, gracias a Dios, es comprado. El vino y la comida te ayudarán a dormir. Voy a asegurarme de que comes y duermes hasta que vuelvas a ser la de siempre.

—No tienes por qué hacerlo, Luke...

—Claro que sí. ¿Crees que eres la única persona que ha sufrido por amor? Pues, para que lo sepas, Jillian, los Riordan somos famosos por eso. Y puesto que no podemos cambiar a Colin, vamos a tener que espabilarte un poco.

—Esto es muy embarazoso —dijo ella—. No quería que nadie...

—¿Que nadie se preocupara por ti? —preguntó él, y dio un paso hacia ella—. Creo que mi hermano ha cometido un error. Creo que se va a arrepentir de haberse marchado así. Y creo que debería haber planeado mejor las cosas, haberse asegurado de que estabas dispuesta a esperarlo mientras hacía lo que quiera que crea que tiene que hacer. Que esas ansias de aventura que le han entrado deberían haber tenido fecha de caducidad. Pero el hombre que pintó esos cuadros —añadió mirando hacia atrás y poniéndose serio de pronto—, ese hombre te adora. Salta a la vista.

Jillian sonrió con melancolía. Eso lo sabía. Sabía que Colin la quería. Pero ¿bastaría eso para que volviera con ella?

—Ahora tenemos que concentrarnos en devolverte las fuerzas. Tienes un huerto que dirigir. A mi mujer le encantan tus verduras. Y casi nunca chafa una ensalada.

CAPÍTULO 19

Luke llevó a Jillian a su casa, le dio de comer y la dejó en las manos expertas de Shelby. Durante tres días, Shelby llevó comida y comprensión a la casona, u obligó a Jillian a ir a su casa. Si no, quizás no hubiera comido. Hablaron de sus hombres y de sus experiencias con ellos, de lo mucho que los querían y de lo doloroso que podía ser tener que esperar a que se decidieran. En ese tiempo, Jillian empezó a dormir mejor por las noches, recuperó el apetito y lloraba cada vez con menor frecuencia. También se hizo muy amiga de Shelby.

—Es extraño que Luke, que es tan torpe con estas cosas, fuera a ayudarte —comentó Shelby—. Pero así son los Riordan. Tienen muchos conflictos entre sí y sin embargo hacen todo lo que pueden los unos por los otros. Aiden fue a buscarme a mí. Fue a Hawái en mi busca, me secó las lágrimas, me obligó a reaccionar. Su misión era intentar explicarme por qué era Luke tan hermético.

—¿Y lo consiguió? —preguntó Jillian.

—Sí, pero ya conoces a Aiden: no hace falta mucho tiempo para darse cuenta de lo sensato y lo sensible que es. Supongo que era lógico que fuera ginecólogo. Pero ¿quién iba a pensar que Luke haría lo mismo? —sonrió—. Me alegra que haya sido así, Jill. Me alegra que alguien, aparte de mí, sepa lo especial que es mi Luke.

Al poco tiempo Shelby estaba recogiendo hortalizas con Jillian y llevándose a casa grandes cantidades de deliciosas frutas y verduras. Y Jillian empezó a sentirse más fuerte y más segura de sí misma. Seguía echando mucho de menos a Colin, pero era consciente de que debía llenar su vida con algo que no fuera tristeza o preocupaciones. Tenía amigos. Y tenía su trabajo: se prometió a sí misma centrarse en sus aspiraciones mientras Colin perseguía las suyas.

Hizo fotos de parte de la cosecha y envió unos cuantos e-mails para que Colin los recibiera cuando pudiera conectarse a Internet.

Había dejado de llorar y de perder peso, gracias a Shelby y Luke, pero seguía pensando constantemente en Colin. Dormía sobre su almohada, respirando aquel aroma especial que se hacía más tenue cada día, y soñaba con él. Había tomado la costumbre de tumbarse un rato por la tarde para recuperar el sueño que no lograba conciliar por las noches. Pero se encontraba mejor. Por primera vez desde la marcha de Colin, hacía casi un mes, estaba convencida de que sobreviviría, pasara lo que pasase después.

Estaba deseando recuperar la normalidad, pero esta se hacía esperar. La mañana en que esperaba que Denny volviera al trabajo, el chico llegó en silencio por el camino, subió sin hacer ruido los escalones del porche de atrás y metió un sobre por debajo de la puerta. No eran aún las seis de la mañana. Jillian se había despertado a las cinco, tras soñar de nuevo con Colin, y ya que estaba despierta había querido ver alzarse el sol por encima de los altos árboles que rodeaban la casa y los huertos. Por eso la única luz que había en la casa era la lucecita roja de la cafetera eléctrica. Denny debía de haber supuesto que estaba todavía en la cama.

Jillian pensó en abrir la puerta y llamarlo, pero recogió el sobre, lo abrió y echó un vistazo a su contenido. Dentro había un trozo de papel doblado y escrito a mano, con su nombre, y un sobre sellado con el nombre de Jack. Su nota decía:

Querida Jillian:

Siento dejarte sin avisar, pero después de pensarlo mucho he decidido regresar a San Diego. He disfrutado trabajando contigo, pero creo que tendré más oportunidades en la ciudad donde crecí. Gracias por todo y espero que tengas mucho éxito. Por favor, dale el sobre cerrado a Jack.
Gracias,
Denny

¿Eso era todo?, se preguntó. ¿Después de todo lo que habían hecho? Aquello era una equivocación, se dijo. Y no solo porque Denny la dejara así, sabiendo cuánto le gustaban los huertos y lo sola que estaba en ese momento, sino porque había deslizado su carta de dimisión por debajo de la puerta, antes de que amaneciera, y había dejado una carta para Jack en lugar de hablar con él. Denny iba a marcharse a hurtadillas, sin despedirse de nadie.

Agarró el teléfono y llamó al bar con la esperanza de que el teléfono también sonara en la casa.

—Bar de Jack —contestó una voz malhumorada.
—¿Reverendo?
—Sí, soy yo —contestó, despierto y alerta.
—Soy Jillian. Oye, acaba de pasarme algo muy raro...
—¿Estás bien?
—Sí, pero estaba sentada en la cocina, a oscuras, esperando a que saliera el sol, cuando Denny ha metido una nota por debajo de mi puerta y se ha ido. La nota dice que se marcha y me pide que le dé a Jack una carta suya. Está en un sobre cerrado, Reverendo. Denny va a marcharse a escondidas, no sé por qué. Esto no tiene ni pies ni cabeza.
—Mierda —dijo el Reverendo—. Gracias, Jillian. Yo me ocupo de ello, no te preocupes.

El Reverendo llamó a Jack y Jack llamó a Jo Ellen Fitch, la casera de Denny, mientras se ponía las botas y los vaqueros.

—Jo, perdona la hora...

—Estaba levantada, Jack. Suelo madrugar.

—Necesito que vayas a ver si Denny está ahí. Ha dejado una nota en casa de Jillian diciendo que se va del pueblo.

—¿Que se va del pueblo? —repitió ella—. A mí no me ha dicho nada. ¿Cómo no iba a decirme que...? —se detuvo y Jack la oyó abrir una puerta—. ¿Se puede saber qué...? ¿Jack? Hay un sobre en mi puerta y tiene... tiene dinero dentro. Es lo que me debía por el resto del mes. Pagaba por semanas y... Parece que no está su camioneta. ¿Quieres que te lea la nota, Jack?

—Es igual. No necesito saber nada más. Luego te llamo —colgó el teléfono y masculló—: ¡Hijo de puta!

Mel se sentó en la cama, despeinada.

—¿Se puede saber qué pasa?

—Denny se ha largado. Ha dejado notas para Jillian, para Jo Fitch y para mí. Dice que se va a casa.

—¿Y tú adónde vas? —preguntó ella.

—Seguramente a San Diego. ¿Podrás ocuparte de los niños sin mi ayuda antes de irte a la clínica?

—Por lo visto no me va a quedar más remedio —repuso Mel—. ¿Qué vas a hacer?

—Todavía no lo sé —se inclinó y le dio un beso—. Nosotros no hacemos las cosas así. ¡Nosotros no vamos dejando notas por ahí!

Denny se dijo que era lo mejor, que solo iba a volver a la vida que conocía y con la que se sentía a gusto. En San Diego conocía a gente. No a mucha, quizá, pero tenía un par de amigos allí. Y era cierto que seguramente tendría más oportunidades de encontrar trabajo. Odiaba, sin embargo, tener que dejar el huerto de Jillian. Había empezado a visualizar lo que podía llegar a ser: una de las explotaciones de agricultura orgánica más productivas e interesantes del Norte de California. Estaba convencido de que pasados un par de años sería increíble. Fantástica. Y lamentaba perdérselo.

Enfiló sin prisas la carretera 36 en dirección a la 101, que lo llevaría hacia el Sur. Haría todos los kilómetros que pudiera ese día, quizás el camino entero. Subió el volumen del iPod y dejó que la música rock inundara la cabina de la camioneta. Un rato después, sin embargo, vio unos faros deslumbrantes por el retrovisor, oyó la bocina de una camioneta y pensó que lo seguía algún loco.

—Madre mía —masculló, buscando un sitio donde apartarse para dejar pasar a aquel idiota.

Paró en una zona más ancha de la cuneta y la camioneta de detrás lo adelantó como un rayo. Pero se detuvo delante de la suya y retrocedió, cortándole el paso. Era la camioneta de Jack. Y Jack se apeó de ella y se acercó hecho una furia.

—Ay, Dios —masculló Denny.

Jack se había plantado en mitad de la carretera. Miró a Denny con los brazos en jarras. Y Denny pensó: «Más vale que acabemos con esto de una vez». Salió de su camioneta.

—Lo he explicado lo mejor que he podido —dijo.

—No sé —dijo Jack—. Me han dicho que había una carta. No la he visto.

—Entonces ¿qué haces aquí?

Jack dio un paso hacia él.

—Quiero que me mires a los ojos y me digas en qué me he equivocado contigo.

—¿Qué? —preguntó, confuso.

—Seis meses antes de que me dijeras que era tu padre, éramos amigos. Me consideraba una especie de mentor, al menos hasta que me tapaste con tu cuerpo para que no muriera aplastado por un montón de botellas de licor durante un terremoto. Eso hizo que empezara a preguntarme quién tutelaba a quién. No recuerdo haber puesto ninguna condición a esa amistad. Hasta donde yo sabía, teníamos una forma de ver las cosas muy parecida, y nuestra forma de actuar también se parecía mucho.

Yo pensaba que era porque habíamos sido marines. Luego llegué a la conclusión de que era simple azar. Y después pensé que seguramente era tu padre y que eso lo explicaba todo. Fuera como fuese, las cosas marchaban bastante bien. Éramos solo un par de tipos que se llevaban bien. Si te digo la verdad, pensaba que tenías una relación parecida con el Reverendo, con Jill y con Mel.

—Mira, Jack, no ha sido culpa tuya, ¿de acuerdo?

—Sé que no ha sido culpa mía. No ha sido culpa de nadie, Denny. Simplemente, resultó que los detalles eran un poco distintos a como pensábamos.

—¡Sí que fue culpa de alguien! ¡De mi madre! Puede que tuviera sus motivos, y quizá fuera porque estaba enferma, o porque estaba preocupada por mí, o quizá porque...

—Quizá porque tu madre y yo fuimos muy amigos —lo interrumpió Jack—. Puede que ella confiara en que cuidara de ti si ocurría lo peor. No fuimos novios, ni amantes. Pero fuimos buenos amigos. Creía que te lo había dicho. ¡Yo sabía que estabas ahí! ¡Dentro de ella! Dije que haría cualquier cosa por ayudarla a salir de aquel infierno. Que le daría dinero, que la ayudaría a buscar un sitio seguro donde vivir, que le daría encantado una paliza a ese tipo que le hacía la vida imposible, pero... —se paró de repente—. No me habría ofrecido a hacer esas cosas por una extraña, por alguien que no significara nada para mí. Mírame a los ojos y dime por qué no te basta con eso. Por qué te largas de noche, a oscuras.

—Vine aquí para buscar a mi padre —contestó Denny—. Pensaba que eras tú. No pretendía engañarte, Jack. Estaba tan seguro...

—¿Ah, sí? ¿Y eso qué importa? Resulta que había algunos puntos que aclarar. No es culpa tuya que no tuvieras toda la información.

—Sí, pero estaba buscando un sitio donde me sintiera a gusto —dijo—. Estaba buscando un vínculo. En casa todo parecía estar desvaneciéndose. Mi madre había muerto, yo había roto con mi novia para que no se preocupara por mí mientras estaba en Afganistán, y un montón de amigos habían cambiado de vida. Pero yo tenía un padre en alguna parte. En alguna, tenía un vínculo con alguien —sacudió la cabeza—. Este no es mi sitio, Jack. Lo es tan poco como cualquier otro.

Jack arrugó el ceño.

—¿Te estás compadeciendo a ti mismo? —preguntó.

—¿Y qué si así es? —contestó Denny a la defensiva.

Jack se rio sin ganas.

—Pensaba que no caerías en eso —se pasó la mano por la nuca—. Supongo que podría adoptarte. Sería un poco violento, teniendo tú más de veintiún años, pero si necesitas algún tipo de documento que...

—Mierda —dijo Denny—, ¿es que no lo entiendes? ¡Yo buscaba algo auténtico, no un poco de caridad!

—¡Entonces madura! —gritó Jack—. Nuestra amistad siempre ha sido auténtica. ¡Antes nunca nadie había dudado de mi palabra! ¡Nadie ha necesitado una firma o un análisis de sangre o una declaración jurada para creerme! ¡Nadie ha dudado nunca de mi lealtad! ¿Vas a defraudar a todo un pueblo solo porque no puedes confiar en que vaya a seguir a tu lado?

—Yo no voy a defraudar a ningún pueblo...

—A una buena parte de Virgin River, sí. Dejar plantada a Jillian en uno de los momentos más duros de su vida, eso no es de buen vecino. Nos hemos acostumbrado a tenerte cerca, a que formes parte de la familia. Mi padre siente que tiene un nieto adulto. Dudo que lo que siente por ti vaya a cambiar cuando se aclaren los detalles. Y el Reverendo... ¿te trata como si no pertenecieras a este lugar? Te dejamos dormir en el sofá de una ancianita para que la vigilaras por las noches. No lo habríamos hecho si no confiáramos absolutamente en ti. Da la impresión de que todo el mundo pensaba que este era tu sitio, menos tú.

—En cierto modo era todo artificial —repuso Denny.

—Por mi parte, era de corazón, hijo. Lo mejor que podía ofrecerte. Pero si no es eso lo que buscas, es lo único que tengo.

Haz lo que tengas que hacer. Quizás te encuentres más a gusto en otra parte.

—Siento haberte defraudado.

—Sí, hijo, me has defraudado. Me gusta tenerte cerca, antes de que creyera que era tu padre y también después. Para mí es lo mismo.

—No es suficiente —dijo Denny.

—Para mí lo era.

—Lo siento. Me daba miedo lo que pasaría si cometía un error. Imagino que esto es lo que pasa.

Jack le tendió la mano.

—Por lo que a mí respecta, no ha cambiado nada. Te deseo buena suerte. Me gustaría que te mantuvieras en contacto. Puede que te eche de menos mucho más tiempo que tú a mí.

Denny le estrechó la mano.

—Claro que seguiremos en contacto —dijo.

—Conduce con cuidado.

—Jack, está esa carta que he dejado, intentando explicar...

—Sí, lo sé. La guardaré. Pero no voy a leerla.

—¿Por qué?

—Porque nos hemos mirado a los ojos y hemos hablado. A veces lo que se siente, lo que se dicen dos personas, pesa más que cualquier declaración jurada. Para mí, esto es más auténtico. Adiós, hijo. Cuídate.

Jack fue a hablar con Mel, con el Reverendo, con Jillian y con Jo Fitch. Les explicó que había salido en busca de Denny, que había intentado convencerlo de que se quedara pero había fracasado. También les dijo que Denny estaba haciendo lo que quería hacer y que iba conduciendo con prudencia.

Esa misma mañana, Jillian le entregó la carta cerrada dirigida a él.

—Gracias —dijo Jack—. ¿Necesitas que te ayude a buscar a alguien para trabajar en los huertos?

—De momento me las arreglaré. Puede que dentro de una semana o dos tenga que pagar a alguien para despejar otra parcela de tierra y abonarla. Podría esperar hasta la primavera, pero prefiero ir ablandando el suelo.

—Avísame si necesitas ayuda.

—Gracias. Por lo demás, solo hay que terminar de cosechar. Para eso puedo arreglármelas sola. Art, el ayudante de Luke, quizá quiera venir a echarme una mano. Puede hacerlo si le enseño qué tiene que hacer. Hablaré con Luke.

—Buena idea. ¿Has sabido algo de Colin?

—Me ha enviado un par de e-mails y unas fotografías fantásticas de animales salvajes. Intentaré acordarme de reenviártelas si me anotas tu dirección de correo.

—Eso sería estupendo —se guardó el sobre en el bolsillo de atrás—. ¿Seguro que estás bien?

Jillian sonrió.

—Hoy estoy un poco más sola que ayer, pero estoy bien. Primero Colin, y ahora Denny —se encogió de hombros—. No todo el mundo se contenta con las mismas cosas.

—Si me necesitas para algo, llámame —insistió Jack—. No es buen momento para que te sientas desbordada de trabajo...

—Hablando de eso, estoy cultivando algunas de las calabazas más grandes del condado. Voy a poner un cartel ofreciendo calabazas gratis y a decorar la casa y el jardín para celebrar una fiesta de la recogida de la calabaza. Puede que cuando llegue el momento necesite ayuda.

—Podría ser divertido. Quizá convenzamos al Reverendo para que traiga las barbacoas y hagamos un picnic.

—Genial —repuso ella—. ¿Sabes?, he tenido mis altibajos, pero este es un buen sitio para vivir.

—Sí, aunque supongo que no para todo el mundo. No para Denny, por ejemplo.

—Lo sé. ¿Y tú? ¿Estás bien?

—Sí. Estoy desilusionado, pero así son las cosas.

Jillian lo agarró de las manos.

—Oye, llámame si me necesitas. Se me da bien escuchar.

—Gracias. Todo se arreglará. Hay muchas cosas que hacer para mantenernos ocupados.

Como era de esperar, la noticia de la marcha clandestina de Denny se extendió rápidamente por el pueblo. Durante todo el día, al pasarse por el bar para comer o merendar o tomar algo, la gente le decía:

—Oye, he oído que Denny se ha ido a San Diego. ¿Es que no le gustaba esto?

—San Diego es su casa, ¿recuerdas? —respondía Jack.

—Pensaba que ahora este era su hogar —le dijo alguien.

—Por lo visto, no —contestó Jack.

—¿Crees que volveremos a saber de él? —preguntó otra persona.

—¡Claro que sí! —respondió él, aunque lo dudaba. Su despedida le había parecido definitiva.

A eso de las dos de la tarde, cuando el bar estaba más tranquilo, Mel cruzó la calle desde la clínica para ver cómo estaba Jack.

—Intenta no enfadarte mucho con Denny, Jack. Los jóvenes tienen toda clase de impulsos. Seguramente esto no tiene nada que ver con el hecho de que no seáis padre e hijo.

—He llegado a la conclusión de que es una suerte —repuso su marido—. Voy a echar de menos al chico, pero, si se hubiera quedado aquí solo porque pensaba que era su padre biológico, tal vez se habría sentido insatisfecho. Debe hacer lo que tenga deseos de hacer y no quedarse en un pueblecito, atado por el ADN.

Mel se inclinó para darle un beso.

—Eso que dices es muy sabio —dijo.

Pero Jack no se sentía sabio. Se sentía resignado. Había empezado a considerarse uno de los hombres más afortunados de la Tierra. No solo tenía una familia perfecta y los mejores amigos del mundo, sino también a Denny y a Rick, dos jóvenes estupendos que lo admiraban, que sentían que era mucho más que un amigo, que lo consideraban digno de ser su padre. De pronto estaban los dos lejos, intentando organizar su vida, como hacían los jóvenes. Quería sentirse agradecido por lo que tenía, pero se sentía un poco desilusionado. Había pasado de sentirse casi abrumado por su buena suerte a sentirse medio frustrado.

Hasta eso de las cuatro de la tarde. A esa hora, la puerta del bar se abrió y apareció Denny con expresión compungida, las manos en los bolsillos y los ojos bajos.

Jack agarró rápidamente un vaso limpio y su paño para mantener las manos ocupadas y no darle un fuerte abrazo. No sabía, sin embargo, si podría disimular su sonrisa.

—¿Hasta dónde has llegado? —preguntó.

—Casi hasta San Francisco —contestó el chico.

—¿Por qué has dado la vuelta?

—Por una cosilla insignificante. Resulta que mi padre biológico no solo no se casó con mi madre, sino que nunca intentó hacernos llegar dinero cuando se marchó, como tampoco intentó mantener relación de ninguna clase conmigo. Me puse en contacto con él cuando murió mi madre. Me dijo que lo sentía de veras. Ese tipo era mi padre, y nunca pareció darse por aludido. Tú, en cambio, pareciste llevarte un disgusto cuando te diste cuenta de que no eras mi padre.

—Es verdad —Jack inclinó la cabeza—. Me gustó la idea, cuando me hice a ella. Rick y tú... Podía estar muy orgulloso de vosotros.

—Siento haberte dado tanto la lata.

—Creo que eso suelen hacer los hijos.

—Me gusta vivir aquí —añadió Denny—. Me sentía como si por fin hubiera encontrado mi sitio. Y sentía que tú eras al menos una figura paternal. No tenías por qué hacerme sentir así, pero aun así lo hacías.

—No me digas lo que tengo que hacer y yo no te lo diré a ti —repuso Jack.

Denny se rio.

—Espero que no estés muy enfadado.

Jack dejó el vaso y el paño y rodeó la barra. Se acercó mucho a Denny.

—Estoy un poco enfadado, pero creo que podré superarlo. La gente lleva todo el día preguntando por ti. Parecían desilusionados por que te hubieras ido.

—¿En serio?

—Y Jillian necesita ayuda.

—Voy enseguida para allá, a intenta explicárselo.

—Y yo también te necesito. Por ningún motivo en especial.

Los ojos de Denny se empañaron un poco.

—Gracias, Jack.

Jack lo agarró de la camisa y lo apretó contra su pecho, rodeándolo con un brazo.

—No hay por qué darlas, hijo. Solo tienes que ser quien eres. Con eso me basta.

Colin envió a Jillian una fotografía del Kilimanjaro con una nota que decía: *Que lo escale otro. Pero ¿a que es espectacular? Bonitas calabazas, nena. Te quiere, Colin*.

Se rio tanto al leer el mensaje que Denny fue a la cocina a preguntarle si se encontraba bien.

Aunque aun faltaban unas semanas para Halloween, le dijo a Denny que empezara a decorar el huerto. Habían llenado la trasera de la camioneta con balas de heno, faroles, arañas y brujas que colgar de los árboles. Cuando fuera acercándose la fiesta, tallaría ella misma las calabazas para adornar el porche delantero. Como vivía en medio de la nada, no esperaba que nadie llamara a su puerta para pedirle golosinas, pero estaría lista para cuando llegara la gente dispuesta a recoger calabazas.

«Bonitas calabazas, nena».

Echaba de menos a Colin, pero con una especie de felicidad. Sabía que pensaba en ella. La foto de la montaña solo se la había enviado a ella.

Le gustaba subir a la terraza cada tarde a mirar los huertos desde aquella altura. Le gustaba ver trabajar a Denny, que estaba colocando espantapájaros en el sembrado de las calabazas. Se alegraba tanto de que hubiera vuelto...

Disfrutaba viendo cómo cambiaban poco a poco de color las hojas. Y luego se tumbaba de espaldas en la terraza y mientras gozaba del sol de la tarde pensaba en la primera vez que había hecho el amor con Colin en la terraza. Recordaba cada caricia, cada beso, cada palabra cariñosa de Colin. Sonreía al recordar cómo se había caído su ropa por la barandilla sin que ellos se dieran cuenta, enfrascados como estaban en su pasión.

Algunos días se adormilaba mientras pensaba en sus huertos, en su cosecha, en su amante lejano. La vida no era tan perfecta como cuando Colin estaba allí, pero estaba bien. No se compadecía de sí misma. Había dejado de adelgazar y ya no se paseaba por la casa en busca de recuerdos que la consolaran de madrugada.

Tras pasar media hora tumbada al sol, se sentó y contempló las tierras, el huerto casi desnudo, las lilas, los rododendros y las hortensias, desnudos de flores. Había invertido bien aquellos seis meses. Pensaba experimentar durante el invierno con estufas, lámparas eléctricas y riego automático en los invernaderos, para ver qué podía cosechar fuera de temporada. Se levantó y vio a Denny conduciendo el huerto-móvil a través de los árboles, en dirección al prado de atrás, donde estaban los invernaderos. Con las manos en las caderas, miró hacia la parte de atrás de la finca y oyó un silbido penetrante. Se volvió y al mirar hacia abajo vio un espejismo: un hombre en pantalones de loneta, una camiseta de manga larga del Ejército, un chaleco marrón claro y un sombrero vaquero de paja. Llevaba un gran petate y un gastado maletín de piel marrón.

—Estoy alucinando —murmuró para sí misma.

Él soltó el petate y el maletín y la saludó agitando los brazos.

—Dios mío, si estoy loca, ¿puedo quedarme así? —luego se precipitó escaleras abajo a trompicones y corrió hasta llegar a la puerta de la casa. La abrió de golpe, cruzó el porche, bajó de un salto los escalones y corrió por el jardín como alma que lleva el diablo. Lloraba mientras corría. Él, en cambio, se reía mientras caminaba hacia ella con los brazos abiertos. Jillian se lanzó a sus brazos con tal fuerza que le hizo reír aún más fuerte y tambalearse hacia atrás para sujetarla. Le rodeó el cuello con los brazos, enlazó su cintura con las piernas y lo acalló con un beso.

—¡Dios, Dios, Dios! —dijo antes de apoderarse de su boca.

Él comenzó a deslizar las manos por su espalda. Jillian le quitó el sombrero, lo arrojó al suelo y hundió los dedos en su pelo.

—Estás aquí —susurró mientras lo besaba con ansia.

—Sí —contestó él por fin, con los labios pegados a su boca.

—¡Iban a ser seis meses!

—Lo sé —contestó Colin—. ¿En qué estaría pensando, eh?

—¿Por qué no me has dicho que ibas a venir?

—Cuando por fin pude llamarte ya estaba en San Francisco. Me desperté una mañana en un pueblecito africano y pensé «Esto no marcha sin Jilly». Y compré un billete de vuelta. No tienes ni idea de lo que he tenido que hacer para llegar aquí en tan poco tiempo. He sobrevolado la selva en un montón de avionetas. No pude llamarte hasta llegar a San Francisco —añadió con una sonrisa— y entonces decidí darte una sorpresa, a ver si te alegrabas de verme.

Jillian miró por encima de su hombro. No vio ningún coche.

—Pero ¿cómo has llegado hasta aquí?

—En el autobús del aeropuerto y luego haciendo autoestop.

Ella le dio una palmada en el hombro.

—¡Deberías haberme dicho que venías para que hubiera estado preparada! ¡Limpia y guapa!

Colin la levantó agarrándola por el trasero. Sacudió la cabeza.

—Me gustas sucia —dijo, riendo—. Y no podrías estar más guapa, Jilly. Y yo no puedo vivir sin ti.

—¿Esto es solo una visita? ¿Vas a volver a dejarme?

—Puede ser —contestó—. Pero no por mucho tiempo. Y si alguna vez no haces falta en el huerto, quizá puedas venir conmigo. Yo pintaré mientras tú cultivas y viajaremos cuando podamos. Quizá consiga mejorar mi técnica y Shiloh me mande dinero para los billetes de avión —la sujetó con una mano y con la otra le apartó el pelo de la cara—. ¿Me has echado de menos?

Ella se encogió de hombros.

—Un poquito.

—Estás llorando —Colin sonrió—. Creo que me has echado de menos más que un poquito.

—¡No me has llamado ni una sola vez! ¡Y casi no me has escrito!

—Estaba en la selva. Y te echaba tanto de menos que se me rompía el corazón. No quiero volver a echarte de menos tanto.

—¿Y tu deseo de volar?

Se encogió de hombros.

—Piloté un helicóptero para ver cómo me sentía. Fue estupendo, pero no tanto como estar contigo —apoyó la frente en la de Jillian—. No tanto como estar dentro de ti. Creo que va siendo hora de que haga algunos pequeños ajustes.

—¿Pequeños?

—Quizás me tome las cosas con más calma, solo un poco... Quizás haga viajes cortos, de una semana o dos. Y quizá tú puedas venir conmigo si te apetece. Quizá reconozcamos que lo que tenemos es perfecto y no vale la pena jugárselo. Y nos quedemos juntos para siempre. Si te interesa, claro.

Jillian desvió la mirada.

—Podría pensármelo.

Colin escondió la cara en su cuello.

—Pues piensa rápido —dijo—, porque puede que te desnude aquí mismo.

Ella se echó un poco hacia atrás, le puso las manos en las mejillas y lo miró a los ojos intensamente.

—¿Ya has dejado de hacer el bobo? ¿Ya eres mío?

—Soy total e irremediablemente tuyo. Me haré un tatuaje si quieres. Estoy enamorado de ti, Jilly. Como nunca lo he estado en toda mi estúpida existencia.

—¿Y sientes que has recuperado tu vida? —le preguntó ella.

—No exactamente —contestó—. Siento que tengo una vida completamente nueva, una vida que ni siquiera me he dado cuenta de que estaba esperándome. Tú eres todo lo que necesito, Jilly. Sin ti... No quiero ni pensarlo.

—Pero ¿y tus aventuras? ¿Necesitas tener más para sentir que estás vivo?

Colin la besó larga y apasionadamente, y luego contestó con un susurro ronco:

—Tú eres mi aventura, Jilly. Eres lo que necesito para sentirme vivo.

Últimos títulos publicados en Top Novel

Palabras en el alma – NORA ROBERTS
Brisas de noviembre – ROBYN CARR
El precio del honor – ROSEMARY ROGERS
Sin nombre – SUZANNE BROCKMANN
Engaño y seducción – BRENDA JOYCE
Una casa junto al lago – SUSAN WIGGS
Magnolia – DIANA PALMER
Luna de verano – ROBYN CARR
Amor y esperanza – STEPHANIE LAURENS
Secretos de sociedad – CANDACE CAMP
10 secretos de seducción – VARIAS AUTORAS
El legado Moorehouse – J.R. WARD
Tras la traición – BRENDA JOYCE
A merced de la ira – LORI FOSTER
Palabras prohibidas – KASEY MICHAELS
El regreso del rebelde – LINDA LAEL MILLER
Víctima de una obsesión – DEANNA RAYBOURN
Los Cordina – NORA ROBERTS
Tierras salvajes – DIANA PALMER
Algo más que vecinos – ISABEL KEATS
Sueños de verano – SUSAN WIGGS
Tiempo de traiciones – ROSEMARY ROGERS
Nuevos comienzos – ROBYN CARR
Pasión de contrabando – BRENDA JOYCE
Los Montford – CANDACE CAMP
Tentando a la suerte – SUZANNE BROCKMANN

www.ingramcontent.com/pod-product-compliance
Lightning Source LLC
LaVergne TN
LVHW030336070526
838199LV00067B/6308

9 788468 735610